KB114117

안·아·줘

Hug me

안·아·줘

초판 1쇄 찍은 날 | 2016년 4월 7일
초판 1쇄 펴낸 날 | 2016년 4월 12일

지은이 | 정이연
펴낸이 | 서경석

편 집 책 임 | 조윤희
편 집 | 이은주
주은영

펴 낸 곳 | 도서출판 청어람
등록번호 | 제387-1999-000006호
등록일자 | 1999. 5. 31
어람번호 | 제5-440호

주소 | 경기도 부천시 원미구 부일로 483번길 40 서경B/D 3F
(우) 14640
전화 | 032-656-4452 팩스 | 032-656-4453
http://www.chungeoram.com
E-mail | chungeorambook@daum.net

ISBN 979-11-04-90721-0 03810

※ KOMKA(한국음악저작권협회) 승인 필.

안·아·줘

정이연 장편소설

도서출판 청어람

목차

프롤로그

지하철 개찰구를 지나가는 수호의 시선은 손에 들린 원고 뭉치로 향해 있었다. 앞을 보지 않고도 빠르게 계단을 내려와 자신이 원하는 노선으로 걸음을 옮긴 수호가 간이 커피숍으로 향한다.

"아메리카노 하나요."

"아이스로 드릴까요, 따뜻한 걸로 드릴까요?"

이십대 중후반으로 보이는 여직원의 물음에 수호가 고개를 들었다. 그의 시선이 자신에게 향하자 여직원의 뺨이 발그레 변한다. 계단을 내려오면서부터 수호를 보았기 때문이다.

수호는 자신을 가꾸는 것에 익숙한 사람이었다. 피부는 잡티 하나 없이 깨끗하고 맑은 빛이 났고, 머리는 왁스로 잘 빗어 넘겼다. 그의 센스가 더욱 돋보이는 부분은 입고 있는 옷이었는데 격식을 갖춘 그레이 캐시미어 더블 브레스트 코트와 함께 매치한 루즈 핏의 그레이 저지 티셔츠, 다크 브라운 팬츠는 마치 전문가가 코디를 해준 것처럼 멋있었다.

"따뜻한 걸로 주세요."

며칠 전만 해도 굳이 이런 질문 없이 뜨거운 것을 내줄 정도로 날이 추웠었다. 하지만 주말부터 거짓말처럼 따뜻한 볕이 내리쬐기 시작하더니 거리엔 봄꽃이 피어나고 있었다.

계산을 마친 그가 옆으로 살짝 비켜서며 다시 원고를 확인했다. 원고는 다음 달에 실릴 칼럼이었다.

— 청춘도 꿈 꿀 권리가 있다.

현재 그는 시사, 경제 잡지 뉴(new)에서 칼럼리스트로 활동하고 있었다. 물론 원래 그의 근간은 소설이었지만 자신이 잘할 수 있는 일에 있어 활동 영역을 늘리는 것엔 주저함이 없었기에 벌써 2년째 꾸준히 칼럼을 쓰고 있었다. 물론 마감에 허덕이는 상황을 피하기 위해 길거리에서 교정을 보고 있었지만.

오늘은 부산에 강연을 하기 위해 떠나는 길이었다. 그가 한 편의 영화 시나리오와 꾸준하게 써오고 있는 칼럼으로 인해 마치 젊은이들을 대변하는 대변인이라도 된 것처럼 되어버렸기 때문이다. 여기저기서 불러주는 곳이 많아져서 최근엔 잠시도 쉴 틈이 없어졌다.

피곤함과 함께 두통이 몰려왔다. 미간을 손가락으로 꾹꾹 누르던 그가 종이를 다음 장으로 넘긴 후에 다시 누르길 반복했다.

그의 온 신경이 원고에 향해 있을 때였다.

"커피 나왔습니다."

"감사합니다."

커피를 받아든 수호가 곧장 입술로 가져갔다. 아침에 어머니가 내려준 커피를 마셨음에도 몸에선 연신 카페인을 내놓으라며 아우성이었다.

그가 뜨거운 커피를 마셨다. 목구멍이 홧홧해졌지만 그는 망설임 없이 한 모금 더 마시며 습관적으로 지하철 제일 앞 칸에 타기 위해 걸음을 옮겼다.

"저 그런데…… 이수호 작가님 아니세요?"

수호는 뒤에서 들려오는 목소리에 고개를 돌렸다. 커피를 건네준 여직원이었다.

언론을 통해 심심치 않게 얼굴이 나가기도 했고, 몇 번은 토크쇼에 나가 소위 말하는 '멘토(mentor)'랍시고 떠들었던 적도 있었다. 여자가 자신을 알아보는 것도 이상하지 않았기에 수호는 무심히 고개를 끄덕였다.

"네, 맞습니다."

"정말요? 팬이에요! 작가님 책도 모두 읽었고요."

여자의 얼굴이 발그레해졌다. 마치 연예인이라도 본 것처럼.

사인을 해달라는 여자의 요청에 남잔 무심히 이에 응했고, 곧 원했던 대로 지하철 제일 앞 칸으로 걸음을 옮겼다. 마치 이 모든 게 일상처럼 흔히 있는 일이라는 듯이.

평일 오후 시간이어서 그런지 지하철역은 그다지 붐비지 않았다. 뒤로 갈수록 사람들이 들어오는 지하철을 타기 위해 앞으로 모여들긴 했지만 수호가 서 있는 곳엔 단 네 사람만이 서 있었다.

지하철에 오른 후에도 그는 말없이 교정고만 보았다. 그건 지하철을 갈아타기 위해 걸음을 옮길 때도 마찬가지였다. 제법 유동인구가 많은 환승역에서도 그는 제일 앞 칸에 오르기 위해 그쪽으로 향했다.

[띠리링— 지금 열차가 들어오고 있습니다. 승객 여러분께서는 한 걸음 물러나 주시기 바랍니다.]

안내방송에 수호의 주위로 사람들이 모여들었다. 스크린 도어가 설치되어 있지 않은 곳이었기에 서늘한 바람이 얼굴을 스친다.

굳이 이 시간엔 자리를 잡기 위해 다투어도 되지 않았기에 모두 무료한 표정으로 빠른 속도로 다가오는 지하철만 바라보고 있을 뿐이다.

그건 수호 또한 마찬가지였다. 방금 전까지 보고 있던 원고에서 시선을 뗀 그는 자신을 서울역까지 데려다줄 전철을 보았고, 바로 옆에 서 있는 여자의 얼굴도 보았다. 여자의 얼굴에 우울감이 가득했다. 사랑하는 사람에게 실연이라도 당한 것처럼.

하지만 타인에게 그다지 관심이 없었던 그는 다시 시선을 옮겨 전철을 보았다. 전철이 빠른 속도로 역사 안으로 진입했다.

그 순간이었다.

퍽!

무언가 부딪치는 소리가 들렸다. 그리고 곧 이어지는 사람들의 비명 소리.

"꺅!"

"사람! 사람이 뛰어내렸어!"

옆에 서 있던 두 사람이 호들갑을 떨며 비명을 질렀다. 지하철에 오르려던 사람들도, 내리려는 사람들도 모두 그들을 쳐다보았다.

느릿하게 보이던 여자의 모션. 허공에서 흩날리던 머리카락.

자신의 옆에 서 있던 여잔 더 이상 이 세상 사람이 아니었다.

사람들이 우르르 몰려들었고, CCTV로 상황을 보고 있던 지하철 역사 직원들이 빠르게 뛰어오는 것도 보였다.

모두들 창백해진 얼굴로 바닥에 주저앉거나 흥분한 모습이었다. 단 한 명, 수호를 제외하곤.

그가 시선을 내려 자신의 신발을 보았다.

2016 SS시즌, 발렌티노에서 선보인 레더 슬립온은 최근 수호가 구입한 것이었다. 흰색 신발 위로 붉은 피가 튀어 있었다. 그건 그의 주위 또한 마찬가지다. 원고지에도 언제 날아온 것인지 모를 피가 묻었다.

이런.

놀랐던 마음이 조금 진정이 되자, 가장 먼저 든 생각은 그것이었다. 역사 직원들이 빠르게 사람들을 뒤로 물리고 있었다. 그리고 현장 가까이에 있었던 사람들의 상태를 살피기 위해 직원들이 다가온다.

그들이 가장 먼저 상태를 살핀 것은 바닥에 주저앉아 있던 여자였다. 놀란 마음에 울음도 내뱉지 못하고 있는 여잔 발작처럼 몸을 떨고 있었다.

그들을 바라보던 수호가 한숨을 푹 내쉰다.

"괜찮습니까?"

"네, 괜찮습니다."

고개를 끄덕인 수호가 손을 들어 뺨을 어루만졌다. 손을 내려 보자 뺨에도 피가 튄 것인지 손바닥이 얼룩덜룩했다.

이런.

두 번째 신음이 흘렀다.

창백한 얼굴에 직원이 걱정스럽게 물었다.

"자리를 옮기셔서……."

"아니요. 괜찮습니다."

고개를 저은 수호가 서둘러 현장을 수습하는 직원들을 힐끗 본 후 걸음을 옮겼다. 그는 한곳으로 시선이 쏠린 사람들을 헤치고 화장실로 향했다.

흐르는 물에 손수건을 적셔 옷에 튄 피를 닦아낸 그가 화장실을 나오며 손목시계를 확인했다. 일찍 나온 덕분에 아직 시간적 여유는 있었다.

조금 더 기다려 볼까? 수습하는 데 얼마나 걸릴까?

이것저것 재보던 수호가 의자에 앉았다. 그리고 원고에 튄 피를 닦아내고 있을 때였다.

가방에 넣어둔 휴대전화가 울리자 그가 액정을 확인했다.

— 어머니

반가운 이의 전화였던 터라 그가 빠르게 전화를 받았다.

"네, 어머니."

[지금 어디야? 지하철 탔어? 지금 인터넷에서 사고 난 것 때문에 난리야.]

여인의 말에 수호는 잠시 고민했다. 방금 전 자신이 당한 날벼락을 설명할까. 잠시 뜸을 들이던 그가 마음을 고쳐먹으며 답했다.

"아직 못 탔어요."

[어휴, 그럼 지금 강남역이야?]

"네."

자신이 지하철을 타리란 걸 알고 연락을 했을 사람에게 괜한 걱정을 끼쳐 드리긴 싫었다. 이런 마음을 불러일으키는 건 그의 인생에서 만난 사람 중 이 여인이 처음이었다. 아니, 어쩜 마지막이 될지도 모르겠다.

[괜찮아? 이 작가.]

물음에 수호는 잠시 어떤 말을 해야 할지 몰라 머리를 굴렸다. 이번에도 '괜찮다'라는 답을 해야 할까? 아니면 '타인의 일'이라며 딱 규정지어서 말해야 할까. 다른 이가 물었다면 후자로 답을 했을 것이다. 그는 생면부지의 죽음에 흔들릴 이는 아니었으니까.

하지만 그는 이번에도 여인을 생각해 말을 골라냈다.

"네, 놀랐지만 괜찮아요."

[그래, 그래. 괜찮다니 다행이야.]

다정한 음성을 가진, 꽃처럼 아름답고 한겨울의 작은 손난로처럼 따스한 여인.

이 여인을 위해선 평소의 소신이나 생각 따윈 모두 개나 줘버릴 수 있다. 그만큼 소중한 사람이니까.

[저녁 안 먹고 올라올 거지? 이 작가 좋아하는 굴두부국 끓여 놓게.]

"벌써 기대되네요, 어머니."

그의 눈이 예쁜 반달을 그렸다.

이런 웃음을 짓게 하는 사람도 도장미, 그가 어머니라 부르는 여자뿐이었다.

1. 그의 라이벌

모던한 테이블은 가정집이 아닌 카페에서 흔히 사용하는 것이었다. 널찍한 테이블 한편엔 식사를 하는 시간도 쪼개서 읽는 것인지 책이 몇 권 쌓여 있다.

의자를 차지하고 있는 것은 오롯이 수호뿐이었다. 그는 식탁 위에 하나씩 자리 잡기 시작한 접시를 시선으로 좇았다.

담백한 굴두부국과 방금 막 지은 돌솥밥. 떡갈비와 피순대, 버무린 채소가 놓인 밥상은 소박했지만 정성이 가득했다.

"배고프지? 어여 먹어."

"어머니는요?"

"난 먹었지."

접시를 나르던 장미가 입술을 길게 늘어뜨리며 웃었다. 작고 통통한 여자는 정말 음식 생각이 없다는 듯 고개를 저었다. 계속 음식을 권할까 봐 일부러 단호하게 거절하는 모습이었다.

벽시계를 힐끗 본 그가 고개를 끄덕였다. 이미 저녁 시간은 물론 여인이 이 집을 나서야 할 퇴근 시간이 훌쩍 지나 있었다.

굴두부국을 한술 뜬 수호의 입가에 사르르 미소가 번졌다. 음식은 맛있지만 평범한 것이었다. 하지만 그는 세상에서 가장 진귀한 음식이라도 되는 것처럼 행복한 얼굴로 한술 더 떠먹었다.

좋다.

그의 눈매가 예쁜 곡선을 그렸다.

굴두부국은 장미가 자주 해주는 것이었다. 그리고 처음 이 집으로 왔을 때 해준 음식이기도 했다. 미식에 관심도 없었고, 그로 인해 행복감을 느낀 적도 없었으나 그땐 이 소박한 음식에 감동했었다. 점심을 간단히 해결했음에도 딱히 배가 고프다는 느낌은 없었는데 반찬 하나, 밥 한술을 뜰 때마다 허기가 올라오는 기분이었다. 소리 없이 음식을 맛보면 맛볼수록.

그의 숟가락질이 조금 빨라졌을 때였다.

"이 작가, 이 피 뭐야?"

드레스룸 안에서 비명이 들렸다. 달그락, 그가 들고 있던 숟가락이 아래로 떨어졌다.

밖으로 나온 장미의 얼굴이 창백하게 변해 있었다. 그는 예감이라도 한 듯 난감한 표정을 지었고, 곧 두툼한 손에 들려 있는 코트를 보았다. 그레이 캐시미어 더블 브레스트 코트는 오늘 입었던 것이다.

"이 피 뭐야? 무슨 일 있었어?"

"피요?"

그가 처음엔 짐짓 아무것도 모른 척 물으며 상으로 시선을 옮기며 말을 이었다.

"어머니, 퇴근하실 시간 지났는데 괜찮으세요?"

"우리 사이에 그런 말 하기야?"

서운하다는 듯 장미가 눈을 삐죽이는 것을 본 수호가 어색하게 웃었다. 맞다, 우리 사이에 그런 이야기라니. 만약 장미가 이러한 말을 하면 자신 역시 서운할 터였다.

빠르게 사과의 말을 하려던 수호는 장미가 다시 한 번 코트를 흔들자 한숨을 쉬었다. 여인의 집요함과 수다스러움이 이제야 떠올랐다.

"그런데 이 피 뭐냐고."

"그거 피 아니에요."

"이 작가, 거짓말은 나쁘다고 했지?"

장미는 푸근한 인상이었지만, 자신이 원하는 것은 관철시키고야 마는 사람이었다. 이런 이였기에 그녀를 만난 지 10년, 자신도 사람처럼 살 수 있게 되지 않았는가.

자신을 따끔하게 혼낼 수 있는 유일무이한 사람이었기에 수호는 이내 변명하길 포기했다. 솔직함은 미덕이 된다. 물론, 가끔이었지만.

"지하철 사고요."

"……어머!"

한 템포 늦게 반응한 장미가 코트를 바닥에 뚝 떨어뜨렸다. 그러더니 주름지고 작은 손으로 입을 가리며 수호를 본다.

꽃처럼 아름답고 고운 여인. 이런 사람이기에 수호는 매사 조심했다. 장미는 예순이 가까워진 나이에도 소녀처럼 천진난만한 생각을 하는 사람이었고, 보통의 젊은이들보다 더 쉽게 상처 받고 감정의 동요를 보였다.

보통의 사람보다 큰 동공이 흔들리고 이내 투명한 눈물 막이 생기는 것을 보던 수호가 자리에서 일어났다. 그는 장미가 울자 안절부절못했다.

"괜찮아? 마음은 안 다쳤어? 이를 어째. 그 끔찍한 걸 보고."

오히려 그녀를 달래주어야 할 상황이 되자 그가 손을 뻗어 장미를 꼭 끌어안았다. 두툼한 몸은 품을 가득 채울 정도였지만, 그는 뺨을 겹치며 아니라는 듯 고개를 저었다.

"괜찮아요, 정말. 그러니까 울지 마세요."

"그래, 내가 울면 안 되지. 나도 참 주책이야."

울먹이는 장미가 눈가를 훔쳤다. 훌쩍훌쩍, 그에 대한 안쓰러움과 걱정으로 코를 훌쩍이던 장미가 식탁을 힐끗 보았다.

"난 그것도 모르고 반찬을……."

말끝을 흐린 장미의 시선 끝에 닿아 있는 것은 시장에서 사온 피순대였다. 혼자 찾은 시장에서 사먹는 와중에도 수호가 생각나 포장해 온 것이었다.

"장보러 갔다가 들렀는데, 맛있어서 사왔더니."

걱정이 되어 하는 말이었지만, 생각하지도 못한 반응에 수호가 웃음을 터뜨렸다.

가끔 보면 장미도 강적이라고 생각했다. 아니, 강적이 맞다. 자신의 곁에 이토록 오랫동안 머물러 주는 것을 보면. 피로 이어진 가족들도 모두 떠나 외로운 섬처럼 살던 그에게 선물처럼 나타난 장미는 빛이자 마음의 안식처였다.

"어머니, 진짜 괜찮아요. 벌써 다 잊었어요."

"그런 일을 어떻게 잊을 수가 있어?"

웃음을 거둔 그가 힘주어 말했지만 장미는 아직도 걱정스러운 눈으로 그를 보았다. 그녀의 눈엔 수호가 서른넷의 장성한 사내가 아닌 어린아이처럼 보이는 모양이었다.

얼마나 끔찍했을까.

연신 읊조리던 그녀가 수호를 보며 물었다.

"자고 갈까?"

"어머니."

수호가 한숨을 내뱉었다. 가끔 보면 장미도 과보호였다.

이런 그의 마음을 알아차린 것일까. 장미가 그의 눈치를 살피더니 바닥에 떨어진 코트를 주워들었다. 이건 자신이 가는 길에 맡기겠다고 말한 장미가 다시 한 번 눈치를 보자 수호가 고개를 저었다. 그녀가 자고 가는 건 상관이 없었지만 오늘 밤엔 밀린 일들을 처리해야 했다. 규칙적인 삶을 살지 않으면 수명이 반 토막이 난다고 생각하는 그녀였으니, 오늘은 무슨 수를 써서든 되돌려 보내는 것이 좋았다.

"난 걱정이 돼서…… 알았어. 가면 되잖아, 가면."

가방과 외투를 챙겨 드는 장미를 따라 걸음을 옮긴 그가 현관으로 향했다. 실내화를 벗고 작년에 딸이 아르바이트를 해 사주었다는 낮고 편한 신발로 갈아 신은 장미가 수호를 올려다보았다.

"진짜 괜찮지?"

"네. 시간 늦었잖아요. 어서 가보세요."

가방을 꼭 끌어안은 장미가 고개를 끄덕였다. 기다란 현관을 걸어 나온 장미가 현관문을 앞에 두고서 또 돌아섰다.

"내일 일찍 올게."

마지막까지 걱정을 거두지 못한 장미가 가슴께에 손을 얹었다.

"아이고, 아직도 심장이 벌렁벌렁하네."

앓는 소리에 수호가 고개를 끄덕였다. 원하는 대로 하라는 뜻이었다.

"일찍 자. 또 밤새 컴퓨터 하지 말고."

"저 어린애 아니에요, 어머니."

그의 말에 장미가 손을 뻗어 자신보다 훌쩍 큰 장정의 머리를 강아지처럼 쓰다듬어 주었다. 퇴근을 할 때면 그녀가 으레 하곤 하는 행동이었고, 수호는 익숙하게 머리를 내주었다.

손길을 느끼며 수호가 눈을 감았다.

내 것이면 좋을 텐데.

그런 생각을 하며.

달칵.

스탠드 불을 밝힌 수호가 의자에 앉았다. 마우스를 흔들어 모니터를 밝힌 그는 방금 전까지 작업 중이던 한글 파일을 보았다.

그의 본업은 작가였다. 첫 책은 자신의 공부 방법을 적은 〈외롭게 공부하라〉였고, 총 50만부가 나갔다. 수능 만점은 물론이고, 그 후에 최고로 꼽히는 대학의 법학과에 입학한 후에 3대 고시로 불리는 사법고시, 외무고시, 행정고시를 모두 합격한 그에게 출판사가 먼저 연락을 해왔다. 제안을 받은 그는 그때 국립외

교원에서 1년의 교육을 끝낸 상황이었고, 공무원의 입장이었기에 행정관리부에 문의한 후 출간을 하게 되었다.

출간을 하기 전까지만 해도 그는 당연히 외교관이 되는 줄 알았다. 하지만 처음으로 자신의 생각을 거침없이 적어 내려간 책을 출간하자 생각은 달라졌다. 그의 길은 대학 때 전공인 '법'도, 직업으로 삼으려던 '외교관'도 아니었다.

글쟁이.

그 일에 관심이 갔다.

그 후에 그는 고민했다. 과연 이 길을 선택했을 때 난 성공할 수 있을까. 퍼센티지를 계산하자 잘할 수 있다는 판단이 섰다. 결심을 하자 그는 망설임 없이 〈미련〉을 쓰기 시작했다. 독립투사의 이야기였고, 허무할 만큼 단 한 번에 신춘문예에서 당선이 되어 소설가로서의 삶을 살 수 있었다. 그날 이후로 그는 머릿속에 빼곡한 이야기들을 적어나가는 일에 집중을 했다. 지금까지도.

탁, 탁탁.

홀로 하는 일엔 도가 튼 사람이었기에 키보드를 두드리는 소리만이 적막을 깼다. 이대로라면 마감 날짜를 맞추는 것엔 큰 무리가 없다는 판단이 설 때 즈음, 책상 한편에 놓아두었던 휴대전화가 울렸다. 시선을 옮겨 액정을 확인하자 그의 스케줄을 정리해주는 경호의 이름이 떠 있었다.

[형, 주무시는 거 아니죠?]

예의에 어긋나는 시간에 전화를 건 주제에 인사도 없었다.

어깨와 뺨 사이에 휴대전화를 끼운 그가 무심한 눈으로 모니터를 보며 말한다.

"난 너처럼 의지박약 아니다. 할 일은 무슨 수를 써서든 해."

고저 없는 말에 전화 너머 의지박약 한경호가 소리를 빽 지른다.

[형 매니저 일만 4년째 하고 있는 내가, 어떻게 해서 의지박약인 거죠!]

"개소리할 거면 전화 끊어."

전화를 끈 그가 책상 위로 휴대전화를 던져 버린 후 키보드를 두드렸다.

하루는 왜 24시간밖에 되지 않는 걸까.

그것이 지금 가장 짜증 나는 이유 중 하나다.

이른 아침. 다른 이들이라면 침대에서 꾸물꾸물 몸을 움직이며 '침대 밖은 위험해!'라고 외치고 있을 시간이었지만 아영은 달랐다. 얼굴의 반 정도를 차지하는 커다란 눈을 제외하고선 뭐든지 작은 여잔 자신의 앉은키보다 조금 높은 책상을 마주한 채 생각에 잠겨 있었다.

사실, 지난밤은 잠들지 못했다. 원래도 워낙 부지런한 성격이어서 지금쯤이면 일어나긴 했으나 어젯밤은 눈을 감고 있어도 떠오르는 수만 가지 생각에 결국 의자에 앉아 물끄러미 위에 놓인 '휴학계'만 보고 있어야 했다.

결국, 지난 학기 장학금을 받지 못했다. 어릴 때부터 '수재' 혹은 '천재'란 소릴 듣고 자란 이들만 모여드는 학교에서 장학금을 받는 일이란 어렵고 또 어려운 일이긴 했다. 하지만 아영은 운 좋게 대학에 입학하고 나서 두 번을 제외하곤 모두 받았다. 물론 이번엔 받지 못했지만.

지난 학기에 이 과에 들어온 궁극적인 목표였던 '아동복지론'에서 말 그대로 죽을 쒀 휴학계를 놓고 고민하는 이 상황에 이르렀다. 자신과 같은 해에 입학한 친구들은 대학원이다, 취업이다, 해서 모두 제 갈 길을 걷고 있었으나 스물여섯 유아영은 마치 군대를 다녀오는 남학생들처럼 조금씩 뒤처지고 있었다.

"후."

한숨을 내뱉은 아영이 고개를 저었다.

핑계 대지 말자. 도망가지도 말고. 자신은 단순히 장학금을 받지 못해 휴학을 한 것이 아니었다. 다른 것을 들어 변명하는 것은 안 좋은 버릇이다.

아영이 휴학계를 잘 접어 가방에 넣은 후 자리에서 일어났다. 오늘은 아직도 방학의 기쁨에 젖어 있는 학교를 찾아야 했다. 아직 며칠의 유예기간은 있었으나 조금은 우울한 이 현실을 빨리 끝맺고 싶었다.

잘 개켜져 있는 속옷을 챙겨 들고 밖으로 나온 아영은 한창 아침 식사를 준비하고 있는 장미를 보았다. 아직은 아침을 준비하기엔 이른 시간이었다. 여덟 시까지 출근하면 되었기에 일곱 시에 퇴근하는 아버지와 함께 식사를 하고 나가는 어머니가 어쩐 일인지 여섯 시가 안 된 시간부터 부산을 떨고 있었다.

"벌써 나가세요?"

"딸, 일어났니?"

놀란 기색도 없이 된장찌개를 보글보글 끓이고 있던 장미가 아영을 힐끗 보며 웃었다. 벌써 출근 준비를 끝마친 것인지 머리는 단정하게 정리가 되어 있었고 옷 또한 외출복이었다.

호로록, 찌개 맛을 본 장미가 다 되었다는 듯 불을 끈 후에 손을 닦았다. 그러면서 근본적인 의문이 풀리지 않아 여전히 자신을 보고 있는 딸아이를 향해 말했다.

"어제 작가님한테 큰일이 있었거든. 걱정이 돼서 잠을 잘 수가 있어야지."

큰일? 어떤 큰일이기에 이 시간에 출근한다는 것일까?

이해할 수 없다는 듯 장미를 보던 아영이 장난스럽게 가재미눈을 떴다.

아마도 그리 큰일은 아닐 것이다. 장미가 이랬던 적이 한두 번이 아니었으니까.

"가끔 보면 엄마는 나랑 태경이보다 이수호 작가를 더 좋아하는 것 같아."

"어머, 무슨 말을 그렇게 하니?"

장미가 펄쩍 뛰었다. 그러더니 여전히 의심스럽다는 듯 바라보는 아영을 향해 보드라운 미소를 짓는다.

"모두모두 사랑하지."

장미는 사랑이 넘치는 사람이다. 그리고 그 사랑을 베푸는 것에 주저함이 없는 사람이기도 했다.

장미가 가정부 일을 시작한 지 20년이 조금 넘었다. 현재 생활 전반을 봐주는 이수호 작가의 집에 가기 전까지 온갖 고생을 하며 돈을 벌었던 모친이었다. 사람들은 '돈'이 합당한 대가라도 되는 것처럼 일을 하러 온 가정부를 종 부리듯 하는 경우가 많았기에 예전엔 얼굴을 보기 힘들 정도로 일찍 출근하고 새벽이 되어서야 퇴근을 했었다.

글에서는 냉기가 철철 흐르는 이수호 작가는 다행히 사람을 막 부려먹는 사람은 아니었다. 가정에 일이 있을 때면 쉬게 해줄 만큼의 인성은 가지고 있는 사람이었다. 그 때문인지 장미는 늘 참 좋은 사람이라며 입에 침이 마르도록 칭찬을 했다.

몇 해 전엔 아들 같다고 이야기했었지? 그 남자 생각은 어떤지 모르지만.

아영이 아무 말 없이 자신을 빤히 보자, 장미가 깊은 한숨을 내쉬었다. 밥상을 차리는 손길이 조금 더뎌진다.

속옷을 의자에 내려두는 아영을 힐끗 본 장미가 결국 가슴 한 곳에 무겁게 내려앉은 말을 꺼냈다.

"딸, 미안해."

"응? 뭐가?"

아영이 숟가락을 들며 물었다. 그러자 장미가 밥그릇을 아영의 가까이 밀어놓으며 말했다.

"학비도 못 대주는 못난 부모라서 미안해."

"엄마."

아영이 놀란 눈으로 장미를 올려다보았다. 나이테가 선명한 장미의 얼굴을 보던 그녀가 다시 숟가락을 내려놓으며 말했다.

"엄마는 이 시간에 일을 가고, 아버진 아직 퇴근을 못 했어. 난 오히려 이제껏 잘 키워준 부모님이 이 시간에 고생하는 게 더 마음이 아파. 다른 친구들은 벌써 돈 벌고……."

말을 하다 보니 자신도 정말 불효녀라는 생각이 들었던 것인지 아영의 표정이 어두워졌다.

아버지가 첫째 부인과 사별 후에 두 분이 만나 아영을 본 덕에 두 분 다 또래의 부모님보다 연세가 많은 편이었다. 이날 이때까지 편히 쉬지 못하는 부모님 생각에 문득 가슴이 저렸다.

아영의 표정이 어두워지자 장미가 말간 눈으로 딸을 보았다.

"딸."

"응?"

"좀 안아보자."

장미의 말에 아영이 자리에서 벌떡 일어났다. 어린아이가 어리광을 피우는 것처럼 넓은 품에 안긴 아영이 축 늘어진 가슴에 뺨을 기댔다. 숨을 크게 들이마신 아영은 친숙한 냄새에 입술을 부드럽게 휘었다. 날뛰던 가슴이 차분하게 가라앉는 기분이 든다.

"행복하지?"

물음에 아영은 망설임 없이 고개를 끄덕였다.

어디 행복만 하겠는가?

밤새 걱정했던 모든 것들이 허사로 느껴지고, 몸에 힘이 솟기 시작했다.

"그럼 우리 조급하게 생각하지 말자. 우리 가족은 충분히 행복하잖아. 그건 너무나 큰 복이야."

돈으로 살 수 없는 것들이 진정으로 값지다고 하지 않는가. 그 기준에서 볼 때 아영은 가장 소중하고 값진 것은 바로 '가족'이라고 생각했다. 특히 부모와 자식의 관계는 선택을 할 수 없는 것이었고, 그 무엇보다 가장 큰 인연이라 생각했다.

은퇴를 한 후에도 아직 자식들을 덜 키웠다며 일선에 계시는 무뚝뚝하지만 자상한 아버지. 평생 큰 소리 한 번 없이 사랑으로 자식들을 키워낸 어머니. 그리고 지금 군대에서 나라를 지키느라 구슬땀을 흘리며 고생하고 있을 남동생까지. 아영에겐 그 무엇으로도 바꿀 수 없고 지켜내고 싶은 소중한 것들이었다.

"엄마가 먼저 우울한 이야기 꺼내서 미안해. 사랑하는 거 알지?"

"알고말고."

너무 당연한 소리에 아영이 웃어 보인다. 그리고 서둘러 나가야겠다며 앞치마를 벗는 장미의 뒤를 졸졸 따라가며 퉁명스럽게 말했다.

"그런데 이수호 작가, 엄마 너무 부려먹는 거 아니야? 무슨 이 시간에 일을 간다고……."

막 가방을 집어 들던 장미가 조금은 처연한 표정을 짓는다.

"외로운 사람이야."

그 말이 주는 울림은 상당했다. 아영이 입을 꾹 다물자, 장미가 입가에 희미한 웃음을 머금었다.

"난 아주 행복한 사람이니까 조금 나눠주고 싶어. 엄마의 말이 뭔지 알겠어?"

3학년이 되어 실습을 나가서 만났던 아이들을 떠올리자 순간 조금은 이해가 되어 아영이 고개를 끄덕였다. 그녀의 기준에서 이야기하면 그건 '행복'을 나눠주는 행위가 아닌 '사랑'을 나눠주는 행위라고 생각하고 있었지만.

장미가 현관으로 걸음을 옮기며 말을 흘린다.

"너랑 나이차이만 적으면 확 사위 삼고 싶은데."

"뭐어?"

"농담이야. 그럼 엄마 간다. 아버지 오시면 상 봐드려. 알았지?"

"알았어요."

장미가 신발을 신고 나갈 준비를 마치자 아영은 익숙한 듯 양팔을 벌렸다. 그러자 이번엔 장미가 그 품으로 파고든다.

"엄마, 오늘도 파이팅."

긴 머리를 질끈 묶은 아영은 학교 행정실을 나오며 조금은 홀가분한 표정을 지었다.

"오늘부터 열심히 해야지."

학교를 다니는 와중에도 다섯 개의 과외를 하고 있었지만 이젠 휴학을 했으니 과외도 더 늘리고, 과외를 하지 않는 저녁에도 일을 알아보는 게 좋을 것 같았다.

혹시 학원에 좋은 자리가 있지는 않을까?

입시 학원에 다니고 있는 친구에게 연락을 해볼까 생각하던 아영은 벨소리에 주머니 안으로 손을 밀어 넣었다. 액정엔 저장되어 있지 않은 번호가 떠 있었다.

분명 스팸 전화일 거라고 생각을 하면서도 아영은 전화를 받았다. 그러자 전화 너머로 차분한 음성이 들렸다.

[유아영 씨 되십니까?]

"네, 그런데요?"

답변에 전화 너머로 꼴깍 침을 삼키는 소리가 들렸다.

뭐지?

자신의 이름을 알고 있는 것을 보면 단순한 스팸 전화가 아닌 보이스피싱일지도 모르겠다고 생각하던 아영이 미간을 구겼다.

요즘 사기꾼들은 이렇게 목소리가 좋은가?

실없는 생각을 할 때였다.

[어머니가…… 지금 병원에 계십니다.]

"네?"

[어머니가……. 도, 도장미 씨가…….]

남자가 더듬더듬 말을 이었다. 그리고 끝끝내 말을 마치지 못한 채 침묵이 흘렀다.

아영이 눈을 동그랗게 떴다.

엄마가 병원에 있다고?

아침까지만 해도 건강했던 엄마가 왜?

머릿속으로 수많은 생각이 뒤섞여 도통 정리가 되지 않았다. 그러다 상대가 병원과 병실 호수를 이야기해 주자 그제야 퍼뜩 정신이 들었다.

"지금 갈게요."

전화를 뚝 끊은 아영이 걸음을 옮겼다. 방금 전까지만 해도 경쾌하게 움직이던 다리가 어느새 빠르게 뜀박질하고 있었다. 넓은 캠퍼스를 무작정 달려 큰길로 나간 아영은 도로 위를 쌩쌩 달리는 차들을 향해 손을 흔들었다.

"택시!"

버스 정류장에 서 있던 사람들의 시선이 한꺼번에 날아들 정도로 큰 목소리였다. 하지만 아영은 다른 사람들의 시선은 알아차리지 못한 채 얼마 떨어진 곳에 멈춘 택시를 향해 달렸다.

"한국 병원이요! 한국 병원으로 가주세요!"

택시에 오르고 나서야 엄마가 얼마나 다쳤는지 묻지 못했다는 사실이 떠올랐다. 다시 전화를 걸어 물어볼까 생각하던 아영은 한국 대학에서 한국 병원까지 차로 채 10분도 걸리지 않는다는 사실을 떠올리곤 손톱을 딱딱 뜯었다. 그것이 아니더라도 전화를 걸어온 상대도 통화를 할 정신이 아닌 듯 했었다.

마지막엔 목소리 끝이 떨렸다. 애써 이성을 유지하려는 것처럼 들렸지만 당혹스러운 감정은 아영이 느낄 정도였다.

딱딱딱.

연신 손톱을 물어뜯던 아영은 택시가 병원 앞에 멈춰 서자 튕기듯 차에서 내렸다.

빠르게 걸음을 옮긴 아영은 큰 병원인지라 몇 번이나 길을 헤매고 나서야 남자가 불러준 대로 VVIP 병실이 있는 층에 도착할 수 있었다.

복도에 놓인 의자에 앉아 있던 남자는 아영을 발견하고 느릿하게 자리에서 일어났다. 다급하게 달려오는 아영이 장미의 딸이라는 것을 눈치껏 알아차린 모양이었다.

아영이 숨을 고르자 남자의 허리가 폴더처럼 굽었다. 허리를 숙인 남자가 당장이라도 땅에 고개를 처박을 것처럼 굴며 읊조렸다.

"죄송합니다."

사과의 말에 아영의 입술이 굳게 다물렸다. 도대체 어떻게 된 일이냐고, 어머니의 상태는 어떤 거냐고, 물어볼 말들이 머릿속에만 둥둥 떠다닐 뿐 입 밖으론 흘러나오지 않는다. 그건 남자의 행동, 떨리는 목소리 때문이었다.

"정말 죄송합니다."

여전히 허리를 숙인 남자가 다시 한 번 사과의 말을 건넸다. 그 후 고개를 들어 아영을 내려다본다.

크게 흔들리는 동공에 아영은 그제야 정신을 차리며 물었다.

"어, 엄마는……."

"안에 계십니다."

수호의 말에 병실 문을 붙잡은 아영이 힐끗 다시 시선을 옮겼다. 다 큰 성인 남성이 금방이라도 울 것 같은 표정을 짓고 있자 신경이 쓰였다. 오히려 괜찮냐고 이쪽에서 물어봐야 할 것 같은 얼굴이었다.

걸음을 옮기던 아영이 병실 문을 열기 전에 물었다.

"안 들어가세요?"

"……."

남자의 답이 흘러나오길 기다렸지만 끝내 그는 아무런 말도 하지 못했다.

그저 울 것 같은 눈망울로 아영을 바라볼 뿐.

아영은 생각했던 것과는 너무나 다른 장미의 상태에 의자에 털썩 주저앉았다.

처음에 놀란 것은 낭랑한 목소리로 '여긴 어떻게 왔어?'라고 묻는 장미의 모습이 너무나 멀쩡하다는 것이었고, 두 번짼 자신의 집보다 더 큰 병실의 크기 때문이었다. 생전 VVIP 병동에 묵을 일이 없었으니 흡사 가정집 같은 공간에 놀라는 것은 어찌 보면 당연할 정도였다.

놀랐던 마음이 안정되자 수다쟁이 장미의 말이 하나둘 귀에 들어오기 시작했다.

"눈앞에 별이 번쩍하더라니까?"

왜 이 병원까지 오게 됐는지 마치 모험담처럼 늘어놓는 모습에 아영의 얼굴이 일그러졌다. 장미의 말을 종합해 보자면 건장한 남자에게 떠밀려 넘어졌는데 그때 허리를 삐끗했다고 한다. 검사 결과는 자세히 나와봐야 알지만, 보지 않아도 빤하다며 장미는 웃었다.

웃음에 순간 두통이 밀려와 아영이 이마를 짚으며 말했다.

"괜찮으니까 다행이다. 난 또 엄청 크게 다친 줄 알았잖아!"

결국 마지막엔 빽 소리를 지른 아영이 장미를 원망스럽다는 듯 보았다. 그러자 그녀도 자신이 지은 죄를 알고 있다는 듯 변명이랍시고 말했다.

"이 작가가 하도 호들갑을 떨어서……."

그 말에 아영도 공감한다는 듯 고개를 끄덕였다. 전화를 받았던 순간 장미에게 큰일이 생긴 줄 알고 얼마나 놀랐던가.

그때의 일을 떠올리는 것만으로도 심장이 벌렁거리자, 아영의 입에서 옅은 웃음이 흘러나왔다. 그 사이 장미는 푹신한 매트리스가 끝내준다며 웃고 있었다. 허리엔 보조 장비를 차고 있었지만 움직임은 불편함이 없어 보였다.

"그런데 어쩌다가 다친 거야? 왜 남자가 갑자기 엄마를 밀어?"

"다 내 자업자득이야. 그러니까 이 작가한테 뭐라고 하지 마."

"……뭐라고 안 해도 이미 선생님한테 혼난 아이 같은 표정이던데?"

마치 실습을 나갔을 때 만났던 아이들과 같은 반응이었다. 그래서 병실 안으로 들어오기 전, 더 긴장을 했었다.

한숨을 내뱉은 아영이 허리에 찬 기구를 보며 묻는다.

"그런데 검사 결과는 언제 나온대요?"

"이 작가가 정밀 검사하자고 난리를 쳐서 내일까진 입원해야 할 것 같아. 병원비 많이 나온다고 싫다고 했는데……."

장미가 병원비가 걱정이라는 말을 읊조리자 아영은 아무 말 없이 어색한 웃음을 지었다.

이 넓은 병실의 이틀 병원비는 얼마나 나올까?

아영은 걱정이 들었지만 겉으론 내색하지 않은 채 고개를 저었다. 걱정하지 말라는 듯이.

우선은 내일까지는 이곳에 입원을 해야 할 테니, 아버지에게도 이 사실을 전하는 것이 좋을 것 같았다. 전화로 하면 놀라실 테니 직접 일하시는 곳에 가서 대화를 한 후에 집에 가서 간단한 짐을 챙겨 와야 할 것 같다. 그리고 얼마일지는 모르나 검사비와 입원비를 낼 수 있도록 통장 잔고를 확인하고 아버지와 상의하는 것도 좋겠지.

아영의 머릿속이 바쁘게 움직일 때였다. 장미가 병실 문을 힐끗 보며 물었다.

"이 작가는?"

"복도에 있던데?"

마지막에 안 들어가냐는 자신의 물음에 침묵을 지켰던 남자의 모습이 언뜻 떠올랐다.

그는 일반적인 기준에서 무척 잘생긴 사람이었다. 180㎝는 훌쩍 넘어 보이는 키와 집에서 급하게 나온 것인지 편한 복장 역시 멋들어지게 잘 어울리는 남자. 어디 그뿐이던가. '공부의 신'이라며 칭송이 자자하기도 했었고, 그녀의 대학 선배이기도 해서 그에 대해서는 언론과 학교 사람들에게 전설처럼 남아 있는 말을 주워듣기도 했었다.

작가로서도 성공 가도를 달린 사람은 세상사 걱정 하나 없을 듯 보였다. 장미의 말에 의하면 강남역 인근에 위치한 번듯한 아파트도 그의 것이었고, 고급 차도 두 대나 있다고 했다. 거기에다가 베푸는 것에도 인색하지 않은 것인지 장미의 월급도 처음 기준으로 보았을 때 두 배나 올려줘 전세로 살고 있던 지금의 집을 구입할 수도 있었다.

그런 사람이었다. 뭐든지 완벽한. 하지만 오늘 만난 '이수호 작가'는 조금 다른 느낌이었다.

"참 묘한 사람이더라."

처음 그가 두 번째로 낸 소설 〈날내〉를 접했을 때 이 글을 쓴 사람은 참 차갑고 타인과의 공감 능력이 떨어지는 사람이라고 생각했었다. 소설의 두 주인공 모두 개인의 이익을 위해선 무엇이든 하는 사람이었고, 그런 사람들이 조금씩 타인과 섞여들기 위해 노력을 하는 내용들이어서 막연히 작가 역시 주인공들과 비슷한 사람일 거라 규정지었었다. 덕분에 다른 사람들이 그의 소설을 칭송하고, 그가 시나리오 작업을 한 영화를 칭송할 때도 아영은 관심을 두지 않았었다.

그런데 오늘 본 그는 어땠던가.

"울 것 같았어."

"울 것 같긴. 여기에 오면서 진짜 울었어."

장미의 말에 아영의 눈이 커다랗게 떠졌다.

뭐? 울어? 정말?

아영이 믿기지 않는다는 표정이자, 장미는 아까 그 정신없던 상황을 떠올리며 말했다.

"자기 때문이라고 얼마나 울던지."

"……정말?"

"내가 말했잖아. 행복을 나눠주고 싶은 사람이라고. 지금도 미안해서 못 들어오는 거야."

장미가 그 속이 빤히 보인다는 듯 키득키득 웃자, 아영의 얼굴에 의문이 서렸다.

보통 집에서 일해주는 아주머니가 다쳤다고 울기도 하나?

생각하던 아영은 혼잣말처럼 읊조렸다.

"……작가라서 감수성이 풍부한가 보구나. 그렇게 안 보이던데."

이 말에 장미는 의문스러운 표정을 지을 뿐 긍정도 부정도 하지 않았다.

장미의 상태를 제대로 확인한 아영이 자리에서 일어났다. 이젠 움직여야 할 시간이었다. 저녁엔 야간 아르바이트가 있으니 그 시간 전까진 앞서 계획했던 일을 모두 마무리 지어야 할 터다.

"그럼 짐 챙겨서 올게."

"아버지한테 잘 설명해. 알았지? 이 작가처럼 앞뒤 떼먹고 이야기하지 말고."

"알았어."

아영이 가벼운 발걸음으로 병실을 나서자 여전히 앞을 지키고 있던 수호가 자리에서 일어났다. 그가 다가올 생각도 하지 못한 채 말간 눈으로 물었다.

"좀 어떠십니까?"

장미가 들은 이야기 그대로 그도 들었을 텐데 남자의 눈동자엔 여전히 걱정이 뚝뚝 떨어졌다.

'괜찮다'라는 답은 지금 이 남자에게 충분하지 않을 터다. 의사에게 이야기를 들었는데도 안심을 못한 것이면 자신이 말해도 마찬가지이지 않겠는가.

그의 얼굴을 말없이 올려다보던 아영이 입가에 따스한 웃음을 머금으며 답했다.

"궁금하시면 직접 들어가 보세요."

마치 목석이라도 된 것처럼 병실 앞 의자에 앉아 있던 수호는 위에서 들려오는 경호의 잔소리에도 무감한 표정만 지었다. 어제 했던 잔소리를 그대로 읊어대는 말은 새롭지 않았고, 오히려 앵무새처럼 떠드는 말에 그의 저질 창의력에 놀라움만 들었다.

"미쳤어요? 사람을 왜 패요!"

이 말을 도대체 몇 번이나 들었던가.

이제껏 그랬던 것처럼 침묵으로 답을 하려던 수호가 날카로운 눈으로 경호를 올려다보았다.

"패긴 누가 팼다고. 나도 밀었어. 그 멍청한 새끼처럼."

"형!"

수호의 얼굴이 일그러졌다. 귀가 울릴 만큼 날카로운 소리에 더 이상 참지 못하겠다는 듯이.

자리에서 벌떡 일어난 수호가 경호를 내려다보았다.

"어머니가 다쳤다고! 아무런 죄도 없는 사람이!"

"아, 정말!"

커다란 남자가 시선을 내리깔며 바라보자 위압감이 들어 경호가 입술을 굳게 다물었다. 여기서 잘못 대답했다간 한 대 맞을 분위기였다.

도통 화를 내지 않는 사람이 장미의 일에 있어서만큼은 미친 망아지처럼 굴었다. 이성적인 사람이 감정적으로 변했고, 마치 제 일처럼 흥분하고 화를 냈다.

경호는 그에게 도장미란 사람의 존재가 얼마나 큰지 잘 알고 있었다. 하지만 이번 일은 쉬이 넘어갈 수가 없었다. 이미 유명인사인 수호가 폭행 사건을 일으켰다며 지금도 인터넷에서 난리였고, 이 일로 신간 출간 일정도 조율을 해야 한다는 이야기까지 나오고 있었다.

하지만 수호는 일의 심각성을 모르는 듯 굴었다. 지금도 그의 관심사는 온통 도장미와 일을 이렇게 만든 사람에게로 향해 있었다.

"그 여자는?"

"아직 못 찾았어요."

"젠장."

거칠게 욕설을 내뱉은 수호가 머리카락을 거칠게 쓸어 올렸다. 하지만 경호에게 있어 그건 그리 중요한 문제가 아니었다.

휴대전화가 미친 듯이 울렸다. 언론에 이야기가 흘러나간 오후부터 계속 전화가 걸려와 곧 꺼질 지경이었다.

또다시 미친 듯이 울리기 시작한 휴대전화를 보며 경호가 얼굴을 일그러뜨렸다.

"이거 어떻게 수습할 거예요. 네? 말 좀 해봐요!"

"기사 내라고 해. 사실 그대로."

"……."

아니, 지금 당신 이야기하는 거거든?

마치 제삼자의 일처럼 심드렁한 표정에 참지 못한 경호가 발을 쾅! 굴렀다.

마음 같아서는 욕지기라도 뱉고 싶었지만 이수호가 누구던가? 촌철살인에 말로는 지지 않는 사람이다. 토론 프로그램에 나와 3선 국회의원의 입도 틀어막은 자랑스러운 청년 대표 아니던가!

자신이 이길 레벨이 아니라는 걸 알고 있는 경호는 지원군을 만나기 위해 걸음을 옮겼다.

"어머니한테 다 이를 거야!"

"누가 네 어머니야?"

"왜요, 형은 어머니라 불러도 되고 난 안 되나? 그런 게 어디 있어!"

드르륵— 쾅!

거칠게 닫힌 병실 문을 멍한 눈으로 보던 수호가 옅은 한숨을 내뱉었다. 병실에 들어갈 용기가 아직은 나지 않았다.

고개를 숙인 그가 머리를 싸맸다.

"이 작가한테 그러지 마세요!"

돈을 받으러 온 사내들과 자신의 앞을 가로막은 장미는 무척 커보였다. 작고 힘없는 여자였지만 그 기백에 남자들도 놀라 걸음을 물릴 정도가 아니었던가.

그건 수호 또한 마찬가지였다. 잠자코 있던 장미가 나설 줄 몰랐던 터라 놀라움에 몸이 뻣뻣하게 굳었다.

그 순간이었다. 빚쟁이 중 한 명이 장미를 밀었다. 막을 틈도 없었고, 쓰러져 비명을 내지르는 장미를 보고만 있어야 했다.

마른세수를 하는 수호의 입에서 신음이 흘러나왔다. 막을 수 있었는데. 제 눈앞에서 그런 일이 일어났다고 생각하자 괴로움에 숨이 안 쉬어졌다. 그 다음의 일은 기억이 나지 않는다. 다급하게 119와 112에 신고를 했던 것 같고, 구급차를 타고 병원에 왔던 것만 언뜻 떠올랐다.

그리고 병원에 오고 나서야 정신이 들었다.

"괜찮아, 이 작가. 나 이제 안 아파."

병원에 오기까지 장미는 그 말을 수십 번은 했던 것 같다. 하고 또 하며 자신을 달래던 손길에 눈물이 났다.

"형, 어머니가 들어오래요."

언제 문을 열고 나온 것인지 경호가 그의 앞에 서 있었다. 고개를 든 수호가 긴장한 얼굴로 그를 올려다본다.

아직 마음의 준비가 되지 않았어.

병원에 온 지 하루가 지났다. 그 사이에 장미의 가족이 들렀다가 다시 집으로 돌아갔지만 그는 여전히 그 자리를 지켰다. 꼼짝도 할 수가 없어서. 다리에 힘이 풀려 버린 것만 같았다.

수호가 고개를 저었지만 경호는 억지로 그를 일으켜 세웠다. 그리고 열린 문으로 그를 확 밀어 넣더니 두 사람만 대화를 할 수 있도록 문을 닫아주었다.

도망갈 구멍이 막히자 수호가 힐끗 장미를 곁눈질했다. 그녀는 늘 그랬던 것처럼 따스한 눈빛으로 수호를 보고 있었다.

"죄송합니다."

"누누이 말했지만 이 작가 탓 아니라고 했지?"

허리를 숙이며 사과의 말을 건네는 수호를 보며 장미가 따끔하게 혼냈다. 마음을 편하게 해주려고 한 말이었지만 수호의 표정은 더욱 어두워졌다.

어떻게 내 탓이 아니란 거지?

모두 자신의 탓이었다. 문을 열어준 것도 자신이었고, 남자들이 찾아온 것도 자신이었다. 장미는 이 일과 전혀 상관이 없는 타인이었다.

그녀에게 다가오지도 못한 채 수호가 고개를 숙였다.

"나 좀 봐줘. 잘생긴 이 작가 얼굴 좀 보자."

그녀의 말에 수호는 말 잘 듣는 아이처럼 고개를 들었다. 그의 시선이 자신을 향하자 장미가 손짓했다.

이리와 봐.

그 손길에 이끌린 수호가 더듬더듬 걸음을 옮기자 장미는 그가 도망가지 못하도록 손을 붙잡았다.

“병원비 이 작가가 냈다면서?”

“다 저 때문에 생긴 일인데…….”

“그래도 그건 아니지.”

장미가 고개를 단호하게 저었다. 병원비는 자신이 내겠다는 의사에 수호의 얼굴이 일그러졌다.

“어머니, 우리 사이에 이러기입니까?”

“그래도 미안하잖아.”

어색한 웃음을 지은 장미가 한숨을 푹 내쉬었다. 아영에게 이미 지불된 병원비 금액을 들었기에 쉬이 ‘그래도 내가 낼게’라는 말이 나오지 않았다. 더욱이 검사 결과, 척추협착증으로 한동안 입원을 더 해야 했고, 물리치료까지 받아야 했다. 입술은 본드를 발라놓은 것처럼 딱 붙어버린다.

이런 그녀의 마음을 알아서일까.

수호가 고개를 저었다. 자신이 내게 해달라는 말이었다.

“밥은, 먹었어?”

갑작스러운 물음에 수호가 망설임 없이 고개를 끄덕였다. 그러자 장미가 그를 흘겨보며 짧게 잘라 말한다.

“또 거짓말.”

제대로 식사를 했을 리가 없다. 수호가 병실 문 앞을 내내 지켰다는 이야기를 들었기 때문이다.

“오늘 집에 들어가. 이 작가가 밖에 있으면 내 맘도 안 편해.”

"……."

"이야기는 들었지?"

"……네."

수술을 할 정도는 아니었기에 초음파 치료와 물리치료를 병행해야 한다고 했다. 사람이 나이가 들어감에 따라 오랫동안 사용한 몸이 문제를 일으키는 건 당연했고, 그녀에게 온 병 역시 척추가 퇴행해서 생긴 것이었다.

안정을 취해야 한다는 의사의 말에 더 이상 일을 할 수 없게 되었음을 알았다. 그 이야기를 들었을 때 장미는 금전적인 문제보단 수호를 더 걱정했다.

"한동안은 내가 갈 수가 없으니까 딸이 갈 거야. 우리 아영이 봤지?"

"……대학생이라고 하지 않으셨어요?"

이목구비는 어머니인 도장미보다 아버지 유동식을 더 닮은 사람이었다. 하지만 자그마한 몸과 따스한 웃음은 장미를 닮은 여자. 장미에게 딸아이가 공부를 잘한다며 몇 번이고 이야기를 들었었기에 낯설지 않게 느껴졌던 아영을 떠올렸다.

나와 같은 대학 후배라고 했었던 것 같은데.

기억이 정확하지 않아 물었던 말에 장미의 표정이 어두워졌다.

"못난 부모 만나 공부도 제대로 못 하고 있지. 내가 죄인이야."

"아……."

"알았지?"

그러니까 군말 없이 자신의 의견에 따르라는 뜻이었다.

하지만 타인이 자신의 생활권 안으로 들어오는 것을 극도로 꺼리는 수호는 내키지 않는다는 듯이 입술을 달싹였다.

"그래도……."

"말 안 들으면 병원비 내가 낼게."

"어머니, 무슨 협박을 그렇게……."

"자, 내 말 들을 거지?"

활짝 웃으면서 하는 말에 수호가 입을 꾹 다물었다.

그의 머리가 빠르게 돌아가기 시작했다. 그러다 곧 계산을 마친 것인지 그가 입술을 달싹였다.

"그럼 앞으로 병원비는 제가 내게 해주십시오."

"이 작가……."

"그렇게 해주세요."

그의 요구에 장미가 입을 꾹 다물었다. 만약 그가 병원비를 내지 않으면 남은 입원 기간 그녀는 다른 사람과 함께 쓰는 불편한 병실로 옮길 것이 분명했다.

그가 힘 있게 요구하자 장미가 미안한 웃음을 짓는다.

자신의 요구가 관철되었다는 사실에 기쁜 마음이 들면서도 수호는 '아영'의 모습을 떠올리며 속으로 한숨을 삼켰다.

그 여자와 하루 종일 함께 있으라고?

그의 표정이 어두워진다.

2. 별에서 온 여자

가벼운 발걸음으로 집을 나선 아영이 지하철역으로 향했다. 장미가 그랬던 것처럼 아버지와 함께 아침 식사를 하고 나온 그녀는 친구가 보내온 문자에 한숨을 내뱉었다.

〈과외는 안 할 거야?〉

며칠 전, 휴학을 한다는 자신의 말에 친구는 쓰디쓴 잔소리를 쏟아냈다. 하지만 곧 힘내라는 말과 함께 아르바이트 자리를 알아봐 주겠다고 했었다. 흔히 그들만의 리그라고 불리는 금수저의 세계에 살고 있는 친구였기에 고액 과외를 알아봐 줄 수 있다며 필요하면 말하라고 했던 것이 떠올라 연락을 했던 것이었다.

〈응, 엄마가 부탁해서. 어쩔 수 없지, 뭐.〉

〈그래도 그 나이에 가정부가 뭐야, 가정부가. 좋은 머리 내버려 두고 꼭 그런 일 해야 해?〉

PC로 답을 하는 것인지 답장이 빠르게 도착했다. 고액 아르바이트를 하면 더 큰 돈을 벌 수 있는데 굳이 몸을 쓰면서 힘들게 일을 해야 하냐는 말이었다. 이에 답장을 보내는 손길에 망설임이 없다.

〈가족 같은 사람이래.〉

〈어후, 답답해. 어머니한테 가족 같은 사람이지 너한테는 아니잖아? 유아영, 넌 정말 손해보고 사는 타입이야.〉

희진은 늘 아영에게 답답하다고 말하곤 했다.

장학금을 받으면서도 곧 제대할 동생을 위해 열심히 아르바이트를 해 적금을 넣고, 부모님에게 꼬박꼬박 선물을 안겨주기도 했다.

이번에 휴학을 하게 된 것도 동생의 적금 통장을 깨면 해결할 수 있었지만 아영은 그렇게 하지 않았다. 당장의 돈은 급하게 막을 수 있겠지만 근본적인 문제는 해결되지 않은 채 그대로란 생각 때문이었다.

내가 하고 싶은 일과 안정적인 미래.

둘 중 하나를 선택해야 했으나, 아영은 이번에도 결정을 조금 뒤로 미뤄두기로 했다.

힘겹게 내린 결정을 후회하지 않기로 했으니, 무거운 마음도 가볍게 훌훌 털어내는 게 좋으리라. 자신이 지금 해야 할 일은 엄마가 부탁한 이수호 작가의 집 가정부 일이었으니까. 치료를 받을 3개월 동안 부탁하신 일이었고, 월급도 두둑이 챙겨주기로 했으니 학비는 이 일로 해결할 수 있을 터였다.

저 멀리 지하철역이 보이자 아영은 시간을 확인한 후 장미에게 전화를 걸었다.

"엄마, 이수호 씨, 병원에 있어?"

[아니, 내가 집으로 쫓아냈어. 할 일도 있는 바쁜 사람이 언제까지 여기에서 죽치고 있으면 안 되지.]

망부석처럼 앉아 있던 수호를 떠올린 아영이 물었다.

"쫓아내니까 순순히 갔어?"

그럴 사람으론 안 보이던데…….

안으로 들어가 보라는 제안에도 남자는 끈질기게 침묵을 지켰다.

고집스러운 모습을 떠올리던 아영은 곧 들려온 의외의 답에 눈을 동그랗게 떴다.

[내 말은 무척 잘 듣는다니까?]

"엄마 말만?"

[응. 한경호라고 이 작가 일 봐주는 매니저가 있거든. 그 아이가 매일 나한테 부탁해. 이 작가 혼 좀 내달라고.]

"그게 뭐야. 애들 같아."

아영이 작게 웃었다. 자신의 엄마 말만 잘 따르는 사람이라고 하니 기분이 이상했다.

그래, 그렇게 큰 금액을 엄마를 위해 턱턱 내놓는 남자니까, 그럴 수도 있지 뭐. 거기에다가 병원 병실이 없어 큰일이던 때, 아는 의사를 통해 급히 입원할 수 있도록 한 것도 이수호였다.

"오늘 감사하다고 해야겠어. 병원비까지 다 내주고."

[음, 썩 좋은 생각은 아닌 것 같은데?]

"응? 왜?"

[한번 해보든가.]

"뭐야. 그렇게 말하면 불길하잖아."

그녀가 미간을 좁혔다. 이런 반응이니 감사 인사도 하지 못하는 경우 없는 사람이 될 것만 같았다.

[아침, 점심, 저녁까지 잘 챙겨주고 와. 아, 비밀번호 이야기해 줬나?]

"이야기해 줬어. 잘 메모했고."

[그래그래. 힘든 건 없을 거야. 아, 아버지 식사는 챙겨드렸지?]

"응. 한 그릇 싹싹 비우고 주무셔. 눈 좀 붙이고 병원 가실 거래."

[그래, 잘했어. 아, 맞다. 태경이한테 전화 왔어?]

"아직."

[휴가 나온다더니. 아, 맞다! 세금 내야 해, 세금. 전기세.]

"알았어, 다녀와서 낼게요. 엄마 나 지금 지하철역 앞이야. 나중에 연락할게요."

[응, 알았어. 수고해!]

전화가 끊기자 아영이 그제야 한숨을 내뱉었다. 탱탱볼처럼 이리저리 튀는 대화에 진이 쭉 빠진 기분이었다.

개찰구를 지나 지하철을 타러 걸음을 옮기던 아영은 문자 도착 음에 휴대전화를 확인했다.

희진의 문자에 아영의 입술이 부드럽게 호를 그렸다.

〈주말에 보자. 오랜만에 만나서 맛있는 것도 먹고.〉

〈알았어.〉

답장을 보낸 아영이 휴대전화를 주머니에 넣은 후 씩씩하게 걸음을 옮겼다.

가벼운 복장을 한 채 다리를 탈탈 털어내던 수호가 모자를 더욱 깊숙이 눌러 썼다. 땀으로 흠뻑 젖을 때까지 한강변을 달린 후임에도 그는 피곤한 기색 하나 없어 보였다.

그의 주위엔 많은 사람들이 있었다. 대부분 출근을 하는 직장인들이었다. 길 건너엔 그가 살고 있는 아파트도 있었지만 이 근방엔 주거보다는 사무실 용도로 지어진 건물이 더 많았다.

사람들 속에 파묻혀 있던 그는 블루투스 이어폰에서 힘없는 목소리가 들려오자 뻐근한 목을 움직였다.

우두둑.

뼈가 부러지는 소리가 났다.

[형, 방송 스케줄은 취소됐고요. 강연도 대경대학 빼곤 모두

취소됐어요.]

경호는 힘이 없어 보였다. 자신의 직장이자 월급을 주는 이수호 작가가 마녀사냥에 가까운 비난을 받아 제 일자리가 사라질까 봐 그런 것은 아니었다. 한경호는 소위 말하는 '금수저'였으니까. 수호의 어린 시절과는 달리 경호는 돈 걱정 한 번 없이 살아온 이였다.

빨간불에서 녹색불로 신호가 바뀌자 그가 걸음을 옮겼다. 그 사이에 경호는 마치 한 편의 모노드라마처럼 감정을 바꿔 밝은 어조로 말하고 있었다.

[잘됐죠, 뭐! 이참에 푹 쉬세요. 안 그래도 요즘 일이 너무 많아서 힘들어 했잖아요. 원고 마감 날짜도 얼마 안 남았고요.]

"위로랍시고 하는 이야기지?"

[물론이에요.]

경호의 말에 그가 입가에 미소를 머금었다.

수호는 그 남자들의 턱을 날려 버린 것엔 아직도 후회가 없었다. 사채업자들은 이 일과 전혀 상관이 없는 장미를 다치게 만들었으니까. 이에 대해선 경호가 아는 기자들에게 이야기를 흘려 기사가 나왔고, 출판사 쪽에서도 강경하게 대응하고 있었다. 물론, 여론은 이미 그에게서 등을 돌린 후였지만.

"그래, 알았다."

[오늘은 출판사 가야 해서, 내일 갈 건데 괜찮죠?]

"일 없으면 오지 마. 끊는다."

[형……! 매정하게…….]

이어폰 버튼을 눌러 전화를 끊은 그는 지척에 있는 집을 보며 빠르게 걸음을 옮겼다.

오늘은 장미의 딸인 아영이 오기로 되어 있었다. 되도록 그녀를 설득하여 집으로 돌려보내고 싶었기에 먼저 집에 도착해 적절한 변명거리를 찾는 것이 좋을 듯했다.

어머니도 딸의 말이라면 들어주시겠지.

한 공간에 다른 이와 함께 있는 건 불편하다. 집에서는 타인의 눈을 신경 쓰지 않고 편하게 있고 싶었다.

신호는 어느새 반 이상 지나고 있었다. 출근을 해야 하는 직장인들이 거의 뛰다시피 횡단보도를 거의 건넜을 때, 수호의 시선에 두 사람이 들어왔다.

작은 몸집의 여자가 먼저 시야에 들어왔다. 여잔 그도 잘 알고 있는 사람이었다. 하지만 옆에서 허리가 기역자로 굽은 할머니는 처음 보는 사람이었다.

"어?"

그가 자신도 모르게 혼잣말을 내뱉었다. 그러는 사이에도 걸음을 옮겨 두 사람에게 다가갔다. 걸음이 불편한 할머니는 아영에게 몸을 의지해 걸음을 옮기고 있었다.

"고마우이."

"아니에요, 할머니."

해맑게 웃는 여자와 할머니는 오늘 처음 만나는 사람이었다. 기꺼이 도움의 손길을 내민 아영은 급할 게 없다는 듯 천천히 할머니의 보폭에 맞춰 걸음을 옮기고 있었다. 이마엔 땀까지 삐질 흘리면서.

그런 두 사람의 뒤를 따라온 수호는 신호가 바뀌자 서서히 움직이려는 차를 보았다. 유턴을 하려는 것인지 운전자가 조급하게 차를 출발시키려는 것이 보였다.

수호가 눈살을 찌푸렸다. 아직 건너지 못한 보행자가 있었고, 그중 한 명은 노인이었다. 일부러 늦장을 부리는 것도 아니었고, 타인의 배려가 필요한 몸이었다.

그가 서릿발 치는 눈빛으로 운전자를 노려보자 두 사람의 눈이 우연히 딱 마주쳤다.

끼익.

작은 소음을 낸 차가 멈춰 서자 할머니가 깜짝 놀라 몸을 떠는 것이 보였다. 할머니의 걸음이 성급해지려 하자, 아영이 보폭을 맞춰 노파를 부축했다.

긴 횡단보도를 건너는 것이 힘에 부치는 듯, 길을 다 건넌 노인이 잠시 숨을 골랐다. 그런 후 여전히 주름진 제 손을 붙잡고 있는 아영을 올려다보며 힘없이 웃었다.

“정말 너무 고마워서 어쩌지?”

“아니에요, 할머니. 조심해서 가세요.”

활짝 웃은 아영이 손을 팔랑팔랑 흔든 후 걸음을 옮기자 수호가 멈췄던 발을 다시 움직였다.

뚜벅뚜벅, 그는 타인이 자신의 뒤를 밟고 있다는 걸 눈치채지 못한 채 아파트 쪽으로 걸음을 옮기는 아영의 뒷모습을 보았다.

작다.

여자의 인상은 그뿐이었다. 다른 것은 없었다.

처음 장미를 만났을 때도 그렇게 생각을 했었는데.

10년 전의 기억을 어렴풋 떠올리던 수호가 아영의 뒤를 따라

로비 안으로 들어섰다.

오늘도 방문객들을 관리해야 할 경비원들이 없었다. 경비원들이 얼마 전부터 파업에 들어가면서 아파트의 돈 많은 주민들은 무분별하게 자신의 공간으로 들어오는 사람들에게 두려움을 느끼고 있었다. 하지만 생존권을 두고서 첨예하게 벌어지고 있는 파업은 끝날 줄 몰랐다.

그래, 그래서 그런 사달이 일어났지.

원래라면 사채업자들은 로비에서 가로막혀 들어오지 못했을 것이다.

다시 한 번 타이밍이 좋지 않았다고 생각하던 그는 아영이 엘리베이터에 오르고 나서야 다시 걸음을 옮겼다.

"……그런데 나 지금 뭐 하는 거지?"

그가 문득 깨달은 상황에 미간을 좁혔다.

왜 저 여자의 뒤를 몰래 쫓고 있는 거야, 변태처럼.

자신도 모르게 한 행동에 그가 인상을 굳히고 있을 때였다. 옆에 있던 엘리베이터 문이 열리자 바로 올라탄 그가 버튼을 누른 후 벽에 등을 기댔다.

여자가 생각보다 빨리 도착했으니 생각할 시간은 더욱 줄어들었다. 그가 고심하는 얼굴로 깊은 한숨을 내뱉었다.

내쫓는 것은 안 된다. 장미의 딸이니까. 나쁘게 보이는 것은 좋지 않았다.

잘 타일러 볼까?

장미에겐 일을 했다고 말만 하게 하는 것도 나쁘지 않은 제안 같았다. 손해는 아니니 받아들이겠지.

그의 고민이 끝나기도 전에 도착 알림 음과 함께 문이 열렸다. 느슨하게 기대고 있던 허리를 곧게 세운 그가 걸음을 옮기다 말고 멈춰 섰다.

"아, 어떻게 하지?"

자신의 집 앞에서 고민을 하는 여자가 보였다. 초인종을 눌러도 사람이 나오지 않자 직접 문을 열고 안으로 들어가도 되는지 고민하는 모양이었다.

또다시 아영이 문을 열고 집 안으로 들어가길 기다리려는 자신의 행동에 미간이 구겨졌다. 그러다 알게 되었다. 어떤 이유로 그러는 것인지는 알 수 없었지만 지금 저 여자의 앞에 나서기가 꺼려진다는 걸. 나답지 않게. 수많은 사람들의 앞에서 강연을 하고, 토크쇼를 하고 인터뷰까지 하면서.

그가 성큼성큼 걸음을 옮겼다.

여전히 번호키 앞에서 우물쭈물하고 있는 아영의 뒤에 선 그가 팔을 뻗었다. 어깨 너머에서 튀어나온 팔에 깜짝 놀란 아영의 몸이 위로 튀어 올랐다. 하지만 그는 아무렇지도 않게 비밀번호 여덟 자리를 눌렀다.

"어, 어, 저기……."

문과 그의 품 사이에서 방황하던 그녀는 수호가 자신을 본 체도 하지 않은 채 집 안으로 들어가자 서둘러 그의 뒤를 따랐다.

수호가 몸을 돌리며 아영을 보았다. 커다란 눈동자가 당혹스러움에 흔들리고 있었다.

"이수호 씨, 저는……."

"유아영 씨죠? 여기 앉으세요."

그가 소파를 손으로 가리키며 말했다.

아영이 말없이 소파에 가서 앉자 그가 부엌으로 향하며 물었다.

"오렌지 음료 괜찮습니까?"

"아? 네."

그가 바닥에 놓여 있던 박스에서 유리병에 든 음료를 꺼내 들었다. 자신의 것까지 챙겨 온 수호는 테이블 위에 음료를 놓아둔 뒤 그녀의 맞은편 자리에 앉는다.

땀 냄새가 옅게 나는 것이 마음에 걸렸지만 그는 서둘러 이 여자를 돌려보내고 싶었다. 그녀는 장미가 아니었고, 한집에 함께 있으면 오해를 받을 젊은 성인 여성이었으니까. 이 여자가 이 집에 있으면 샤워를 하는 것도 편치 않고, 작업을 할 때도 신경 쓰일 터였다.

그가 조심스럽게 음료수 병을 오픈한 뒤 홀짝이는 아영을 보았다. 어깨를 잔뜩 움츠리고 있어서일까. 약해 보이는 작은 몸은 한입거리도 안 되어 보였다.

돌려보내자.

그렇게 결심한 그가 말했다.

"어머니께 말씀 많이 들었습니다."

"저도요."

움찔.

아영의 웃음에 그의 몸이 떨렸다. 웃음을 보는 순간 깜짝 놀라 버렸다.

그는 미간을 좁힌 아영의 얼굴을 빤히 보았다. 웃음은 정말 장미를 많이 닮았다. 누가 같은 피가 흐르는 가족 아니랄까 봐.

그렇게 생각하자 그의 마음이 조금은 침울하게 가라앉는다.

"오신다는 이야기는 들었지만 어머니를 설득하지 못했습니다. 일해줄 사람은 없어도 됩니다."

"……네?"

그녀가 눈을 동그랗게 뜨며 되묻자, 그는 제대로 들은 것이 맞다며 고개를 끄덕였다.

"그러니까…… 일은 하지 않아도 된다는 말입니다. 어머님껜 이곳에서 일을 했다고 말씀해 주시고요."

"아."

그녀가 고개를 끄덕였다. 그러더니 들고 있던 유리병을 테이블 위에 올려놓은 후 생각에 잠긴다.

말을 허투루 내뱉는 사람은 아닌 모양이었다. 자신이 한 제안에 심사숙고하는 모습에서 그는 차분하고 침착한 성품을 느꼈다.

그는 아영이 충분히 고민할 시간을 주었다. 방금처럼 딱딱한 목소리로 독촉을 하지도 않았고, 그녀가 불안하고 성급한 마음을 느낄 수 있는 그 어떠한 행동도 하지 않았다.

끈질긴 침묵이 이어지고 난 후에야 생각이 정리된 것인지 반쯤 차 있는 오렌지 주스를 바라보던 아영이 고개를 들었다. 그리고 입가에 희미한 웃음을 지으며 말을 이었다.

"그거 정말 구미 당기는 제안이네요. 아무 일도 안 하는데 월급을 주신다는 말씀이시죠?"

"네."

쉽게 말귀를 알아듣는 모습이어서 그는 한결 마음을 놓아버렸다.

다행이다.

자신도 모르게 그녀에게 확답을 듣기 전에 그런 생각을 할 때였다. 그의 생각과 확신이 와장창 무너져 내린 것은.

"그러니까 우리 두 사람이 공모해서 엄마를 속이자는 말이죠?"

"……무슨 말을 그렇게."

"지금 하시는 말씀이 그거잖아요."

아영은 어린 여성이 아닌, 산전수전을 다 겪은 사람처럼 느껴졌다. 장미에게서 어렴풋 과거엔 경제적인 문제로 정말 힘들었다던 이야기를 들은 적은 있었지만, 그 딸이 이런 반응을 보일 줄은 몰랐다.

"꽤 좋은 제안인데 그럴 수는 없을 것 같아요. 전 엄마한테 거짓말 못 하거든요. 이수호 씨는 그러실 수 있으시겠어요?"

"……."

어디 가선 말발로 안 꿀리는데. 고작 스물여섯의 여자와의 대화에 말문이 막히다니.

그가 기가 막히다는 듯 작은 웃음을 내뱉은 후 물었다.

"그럼 여기에 계시겠다는 말씀이십니까?"

"네, 물론 제가 해야 할 일들도 모두 하고요. 왜요, 싫으세요? 그렇다면 엄마에게 말할게요. 이수호 씨가 불편해서……."

말꼬리를 길게 늘이던 아영은 그의 얼빠진 표정에서 그럴 필요가 없다는 것을 깨닫곤 히죽 웃었다. 다시 순진한 눈망울로 돌아간 아영을 보며 그가 신음을 삼켰다.

이런!

생각지도 못한 사이에 페이스를 완전히 빼앗겨 버렸다.

"아무 일도 안 하셔도 됩니다."

빠르게 말한 그가 자리에서 벌떡 일어났다.

성큼성큼 걸음을 옮긴 그가 자신의 방으로 향한 후 최대한 감정을 억제해 문을 닫았다.

달칵.

거의 소리 없이 문을 닫는 데 성공한 그가 티셔츠를 훌렁 벗어 통에 집어 던졌다.

"정말 아무 일도 하지 마."

그녀가 듣지 못할 경고를 하면서.

천천히 걸음을 옮기면서 거실을 둘러보던 아영은 자연스럽게 테이블 위에 있던 유리병을 쥐어 들었다. 미처 다 마시지 못한 주스를 꿀꺽꿀꺽 마시면서도 그녀는 커다란 눈을 연신 깜빡였다.

아, 뭔가 생각했던 것과는 다른데?

가시를 잔뜩 세우고 있었던 모습은 자신의 구역에 들어오지 말라는 고양이 같았다.

하지만 난 일을 하러 온 거잖아? 아니, 그런 사람이 엄마랑은 어떻게 10년이나 같이 있었대?

미간을 구긴 채 주스를 쭈욱 들이켠 그녀가 유리병을 들고 베란다로 향했다. 그곳엔 예상했던 대로 재활용 쓰레기통이 종류별로 쭉 놓여 있었다.

삐뚤빼뚤한 글씨를 보던 아영이 자리에 쪼그려 앉은 후 씩 웃었다.

"엄마가 썼네?"

종이, 유리, 비닐, 플라스틱…….

포스트잇에 적힌 글자를 보던 아영이 그녀답다며 웃었다. 뭐든 습관적으로 메모를 하는 장미는 이곳에서도 똑같이 그러 했나 보다.

빈 병을 버리고 다시 들어온 아영은 그가 마시지 않은 주스는 아까 봐두었던 박스에 넣어두었다. 그 후에야 천천히 집을 보며 구경하기 시작한 그녀는 협탁 위에 놓인 액자 하나를 집어 들었다. 그곳엔 언제 찍었을지 모를 사진이 끼워져 있었다.

지금보단 조금 젊은 이수호 작가와 도장미 여사.

주위엔 봄꽃이 가득 펴 있었고, 장미 여사의 머리에도 탐스러운 꽃이 하나 꽂혀 있었다. 그리고 수호는 그런 장미의 옆에서 어색한 듯 웃고 있다.

"꽃놀이라도 다녀오셨나?"

아무렇지도 않게 혼잣말을 내뱉은 아영이 액자를 원래의 있던 자리에 놓아둔 후 소파에 앉았다.

가방에서 다이어리를 꺼낸 그녀는 장미가 신신당부한 것들을 메모해 놓은 것들부터 숙지하기 시작한다.

— 아침 여덟 시까지 출근.

— 아홉 시, 아침 식사.

— 식사 후 한 시간 뒤에 커피. 커피는 달라는 대로 다 내주지 말 것. 아

침에 한 잔, 오후에 한 잔.

— 네 시에 경비실에 내려가 우편물 받기.

— 저녁은 일곱 시에 차려두고 퇴근.

— 청소와 빨래는 그때그때 할 것.

별것 없는 내용이었지만 이수호 작가는 정해진 시간에 밥을 먹어야 하고, 식후 커피를 마셔야 하는 사람이란 건 알 수 있었다. 거기에다가 청소와 빨래는 제때 하라는 것을 보면 뭔가 쌓여 있고 지저분하게 늘어져 있는 것은 보지 못하는 사람.

아영은 다시 고개를 들어 그레이와 화이트가 조화를 이루고 있는 넓은 집을 보았다. 깔끔하게 정리정돈이 된 거실에는 먼지 하나 내려앉아 있지 않았다.

"이 넓은 집을 하루에 한 번씩……."

남자 혼자 살기에 지나치게 넓은 집을 보던 아영이 고개를 절레절레 저었다. 그러다가 장미가 몇 번이나 신신당부를 해서 별표까지 쳐 놓은 문항을 보았다.

— 식단은 균형 잡힌 것으로. 안 먹는다고 반항할 시 조금의 협박.

"……도대체 조금의 협박이란 게 뭔가요, 도 여사님."

아니, 내 협박이 들어 먹히기나 할까?

한숨을 푹 내뱉은 아영이 자리에서 일어났다. 곧 아홉 시가 될 테니 부엌을 살펴보고 아침식사 준비를 서둘러야 할 터였다.

가장 먼저 냉장고를 연 아영은 눈을 동그랗게 떴다.

냉장고 안엔 꽤 많은 반찬통이 들어 있었다. 모두 장미의 손길이 닿은 것이란 걸 알 수 있었던 이유는 겉에 붙어 있는 포스트잇 때문이었다.

— 간단히 먹고 싶으면 1번부터 5번까지 꺼내서 먹어. 접시에 덜어서 먹고! 설거지는 월요일에 와서 해줄게.

보통 장미가 오지 않는 주말을 위해 만들어둔 것처럼 보였다. 이 밖에도 포스트잇에는 음식의 이름과 만든 날짜가 쭉 적혀 있었다.

냉장고 문을 닫은 아영은 이번엔 냉동고 문을 열었다. 역시나 많은 음식이 1인분씩 포장이 되어 있었다.

— 갈비탕. 2번 냄비에 넣고 푹 끓여서 먹으면 돼.
— 소고기 무국. 빨리 녹으니까 1번 냄비에 넣어서 녹이면 돼.
— 삼계탕. 커다란 냄비에 넣어서 녹여. 5번 냄비.

"……."

인스턴트 음식은 하나도 보이지 않는 냉동고 안엔 열흘은 거뜬하게 먹을 만큼의 반찬은 물론, 밥까지 1인분씩 얼려 있었다.

자리에서 일어난 아영은 이번엔 찬장을 보았다. 가장 먼저 보인 라면에는 '되도록 먹지 말 것'이란 문구가 적힌 포스트잇이 붙어 있었고, 그 옆으로 열 개나 되는 냄비에도 모두 포스트잇이 붙어 있었다. 건조대를 확인하니 수호가 편하게 쓸 수 있도록 국

그릇 두 개와 밥그릇 두 개만이 덩그러니 놓여 있다.

"와."

아영은 자신도 모르게 감탄사를 내뱉었다. 장미가 꼼꼼한 성격이긴 했으나 이 정도는 아니었다. 이건 마치 10년 동안 누적된 사건과 노하우의 결정체처럼 보였다.

그녀가 아무 말도 하지 못한 채 멍하니 이를 바라보고 있을 때였다.

"뭐 합니까?"

뒤에서 들려온 목소리에 아영이 고개를 돌렸다. 그곳엔 머그컵 두 개를 든 수호가 서 있었다.

그는 이제 막 씻은 것인지 머리는 촉촉하게 젖어 있었고, 어깨엔 수건을 걸치고 있었다. 평범한 모습이었지만, 이타적일 만큼 무심한 표정에 아영은 자신도 모르게 주절주절 변명을 늘어놓기 시작한다.

"아침 식사를 준비하려고 봤더니 우리 엄마가 쓴 것들이 보여서……."

그녀의 말 어디가 그의 신경을 거슬리게 만든 것일까.

아영이 말을 이어가면 이어갈수록 그의 표정이 딱딱하게 굳어졌다.

"아무것도 할 필요가 없다고 말씀드렸습니다."

차갑게 말을 내뱉은 그가 개수대에 컵을 넣어둔 후 몸을 돌렸다.

그의 뒷모습을 멍하니 바라보던 아영이 커다란 눈을 깜빡였다.

그녀는 이 순간 확신했다.
아, 이 남자가 날 싫어하는구나.

열한 시를 기점으로 손님들이 하나둘 빠져나가더니 이내 텅 비었다. 테이블 사이를 돌아다니며 손님들이 정리하지 않고 떠난 쓰레기를 정리하는 아영의 손길이 더디다. 이젠 눈을 감고 할 수 있을 만큼 몸에 익은 일이어서 다행이지, 그게 아니었다면 몇 번이고 사고를 쳤을 만큼 그녀는 얼이 빠진 모습이었다.

"아영아, 좀 쉬면서 해."

"어? 아, 어."

"좀 앉아라. 이제 손님도 없는데. 뭘 그렇게 소처럼 정직하게 일해?"

동갑내기 유리의 말에 아영이 입가에 희미한 웃음을 머금었다. 그럴 의도는 아니었는데 마감 때 하는 청소를 미리 다 해버렸다.

유리가 자신이 카운터를 보겠다며 잠시 앉아 있으라 했다. 오늘따라 아영의 상태가 좋아 보이지 않아 슬쩍 걱정까지 하는 눈치였다.

멍한 눈동자로 투명한 유리벽을 보던 아영의 입에서 옅은 한숨이 흘러나왔다. 그녀는 장미의 지시대로 아침, 점심, 저녁 시간에 맞춰 식사를 준비했지만 수호는 코빼기도 나타나지 않았다. 노크를 했지만, 안에서 아무런 답도 들려오지 않아 결국 차렸던 음식을 고스란히 치워야 했다.

"후."

도대체 어떻게 해야 하는 거지?

장미가 이 사실을 안다면 적절한 답을 주겠지만, 엄마의 이야기만으로도 살벌한 표정을 지었던 것을 떠올리면 그것도 썩 좋은 방법은 아닐 것 같았다.

유년기 아이들 밥투정은 받아줄 수 있는데, 서른넷 남자 밥투정은 어떻게 받아야 하지?

턱을 괸 아영이 인상을 썼다. 자신의 전공인 아동복지학 내용을 이리저리 뒤져보았지만 명확한 답은 떠오르지 않았다.

반 협박이 뭐냐고. 당최 알 수가 있어야지!

자신보다 머리 하나가 더 크다 못해, 하늘처럼 우러러봐야 하는 남자에게 어떤 협박을 해야 할까 고민하던 아영은 문이 열리면 들리는 종소리에 자리에서 벌떡 일어났다.

"어? 너 여기 어떻게 왔어?"

캐시미어 코트를 입고 있는 남잔 그녀도 잘 알고 있는 인물이었다. 정한우. 그녀의 벗이자, 중학교 때부터 집요한 인연을 이어온 남자였다.

그녀의 물음에 한우가 활짝 웃으며 다가왔다. 머리카락은 군 제대를 한 지 얼마 되지 않아 아직 밤송이처럼 뾰족뾰족했다.

"어머니 괜찮으시더라."

"병원 갔어? 어떻게 알고?"

그렇게 되물은 아영은 이내 자신이 무의미한 질문을 했다는 걸 깨달았다. 장미가 입원한 곳은 눈앞에 있는 정한우의 아버지와 어머니가 교수로 있는 곳이었다. 알아내려면 얼마든지 알아낼 수 있었다.

"넌 어떻게 나한테 한마디도 안 해주냐? 장모님 되실 분인데."

한우의 말에 놀란 것은 당사자가 아닌 두 사람을 지켜보고 있던 유리였다. 오히려 아영은 시답잖은 농담을 들었다는 표정을 짓고 있었다.

"너 같은 한량을 사위로 받아들이실 분이 아니시다, 우리 엄마는."

심드렁하게 답한 아영이 자리에서 일어났다. 아직 퇴근까진 꽤 시간이 남아 있었다. 벌써부터 늘어져 버리면 퇴근 땐 병든 닭처럼 꾸벅꾸벅 졸 게 분명했기에 몸을 움직이는 것이 좋을 것 같았다.

쓰레기가 든 쓰레받기를 조심스럽게 옮기던 아영은 자신의 뒤를 졸졸 따르는 인기척을 느끼며 한숨을 뱉었다.

얜 또 왜 이런데?

바라는 것이 있다는 듯 반짝이는 한우의 눈동자를 힐끗 바라본 아영이 물었다.

"그런데 정말 왜 왔어?"

"왜 오긴, 너 퇴근할 때 데려다주러 왔지."

세상은 험했고, 새벽 1시가 되어서야 일이 끝났기에 간혹 이렇게 무작정 찾아와 집까지 데려다주곤 하던 한우다. 덕분에 그가 집안 어른들과 의견 충돌이 생겨서 도망치듯 군 입대를 하게 됐을 땐 잠시 동안 허전함과 외로움을 느끼지 않았던가.

하지만 21개월이란 기간은 결코 짧지 않았다. 즐거운 추억을 많이 공유하고 있는 한우가 사라진 것은 슬펐으나, 그 시간을 채우는 다른 사람들과의 인연이 생겨났으니까.

시간은 그렇게 많은 것을 바꾸어놓기도 하지만 지난 추억 역시 남겨둔다.

“아직 그 국수집 있나? 그 우동 맛있는 집. 있으면 거기에 들렀다가…….”

하지만 추억은 추억일 뿐이다.

아영은 한심하다는 듯 한우를 보며 혀를 끌끌 찬다. 만약 군 입대 전이었다면 이런 제안을 쉬이 받아들이고 근처에서 기다리라고 말했겠지만, 지금은 다르다. 한우에게도 자신에게도 할 일이 있었으니까.

“너 의대생 맞지? 여기서 이럴 시간 있어?”

“의대생 아닌데? 휴학생인데? ……어머, 그럼 우리 동지네?”

아영은 양손을 맞잡으며 몸을 배배 꼬는, 귀신 잡는 해병대를 제대한 지 이제 한 달도 채 되지 않은 스물여섯의 건장한 사내를 보았다. 군 훈련이 꽤 힘들었던 것인지 마른 비만이었던 한우는 근육질의 멋진 사내가 되어 있었다. ……그러니까, 상남자가 몸을 꼬며 아양을 떨고 있다는 말이다.

아영이 정색하며 한우를 보았다.

어쩌나, 저 중생을.

아들이 이러고 다닌다는 걸 정 교수님이 아시면 얼마나 속이 쓰리실까. 새까맣게 타들어갈 마음이 가늠도 되지 않는다는 듯 그녀가 고개를 저으며 말했다.

“정 동지, 이만 가주겠나? 내 일이 바빠서 그러네.”

내일도 일찍 일어나 수호의 집으로 출근을 해야 하니 한우와 놀아줄 시간이 없었다. 일이 끝나고 곧장 집으로 들어간다 해도 네 시간도 채 자지 못하고 일어나야 했다.

하지만 철딱서니 없는 한우는 이런 그녀의 사정도 모른 채 계산대로 가 두 사람을 얼빠진 얼굴로 보고 있던 유리에게 말했다.

"아메리카노 한 잔 주시겠어요?"

"따, 따뜻한 걸로 드릴까요, 아이스로 드릴까요?"

"아이스 아메리카노요."

지갑에서 카드를 꺼낸 한우가 유리에게 건넸다. 그리고 쓰레기를 버리러 나가는 아영의 뒷모습을 보며 말을 잇는다.

"여자 친구가 속을 썩여서 천불이 나거든요."

유리의 얼굴이 화르륵 붉어졌다.

커다란 문을 눈앞에 둔 아영이 생각에 잠겨 있다. 아직도 마음의 결정을 내리지 못한 그녀는 안으로 들어가지도, 돌아가지도 못한 채 멀뚱히 문만 노려보고 있었다.

그냥 돌아갈까?

이수호 작가는 자신이 이 집에 오는 것을 탐탁지 않아 했다. 그의 말대로 거짓말로 엄마를 속일 수도 있었다. 엄마가 후에 이 사실을 알게 되었을 때 이수호 작가의 핑계를 대면 될 테니까.

하지만…….

"씨알도 안 먹히겠지."

아영의 표정이 어두워졌다. 변명을 하면 엄마는 더 크게 화를 낼 것이다. 그것이 아니라도 거짓말로 남에게 돈을 받는 일은 성미에 맞지 않았다. 그냥 횡재했다며 넘어가기엔 그녀의 양심이 그건 합당한 대가를 지불하고 받은 것이 아니니 분명 나중에 큰 탈이 날 것이라 경고하고 있었다.

갈등 끝에 결심이 선 얼굴로 문 앞에 선 아영은 두 번째 고민을 마주했다.

비밀번호를 누르고 안으로 들어갈까. 아니면 초인종을 누르고 들어갈까.

두 가지의 의견이 첨예하게 대립했다. 엄마는 비밀번호를 누르고 집에 들어가면 된다고 했으나, 그녀는 엄마가 아니지 않은가? 더욱 자신을 싫어하는 기색이 역력하던 남자의 표정을 떠올리자 결론은 '초인종' 쪽으로 향했다.

"후."

깊은 한숨을 내뱉은 아영이 다부진 표정을 지었다. 주먹을 꼭 쥔 그녀가 입을 앙다물었다.

물러서지 않으리라!

마치 그가 적이라도 되는 것처럼 '타도 이수호!'를 외친 그녀가 손을 뻗어 초인종을 눌렀다.

딩동—

커다란 초인종 소리에도 안에서 아무런 답이 들려오지 않았다.

"설마 아직도 자나?"

아영이 손목시계를 확인했다. 7시 58분.

게으른 사람들은 아직도 잠자리에 들어 있을 시각이었다.

다시 한 번 비밀번호를 눌러야 하나 고민하던 아영은 문이 열리자 눈을 동그랗게 떴다.

수호는 방금 전에 일어난 것인지 머리카락은 부스스했고, 옷도 흐트러져 있었다.

"왜 그렇게 보시나요? 일하러 왔어요."

수호의 표정은 냉했으나, 꽤나 강심장인 아영은 웃었다.

여전히 문을 연 채 비켜줄 생각이 없는 그를 말간 눈으로 보던 그녀가 허리를 숙여 팔 밑으로 슥 지나갔다. 작은 키 덕에 손쉽게 집 안으로 들어오는 것에 성공한 아영이 신발을 벗으며 물었다.

"아침 식사하셨어요? 물론 안 드셨겠죠?"

"지금 뭐 하는……."

"뭐 하긴요. 가정부로서 본분을 다하는 거죠."

"……."

그녀의 뒤를 졸졸 따르던 수호는 말문이 막힘과 동시에 걸음도 멈췄다. 우두커니 서서 냉장고 문을 여는 아영을 보던 그는 곧 이어지는 말에 미간을 좁혔다.

"아침은 간단한 게 좋겠죠?"

이 모습을 어디서 봤던가.

생각하던 그는 장미와 처음 만났던 날과 겹치는 상황에 눈을 깜빡였다.

"뭘 좋아해? 아침은 간단한 게 좋겠지?"

그가 냉장고 안에서 계란 몇 알을 들고 싱크대로 향하는 아영의 뒤를 시선으로 좇았다.

수호는 하고 싶은 말이 많은 표정이었다. 복잡해 보였고, 또 무언가에 상처 받은 것처럼 보이기도 했다. 하지만 그는 말없이 아영이 조리하는 모습만 보았다.

아영은 아침에 일찍 일어나 사온 식빵을 어제 봐둔 토스터에 구운 후 커다란 접시에 하나둘 음식을 담기 시작한다. 에그 스크램블과 구운 식빵. 한쪽엔 버터를 조금 덜어놓은 그녀가 식탁 위에 접시를 내려놓는다. 그런 후 냉장고에서 우유와 잼을 꺼내 올려놓은 그녀는 단기간에 뚝딱 차려낸 식탁을 보았다.

"그거 다 먹고 일해요. 몸 상해요."

싱크대 안엔 어젯밤에 쓰고 넣어둔 머그컵만 덜렁 들어 있었다.

어제 제대로 먹긴 했을까?

음식엔 손도 대지 않았던 것을 떠올린 아영이 좀 더 단호한 목소리로 말을 이었다.

"싫어도 먹어요. 안 먹으면 엄마한테 이를 거니까."

"……."

그의 눈망울이 흔들리는 걸 보던 그녀가 입가에 희미한 웃음을 머금었다.

드르륵.

아무 말 없이 의자를 빼낸 그가 자리에 앉아 접시를 마주했다. 그러곤 무심한 얼굴로 포크를 드는 것을 보며 아영이 맞은편 의자를 빼내 앉았다.

그녀의 협박에 억지로 음식을 먹게 된 수호가 그녀를 날카로운 눈으로 쏘아본다.

"왜 앉습니까?"

"혼자 밥 먹으면 슬프잖아요. 같이 있어줄게요."

"……."

"다 먹는지 감시도 해야 하고."

수호는 아무런 반항도 하지 못한 채 입을 꾹 다문다.

툭툭.

그의 시선이 닿는 곳을 두드린 아영이 시익 웃었다.

"먹어요."

그녀의 말엔 거역할 수 없는 힘이 있었다.

도장미 여사처럼.

아영은 장미가 말한 '반 협박' 작전으로 능숙하게 수호를 주물렀다. 접시가 말끔하게 비고 나서야 그가 의자에서 일어나는 것을 허락했고, 앙큼하게 웃으며 '이제 일 보세요'라는 말까지 했다.

서재로 돌아온 그는 더부룩한 배를 부여잡으며 자리에 앉았다.

"……이게 아닌데."

아영에게 말려들어 말끔하게 접시를 비웠다. 먹지 않을 수도 있었지만 그녀의 행동 하나, 말 하나가 장미를 떠올리게 하여 거부할 수가 없었다.

미간을 찌푸리던 그가 마우스를 흔든 후 모니터 화면을 보았다. 식사를 하던 사이에 메시지 하나가 도착해 있었다.

〈이 작가님, 원고 아직 도착 안 했는데 언제쯤 받을 수 있을까요?〉

원고 독촉이었다. 혹시나 해서 휴대전화를 확인하자 역시나 출근을 하자마자 전화를 한 것인지 부재중 전화가 한 통 와 있었다.

곧장 통화 버튼을 누른 수호는 통화 음이 끝나자 인사를 건네려 했다. 하지만 고 편집자가 한발 앞서 우는 소리로 말한다.

[이 작가님! 오늘 마감 날인 거 아시죠?]

"네, 수고 많으십니다. 지금 최종 검토 중입니다. 30분 안으로 보내 드릴게요."

[후, 다행이다. 그럼 잘 부탁드립니다.]

그의 말에 고 편집자가 깊은 한숨을 내쉬었다.

혹 원고 일정이 잘못되었나 싶어 우는 소리를 하는 모양이었다.

마우스를 달칵달칵 움직여 빨간색으로 수정을 표시해 둔 원고를 살피던 수호는 이어지는 고 편집자의 말에 시선을 멈췄다.

[아, 다음 주에 저희 회식인데 이번엔 참석해 주실 수 있나요?]

고 편집자의 제안에 수호는 잠시 고민했다. 이제까진 일정이 바빠 참석을 하지 못했으나, 불행히도 요즘은 하루가 정말 길다고 느낄 정도로 시간이 남아돌았다.

참석해서 나쁠 것은 없었다. 함께 일을 하는 사람들이었고, 꽤 오랫동안 신세를 지고 있으니 이참에 은혜를 갚는 것도 좋을 것 같았다.

"네, 참석하겠습니다."

[와, 진짜죠? 알았어요. 그럼 장소와 시간은 문자로 보내 드릴게요.]

"저도 원고 발송하고 연락드리겠습니다."

[네.]

짧게 통화를 마친 그가 다시 원고에 집중했다. 혹시나 오탈자가 있을까 싶어 원고를 읽고 또 읽던 그가 고개를 돌려 문을 보았다.

똑똑.

그 노크 소리가 유독 크게 들렸다.

지금 이 집에서 서재 문을 두드릴 사람은 유아영뿐이었다.

"들어오세요."

그의 허락에 문이 열렸다. 하지만 수호는 갑작스러운 일을 당한 사람처럼 덜컥 내려앉는 가슴에 눈썹을 치켜 올린다.

뭐야?

그녀의 등장만으로도 심장은 겁을 먹은 것처럼 빠르게 뛰었다.

아영의 손엔 작은 쟁반이 들려 있었다. 그에게 다가와 책상 위에 찻잔을 내려놓은 아영은 자신이 해야 할 일 중 일부라는 듯 말했다.

"아침, 저녁 두 잔 맞죠? 아침에 커피 마신 흔적이 있어서 유자차로 가져왔어요. 싫으세요?"

"……."

어떻게 싫다고 말할 수가 있겠는가. 그랬다간 당장 어머니한테

이를 것만 같은데.

유자가 둥둥 떠다니는 찻잔을 보던 그가 미간을 좁혔다. 몸에서 원하는 것은 카페인이었으나 차마 싫다고 말할 수가 없었던 그가 힐끗 아영을 올려다보았다. 그녀는 이번에도 자신이 마시는 것을 보고 자리를 뜨겠다는 듯 생글생글 웃고 있었다.

저건, 날 놀리는 건가?

삐뚜름해진 생각에 인상을 굳히던 그가 한숨을 푹 내쉬며 유자차를 한 모금 마셨다. 상큼한 향에 입가에 저절로 웃음이 지어지자 아영이 따라 웃으며 물었다.

"가끔은 괜찮죠?"

거짓말처럼 그의 웃음이 사라졌다. 하지만 아영은 그 속이 빤히 보인다는 듯 의뭉스럽게 웃은 후 서재를 빠져 나간다.

그는 아영이 나간 후에도 한참 유자차를 내려다보았다. 그러다 이내 무언가를 회피하기라도 하듯 잔을 한쪽으로 치워놓은 후 다시 원고에 집중했다.

일을 할 때면 잡생각이 사라진다. 그래서 한동안은 워커홀릭처럼 일에만 매달렸던 적도 있었다.

몇 번이고 원고를 처음부터 끝까지 살펴본 그는 고 편집자와 약속한 시간이 되어서야 메일을 발송했다. 그리고 문자로 원고를 발송했다는 것을 알린 후 인터넷을 켰다.

오늘자 기사를 살펴보던 그는 눈에 띄는 헤드카피에 기사를 클릭했다.

— 사당역 지하철 투신 삼십대 女, 복지 사각 구역에 있던 사람

기사는 삼십대 여성이 아픈 부모님의 병원비와 함께, 자신 역시 큰 병을 얻게 되자 생활고를 견디지 못해 지하철에 뛰어들어 투신했다고 설명했다. 그 역시 사고 현장에 있었기에 그녀의 마지막이 얼마나 처참했는지 알고 있었다. 안타까운 마음도 잠시, 그는 인터넷에 달린 비난 일색의 덧글들을 무심한 눈으로 보았다.

— 와, 진짜 민폐 쩐다. 죽으려면 혼자 죽지 기관사는 무슨 잘못?

— 나 저날 현장에 있었음. 사람들 완전 개 충격 받음.

— 죽으려면 혼자 죽어라, 제발. 다른 사람들한테 피해 주지 말고.

최근 사람들은 힘든 생활로 인해 타인이 피해를 주는 것을 견디지 못했다. 타인의 일엔 공감을 하지 못하는 이들이 많았고, 오히려 '나도 힘들다'라고 말하곤 한다.

그런 현상에 비추어 보았을 때 그의 생각은 조금 달랐다.

다른 사람들의 슬픔이나 힘든 것을 보았을 때 자신의 일이 아니라는 생각만 들었다. 대화를 하는 사람이 한심한 생각을 하고 있음에도 탓하지 않았다. 그들 역시 한 개인일 뿐이고, 자신과는 다른 소프트웨어를 가진 이라고 치부하면 상대를 이해할 수 있었다. 그래서 비난일색인 사람들과는 달리 현장에 있었던 그는 '여자의 선택' 정도로만 생각했다.

다른 기사를 클릭해 보던 그는 메인에 떠 있는 제 기사만 제외하고 모두 읽은 후 인터넷 창을 껐다. 씻고 난 후 강연 준비를 해야 했지만 먹었던 음식이 소화가 되면서 잠이 솔솔 몰려왔다.

위이잉—

밖에서 청소기가 돌아가는 소리가 들린다. 잠이 홀딱 날아가는 소리였으나 그는 오히려 의자에 편히 등을 기대며 눈을 감았다.

백색 소음은 장미를 떠올리게 만드는 것이었다.

조용히 눈을 감은 그가 잠든 지 얼마 되지 않아 또다시 노크 소리가 들렸다.

안에서 아무런 소리가 들려오지 않자 슬쩍 문을 연 아영은 의자에 앉아 잠든 수호를 보며 입을 꾹 다물었다.

청소를 하기 위해 들어왔으나 그녀는 조심스럽게 문을 닫았다.

따스한 햇살이 어느새 봄을 알리고 있었다.

집 안에 고소한 냄새가 진동을 했다. 장미가 미리 만들어둔 반찬들과 새로 끓인 국으로 꽤 그럴싸한 저녁상을 차린 아영은 때마침 문을 열고 밖으로 나오는 수호를 보며 가방을 챙겨 들었다.

"저 엄마 병원 가야 해서요. 설거지는 두시면 내일 와서 할게요."

장미에게 갔다가 아르바이트를 가려면 꽤 시간이 빠듯했다. 그녀가 답을 듣기도 전에 성급하게 걸음을 옮기자 수호가 그녀의 뒤를 졸졸 따라왔다.

"……저."

막 신발을 꿰어 신으려던 아영이 행동을 멈추며 그를 올려다보았다. 그녀의 시선이 닿자 수호가 망설임 끝에 물었다.

"어머님은 괜찮으십니까?"

"이수호 씨 덕분에 건강하세요."

병원에 직접 가고 싶었으나, 장미는 끝까지 괜찮다는 말과 함께 그의 방문을 막았다. 병실 침대에 누워 있는 자신의 모습을 본다면 수호가 더욱 마음을 쓰기에 하는 말이었으나, 이를 알 리 없는 수호는 시무룩한 얼굴로 고개를 끄덕였다.

이 남자가 갑자기 왜 이래?

마치 버림받은 강아지처럼 고개를 푹 숙이는 것을 보던 아영이 자신도 모르게 말을 이었다.

"오늘 이수호 씨, 밥 맛있게 먹고 커피도 딱 두 잔만 마셨다고 말씀드릴게요. 그러니까 저녁 꼭 드세요."

이 남자를 위로해 줘야 할 타이밍 같아서 한 이야기였으나, 어찌된 일인지 수호의 얼굴이 일그러졌다.

그가 아영을 쏘아보았다.

"저 어린애 아닙니다."

그 말에 아영이 눈을 동그랗게 뜨더니 이내 웃었다.

그 말을 하는 게 더 어린애 같거든요?

그렇게 말할 수도 있었으나, 아영은 다섯 살 어린아이를 달래듯 말했다.

"저도 알아요. 이수호 씨, 서른넷의 멋진 남자인 거."

그 말이 오히려 더 놀리는 것만 같아 그가 고개를 팩 돌렸다.

시간을 다시 한 번 체크한 아영이 바닥에 내려둔 가방을 집어들었다. 이젠 정말 가야 할 시간이었지만, 그녀는 문을 여는 대신 수호를 힐끗 보았다. 계속 마음에 걸렸던 질문이 있었다.

물어봐도 될까, 고민하던 아영이 입술을 달싹였다. 물어보는 쪽으로 마음이 기울었기 때문이다.

“그런데 이수호 씨. 저 하나 물어보고 싶은 게 있는데요.”

“말씀하십시오.”

그의 답에 아영이 조심스러운 음색으로 물었다.

“절 왜 싫어하세요?”

“……네?”

“싫어하시는 것 같아서요. 앞으로 함께 있을 시간이 많은데 혹 제가 실례되는 행동을 했다면, 고쳐야 할 것 같아서요.”

“…….”

보통 이런 걸 대놓고 물어보는 사람이 있는가?

수호가 벙찐 얼굴로 아영을 보았다. 그녀는 정말 궁금하다는 듯 커다란 눈동자를 빛내고 있었다.

거짓 하나 없는 순진한 눈망울을 바라보던 그가 작게 고개를 저었다.

“그런 것 없습니다.”

“정말요?”

“네.”

짧게 답한 수호가 입가에 희미한 웃음을 지었다.

이 여잔 타인에게 단 한 번도 거부를 당해본 적이 없는 사람인 것 같았다. 그러니 이러한 질문을 당당히 할 수 있는 것이다.

그의 말을 순순히 믿는 것인지 아영은 다행이라는 듯 가슴을 한 번 쓸어내린 후 문을 열었다.

“그럼 내일 봬요.”

가볍게 걸음을 옮긴 그녀가 집을 나섰다.

달칵.

닫힌 문을 바라보던 그가 고개를 돌려 부엌 쪽을 보았다. 향긋한 참기름 냄새에 이끌려 부엌으로 향한 그는 마주한 식탁을 보며 의자에 앉는다.

소박한 반찬은 익숙한 것들이었다. 볶은 가지를 제외하고선 모두 냉장고에 있는 것들이었고, 모두 장미가 직접 한 음식이었다.

하지만 그의 시선은 장미가 한 음식이 아닌 아영이 한 것으로 향해 있었다.

굴과 두부가 둥둥 떠 있는 것은 그가 가장 좋아하는 음식이었다.

장미에게 들은 것일까.

그가 굴두부국을 한술 떠먹은 후 잠시 음미했다.

음식 맛은 장미가 한 것과 똑 닮아 있었다. 모녀 사이였으니 레시피를 공유하고 있을 가능성이 컸지만, 중요한 건 맛뿐만이 아니라 그 안에 담긴 것 역시 닮았다는 것이다.

“맛있다.”

그가 연이어 국을 떠먹었다.

그곳에서 자신이 원하던 것을 찾은 듯이.

3. 불편한 여자

집에 들어서자마자 코끝을 찌르는 고소한 냄새에 경호가 헐레벌떡 신발을 벗었다.

"어머니이!"

부엌으로 뛰어 들어온 경호는 푸근하고 넉넉한 여인의 뒤태 대신 작고 마른 여자의 모습에 걸음을 우뚝 멈췄다.

"어? 누구세요?"

경호가 벙찐 얼굴로 물었다. 설마 수호의 여자 친구가 아닐까 고민하던 그는 되돌아오는 물음에 작게 콧소리를 낸다.

"그럼 당신은 누구신데요?"

흐응, 이거 의심스러운데?

깜짝 놀라 자신을 바라보고 있는 여자의 모습을 관찰하던 경호는 들고 있는 국자와 익숙하게 메고 있는 앞치마를 보며 오해를 한 모양인지 히죽 웃었다. 그의 의심은 막 샤워를 한 듯 머리를 툴툴 털며 나오는 수호의 모습에 확신으로 바뀌었다.

이 인간, 드디어 여자 친구가 생겼구나!

자신에게 슬쩍 수호의 연락처를 알려달라고 한 여자 연예인도 수십이었고, 대기업 자제들 중에서도 관심을 보이는 여자가 여럿 있었지만 수호는 어찌된 일인지 눈 하나 깜짝하지 않았다. 그저 전생에 돈과 원수를 진 사람처럼 일만 하기에 남자로서 심각하게 문제가 있는 건 아닌가 하는 의심까지 했었다.

형의 취향이 이런 사람이란 말이지?

경호가 아영을 관찰하고 있을 때였다.

뒤에 서 있던 수호가 두 사람을 간단히 소개했다.

"이쪽은 어머니 따님. 이쪽은 금수저가 싫어서 나한테서 월급 받아가며 일하는 매니저."

"아……."

아니야, 여자 친구?

자신이 괜한 오해를 했다는 생각을 하던 경호가 고개를 끄덕였다. 이 여자만큼은 수호와 절대 이루어질 수 없는 사이였다.

경호의 모습을 보던 수호가 머리카락을 툴툴 털던 수건을 어깨에 걸치며 고저 없이 말했다.

"그리고 한경호, 내가 비밀번호 누르고 들어오지 말라고 했지?"

"싫으시면 바꾸면 되잖아요. 난 어머니한테 물어보면 되고. 아, 이젠 따님한테 물어야 하나."

그가 아영을 보며 시익 웃자, 그녀도 따라서 어색한 웃음을 지었다.

경호의 관심은 오직 그녀뿐이라는 듯, 이곳에 온 본론도 잊은 채 물었다.

"어머니 대신 오신 거예요?"

"아, 네. 유아영이라고 합니다."

아영이 고개를 숙이며 인사를 건네자 경호가 손을 휘저었다. '딱딱하게 왜 이러십니까!'라고 호쾌하게 웃으면서.

"왜 왔어?"

"제가 왜 왔겠습니까? 형 보러 왔죠."

"내가 쓸데없이 드나들지 말라고 했지?"

"에이, 형 보고 싶어서 드나드는 게 어찌 쓸데없는 일인가? 어? 내 사랑을 이렇게 무시하나?"

"한경호."

"왜요, 형."

"너 진짜……."

수호의 얼굴이 붉으락푸르락 변하는 것을 보던 아영이 놀란 듯 눈을 깜빡였다. 자신의 앞에선 로봇 저리 가라 할 정도로 딱딱하게 굴던 남자가 경호의 앞에선 시시각각 표정이 변하자 놀라움에 얼떨떨한 기분이 되었다.

처음 만난 경호는 타인과 거리낌이 없는 사람인 것 같았다. 잘 웃고 떠들며 자신의 감정을 표현하는 것에 거리낌이 없는 사람. 이수호와는 정반대의 남자를 보던 아영은 자신도 모르게 입술을 길게 늘어뜨렸다.

"어? 웃었다!"

유쾌한 농담에 저도 모르게 웃음 짓던 아영의 표정이 어색해지자 경호가 어조를 낮춰 속닥거렸다.

"요즘 웃을 일이 없죠? 이 형이 엄청 까다롭게 굴……."

"할 이야기 있어서 온 거지? 따라와."

"와, 저 냉기 봐. 아영 씨, 저 지금 따라갔다간 한 대 맞을 것 같지 않…… 아, 형! 아파!"

뒷덜미를 붙잡혀 질질 끌려가던 경호가 항의하듯 외쳤다. 하지만 수호는 눈 하나 깜짝하지 않은 채 그를 붙잡고 있던 손에 힘을 준다.

그에게 끌려가던 경호가 벙찐 얼굴로 자신을 보는 아영을 향해 손을 흔들었다.

"그거 맛있어 보이는데, 저도 주세요. 형만 챙겨주지 말고!"

"제발 좀 닥쳐."

마지막까지 경호를 구박한 수호는 그를 서재 한구석에 확 밀어버린 후 문을 닫았다.

"무슨 짓이야?"

"무슨 짓이긴. 내가 뭘 했다고."

경호가 일부러 자신의 속을 긁으려 그리했다는 것은 쉽게 알 수 있었다. 대화를 하면서도 힐긋힐긋 자신의 표정을 살피고 있었으니까.

하지만 경호는 순순히 인정할 마음이 없는 듯 말을 이었다.

"아, 처음엔 형 여자 친구인 줄 알았잖아. 부엌에 깜찍한 여자가 있어서 얼마나 놀란 줄 알아? 아영 씨가 와서 어머니 대신 일하면 미리 알려주지."

"알려주면."

"더 자주 왔겠지."

"미친놈."

그러면서 장난스럽게 웃는 경호를 보던 수호가 걸음을 옮겼다. 더 이상 말을 해봤자 소용이 없다는 판단에서 한 이야기였으나 경호는 다른 식으로 받아들인 모양이었다.

오호, 이것 봐라? 이거 질투한 거 맞지!

눈을 빛내는 경호를 보던 수호가 의자에 앉으며 물었다.

"여긴 왜 왔어."

"왜 왔긴. 형 보러……."

"너희 아버지한테 전화해서 계약 없던 일로 한다고 하기 전에 시답잖은 소리 그만해."

그것이 엄청난 협박이라도 된 듯 거짓말처럼 수다쟁이 경호가 입을 꾹 다물었다. 그러더니 메고 있던 백팩에서 계약서를 꺼내 그에게 건넨다.

"이거 드라마 원작 계약서. 아버지가 가져다주래."

계약서를 받아든 수호가 특별할 것 없는 내용을 눈으로 쭉 읽어 내렸다. 계약서를 쓰는 일이 많았기에 준전문가급이 된 그는 혹 안 좋은 사항이 있는지 살핀 후에야 서랍에서 도장을 꺼냈다.

자신이 적어야 하는 부분을 채워가던 수호가 무심히 물었다.

"싫다고 말하면서도 일 돕는구나?"

고저 없는 목소리에 경호의 얼굴이 붉어졌다. 그가 자신의 아픈 구석을 찔렀기 때문이다.

"아버지 일 돕는 거 아니거든? 형 매니저로서 받아온 거거든!

그리고 아까도 그래. 금수저가 뭐야, 금수저가?”

“그럼 네가 금수저지, 흙수저냐?”

“그 수저를 받을 마음이 없으니까 흙수저지!”

대한민국 출판계에서 늘 톱을 유지하는 ‘도란’ 출판사의 아들이 ‘금수저’가 아니라고 외치는 것을 보니 기가 차 웃음이 나올 지경이었다.

수호는 도장을 찍어야 하는 부분에 꼼꼼히 찍은 후에 경호에게 내밀었다. 계약서를 받아든 그의 얼굴이 붉으락푸르락한 것을 보면서도 그는 냉담한 얼굴로 말을 내뱉었다.

“네가 수저를 받을 마음이 없다고? 네가 살고 있는 오피스텔을 누가 해줬더라? 날 소개해 준 사람은 누구고?”

“…….”

“금수저에 사포질한다고 동수저 되는 거 아니다. 갈아도 금은 금이지.”

“……형, 잘못했어.”

자신의 아픈 부분만 콕콕 찔러대는 말들에 경호의 입에서 저절로 사과의 말이 흘러나왔다. 그가 이렇게 가시를 세우는 이유를 알고 있었기 때문이다.

“유아영 씨 앞에서 장난 좀 쳤다고.”

그가 뚱한 표정으로 계약서를 다시 가방에 챙겨 넣으며 투덜거리자 수호가 다시 손을 앞으로 뻗었다.

“계약서 내놔. 방금 마음이 바뀌었어. 2차 저작권은 귀찮아도 직접 진행할게.”

“아, 형!”

"뭐?"

시린 표정에 경호가 입술을 꾸욱 깨물었다.

"미안하다고요."

표정을 보아하니 더 했다간 정말 계약서를 빼앗길 것 같았다.

최근 수호가 쓰고 있는 신작은 책이 발간되기도 전에 드라마 계약을 하게 되었다. 드라마가 방영되는 시기에 맞춰 출간 일자를 잡았으며, 방송국과의 조율은 수호가 아닌 출판사에서 모두 일임하기로 하여 인세를 나눠 가짐에도 2차 저작권을 따로 계약한 것이다.

최근 도서정가제로 인하여 대형 출판사도 휘청휘청하고 있는 마당에 수호의 심기가 뒤틀려 정말 계약을 하지 않는다면 아버지에게 크게 깨질 것이 분명했다.

그래, 우리 한 사장님이 얼마나 무서운데.

한 사장의 앞에서도, 수호의 앞에서도 절대적 약자인 '을'이 될 수밖에 없는 경호는 갑자기 서러움에 삐딱한 마음이 되었다. 지난 시간, 방송국과 신문사를 오고 갔던 기억이 눈앞을 스쳐 지나갔다.

"내가 어? 형 때문에 얼마나 개고생했는데. 형 완전히 매장당할 뻔했던 거, 내가 진짜 온 인맥을 총동원해서 바꿔놓는다고 얼마나 힘들었는지 알아? 강 PD가 다시 방송 출연해 줄 수 있냐고 연락 왔어. 다음 주부터 다시 촬영하면……."

"싫어."

"뭐?"

깜짝 놀란 경호가 붕어처럼 입을 뻐끔거렸다.

당연히 잘 되었다며 자신을 칭찬해 줄 거라 믿었는데, 반응은 정반대였다.

"안 한다고."

"왜!"

비명을 내지른 경호가 순간 눈앞에 별이 보이자 이마를 짚었다. 갑자기 소릴 질렀더니 눈앞이 핑 돌았다. 아니, 이 현실 때문인가?

하지만 그의 노력도 생각도 알 리 없는 수호는 피곤함에 뻣뻣하게 굳은 눈가를 손가락으로 꾹꾹 누르며 말했다.

"그것 포함해서 앞으론 스케줄 잡지 마. 강연도 이번에 잡힌 것만 하고 안 할 거야."

"왜! 와이! 약속 다 잡아놨는데……!"

"나한테 안 물어봤잖아."

"그, 그거야……."

"사람들 앞에 나서는 거 피곤해졌어."

아니, 어쩌면 이번 일을 계기로 조금 무서워졌는지 모르겠다.

그의 폭행 관련 소식 기사만 해도 하루에 수백 개가 쏟아졌다. 그는 연예인도, 방송을 업으로 삼는 사람도 아니었지만 최근 방송 활동과 함께 언론에 얼굴을 들이미는 일이 많다 보니 사람들의 관심도가 높아져 그만큼 안티도 많아졌다.

앞뒤 사정을 알지도 못한 채 무작정 차마 입에 담지도 못할 욕을 쏟아내는 사람들을 보며 문득 지금 자신이 뭘 하고 있는 건가 하는 생각이 들었다. 자신이 하고 싶은 건 '작가'였지, '방송인'이 아니었다. 아무리 시멘트 멘탈을 가진 그도 이번 일을 기점으로 많은 생각이 들었다.

하지만 그는 부러 경호에게 이런 생각을 털어놓지 않는다. 그에게 털어놓고 상담을 받아봤자 해결되는 일은 없을 테니까.

"그 여자 소식은, 알아봤어?"

그가 다른 쪽으로 말을 돌리자, 경호는 다행히도 '방송 활동'에 대해 더 이상 입에 올리지 않았다.

"아니, 이번엔 완전히 꽁꽁 숨었나 봐. 그 양반, 돈도 떨어졌을 텐데, 어떻게 사나 몰라."

이건 이것대로 문제였다.

수호는 지끈지끈 두통이 몰려오자 손가락으로 관자놀이를 꾹꾹 눌렀다. 그런 모습에 경호가 수호의 눈치를 슬쩍 살폈다.

"더 알아볼까?"

"됐어. 때가 되면 나타나겠지."

말 그대로다. 아마 돈이 떨어지면 뻔뻔한 얼굴로 다시 나타나겠지.

더욱 심해지는 고통에 고개를 저은 그가 자리에서 일어났다. 물이라도 한 잔 마셔야 두통이 조금 가라앉을 것 같았다.

"넌 내일부터 오지 마. 한동안 올 일 없잖아."

"뭐어? 형, 진짜 섭섭하게 이럴래? 우리가 그런 사이야?"

"무슨 사인데?"

힐끗 고개를 돌린 그는 세상 무너지는 표정을 짓고 있는 경호를 보며 한숨을 내뱉었다.

아, 정말.

단단히 토라진 표정에 그가 입술을 달싹일 때였다. 언제 문을 연 것인지 아영이 두 사람을 보며 조심스러운 음색으로 말했다.
“저기…… 식사하세요.”
“아영 씨…….”
서러움에 경호가 비틀비틀 그녀에게 다가가 양팔을 활짝 벌렸다. 그 모습에 아영은 물론이고 뒤에서 보고 있던 수호도 깜짝 놀라 표정을 굳혔다.
“난 아영 씨밖에 없…….”
덥석!
경호의 뒷덜미를 다시 붙잡은 그가 자신의 쪽으로 힘껏 잡아당기며 낮은 어조로 말한다.
“볼일 끝났으면 이만 가봐.”
이만 썩 꺼지라는 뜻이었다. 밥 먹고 갈 생각 하지 말고.
그의 냉담한 표정에 경호의 얼굴이 더욱 일그러졌다. 하지만 수호는 어쩔 줄 몰라 하는 아영의 곁을 지나 부엌으로 향한다.
허망한 얼굴로 수호의 뒷모습을 바라보던 경호가 손을 들어 입을 가렸다.
“흑, 내 팔자야.”
“괜찮으세요?”
허리를 숙인 그녀가 그의 얼굴을 보며 물었다. 그러자 경호는 고개를 도리도리 저었다.
“아니요, 안 괜찮아요. 죽고 싶어요. 저 망할 인간 때문에요.”
“……네?”
“정말 냉정해!”
소리를 빽 지른 그가 성큼성큼 걸음을 옮겨 현관으로 향했다.

아영이 어쩔 줄 몰라 하며 그의 뒤를 빠르게 따라갔지만, 경호는 더 이상 볼 것도 없다는 듯 집을 나선다. 이 모든 일의 원흉인 수호는 물을 한 잔 마신 후 식탁 의자에 앉았다. 경호는 거들떠보지도 않은 채.

중간에 끼인 아영이 현관문과 부엌을 번갈아 보더니 수호가 있는 곳으로 걸음을 옮겼다. 그리고 말없이 식탁 위에 차려진 점심 식사를 빤히 보고 있는 그를 보며 물었다.

"무슨 일 있으세요? 한경호 씨가……."

"별일 아닙니다."

"별일 있는 것 같은데요?"

"후."

깊은 한숨을 내뱉은 수호가 밥그릇에 담긴 쌀알의 수를 헤아렸다. 하나, 둘, 셋, 넷. 탱글탱글한 쌀알을 헤아리고 또 헤아리던 그가 고개를 들어 여전히 멀뚱히 자신을 내려다보고 있는 아영을 보았다.

변명이라면 얼마든지 할 수 있다. 아니, 거짓을 말할 수도 있었다. 자신이 저 여잘 잘 모르듯, 그녀도 자신을 모르니까.

하지만 그의 입에서 나온 것은 진실이었다.

"부담스러워서 그럽니다."

"뭐가요?"

"동생의 관심이요."

그는 자신도 모르게 모든 걸 털어놓고서 마음에 들지 않는다는 듯 미간을 좁혔다. 누가 보면 고문이라도 해서 자신의 입을 열게 만든 것처럼.

하지만 그는 곧 이어지는 질문에도 성심성의껏 생각 후에 답했다. 그건 아주 놀라운 일이었다. 스스로에게도. 그리고 질문을 하고 있는 아영에게도.

"왜 부담스러운데요?"

"바라니까요."

짧게 말한 그는 아영의 고개가 옆으로 기우는 것을 보며 설명을 덧붙이듯 말을 이었다.

"내가 솔직해지길 바라니까요."

사람들은 상대에게 마음을 열었을 때, 그 상대 또한 자신에게 마음을 활짝 열어주었으면 한다. 그래서 생각 하나하나를 미주알고주알 이야기하길 바라기도 하고, 거짓 없이 모든 감정을 토로해 주길 바란다.

하지만 그건 수호에게 너무 어려운 일이었다. 그러길 바라는 상대가 오면 능숙하게 거짓 감정을 이야기하고, 웃는 얼굴로 대한다. 생살을 내보이는 일은 그에겐 '거짓'보다 하고 싶지 않은 일이다.

그의 얼굴을 빤히 보던 아영이 어렵다는 듯 눈동자를 데굴데굴 굴렸다. 그러더니 묻는다.

"이수호 씨의 의사와는 상관없이 그래서 부담스럽다는 거죠?"

"……네."

그녀가 이해한 듯 고개를 끄덕였다. 그리고 어렵게 나온 답과는 너무나 상반된 반응이 이어진다.

"별일 아니네요."

"네?"

그가 놀란 눈으로 자신을 보는 것을 알면서도 아영은 몸을 돌려 밥솥이 있는 곳으로 향했다.

"저도 같이 먹어도 되죠? 저 혼자 밥 먹는 거 싫어하거든요. 이수호 씨도 싫으시죠?"

그녀의 말은 싫어도 같이 먹어야 한다며 강요를 하는 것처럼 들렸다.

밥을 떠와 수호의 맞은편 자리에 앉은 아영이 수저통에서 숟가락과 젓가락을 집었다.

"밥은 같이 먹어야 맛있잖아요."

"……그렇죠."

한 템포 늦게 긍정하는 수호를 힐끗 본 아영이 웃는다.

"한경호 씨도 그런 것 아닐까요?"

이해할 수 없다는 듯 그가 눈썹을 치켜 올리자, 아영은 어떻게 하면 좀 더 쉽게 말할 수 있을지 고민하며 천천히 말을 이었다.

"단순히 이수호 씨가 솔직해지길 바라는 건 아닐 거예요. 음, 그러니까…… 이수호 씨랑 친하게 지내고 싶어서 그러는 거 아닐까요?"

"……지금도 친합니다."

그의 말에 아영은 김이 모락모락 나는 밥상을 보았다.

만약 경호가 이런 그를 이해했다면 함께 밥을 먹고 갔을 것이다. 서운함에 일그러졌던 경호의 얼굴을 떠올린 그녀는 마치 벌을 서는 아이처럼 말간 눈만 깜빡이고 있는 수호를 보았다.

브라운관 속 그는 당당해 보였다. 다른 사람들의 말에도 거침없이 제 의견을 늘어놓았고, 날카로운 질문에도 물러섬 없이 되

받아쳤다. 그런 그와 눈앞에 있는 이수호가 같은 사람인가, 순간 의아한 생각이 들었다.

그의 움직임 하나, 표정 하나 꼼꼼하게 살펴보던 아영이 나른한 웃음을 지었다.

"한경호 씨는 그렇게 생각하고 있지 않을지도 모르잖아요."

그 말에 수호가 숙였던 고개를 퍼뜩 들었다. 그것이 아니라고 말을 할 수도 있었다. 하지만 그는 생각이 많은 표정으로 그녀의 커다란 눈망울만 바라보고 있을 뿐이다.

그와 눈을 마주하고 웃던 아영이 반찬 하나를 그의 앞으로 슥 밀어주었다.

"먹어요. 엄마에 비해선 부족한 실력이지만."

그가 말없이 더덕무침을 바라보았다.

부족한 실력이라고 한 건 '겸손'인가?

그가 아영을 빤히 바라보다 말고 더덕무침을 하나 집어 입안으로 밀어 넣었다.

겸손이네.

맵지 않고 상큼한 양념과 더덕의 풍부한 맛에 그의 젓가락이 밥그릇으로 향했다.

달그락, 달그락.

수저가 식기에 부딪치는 소리만 들릴 뿐, 두 사람 사이에 가벼운 침묵이 흘렀다.

침묵 속에 식사를 하던 그가 힐끗힐끗 아영을 보았다. 아직도 그녀와 단둘만 있는 상황이 불편했다. 어떻게 되었든 두 사람은 장성한 남녀였고, 닫혀 있는 공간에서 무슨 일이 있어도 이상하지 않을 상황이었으니까.

그가 어색한 표정으로 빠르게 식사를 마친 후 자리에서 일어나자 아영이 손을 뻗어 그의 팔목을 붙잡았다. 서로의 체온이 닿자 수호의 몸이 뻣뻣하게 굳는다. 하지만 아영은 이를 모른 채 말간 눈으로 그를 올려다보며 묻는다.

"어디 가요?"

"식사 끝났습니다."

그가 서둘러 빈 그릇을 들자, 아영이 미간을 좁혔다. 인정머리 없는 사람을 바라보듯.

"왜, 왜."

그녀가 팔을 놓아줄 생각이 없자 그가 당혹감에 말을 더듬었다. 힘으로 뺄 수도 있었으나, 그렇게 하지 않은 채. 그러자 아영이 입술을 삐죽이며 말한다.

"다 먹었다고 일어나는 거예요? 같이 있어줘야죠."

"……네?"

"다시 앉아요."

그녀의 말에 수호는 말 잘 듣는 아이처럼 다시 자리에 앉은 후 고개를 숙였다. 그는 아영의 시선을 느꼈다. 그 시선이 불편해, 견딜 수가 없다.

밖에서 들리는 청소기 소리에 그가 의자에 기댔다. 손을 올려 머리에 가져다 대자 따끈따끈한 체온에 미간이 좁혀졌다.

할 일이 산적해 있었다. 하지만 그는 웬일로 게으름을 피운다. 정말 아무런 일도 하고 싶지가 않았다.

늘 그랬던 것처럼 한글 파일을 켠 채 멍한 눈을 깜빡이던 그가 끙 앓는 소리를 냈다.

"다 그 여자 때문이야."

자신의 집이었지만 인기척을 느끼는 순간 몸이 뻣뻣하게 굳어졌다. 편하게 휴식을 취할 수도, 간혹 잠시 눈을 붙이며 밤에 미처 채우지 못한 잠을 잘 수도 없었다.

다시 한 번 끙 소리를 낸 그가 깊은 한숨을 쉴 때였다. 한 시간 동안 쉼 없이 돌아가던 청소기가 멈췄다.

이제 좀 조용하나 했더니 얼마 지나지 않아 문이 열린다. 그녀의 손엔 쟁반 하나가 들려 있었다.

"카페인은 몸에 좋지 않아요."

그녀가 내려놓은 것은 따뜻한 우유였다. 김이 모락모락 나는 우유를 바라보던 그가 이게 뭐냐는 듯 그녀를 올려다보았다.

이젠 하루에 두 잔도 안 줄 참이야?

그가 원하는 것은 커피였지, 어린아이가 밤에 잠이 오지 않아 마실 법한 우유는 아니었다.

"많이 피곤해 보여요. 밤 샜죠? 이거 마시고 낮잠 주무세요. 한 시간 뒤에 깨워 드릴게요."

"할 일이 있습니다."

걱정 어린 마음에 한 이야기였겠지만, 수호는 지금부터 열심히 일을 할 생각이라며 모니터를 힐끗 보며 말했다.

몸은 천근만근 무거웠지만, 그가 고집스레 마우스를 쥐자 아영은 조금 강요하듯 우유를 그에게 더 가까이 밀어두며 말했다.

"이수호 씨는 참 이상해요. 보통 사람들은 타인에겐 냉담하고 본인한텐 관대한데 말이죠. 이수호 씨는 자신에게 참 냉담한 것 같아요."

당신이 나에 대해서 뭘 안다고?

그렇게 말하려던 입술이 굳게 닫혔다. 그녀의 말에 틀린 점이 하나도 없었기 때문이다.

지난 2년, 하루도 쉬지 않고 달려오긴 했다. 가난이 싫어서 이를 악물고 일한 덕분에 평생 놀아도 될 만큼 많은 부를 손에 넣었다. 하지만 만족하지 않았다. '조금만 더'를 외치며 자신을 더욱 몰아붙이는 시간들이었다.

그가 말없이 우유를 내려다보자, 위에서 따스한 목소리가 들려왔다.

"아무도 안 쫓아와요. 그러니 조금 쉬어도 돼요."

그녀의 말에 어찌된 일인지 더욱 피곤이 몰려왔다.

아영이 조용히 문을 닫고 나가자 그가 말없이 잔을 내려다보더니 한 모금 마셨다. 몸이 따뜻해지는 기분에 그가 무거운 눈꺼풀을 내렸다.

예능으론 지상파에서 따를 자가 없다는 케이블 방송국.

뒤늦게 출발한 후발주자란 강박 때문일까. 오늘도 수십 개나 되는 회의실이 가득 찰 정도로 작가들과 PD들의 회의가 릴레이처럼 이어지고 있었다.

그중 가장 안쪽에 있는 회의실 문이 열리고 강 PD와 경호가 걸어 나왔다. 경호는 마지막까지 허리를 숙였다.

"죄송합니다."

"아니에요. 저희도 이 작가님에게 못할 짓 했는데요, 뭐."

강 PD의 말에 경호가 입가에 희미한 웃음을 머금었다.

그래, 그건 너무하긴 했지.

앞뒤 상황도 보지 않은 채 여론이 좋지 않다는 것 하나에 매정하게 잘라냈던 것을 떠올린 경호가 고개를 끄덕였다.

"생각이 바뀌시면 언제든 연락 주세요."

"네, 알겠습니다. 잘 부탁드립니다."

마지막까지 잘 마무리를 지은 경호가 걸음을 옮겼다.

마음속에서 계속 걸리던 문제를 하나 해결하고 나자 걸음은 저절로 가벼워졌다. 룰루랄라 콧노래를 부르던 경호는 엘리베이터 앞에 서 있는 낯익은 뒷모습에 눈을 가늘게 떴다.

"어……? 아줌마?"

경호가 놀란 듯 입을 쩍 벌렸다. 그렇게 찾을 땐 보이지 않던 여자가 방송국에 있을 리는 없을 거라 생각을 하면서도 그의 걸음이 바쁘게 옮겨졌다.

"저기, 잠시만요!"

엘리베이터 문이 열리자 여자가 자연스레 인파 사이로 숨어들었다. 소릴 지르며 빠르게 걸음을 옮기던 경호는 엘리베이터 문이 닫히려 하자 소리쳤다.

"아주머니! 길차현 씨!"

커다란 고함에도 인파 속에 섞여든 여자는 엘리베이터에서 내리지 않았다.

눈앞에서 문이 닫히자 경호가 허망한 표정으로 읊조렸다.

"아닌가?"

그래, 그 여자가 이 시간에, 그것도 방송국에 있을 리가 없지 않은가.

자신이 잘못 본 것이 분명하다고 생각을 하면서도 그는 자연스럽게 휴대전화를 꺼내 수호에게 전화를 걸었다.

수호는 평소보다 긴 시간이 흐른 뒤에야 전화를 받았다.

[헉, 헉, 왜.]

"……형 지금 뭐해?"

전화를 받자마자 거친 숨을 내뱉어 깜짝 놀란 경호가 몸을 뻣뻣하게 굳힌다. 누가 건장한 사내 아니랄까 봐 이상한 생각을 하던 그는 곧 이어진 수호의 답에 침을 꼴깍 삼켰다.

[뭐 하긴. ……잠시만.]

신음 소리가 멈추고 침묵이 들렸다.

[운동 중이야. 왜.]

"난 또."

그래, 여자도 없는 양반이 대낮부터 침대 위를 뒹굴고 있을 리가 없지. 거기에 수호는 아주 정상적인 성적 취향을 가지고 있는 남자였다. 제 흥분을 남에게 전화로 전달할 리가 없는.

경호가 뒷머리를 긁적였다.

"강 PD 만났어. 방송은 안 하기로 했고. 다음에 생각 바뀌면 연락 달래."

[바뀔 일 없어. 한동안은 집필만 할 거야.]

역시 예상에서 벗어나지 않은 말에 경호는 시무룩해졌다.

어찌 되었든 한경호는 그의 매니저였다. 수호의 일이 줄어드는 걸 반가워할 리가 없었다.

지독한 워커홀릭일 땐 그건 그것 나름대로 걱정이 되더니, 일을 줄인다니 이것 또한 걱정이다.

혹 이번 사건으로 인해 그의 마음에 커다란 그늘이 드리운 건 아닐까, 걱정하던 경호가 한숨을 푹 내뱉을 때였다.

[경호야.]

나지막한 부름에 경호가 뻣뻣하게 굳은 얼굴로 물었다.

“왜 그래, 무섭게?”

[방송을 안 하려는 이유는 피곤해서야. 이번 일 겪으면서 생각이 많았어.]

“……형?”

[그 이유라고.]

처음으로 어떤 일을 결정하고서 그에 대해 생각을 전하는 그가 낯설다는 듯 경호가 입을 꾹 다물었다.

뭐지?

그에게 어떤 심경의 변화가 생긴 것인지 모르는 경호가 얼떨떨한 목소리로 말했다.

“형, 뭐 죽을병이라도 걸렸어? 갑자기 왜 이래, 소름 돋게.”

[끊어.]

시린 목소리로 짧게 답한 수호는 그의 답이 들려오기도 전에 전화를 뚝 끊어버렸다. 화가 난 것 같았지만 그것까지 신경 쓸 겨를이 없다는 듯 경호가 휴대전화를 멍하니 보았다.

“뭐야?”

진짜 죽을 때라도 된 거야?

아님 내일 해가 서쪽에서 뜨려나, 갑자기 왜 이래?

휴대전화를 내려다보던 경호가 이내 고개를 젓더니 걸음을 옮겼다.

"사람 놀래키고 있어."

혼잣말을 내뱉는 경호는 어쩐 일인지 즐거워 보였다.

샤워를 하러 들어가려던 수호는 습관적으로 욕실로 향하다 말고 다른 곳으로 걸음을 옮긴다. 장미가 있을 때와는 달리 그는 혹시 모를 불상사를 대비해 매번 갈아입을 옷과 속옷을 챙겨가고 있었다.

장미는 안에서 답이 들려오지 않으면 문을 열지 않았지만 아영은 달랐다. 잠시의 텀을 두고서 문을 열었고, 몇 번이고 갑작스럽게 아이 컨택이 되어 놀랐던 적이 한두 번이 아니었다.

가끔은 잠든 자신을 깨우지 않고, 조용히 청소를 하고 나가는 경우도 있었다.

그 여자는 도대체 날 어떻게 생각하는 걸까?

샤워를 마치고 나온 후에도 눈 하나 깜짝하지 않았고, 자신도 기가 짓눌릴 것 같은 침묵에도 그녀는 별생각이 없어 보였다.

"자존심 상해."

팬티를 집어 들던 그가 자신도 모르게 내뱉은 말에 행동을 멈췄다.

자존심 상해? 왜?

그는 이해할 수 없다는 듯 미간을 좁혔다. 도대체 어떤 부분에서 자존심이 상한 걸까. 되새김질해 보아도 알 수가 없다.

인상을 굳힌 그가 갈아입을 옷과 속옷을 들고서 욕실로 향했다. 옷을 훽훽 벗어 빨래통 안에 집어넣은 후 샤워부스 안으로 들어갔다.

샤워기 앞에 선 그가 뜨거운 물로 몸을 적셨다.

최근 불편한 삶이 이어졌다. 그건 단순히 비슷한 또래의 여자가 자신의 집 가정부로 왔다 해서 생긴 것은 아니다. 몸의 불편함은 감수할 수 있었다. 그녀가 이곳에 머무르게 된 것은 자신의 우유부단함 때문이었고, 그 부분에 있어선 아영을 탓할 수 없었으니까.

문제라면 그의 마음이다. 아영은 아무것도 하지 않는데 자신만 괜스레 움츠러들고 불편해했다. 그래, 자존심이 상하는 이유를 드디어 알았다.

"나만 그래, 나만."

어찌된 일인지 남녀가 바뀐 기분이 들었다.

그녀의 기세에 떠밀려 여기까지 오게 되었다고 생각하며 수호가 수도꼭지를 차가운 물 쪽으로 돌렸다.

쏴아아—

온몸을 흠뻑 적시는 냉수에 정신이 번쩍 들었다.

"정신 차리자."

그래, 더 이상 상황에 떠밀려 유아영에게 휩쓸리는 멍청한 짓거리는 그만하자.

이제 그만.

차가운 물로 몸을 차갑게 식힌 그가 샤워기를 끈 후 수건으로 몸을 깨끗하게 닦았다. 그러다 거울에 비친 제 모습을 힐끗 본다. 완벽하게 근육이 잡혀 있는 상체는 노력 끝에 만들어진 것이었다.

그래, 몸을 이렇게 키워놓고 조그마한 여자에게 겁을 먹는다니, 웃기잖아.

“평소처럼 행동하라고.”

눈살을 찌푸리며 거울 속 자신을 보던 그는 마지막까지 아영이 어떠한 말을 하든 말려들지 않겠다고 다짐한 후 새 옷으로 갈아입었다.

문을 열고 밖으로 나오자 그의 시선이 자연스럽게 빨래통으로 향했다. 샤워를 하고 있는 사이에 아영이 왔다 간 것인지 빨래통이 깨끗하게 비워져 있었다. 그뿐만 아니라 테이블 위에 올려두었던 물컵도 없었고, 흐트러져 있던 담요도 깨끗하게 개켜져 있었다. 우렁각시가 다녀간 느낌이었다.

머리를 툴툴 털며 밖으로 나온 그의 걸음은 자신도 모르게 세탁실로 향했다. 아영에게 별 볼일이 없었음에도 불구하고 이끌리듯 걸음을 옮기던 그는 작게 열린 문틈으로 쪼그려 앉아 있는 아영을 보았다. 그녀는 머리를 질끈 묶고서 옷이 젖는 것도 모른 채 손빨래를 하고 있었다.

참 부지런하기도 하지.

아영은 마치 결벽증 환자라도 되는 것처럼 하루 종일 집안일에 매달렸다. 앉아서 쉬는 일도 좀처럼 없었다.

빨래를 열심히 치대고 있는 것을 보던 그의 눈매가 가늘어졌다.

저게 뭐지?

작은 천 조각을 보던 그가 그녀의 손에서 깨끗하게 변모해 가는 빨래의 정체를 깨닫는 순간, 입이 쩍 벌어졌다.

그녀가 열심히 빨고 있는 것은 자신이 방금 전에 벗어두었던 속옷이었다. 새하얀 거품이 날 때까지 열심히 문지르던 그녀가 차가운 물로 빨래를 헹궈내려던 순간 수호와 눈이 딱 마주쳤다.

시뻘겋게 변한 그의 얼굴에 아영의 고개가 옆으로 기울어졌다.

"왜요? 아, 남자 속옷도 여자 것처럼 손빨래하면 좋아요. 그래야 고무줄이 안 늘어나거든요. 그래서 남동생 거랑 아버지 것도 손빨래해요."

그의 시선이 속옷에 향해 있는 걸 안 그녀가 별일 아니라는 듯 웃자, 그의 얼굴이 더욱 붉어졌다.

속이 부글부글 끓었다. 그럼 이제껏 제 속옷을 모두 손빨래했단 말인가?

막혔던 숨이 탁 하고 터져 나오는 순간 그가 소리쳤다.

"전 유아영 씨의 남동생도, 아버님도 아닙니다!"

흥분해 거친 숨을 내뱉는 그가 몸을 부들부들 떨자, 아영의 손에 들려 있던 팬티가 툭 떨어졌다. 멍하니 그를 올려다보던 아영이 멍하니 읊조린다.

"……죄송해요?"

사과를 하지 않으면 그가 경이라도 칠 것만 같았다.

여전히 자신의 잘못이 무엇인지 모르겠다는 듯 고개를 갸웃거리는 아영을 보며 그가 성큼성큼 걸음을 옮겼다. 그리고 바닥에 떨어진 자신의 속옷을 휙 빼앗은 후 몸을 홱 돌린다.

왜 자신이 쥐구멍에 숨고 싶은 것일까. 정작 남의 속옷을 빤 사람은 그녀인데!

성큼성큼 걸음을 옮기던 그는 뒤에서 들려오는 혼잣말에 인상을 구겼다.

"뭘 부끄러워하지?"

뭘 부끄러워하는 거냐고? 정말 몰라서 묻는 거야?

그녀가 답을 원해서 한 말이 아니란 것은 알고 있었으나, 그는 그렇게 톡 쏘아붙이고 싶었다.

그 다음에 이어진 말은 더 가관이었다.

"빨래하는 거잖아."

아, 정말!

그가 고개를 돌려 아영을 노려보았다. 안타깝게도 아영은 손을 씻느라 그를 보지 못했다.

뚝, 뚝.

들고 있던 팬티에서 물이 떨어지자 그가 다시 걸음을 옮겼다. 그리고 하고 싶은 말을 대신 해 문을 세게 닫는다.

쾅!

귀가 윙 울릴 정도로 거칠게 닫힌 문을 뒤로한 채 그가 침실 한쪽에 붙어 있는 욕실로 향했다. 그리고 세면대에 팬티를 집어던진 그가 씩씩거렸다.

"무슨 여자가!"

부끄러운 줄도 몰라! 왜 나만 부끄러워해야 하는 건데?

소리라도 꽥 지르면 좀 나을 것 같았지만, 그는 비명을 지르는 대신 수도꼭지를 돌려 물을 틀었다.

퍽! 퍽퍽!

속옷을 헹궈내는 그의 손길은 거칠었다. 작은 천 조각이 찢겨져도 이상하지 않을 만큼 힘껏 빤 그가 물기를 꽉 짜낸 후 한숨을 쉬었다. 앞으로 속옷도 함부로 내놓지 못할 것 같았다.

"후."

한숨을 내뱉은 그가 어디에다 널까 고민을 하다가 수건걸이에서 수건을 한쪽으로 치워 버린 후에 팬티를 팡팡 털어 널었다. 그리고 잠시 속옷이 철천지원수라도 되는 양 노려보던 그가 욕실화를 휘휘 벗었다.

아직도 벌렁거리는 가슴이 진정이 되질 않자 그가 가슴께를 꾹 누를 때였다.

똑.

"저기요…… 이수호 씨?"

똑똑.

"이수호 씨?"

문밖에서 들려오는 아영의 목소리에 그가 손을 들어 이마를 짚었다.

"일부러 저러는 게 분명해."

그래, 모르고 그럴 리가 없다. 시시각각 변하는 자신의 표정이 웃겼겠지. 그래서 더욱 놀리고 싶어 그러는 것이 분명했다.

이를 아드득 깨문 그는 문을 여는 대신에 잠금장치를 꾹 눌렀다. 달칵거리는 소리를 아영 역시 들은 것인지 침묵이 흐른다.

“나쁜 여자.”

휙 문을 노려보던 그가 성큼성큼 걸음을 옮겨 침대로 향했다.

이런 굴욕감을 느껴본 것은 처음이었다.

평소 성격을 보여주듯 깔끔하게 정돈된 냉장고 안에서 석류주스를 꺼낸 아영이 얼굴을 붉혔다. 목이 타 미칠 것 같다는 듯 급히 병을 딴 그녀가 숨도 쉬지 않고 모두 들이켠 후에야 씩씩거리며 장미에게 다가왔다.

“속옷 한 번 빨았다고 완전히 변태 취급 당했다니까? 저녁에 밥도 안 먹고, 얼굴 한 번 못 보고 왔어.”

아영이 뾰로통한 얼굴로 말했다. 그러자 장미는 그 상황이 훤히 눈에 보인다는 듯 잠시 웃음을 내뱉는다.

“그건 네가 너무했네.”

“……왜? 엄마도 그렇게 하잖아.”

이 작가가 얼마나 당황했을꼬.

아영은 자신의 편은 들어주지 않은 채 웃는 장미가 원망스럽다는 듯 힐끗 보았다. 그녀만은 자신의 편이 되어줄 거라 믿은 모양이었다. 속옷은 손빨래해야 한다는 걸 가르쳐 준 사람이 그녀였으니.

하지만 장미는 아영이 생각했던 것과는 달리 수호의 편을 들고 있었다.

"엄마랑 너랑 같아?"

다를 건 또 뭐야?

장미를 대신해 일을 하고 있는 것이었기에, 그녀가 일하는 것만큼 해야 한다는 사명감에 몸이 부서져라 일하고 있었다. 다섯 개가 넘는 방을 하루에 한 번씩 쓸고 닦았고, 식사 때마다 새로운 국과 반찬 하나는 새로 해 만들어냈다. 어디 그뿐이던가! 시간에 맞춰 하루에 두 번씩 차까지 내주었다. 그런데 이런 자신의 노고는 모른 채 속옷을 손빨래했다는 이유로 여태껏 해왔던 노력이 모두 허사로 돌아간 느낌에 억울한 마음까지 들었다.

"난 엄마가 하는 만큼은 해야 한다고 생각했어. 월급도 받는데."

"꼭 나만큼은 할 필요가 없지. 나처럼 하면 수호가 당황하지 않을까?"

왜?

아영이 눈을 동그랗게 뜨자 장미가 따스하게 웃으며 딸아이의 손을 어루만졌다.

"난 10년 동안 봐와서 어색하지 않을 텐데 아영이 넌 아니잖아. 그러니까 엄마처럼 할 필요는 없어."

"……그럴까?"

"그래, 그리고 난 아줌만데 넌 아니잖아. 수호가 우리 예쁜 딸한테 마음이 있을지도 모르고."

장미의 말에 깜짝 놀란 아영이 펄쩍 뛰었다.

"뭐어? 절대 그럴 리 없어. 에? 그 눈은 뭐야? 아니라니까!"

눈을 가늘게 뜬 장미가 의심스럽다는 듯 바라보자 아영은 더욱 격하게 고개를 저었다.

"매일 이런 얼굴로 날 본다고."

수호를 따라하는 듯 얼굴을 구긴 아영은 종국엔 양손으로 눈을 삐죽 올렸다.

그 모습에 깔깔 웃음을 터뜨리던 장미가 눈가에 맺힌 웃음을 닦아내며 말했다.

"정말? 그럴 애가 아닌데."

"난 처음에 이수호 작가가 날 싫어하는 줄 알았다고. 물어보니까 아니라고 했는데, 말만 그렇게 하는 것 같아. 나에게도 촉이란 게 있다고."

"흐음, 그래?"

장미가 자신을 의뭉스러운 표정으로 바라보자 아영이 고개를 끄덕였다. 그리고 실습을 나갔다가 만난 일곱 살 민호와 그를 비교했다.

"가끔 민호보다 어리게 행동하기도 해. 그래서 나도 모르게 그러나 봐. 팬티는 다음부터 세탁기에 돌려야겠다."

아영이 깊은 한숨을 내뱉었다. 그것이 그의 입장에서 큰 잘못이라면 그렇게 해주리라. 그리 어려운 일도 아니고, 오히려 자신의 입장에선 일이 더 쉬워지는 것이니 불평을 할 필요도 없었다.

하지만…….

생각을 흐린 그녀가 다시 한 번 한숨을 내뱉었다.

내일도 그 상태이려나?

붉어진 얼굴로 방에 들어갔을 때 잽싸게 따라가 제대로 된 사과를 할 걸 그랬다며, 아영이 입맛을 쩝쩝 다셨다.

고민이 깊어 보이는 딸아이를 바라보던 장미가 살이 접힌 턱을 쓰다듬었다. 장미는 딸아이와 수호 사이에 흐르는 미묘한 기류를 기가 막히게 읽어냈다. 수호의 반응은 자신이 알고 있는 것에서 동떨어져 있었다.

설마…… 이 작가가……?

멍하니 생각하던 장미가 이내 젊은 남녀가 안 될 것도 없다는 생각과 함께 아영을 보았다. 아영의 반응 역시 평범하지 않았다.

그래, 여덟 살 차이잖아. 그 정도면 딱 좋지, 뭐.

부모의 지나친 간섭은 아이에게 좋지 않다는 걸 알고 있다. 하지만 약간의 도움을 주는 건 나쁘지 않다고 스스로를 다독인 장미가 슬쩍 운을 띄웠다.

"화해하고 싶어?"

"불편한 사이면 일할 때 지장이 생기잖아. 어차피 둘만 있어야 하는데."

아침 여덟 시부터 퇴근하는 일곱 시까지 함께 있어야 하는 사이인데 계속 이런 분위기면 성격 좋은 아영마저 곤욕스러울 것 같았다.

"그럼 아영이가 잘하는 걸 해주면 되잖아."

"내가 잘하는 거?"

"그래."

장미의 말에 곰곰이 생각에 잠겼던 아영이 깜짝 놀란 듯 눈을 크게 떴다.

"에, 왠지 더 화낼 것 같은데?"

"절대. 엄마 말 믿으라니까? 네 아빠 봐라. 그렇게 무뚝뚝한 양반이 그거 하나면 후딱 풀잖아."

"그래도 좀……."

자신은 남동생과 아버지가 아니라고 소리치던 모습이 문득 떠올랐다. 그 방법을 쓰면 아버지나 남동생은 쉬이 화를 풀었는데, 그 남자는 오히려 더 화를 낼 것 같기도 했다.

그녀의 생각을 읽어낸 것인지 장미가 빠르게 말을 이었다.

"내가 그랬지? 이 작가는 행복을 나눠주고 싶은 사람이라고. 그러니 우리 딸도 넘치는 행복을 조금 나눠줘. 그렇게 나쁜 사람이 아니란 건 만나봐서 알고 있잖아."

그래, 그렇게 나쁜 사람은 아니었다.

다만 조금은 서툰 사람. 완벽한 껍데기에 부족함을 감춰두고 전전긍긍하는 사람.

"알았어."

아영이 고개를 끄덕이자, 장미가 기특하다는 듯 따라 웃었다. 그런 후 아영의 부탁을 받고 오늘 하루 종일 끼적였던 종이를 서랍에서 꺼내 내민다. 종이를 보자마자 무엇인지 단번에 알겠다는 듯 아영이 활짝 웃었다.

"자, 그리고 이건 네가 부탁한 레시피."

"와, 고마워!"

"고맙긴. 내가 고맙지."

손을 뻗은 장미가 연신 웃고 있는 아영의 손을 붙잡았다. 딸아이의 손은 이십대 중반이라고 하기엔 너무 거칠었다. 이렇게 된 게 자신의 탓인 것만 같아 안쓰러운 마음이 들었다.

"이런 부탁 해서 미안해."

"뭐 그렇게 힘든 일이라고."

보통의 사람이라면 아무리 부모자식간이라고 하더라도 무리한 부탁이라며 거절했을 것이다. 딸아이에게 수호의 집안일을 봐달라는 것은 순전히 자신의 욕심이었으니까.

하지만 아영은 자신의 부탁에 화를 내기는커녕 군말 없이 받아들였다. 어디 그뿐이던가. 이번엔 거기서 한 발 더 나아가 장미의 마음이 푹 놓일 정도로 해준다.

레시피를 쭉 읽어 내려가던 아영이 문득 든 생각에 장미를 보며 물었다.

"엄마, 그런데 나도 하루 자고 와야 하나?"

"……어?"

"엄만 항상 자고 왔잖아."

1년에 한 번, 가족들의 묵인 하에 이루어진 장미의 외박 날이었기에 딸인 아영도 외박을 해야 하는 거냐고 물었다.

장미가 어떠한 대답을 해야 할지 몰라 모든 결정을 딸에게 맡겼다.

"분위기 봐서, 네가 알아서 해."

책임감이 강한 아이들이니 만리장성을 쌓진 않겠지. 막연하게 생각한 장미가 열심히 레시피를 보고 있는 아영을 보았다.

그래, 정말 별일 없겠지 하고 생각하며.

4. 그 남자를 조련하는 방법

식탁 한쪽에 놓여 있는 캘린더는 장미가 개인적으로 사용하는 것이었다. 아영은 친가와 외가의 주요 경조사가 표시되어 있는 달력을 보았다. 오늘 날짜에 커다란 별이 쳐 있었다.

중요한 날이니만큼 아영은 거의 잠도 자지 않은 채 싱크대 앞을 오고가야 했다. 깨끗하게 손질을 마친 식재료를 커다란 통에 차곡차곡 담던 그녀는 마지막으로 장미가 적어준 레시피를 떠올렸다.

장장 두 시간 동안 준비한 음식을 모두 반찬 통에 담은 아영이 앞치마에 젖은 손을 닦으며 하나하나 살폈다. 혹 빠뜨린 것이 없나 살펴보는 눈길은 꼼꼼했다.

"손질은 대충 끝났고……."

완벽하게 준비를 마쳤다는 확신이 들자 그녀는 준비한 재료를 커다란 종이가방에 담은 후 아침에 쓴 접시를 닦기 시작했다. 장미가 입원을 한 뒤로 거창하게 음식을 차려 먹지 않았기에 접시 수는 몇 되지 않았다.

부지런하게 싱크대에 튄 물기까지 모두 닦아낸 그녀가 앞치마를 벗어 걸어둔 후 걸음을 옮겼다. 오늘은 챙겨야 할 것들이 많아 부산을 떨었더니, 수호의 집에 아슬아슬한 시각에 도착할 것 같았다.

지각을 할 수는 없지.

식탁 의자에 걸쳐두었던 외투를 집어 들었을 때 막 샤워를 마치고 나오는 동식을 보았다. 그가 아영의 손에 들린 종이가방을 보며 무심히 묻는다.

"올해는 네가 준비하냐?"

"네. 엄마 대신이니까요."

그렇게 말하면서도 아영은 바삐 현관 쪽으로 걸음을 옮겼다.

신발을 꿰어 신은 아영은 뒤따라온 동식을 꼭 끌어안았다.

"아버지 다녀올게요."

"고생해라."

동식이 익숙하게 딸아이의 등을 두드린다.

오늘도 서로의 체온에 더욱 힘을 내는 두 사람이었다.

초인종을 노려보고 있던 아영이 한숨을 푹 내쉬었다.

"그럼 아영이가 잘하는 걸 해주면 되잖아."

장미에게 그런 말을 들은 뒤인 터라, 그녀는 쉬이 벨을 누르지 못하고 있었다.

정말 괜찮은 걸까? 더 화낼 것 같은데.

자신의 애교는 가족 한정이었다.

밖에선 점잖은 모습만 보여, 친구들은 '애늙은이'라고 놀려댔다. 하지만 아들이면서도 오히려 딸 노릇을 하던 남동생이 군대에 가게 되면서부터 동생이 있던 자리를 힐끗 보며 우울해하는 부모님을 위해 가끔 말도 안 되는 아양을 떨었다.

처음엔 단순히 동생을 흉내 내는 것부터 시작해서 이젠 차마 눈 뜨고 보지 못할 정도로 넘어가게 되었지만, 부모님은 그녀의 부끄러움에 대한 보상을 웃음으로 보여주었다.

굳이 문제가 되는 것이 있다면 '장미'는 고슴도치 새끼처럼 딸인 아영을 무척 예쁘다고 생각했고, 애교를 떨면 세상 모든 사람들이 화를 푼다고 생각하고 계신다는 것이었다.

안 맞으면 다행이지.

"후."

한숨을 내뱉은 아영이 초인종을 꾸욱 눌렀다.

하지 말자.

머릿속엔 그런 계산이 섰다. 마음을 다해 사과를 하고 그래도 화를 풀지 않으면 그땐 요령껏 행동하면 될 것 같았다.

안에서 아무런 인기척도 들리지 않자 아영이 다시 한 번 초인종을 눌렀다.

딩동—

문을 뚫고 열은 소리가 들려오는 것을 보면 초인종이 고장 난 것도 아니었다.

비밀번호를 누르고 안으로 들어갈 수도 있었으나, 아영은 수호가 나올 때까지 고집스럽게 초인종을 눌렀다.

딩동—

다시 한 번 초인종을 눌렀을 때였다. 안에서 쾅쾅 발소리가 들리더니 곧이어 그가 문을 벌컥 열었다.

일그러진 얼굴을 본 아영이 웃는 얼굴로 물었다.

"아직도 화났어요?"

살벌한 표정에 아영이 침을 꼴깍 삼켰다. 그는 아무런 말도 없이 무시무시한 눈으로 그녀를 쏘아보고 있었다.

그는 평소와는 달리 말끔한 차림이었다.

설마, 안 잤나?

의아한 눈으로 그를 보던 아영은 순간 자신이 해야 할 일을 깨닫곤 들고 있던 물건을 바닥에 내려놓았다.

양손을 가지런히 모은 아영은 아이가 배꼽인사를 하는 것처럼 고개를 숙였다.

"미안해요. 잘못했어요. 앞으론 절대 안 그럴게요."

마치 속사포 랩을 하는 것처럼 빠르게 말을 내뱉는 아영을 보며 수호의 얼굴이 구겨졌다. 이 여자가 갑자기 왜 이러나 싶은 모양이었다.

"제가 잘못했어요."

아영의 사과에 그가 눈을 가늘게 떴다. 그러는 사이에 고개를 든 아영이 입가를 부드러운 호로 만들며 말을 잇는다.

"네에? 용서해 주세요."

눈을 동그랗게 뜨는 아영을 보며 그가 미간을 좁혔다.

평소 상대가 이렇게까지 사과를 하면 기꺼이 받아주던 그였지만, 오늘은 아무 반응도 보이지 않은 채 작은 여자를 내려다보고 있을 뿐이었다.

그때였다.

그녀가 성큼 걸음을 옮기자 당황한 그가 걸음을 뒤로 물렸다.

"뭐, 뭐 하는……."

그가 도망가듯 걸음을 뒤로 물리는 만큼 그녀가 다가왔다.

도망가고 쫓기를 반복하던 두 사람은 아영이 현관에 들어오고 나서야 멈췄다.

달칵.

뒤에서 문이 닫히는 소리와 함께 아영이 다시 한 번 허리를 숙였다.

"앞으로 속옷은 세탁기에 돌릴게요."

이 여자, 근본적인 문제를 전혀 모르고 있군.

그가 한숨을 토해내며 답했다.

"……아니, 하지 마세요."

"네?"

"제가 할 테니, 할 필요가 없다는 말입니다."

모르겠다는 듯 토끼처럼 동그랗게 눈을 뜨는 아영을 보자 답답함이 가슴에서 울컥 치밀어 올랐다.

이 여자가 말하고자 하는 게 무엇인지 알고 있었다. 장미의 대신이긴 했으나 가정부로 이 집에 왔으니, 그 본분을 다하겠다는 뜻이었다. 그녀는 수호가 '성인의 남자'이며 '이성'이라는 건 인식하지 못하고 있는 듯했다.

"어떻게 그래요. 내가 할 일인데."

역시나.

성인 남자의 속옷 세탁도 자신이 해야 할 일로 인식하고 있는 아영을 보며 그가 한숨을 내뱉었다. 자신과 전혀 상관없는 여자가 제가 입었던 속옷을 세탁하는 건 싫다고 말하려다 말고 고개를 저었다. 그러면 이 여잔 자신이 그 말을 납득할 때까지 질문을 이어나갈 테니까. 그녀는 답을 구하는 일에 망설임이 없는 사람이었다.

"오늘부로 제가 할 일이 되겠죠."

"왜요?"

적당히 돌려 말했음에도 물음이 되돌아오자 그가 조금은 짜증 섞인 목소리로 말했다.

"아무리 가정부라 하더라도 유, 유아영 씨가 제 속옷을 빠는 건 좀……."

길게 말꼬리를 늘인 그가 입을 꾹 다물었다. 자신답지 않게 말을 더듬었기 때문이다. 이런 자신의 반응도, 앞에서 놀라움에 작게 입술을 벌리는 그녀도 마음에 들지 않았다.

그가 커다란 손을 들어 입술을 덮었다. 솔직한 생각을 터놓은 자신의 입을 틀어막고 싶었으나, 아영은 그렇게 하게 내버려두지 않았다.

"아, 알겠다. 부끄러우신 거죠?"

“아닙니다.”

빠르게 답을 하면서도 그의 얼굴이 불타올랐다.

당황하는 법이 없던 그였다. 감정을 숨기고 죽이는 일에 익숙한 그가 아영의 앞에선 풋내기처럼 굴게 된다. 그것이 정말 마음에 들지 않았다.

이런 그의 마음을 알 리 없는 아영은 몸을 돌려 걸음을 옮기는 수호의 뒤를 바짝 쫓으며 말했다.

“에이, 맞는데요, 뭘. 왜 굳이 집안일을 하러 온 제게 그렇게 느끼는 건지 모르겠지만, 이수호 씨가 그렇다고 하면 속옷만 따로 모아둘게요. 어때요?”

마치 적절한 타협을 하려는 것처럼 아영이 쉴 새 없이 조잘조잘 말을 늘어뜨렸다.

우뚝.

서재를 지척에 두고 걸음을 멈춘 수호가 아영을 곁눈질했다.

“전에도 느꼈지만, 말투가…….”

“아, 죄송해요.”

그 짧은 말로도 자신의 문제점을 눈치챈 아영이 입을 틀어막았다. 그러더니 그의 눈치를 살피며 말을 잇는다.

“실습 갔을 때 저도 모르게 이렇게 됐더라고요. 조금…… 강압적이죠?”

“아뇨. 그렇다기 보단 말 안 듣는 아이 타이르는 말투입니다. 단어도 그렇고, 어조도 그렇고.”

“죄송해요. 이것 때문에 아르바이트 하는 곳에서도 몇 번이나 혼났는데 안 고쳐지네요.”

그녀가 사회복지학과에서 아동학을 전공하고 있다는 것은 알고 있었다. 3학년이 되어 실습을 하러 나간 것도 장미를 통해 들었다. 그녀에 대한 것은 사소한 것도 모두 알고 있었다.

수호는 다시 한 번 '조심할게요'라고 말하는 아영을 보았다. 그녀가 멋쩍게 웃는다.

고개를 저은 그가 다시 걸음을 옮겼다. 또 졸졸 따라오면 한마디 해주리라, 생각하며.

하지만 아영은 자신의 손을 내려다보더니 퍼뜩 정신을 차린 듯 외쳤다.

"아, 반찬통!"

짧은 다리를 빠르게 움직이며 현관으로 뛰어가는 그녀의 모습을 힐끗 본 그가 당황한 듯 표정을 굳힌다.

아, 정말 뭐야.

뒷머리를 벅벅 긁은 그가 서재로 들어갔다.

허탈한 웃음이 터져 나왔다.

"휘둘리지 마, 이수호."

의자에 털썩 주저앉은 그가 고개를 저었다.

두 시간짜리 강연을 준비하기 위해선 꼬박 이틀의 시간을 쏟아야 했다. 똑같은 주제로 강연을 할 수도 있었다. 하지만 장소와 대상이 바뀌면 그에 맞춰 강연 주제를 바꿔야 했기에 매번 오랜 시간을 고민하고 또 고민했다.

이런 그의 노력이 통했을까. 같은 곳에서도 몇 번이나 그를 더 부른 경우도 있었다.

더욱 이번에 '대경대학'에서 있을 강연을 마지막으로 한동안 강단에 설 일이 없었기에 완벽하게 마무리하고 싶었다.

피곤한 눈을 손가락 끝으로 꾹꾹 누르던 그가 손을 뻗어 참고 도서를 보았다. 목차를 눈으로 훑던 그는 결국 강연에 도움이 될 만한 것이 없자 인터넷에 접속한다.

비슷한 주제의 책이 있을까, 찾던 그가 원하던 내용을 담고 있는 책을 발견하자 메모지에 제목과 저자를 적었다. 인터넷으로 책을 구입하면 빠른 시일에 받을 수 있었지만 당장 필요했다.

외출 준비를 서두르던 그의 시선이 문득 달력으로 향한다. 달력엔 특별한 표시 하나 없었지만, 그의 시선은 오늘 날짜에 멈춰 있었다.

올해는 이렇게 지나가나 보다.

멍하니 생각하던 그가 외투를 입은 후 서재를 나섰다. 기분이 급격히 가라앉았다.

점심 때 먹은 설거지를 하고 있던 아영이 고개를 힐끗 돌리더니 막 외출을 하려는 수호를 발견한 것인지 쪼르르 달려왔다.

"어? 외출하세요?"

"네, 문제 있습니까?"

"오늘 들어오긴 하는 거죠?"

그 물음에 수호의 표정이 묘하게 일그러졌다.

마치 와이프처럼 구는 그녀의 모습을 생소하게 바라보던 그가 더듬더듬 말을 내뱉었다.

"서점 갑니다. 이 앞에."

"아, 그렇구나. 전 또."

어깨를 으쓱인 아영을 보던 그가 다시 현관 쪽으로 걸음을 옮겼다.

그는 자신의 뒤를 쫓는 그녀의 인기척을 느꼈다.

갑자기 왜 이러지?

평소엔 외출을 해도 별달리 신경을 안 쓰던 여자가 현관까지 쫓아오자, 어색한 표정으로 아영을 보았다.

“다녀오세요.”

앞치마를 한 채로 손을 흔드는 아영을 보며 그가 저도 모르게 손을 올렸다가 재빨리 내렸다.

현관문을 나서던 그가 표정을 일그러뜨렸다.

이수호, 너 확실히 이상해졌어.

바뀐 자신의 모습이 낯설다는 듯 그가 주머니에 손을 찔러 넣었다. 방금 전 그녀를 따라 흔들려던 손이 부끄럽다는 듯이.

아영은 냉동고에서 장미가 만들어 얼려둔 삼계탕을 꺼내 싱크대에 올려두었다. 되도록 새로운 음식을 해서 내고 있었지만 오늘은 그럴 시간이 없었다.

수호와 함께 저녁을 먹고서 그에게 부탁을 해야 제시간에 음식 준비를 마칠 수 있을 것 같았다.

저녁거리를 한쪽으로 밀어둔 아영은 조금 전 외출했을 때 시장에서 사온 계란 한 판을 꺼내왔다. 손이 많이 가는 음식은 지금부터 준비를 해야 했다.

꼬치에 파, 버섯 등의 채소와 햄을 꽂던 아영이 시계를 힐끗 보았다. 외출했던 수호가 슬슬 돌아올 시간이었다.

딩동—

"역시 양반은 못 되나 보네."

때마침 울린 초인종 소리에 아영이 손을 씻고 인터폰 쪽으로 달려갔다. 화면엔 그녀가 예상했던 수호가 아닌 사십대 초중반으로 보이는 여자가 인상을 구기고 있었다.

누구지?

이 집을 찾는 사람은 수호의 일을 봐준다는 경호가 전부였다. 택배도 네 시가 되면 그녀가 직접 내려가서 받아오고 있지 않은가.

버튼을 누른 아영이 여잘 의심스러운 눈으로 보며 말했다.

"누구세요?"

[누구긴 누구야! 이 집주인 친엄마지!]

"네?"

집주인 친엄마? 그럼 이수호 씨의 친엄마란 말인가?

그녀가 상황을 제대로 인식하지 못하고 있을 때 또 한 번 날카로운 음색이 날아들었다.

[그럼 넌 누구야 문 안 열어? 당장 열어!]

정신이 번쩍 들 만큼 높은 음성에 아영이 열림 버튼을 눌렀다.

쪼르르 현관으로 달려간 아영은 화려한 차림의 여자를 보았다. 그녀는 수호의 친모라고 하기엔 어려 보였다. 그게 탱탱한 피부 때문인지, 아니면 이목구비를 선명하게 보이게 하는 화려한 색감의 화장 때문인지 모르겠으나, 수호의 큰누나 정도로만 보였다.

아영은 젊은 사람들도 소화하기 힘든 글램룩으로 멋을 낸 차현을 보았다. 반짝반짝 빛이 도는 재킷과 화려한 가죽 치마는 아영도 도저히 소화 못할 옷이었다.

"너 뭐야? 수호 여자 친구야?"

"아, 아니요."

"아. 가정부? 수호는? 어디 갔어?"

붉은색 립스틱을 바른 입술이 씰룩였다.

화려한 이목구비와 멋진 패션 센스는 수호를 떠올리게 만드는 것이었으나 상대를 얕잡아보고 경우 없이 구는 태도는 도저히 수호의 친모라고 생각할 수 없는 모습이었다.

높은 하이힐을 아무렇게나 벗어던진 차현이 깨끗하게 정돈된 집 안을 보며 혼잣말을 하듯 읊조렸다.

"정신병자도 아니고. 뭘 이렇게 깨끗하게 하고 산대?"

이런 사람이 정말 이수호 씨를 열 달 동안 품고 낳은 사람일까?

정말 친모라면 아들에게 '정신병자'라는 말을 할 수 있을까?

아영의 표정이 굳었다.

"네, 잠시 외출하셨어요."

"그래?"

차현은 별 상관이 없다는 어투로 답한 후 소파에 털썩 앉았다. 치마를 입고 있었으나 조심성 없는 행동 때문에 아영은 원치 않게 그녀의 치마 속을 훤히 보아야 했다.

옆으로 확 돌아간 아영의 뺨이 불그스름하게 변했다. 차현의 눈을 똑바로 마주할 수가 없었다.

그러는 사이 차현은 기다란 다리를 꼬며 들고 있던 핸드백을 옆에 놓아두며 명령했다.

“커피 좀 내줄래? 진하게.”

인터넷 서점의 발달로 인하여 오프라인 서점은 자연스레 쇠퇴했다. 얼마 전까지만 하더라도 집 앞에 작은 서점이 두 개나 있었지만, 그가 발길을 끊은 사이 폐업한 것인지 그 자리엔 식당 두 개가 자리하고 있었다.

하는 수 없이 차를 끌고 강남 네거리에 있는 큰 서점까지 오게 된 수호는 구입하려던 책을 찾은 후에 설렁설렁 서점 안을 둘러보았다.

도서 시장이 많이 힘들다고는 하나 여전히 하루에 수백 권의 신작이 쏟아지고 있었다.

수호는 오늘 아침에 출간된 따끈따끈한 인문서 하나를 집어 들었다. 띠지엔 스님의 사진과 함께 헤드카피가 적혀 있었다.

— “인생은 고통이다.”

참 욕지기가 올라오는 말이다. 하지만 책을 펼쳐 안을 살펴보자 글이 전달하고자 하는 의미는 명확했다.

인생은 고통의 연속이다. 그리고 그 고통을 인내해 나가는 것이 인생이다. 타인과의 관계에서 받은 상처, 마음속에 내재되어 있는 근본적인 상처를 치유해 나가는 것은 말처럼 그렇게 쉬운 일은 아니다. 하지만 그렇게 해야 한다. 그것이 삶이니까.

책장을 넘기던 그는 책 위에 드리우는 그림자에 고개를 돌렸다.

"이수호 작가님, 사인 좀 해주세요."

이십대 초반으로 보이는 여자가 책을 한 권 내밀었다. 그건 그의 세 번째 소설 〈본전〉이었다. 추리극으로, 후에 영화로까지 제작이 되어 그의 작품 중 가장 많은 판매부수를 올린 책이었다. 그에게 사인을 받기 위해 급히 사온 것인지 접힌 부분 없이 깨끗했다.

말없이 책과 펜을 받아든 그가 여잘 보며 물었다.

"성함이 어떻게 되시나요?"

"장한나요."

한나라는 이름에 사인을 하던 그의 손이 멈췄다.

"잘 못 들었습니다. 다시 한 번 말씀해 주시겠습니까?"

"장한나요. 한나."

말없이 사인을 마친 그가 감사하다는 코멘트까지 적은 후 책을 내밀었다. 여잔 더 바라는 것이 있는지 책을 받아든 후에도 우물쭈물했다.

여자가 용기 내어 손을 앞으로 쭉 내밀었다.

"너무 팬이어서 그런데 악수 한번 해주시면 안 돼요?"

순진한 부탁에 그가 입술을 시니컬하게 휘었다. 여잔 악수까지 한 후에야 그를 놓아주었다.

방금 전까지 읽었던 책을 바라보던 그가 펼쳐두었던 책을 집어들었다. 두 권의 책을 들고 계산대로 향한 그가 막 지갑을 꺼내려던 때였다.

띠링띠링—

주머니 안에 넣어두었던 휴대전화가 울었다. 문자 도착음에 액정을 확인한 그가 인상을 쓴다.

〈오빠♡ 잘 지내? 아직도 내 번호 저장 안 해놓은 건 아니지?〉

길한나.

방금 전 그의 신경을 건드렸던 이름이었다.

그는 당연하다는 듯 답장을 보내지 않았다. 어차피 이 여자가 원하는 것은 하나일 테니까. 그들이 그에게 바라는 것은 단 하나뿐이었다.

계산을 마친 그가 지하주차장으로 걸음을 옮긴다. 차를 세워두었던 쪽으로 향하던 그는 또다시 주머니에서 벨소리가 울리자 얼굴을 일그러뜨렸다. 한나가 참지 못하고 전화라도 하는 모양이었다.

짧게 욕지기를 내뱉은 그가 휴대전화 액정을 확인하자 한나의 이름 대신 아영의 이름이 떠 있었다. 연락처를 주고받은 후 처음으로 그녀가 자신에게 전화를 건 것이다.

마치 와이프처럼 자신을 배웅하던 여자를 떠올린 그의 표정이 나른하게 풀렸다.

"여보세요?"

[저기 이수호 씨, 어머니가 오셨는데…….]

"어머니? 퇴원하셨습니까?"

그의 표정이 한껏 밝아졌다.

집에 장미가 기다리고 있을 거란 생각을 하자 그의 발걸음이 빨라졌다. 하지만 그 후 얼마 되지 않아 들려온 그녀의 답에 그가 못 박힌 듯 자리에 선다.

[아니요, 이수호 씨 어머니요.]

"……기다려요."

마치 야차처럼 무시무시한 표정을 지은 그가 전화를 끊은 후 차에 올랐다. 시동을 거는 그의 손길이 거칠다.

집으로 오는 짧은 시간, 그는 별의별 생각을 다 했다. 자신의 친모가 무슨 짓을 할지 몰라 안절부절못하기도 했으며, 차현을 가장 보여주고 싶지 않은 사람에게 보였단 사실에 절망하기도 했다.

마음속에 언제부터 자리 잡았는지 모를 끔찍한 상처가 그의 심장을 헤집었다.

지끈거리는 고통이 절정에 달했을 때야 그는 집에 도착할 수 있었다. 빠르게 비밀번호를 누르고 안으로 들어간 그는 부엌에서 슬쩍 얼굴을 내미는 아영을 보았다.

그녀는 어설프게 웃고 있었다. 고개를 돌려 소파를 확인하자 차현이 반갑게 인사를 건넨다.

"아들, 왔어?"

"……."

차현의 인사에도 그는 묵묵부답으로 일관했다. 그저 두 사람을 떨어뜨려 놓아야 한다는 생각에 그의 걸음이 성급해졌다.

아영의 팔을 붙잡은 그가 차현을 노려보았다. 제발 잠시만이라도 닥치고 있으라는 듯이. 하지만 그녀는 그 짧은 사이를 참지 못하고 입술을 나불거렸다.

“엄마가 인사를 하는데 싸가지 없이. 넌 인사할 줄도 모르니? 어?”

날카롭게 쏘아보는 눈초리에 그가 자조 섞인 웃음을 뱉었다. 그 후 당황함에 어쩔 줄 몰라 하는 아영의 팔을 잡아당겨 자신의 방 쪽으로 향한다.

“왜, 왜…….”

“들어가 있어요.”

벌컥 문을 연 그가 아영을 안으로 밀어 넣은 후 닫았다.

이 모습을 눈으로 좇던 차현이 팔짱을 끼며 비웃는다.

“왜, 집에서 일해주는 여자한테 나 보여주기 싫어?”

“뭐가 필요해서 오셨습니까.”

뾰족한 어조에도 수호는 평상심을 유지했다. 차현이 이러는 게 한두 번이 아니었으니까. 이젠 이골이 날 정도였다.

그의 표정이 평온하다고 생각한 차현이 이곳에 온 본론부터 꺼냈다. 그녀도 목적만 달성한다면 이곳에 오래 있고 싶은 마음은 없어 보였다.

“엄마가 이번에 새로운 집을 계약하려고 하는데, 돈이 부족해서 말이야. 아들이라면 도와줄 수 있지?”

간드러지는 웃음을 내뱉는 차현을 보던 그가 몸을 돌렸다.

“안 그래도 찾고 있었습니다.”

서재로 향한 그가 책상 제일 밑에 넣어둔 봉투를 들고 밖으로 나왔다. 봉투는 모두 그녀의 앞으로 발송이 된 것이었다.

그가 차현의 앞에 봉투를 내밀며 말했다.

"단 한 푼도 드릴 수 없습니다. 당장 이것들 들고 나가세요."

"뭐, 뭐?"

당황한 차현이 봉투를 내려다보았다. 경찰과 검찰에서 온 소환장이었다. 안에 적혀 있는 죄목은 '사기혐의'였고, 이것뿐만 아니라 불법적으로 빌려 쓴 돈까지 합치면 그녀의 부채는 어마어마했다.

단순히 거기서 끝났다면 좋았을 텐데.

자신의 명의로 몰래 끌어쓴 돈까지 있었다.

그녀가 보고 싶지 않다는 듯 그의 손을 거칠게 내려쳤다. 봉투가 바닥으로 우수수 쏟아졌지만, 수호는 눈 하나 깜짝하지 않은 채 고저 없이 말을 이었다.

"이제껏 충분히 했다고 생각합니다. 당신이 날 낳아준 대가는 충분히 지불했다고요. 더 이상은 싫습니다."

그는 차현을 '어머니'라고 부르지도 않았다. 장미에겐 매사 깍듯한 그였으나, 눈앞에 있는 여자에겐 냉담했다.

시린 표정의 그가 자신의 뜻대로 움직여 주지 않으리란 것을 깨달은 것일까.

예쁘게 화장을 한 얼굴이 일그러지더니 손이 위로 올라갔다.

"너, 너……. 이 호로 자식!"

짝!

그의 고개가 옆으로 확 돌아갔다. 맞은 뺨이 화끈거렸으나, 그는 웃었다.

"네가 어떻게 나한테 이럴 수 있어!"

어떻게 이럴 수가 있냐고……?

천천히 고개를 돌린 수호가 차현을 내려다보며 허탈한 웃음을 지었다.

그럼 당신은 왜 내게 그런 건데? 왜?

끝없이 이어지는 물음은 그가 하나의 인격체로 생각이란 걸 할 수 있을 무렵부터 시작된 것이었다.

"……뭔가 착각하고 있으신 모양입니다."

"뭐, 뭐야?"

당황해 말을 더듬는 차현을 보며 그가 이를 악물었다. 감정이 컨트롤 되지 않았다. 이제껏 가슴속에 쌓인 분노를 잘 억누르며 살 수 있었는데, 지금 이 순간은 그렇게 되지 않는다. 이젠 알아버렸기 때문이다. 사랑을 받으면서 자란 아영을 본 순간 자신의 처지가 참 비루하다는 것을. 자신은 이런 부모밖에 가질 수 없다는 것을.

"아버지 돌아가시고 핏덩이를 외가에 맡겨놓고 집을 나간 사람이 누구입니까? 아버지 앞으로 나온 사망금과 회사에서 준 위로금, 사고 합의금까지 들고 사라진 사람이 누굽니까? 그 돈들, 도박으로 모두 날린 사람이 누굽니까!"

지질한 감정은 어느새 피해의식으로 바뀌었다. 아무리 공부를 잘하고 높은 위치에 오르고 돈을 많이 모아도 자존감은 낮아지기만 했다. 아니, 겉으론 자존심을 세우며 고고한 척 굴었지만 알갱이는 찌질하다 못해 못돼 처먹었다는 것을 알게 되었다.

나도…… 나에게도…… 장미가 있었으면 좋을 텐데.

그러면 정말 좋을 텐데.

그렇게 생각하던 그가 분노로 몸을 부들부들 떨고 있는 차현을 보며 물었다.

"……오늘 아버지 제사인 건 아십니까?"

"모르면 뭐! 너 태어나기도 전에 죽어버린 사람, 내가 제삿밥까지 챙겨야 한다는 거니?"

차현의 고함에 그의 눈꺼풀이 천천히 내려앉았다.

"그래도 아버지잖아. 아들 얼굴 보고 싶으실 텐데, 함께 밥 먹는 것도 좋잖아."

처음, 장미가 아버지의 제사를 지내자고 말했을 때 했던 말이 떠올랐다.

예쁘게 잘 자란 네 얼굴 보여주라고. 그리고 우울하고 슬픈 시간이 지나면 자신과 함께 술 한잔하면서 털어내자던, 그 모습이 떠올라 마음이 무너져 내렸다.

내겐 왜…… 내겐 왜…… 단단한 울타리가 없었을까.

눈물이 날 것 같았지만 그가 이를 악물며 가까스로 슬픔을 삼켰다.

"왜 이제 와서 이러십니까? 부모라서? 당신이 나한테 부모였던 적이 있었습니까?"

그리고 물었다.

당신은 왜 내게 바라기만 하냐고.

자신과 피 한 방울 섞이지 않은 장미는 많은 것을 주는데, 왜 내 가족이라는 사람들은 모두 내 걸 빼앗아가지 못해 안달이냐고.

그리고 애원한다.

"그만하세요, 제발."

여기까지만 해달라고. 더 이상 했다간 참지 못하고 뻥 터져 버릴 것만 같았다.

고개를 푹 숙이는 수호를 보며 차현이 콧방귀를 꼈다. 목적을 달성하기 어렵다고 판단한 것인지 그녀는 소파 위에 올려둔 핸드백을 챙겨든 후 멍하니 눈을 깜빡이고 있는 수호를 보며 이를 짓이겼다.

"네가 돈 안 줘도 다 방법이 있거든?"

마지막까지 떵떵거리며 집을 나서는 차현을 말간 눈으로 바라보던 그가 자리에서 비틀거렸다.

지끈.

두통이 몰려왔다.

손을 들어 마른세수를 한 그가 바닥에 떨어진 봉투를 하나둘 주워들 때였다. 손 하나가 불쑥 튀어나오더니 봉투를 한데 끌어모아 그에게 내민다.

"……괜찮아요?"

아영이었다. 가정집의 방음 수준이야 잘 알고 있었으니, 그녀가 차현과의 대화를 모두 들었을 것이란 예상 정도는 쉬이 할 수 있었다.

그는 아무 말 없이 봉투를 받아든 후에 서재로 향했다.

아영이 자리에서 일어나 마음의 벽처럼 닫힌 문을 보았다.

"엄마, 알겠어요."

엄마가 왜 행복을 나눠주고 싶다고 했는지.

이젠 알 것 같았다.

"후."

아영은 손도 대지 않은 그릇을 보며 한숨을 쉬었다.

나와서 저녁 먹으라는 말에도 서재 안에선 아무런 답도 들리지 않았다. 사람이 없는 것처럼 인기척 하나 들리지 않는 문 너머에 아영은 몇 번이고 문을 열고 싶은 마음을 억눌러야 했다.

그는 지금 혼자 있고 싶을 것이다. 자신이 그라도 홀로 방에 콕 박혀 있고 싶을 것만 같았다.

"그만하세요, 제발."

그 목소리를 떠올리는 것만으로도 숨이 왈칵 막혔다.

바닥에 신문을 깐 아영이 미리 준비해 두었던 재료들을 하나 둘 내려놓았다. 휴대용 가스버너까지 완벽하게 준비한 그녀가 먼저 팬부터 달궜다. 걱정과는 달리 순조롭게 진행되고 있었으나 아영의 표정이 밝진 않다.

그녀는 계란을 푼 물에 정성껏 만든 동그랑땡을 담갔다가 예열이 된 팬 위에 올려놓았다. 지글지글 맛있게 익어가는 소리와 고소한 냄새에 배에서 꼬르륵 소리가 났다.

배를 움켜쥔 아영이 미간을 좁혔다.

"그러고 보니 나도 아무것도 안 먹었네."

뒤늦게 깨달은 사실에 아영의 입에서 허탈한 웃음이 흘러나왔다. 단 한 번도 생각해 본 적 없었던 상황을 맞닥뜨리자 놀랐던 위장이 이제야 제 구실을 하는 모양이었다.

그런 부모는 드라마에서나 봤었다. 드라마를 볼 때도 작가들이 너무 자극적으로만 쓴다고 생각했었는데, 막상 현실로 겪자 말도 나오지 않았다.

지글지글—

기다란 나무젓가락으로 모양이 흐트러지지 않도록 동그랑땡을 뒤집은 그녀가 이번엔 넓은 볼에 식용유를 부었다. 이 팬엔 튀김을 할 예정이었다.

완성된 음식을 기름종이 위해 가지런히 늘어놓은 아영이 이번엔 산적을 부칠 때였다. 음식 냄새에 이끌려 나온 것인지 수호가 멍하니 그녀를 보고 있었다.

"음식은 거의 끝나가요. 병풍이랑 상은 어디에 있어요? 좀 꺼내오세요."

말은 그렇게 했지만 아직 세 가지의 전을 더 해야 했다. 나물과 국은 집에서 해왔는데도 제사 음식 자체가 손이 많이 가다 보니 시간이 오래 걸렸다.

그녀가 노릇노릇 잘 익은 튀김을 건져내는 것을 보던 그가 멍하니 물었다.

"……어머니께 들으셨습니까?"

그는 아직도 부엌 안으로 들어오지 못하고 있었다. 마치 그 안으로 발을 들여놓으면 큰일이라도 나는 사람처럼.

그런 모습을 빤히 보던 그녀가 바쁘게 손을 움직이며 물었다.

"오늘 이수호 씨 아버지 제사인 거요?"

그는 답이 없었다. 질문이 정확한 모양이었다.

그녀가 음식에서 잠시 시선을 떼고 자신을 바라보고 있는 수호와 눈을 맞추며 말했다.

"아니요. 제사인 건 자연스럽게 알게 됐어요. 엄마가 5년 전부터 이 날만 되면 외박을 하니 모를 수가 없죠. 그리고 오늘 이 시간까지 있게 된 건 엄마의 부탁 때문이었어요."

음식을 해달라는 부탁은 하지 않았다.

아무리 부모자식간이라 하더라도 제사 음식을 준비하는 게 보통 일이 아니었기에 거기까진 부탁을 하지 못했기 때문이다.

음식을 하겠다고 나선 건 아영이었다. 그간 제사 때마다 장미를 꾸준히 도와줬기에 제대로 된 레시피만 있다면 거뜬하게 할 수 있을 것이라 생각했다.

튀김을 마친 그녀가 버너 불을 끄며 말을 이었다.

"곁에서 잘 봐달라고 했는데, 그것보단 저도 음식 준비하는 게 덜 어색할 것 같기도 하고, 아버지도 제삿밥 드시러 왔다가 아무것도 없으면 서운해하실 것 같아서요. 아, 참고로 말씀드리면 제사 음식은 혼자서 해본 적은 거의 없어서 맛없을 거예요."

"……."

그녀를 빤히 바라보던 그가 그제야 걸음을 옮겼다. 들고 있던 컵을 식탁 위에 올려놓은 그는 아영의 앞에 무릎을 꿇고 앉았다.

"왜 그러세요?"

갑자기 왜 그러는 것인지 이해를 하지 못한 아영이 눈을 동그랗게 떴다. 그러자 그가 체에 걸쳐 놓았던 기다란 나무젓가락을 들어 전을 뒤집었다.

“저도 할 줄 압니다.”

“……도와주시게요?”

그녀의 물음에 수호의 입가에 웃음이 번진다.

“돕는 건 유아영 씨가 아닙니까. 제 아버지 제사인데.”

“아, 그렇네요.”

일리 있는 말에 아영이 고개를 끄덕였다. 능숙하게 전을 뒤집는 그를 보며.

생선 구이 위에 젓가락을 올려놓은 그가 절을 올리는 것을 아영은 멀찍이 서서 보았다. 키가 아주 큰 남자였지만 어쩐 일인지 오늘은 작아 보였다.

그의 아버지 제사는 썰렁했다. 찾아오는 이 하나 없었고, 음식 또한 단출하게 했기에 커다란 상이 텅 비어 보일 정도였다.

매년 자신이 서 있는 자리에 장미만이 서 있었으리라 생각을 하자, 마음이 스산해졌다.

무릎을 꿇은 수호가 뒤에 서서 이를 바라보고 있는 아영을 보며 말했다.

“술 한 잔 올려주세요.”

그의 말에 아영은 별 거부감 없이 다가가 무릎을 꿇었다. 작은 잔 안에서 찰랑이는 정종을 보던 그녀가 잔을 내려놓은 후 수호와 절을 올렸다.

음식을 준비하는 데엔 꽤 오랜 시간이 소요됐으나, 제사는 허무할 정도로 빨리 끝났다. 말없이 무릎을 꿇은 채 상을 바라보는 그의 뒷모습만 바라보던 아영이 궁금증을 참지 못하고 물었다.

"아무도 안 오세요?"

"네."

그의 형제가 있을 법도 했다. 아니면 친가에서 와 함께 자리를 하며 서로 위로할 수도 있었다. 하지만 그는 혼자였다.

그녀는 낮에 보았던 차현의 모습을 떠올리며 입술을 깨물었다. 처연하게 빛나는 그의 눈동자를 보자 자신이 그의 상처에 소금을 때려 부은 것만 같은 기분이 들었다.

"아버지 제사를 챙기기 시작한 것도 어머니 때문입니다."

"설마…… 우리 엄마요?"

"네."

짧게 답한 그가 입가에 미소를 지었다. 오늘 처음으로 평온한 표정을 지은 그는 지난 기억 하나를 꺼냈다.

"우연히 등본을 보셨거든요. 그래도 친아버지인데 제사도 안 챙기면 어쩌냐고 절 혼내시더라고요. 그 다음부터 손수 음식을 준비해 주셨습니다."

이미 그땐 장미를 어머니처럼 모시고 있었던 때라 괜한 간섭처럼 느껴지지도 않았다. 자신과 피 한 방울 섞이지 않은 타인이 그렇게 생각해 주자 더욱 마음이 쏠렸다.

감사한 마음만 들었다. 진심으로 자신을 대해주는 이가 나타나자, 늘 원망하던 신이 눈물 나도록 고마웠다.

"태어나기도 전에 돌아가신 아버지. 어머니라고 부를 수도 없는 친모. 제게 가족은 그런 거였습니다. 무책임한 사람들. 그런데 어머니를 만나면서부터 생각이 바뀌었습니다."

"……."

고개를 돌린 수호가 자신의 말을 경청하고 있는 아영을 보았다.

이 여자에게 이토록 솔직해지는 이유는 뭘까.

그녀가 차현과 만나는 걸 원치 않았다. 뭐든 다 가진 여자에게 비참한 모습을 보여주는 게 자존심이 상했다.

하지만 모든 일을 겪자 이젠 마음이 편해졌다. 이 여자에게 무엇이든 보여줄 수 있을 것만 같다. 아주 약한 제 생살조차도.

"진짜 우리 어머니이면 얼마나 좋을까, 몇 번이고 바랐는지 모릅니다."

가난했을 땐 돈이면 다 될 줄 알았다.

외삼촌과 외숙모에게 모진 구박과 매질을 당할 땐 누구보다 성공해 떵떵거리며 살리라 마음먹었다. 그러면 행복할 줄 알았다. 깨끗한 옷을 입고 좋은 음식만 먹을 수 있으면. 사람들이 입을 떡 벌릴 만큼 좋은 집과 차만 가지고 있으면. 세상이 자신의 것이 될 줄 알았다.

하지만 아니었다. 정작 중요한 것은 '돈'으로 가치를 매길 수 없는 것에 있었다. 그건 자신이 죽어라 노력해도 가질 수 없는 것이었다.

"정말…… 얼마나 바랐는지 모릅니다."

돈을 주고 살 수 있는 것이었다면 억만금을 줘서라도 샀을 것이다. 그에게 가장 간절한 것은 가정의 정이었으니까.

떨리는 목소리로 말을 마친 그가 입을 꾹 다물자, 아영이 아무 말 없이 시선을 옮겨 제사상을 보았다.

근본적인 그의 슬픔을 아영이 이해할 수는 없다. 그녀가 생각할 수 있는 범위를 벗어난 일이었으니까.

차갑게 식어가는 음식을 보던 아영이 자리에서 일어나며 물었다.

"아버지가 다 드셨겠죠?"

그가 말없이 자신을 빤히 보자, 아영은 술잔을 들어 흔들며 웃는다.

"우리 술 한잔해요."

천천히 눈을 뜬 수호가 흐리멍덩한 눈을 깜빡였다.

거실은 깜깜했다. 창을 통해 들어오는 달빛만이 시야를 밝혀주고 있었다.

그는 자신의 앞에서 몸을 동그랗게 말고 잠들어 있는 아영을 보았다. 한 잔 두 잔 술잔을 기울이다 보니 정종을 모두 마시고 와인까지 꺼냈다. 제사상에 올렸던 음식을 안주 삼아, 과일로 입가심을 해가며 마셨던 와인이 세 병을 넘어가면서부터는 필름이 끊겨 버렸다.

그는 자신의 앞에 잠들어 있는 아영을 보았다. 놀랄 법도 했건만 그는 무심한 눈으로 잠든 아영을 바라보고만 있었다.

그는 처음 아영을 만났던 그날을 떠올렸다.

장미를 만나면서 온통 암흑같았던 세상이 밝아졌었다. 나에게도 드디어 소중한 존재가 생겼구나, 어머니 같은 사람이 생겼구나, 행복했던 때였다. 정말 그녀를 어머니처럼 생각했다.

하루는 장미의 일이 너무 늦게 끝나 그녀를 집까지 직접 데려다줬었다.

"엄마!"

집으로 들어가는 장미를 발견하자마자 달려오던 소녀.
고등학교 교복을 입고 있는 그녀는 장미의 품에 거리낌 없이 안겼고, 웃었다.

"아이고, 우리 딸. 왔어?"

우리.
그 말을 듣는 순간 그는 알았다. 장미는 자신의 집에서 일을 해주는 사람이라는 걸. 자신은 장미에게 월급을 주고 있는 사람이라는 걸. 무조건적인 사랑을 받는 건 눈앞의 저 소녀라고.
왜 화가 났는지 몰랐었다, 그땐.
웃으며 장미의 손길을 받는 그녀가 왜 싫었는지 몰랐다.
하지만 이제는 안다. 왜 자신의 감정이 그러했는지.
"부러웠어. 탐났어."
장미를 어머니로 둔 그녀에게 그러한 감정을 느꼈다. 갑자기 자신의 처지가 너무 불행하다는 생각을 했고, 충격을 받았다.
"정말 내 어머니인 줄 알았어."
그렇게 말하는 수호의 눈동자가 붉어졌다. 술기운에 감정이 미친 듯이 널을 뛰었다.
"……그래서 당신을 보자 정신이 번쩍 들었어."

몸을 뒤척이는 아영에게 손을 뻗은 그가 바닥에 널브러져 있는 작은 손에 제 손을 겹쳤다.

그가 가지고 싶었던 것은 단순히 부모가 아니었다. 이미 부모의 손길이 필요 없는 성인이었으니까.

그가 가지고 싶었던 것은 따스한 체온이었다. 장미가 줄 수 있는, 그리고 지금 그녀가 주는 따뜻한 체온.

"당신의 존재가 정말 싫었는데……."

그 말이 과거형이란 걸 수호는 아직 깨닫지 못하고 있었다.

꿈틀.

웅크리고 있던 몸을 뒤척이던 아영은 추위를 느끼곤 아래로 내려가 있던 이불을 위로 힘껏 끌어 올린다.

이불을 목까지 끌어 올렸지만 추위가 쉬이 가시질 않자 작은 얼굴이 일그러졌다.

추, 춥다.

오들오들 떨던 그녀가 눈을 게슴츠레 떴다.

흐릿한 시야에 비친 세상에 아영의 눈동자가 흔들렸다. 눈앞에 보이는 것은 제 방의 익숙한 벽지가 아니라 화려한 디자인의 가죽 소파와 한 남자였다.

혹시 아직도 꿈을 꾸는 것일까.

그녀가 고개를 저었다. 하지만 눈앞에 있는 수호의 모습은 사라지지 않고 오히려 더욱 선명해졌다.

헉!

당혹감에 눈매가 일그러졌다. 상체를 벌떡 일으킨 아영이 몸을 웅크린 채 잠들어 있는 수호를 보았다.

"이, 이수호 씨?"

아영이 숨을 왈칵 들이켰다. 꿈이 아닌 현실이었다.

자신의 쪽으로 누워 있던 수호도 그녀의 목소리에 깬 것인지 몸을 뒤척이더니 눈을 뜬다. 그 역시 아영만큼이나 당황한 얼굴로 상체를 벌떡 일으켰다.

"헉!"

깜짝 놀라 숨을 내뱉은 그가 가장 먼저 한 일은 자신이 입고 있는 옷을 손으로 더듬어 확인하는 일이었다. 머리 꼭대기까지 취해 혹 자신이 실수한 것은 아닐까, 확인하는 모습이었다.

그는 자신이 옷을 모두 갖춰 입고 있다는 사실을 깨달은 후에야 아영을 보며 눈을 끔뻑였다.

"어…… 저기, 그냥 잠들었나 보네요."

자신보다 더 당황하는 남자를 보니, 아영은 자신이 다독여 줘야 할 것 같은 기분에 그리 말했다.

그의 시선이 이번엔 어질러져 있는 상으로 향했다. 종국엔 부어라 마셔라, 이성을 놓고 마신 흔적을 보던 그가 머리를 부여잡았다.

"아."

머릿속이 제대로 정리가 되지 않는 것인지 수호가 작게 신음을 뱉는다.

그가 혼란스러운 눈으로 아영을 보며 말했다.

"지, 집엔 연락을……."
"말씀 드리고 나왔어요."
"에?"
예상하지 못한 말에 그의 입에서 이상한 소리가 흘러나왔다. 하지만 아영은 그를 빤히 보며 흔들림 없이 말을 잇는다.
"엄마도 매번 외박을 했잖아요. 저도 혹시나 몰라서 말씀드리고 왔어요."
말을 마친 그녀는 능숙하게 상부터 치웠다. 얼떨떨한 얼굴로 그녀의 뒷모습을 바라보던 수호가 자리에서 벌떡 일어나 아영을 도왔다.
"제가 할 테니까 씻으세요."
"에, 에?"
"씻으시라고요."
"아……."
멍하니 아영을 보던 수호가 고개를 끄덕였다.
"네."
그가 방으로 들어가자 아영은 능숙하게 하나둘 치워나갔다. 깨끗하게 치우고 닦은 상을 한쪽에 세워둔 그녀가 이번엔 산적해 있는 설거지 앞에 섰다.
힘든 줄도 모르고 설거지를 끝마친 그녀는 문을 열고 나오는 수호의 모습을 힐끗 보았다. 씻는 사이 당혹스러운 마음을 갈무리한 것인지 표정은 평소처럼 무심했다.
후우, 속으로 안도의 한숨을 내뱉은 그녀가 벽에 걸린 시계를 확인했다. 이젠 집으로 돌아가야 했다.

"저 집에 갔다가 다시……."

"저 그렇게 나쁜 사람 아닙니다."

그런 말을 한 적이 없었기에 아영의 고개가 옆으로 기울었다.

"오늘은 쉬고 내일 나오세요."

"아, 그래도 괜찮아요?"

"네."

짧게 답한 그가 욕실이 있는 곳을 힐끗 곁눈질하며 말을 이었다.

"씻고 나오세요. 데려다 드릴게요."

"그렇게까진……."

신세를 질 수 없다는 말을 하려 했다. 하지만 그의 낯빛이 어두워지는 것을 보며 아영은 자신도 모르게 밖에 있는 화장실로 향한다.

"알았어요. 그럼 욕실 좀 빌릴게요."

그녀의 뒤를 따라온 그가 찬장에서 새 칫솔을 꺼내 아영에게 내밀었다.

"클렌징은 이거 쓰시면 됩니다."

"신경 써주셔서 감사해요."

아영의 인사에 아니라는 듯 고개를 저은 수호가 욕실을 나선다.

그의 뒷모습을 보던 아영이 포장지를 뜯은 후 칫솔을 물에 깨끗이 씻었다. 치약을 짠 그녀가 칫솔을 입에 물었다. 그리고 다크서클이 한껏 내려와 있는 얼굴을 보며 인상을 굳힌다.

"왜 씻으라고 했는지 알겠다."

웅얼웅얼 말을 내뱉은 그녀가 한숨을 푹 내뱉었다.

막상 눈을 떴을 땐 당혹감에 아무런 생각도 할 수가 없었는데 좁은 공간에서 제 얼굴을 보자 하나둘 민망했던 순간이 떠오른다. 이를 닦던 그녀의 손이 점차 느려졌다.

아무리 술이 취했어도 간이 부었지. 어떻게 이수호 씨랑…….

멍하니 생각하던 그녀가 빠르게 손을 움직여 이를 닦았다. 생각이 이어지면 이어질수록 부끄러움에 가만히 있을 수가 없었다.

미쳤지, 미쳤어! 거기에다 대고 외박 허락 받고 왔다는 말은 왜 해? 이상하게 받아들일 거 아니야?

공부하랴, 아르바이트하랴, 바쁜 생활에 찌들려 연애 한 번 제대로 해본 적 없는 그녀였지만 그가 왜 일어나자마자 옷부터 더듬었는지는 쉬이 눈치챌 수 있었다.

그 전까지만 해도 수호는 그녀에게 일을 해야 하는 집주인 이상도 이하도 아니었다. 3개월 동안 장미를 대신해 일을 하면 된다고만 생각을 했고, 자신에게 주어진 일만 생각했다.

왜 내가 속옷 손빨래를 할 때 기겁했는지 알겠다.

입을 헹궈낸 그녀가 한숨을 푹 내뱉었다.

"앞으론 조심하자."

어쩜 이렇게 눈치가 없을 수 있는지.

웃음도 나오지 않았다.

깨끗하게 세수를 마치고 나온 아영은 이미 외출 준비를 끝내고 소파에 앉아 있는 수호를 보았다. 그는 서둘러 그녀를 이 집에서 쫓아내야 하는 사람처럼 아영이 씻고 나오자마자 자리에서 벌떡 일어났다.

"갑시다."

그의 표정이 어색함에 굳어져 있자, 아영 역시 평소처럼 웃을 수가 없었다.

집에 단둘만 있는 것이 어색해 서둘러 나온 수호였다. 차 안이 더 좁다는 생각은 하지 못한 채.

몇 번 장미를 데려다준 적이 있었던 터라 익숙하게 운전을 하던 그가 옆에서 꾸벅꾸벅 졸고 있는 아영을 힐끗 보았다.

이 여자는 어색하지도 않은 것일까? 어쩜 이런 상황에 잠들 수 있는 거지?

서른넷이 될 동안 연애 한 번 안 해본 것은 아니었다. 하지만 연애 대상이 아닌 사람과 밤을 보낸 적은 없었던 터라 어색함에 사라져 버리고 싶었는데 아영은 아닌 모양이었다.

한숨을 푹 내뱉은 그는 좁은 골목으로 핸들을 꺾었다.

양측에 주차가 되어 있어 아슬아슬하게 운전을 하던 그는 장미의 집을 지척에 두고서 차를 세웠다.

어떻게 깨우지?

곤란한 상황에 그가 아영을 멍하니 보았다. 그냥 손으로 흔들어 깨우거나, 일어나라며 말을 해도 됐지만 평소 빠릿빠릿하게 돌아가던 머리는 기능을 잃은 것처럼 아무런 의견도 내놓지 못하고 있었다.

그가 어쩔 줄 몰라 하는 사이, 아영이 슬쩍 눈을 떠 창밖을 보더니 읊조렸다.

"어……? 다 왔다."

잠결에 혼잣말을 내뱉은 아영이 수호를 힐끗 보았다. 이제야 자신도 모르게 까무룩 잠들었다는 사실을 안 모양인지 손으로 얼굴을 쓰다듬으며 어색하게 웃는다.

"감사해요."

"아닙니다. 어젠 고마웠습니다."

그의 말에 아영이 슬쩍 웃음을 보인 후 안전벨트를 풀었다.

"그럼 내일 봬요."

가벼운 인사를 건넨 그녀가 차에서 내리자, 수호는 내비게이션 최근 목적지에서 장미의 병원을 찾은 후 검색 버튼을 눌렀다. 오늘은 용기를 내어 장미를 찾아가 볼 생각이었다.

똑똑.

어느새 보닛을 돌아 운전석 쪽으로 온 아영이 창문을 두드렸다. 깜짝 놀란 수호가 멍하니 자신을 보자 아영은 창문을 내리라는 듯 손짓했다.

위이잉—

창이 아래로 내려가자 그녀가 고민하는 기색으로 말했다.

"잠시 내려봐요."

"네?"

"잠시면 돼요."

그녀의 말에 수호가 순순히 안전벨트를 푼 후 문을 열었다. 그리고 무슨 일이냐는 듯 그녀를 바라보던 찰나, 아영이 망설임 없이 그의 몸을 끌어안았다.

"오늘도 힘내세요."

수호의 몸이 뻣뻣하게 굳었다. 그녀를 밀어내지도, 그렇다고 끌어안지도 못한 채 굳어 있던 그는 이어지는 그녀의 말에 천천히 눈을 감는다. 그리고 느낀다.

"파이팅."

그녀의 체온을.

그를 떼어낸 아영이 어색한 웃음을 지었다. 괜한 짓을 한 것은 아닐까, 생각했다. 그녀의 가족에게 포옹과 함께 힘내라는 말은 익숙한 것이었지만 이 남자는 어떻게 받아들였는지 모른다. 하지만 꼭 안아주고 싶었다. 그리고 힘을 주고 싶었다.

"그럼 전 이만 가볼게요."

어색한 웃음을 삼킨 아영이 몸을 팩 돌리더니 빠르게 걸음을 옮겼다. 갑자기 몰려온 부끄러움을 온몸으로 표현하고 있었다.

그녀의 뒷모습을 바라보던 그가 시선을 내려 제 손을 보았다.

왜 그녀의 등에 손을 얹지 못했을까.

숙맥처럼 어쩔 줄 몰라 하던 자신의 모습에 그가 기가 막히다는 듯 웃음을 뱉었다. 하지만 평소처럼 차가운 조소가 아니다. 즐겁다는 듯 입술이 부드럽게 호를 그리고 있었다.

왜 그런 것인지는 몰랐으나 그녀를 붙잡고 싶은 마음이 들었다. 별달리 할 말도 없는데 말이다.

여전히 웃는 얼굴로 고개를 든 그가 빠르게 걸음을 옮기는 아영을 보았다. 그리고 그녀에게 다가서는 브라운색 코트의 남자도.

"야! 넌 아르바이트를 쉬면 쉰다고 이 서방님한테 말을 해줘야 할 것 아니야?"

"누가 내 서방인데? 웃겨, 정말."

꽤 먼 거리에 떨어져 있었음에도 두 사람의 대화가 명확하게 들렸다.

"여긴 왜 왔어?"

"왜 오긴! 걱정 돼서 왔지!"

소리를 빽 지른 남자가 아영에게 팔짱을 끼는 것을 보던 수호가 몸을 돌렸다. 방금 전까지만 해도 그의 얼굴에 가득하던 웃음은 말끔하게 사라진 뒤였다.

드르륵.

병실 문을 열고 안으로 들어간 수호는 자신과 눈이 마주치자마자 활짝 웃는 장미의 모습에 저도 모르게 웃었다. 따스한 웃음을 보자 방금 전까지만 해도 뒤숭숭했던 마음이 차분하게 가라앉는 기분이 든다.

"왔어, 이 작가?"

반갑게 자신을 맞이하는 장미에게 그가 쪼르르 걸음을 옮겼다. 병실 침대 옆에 놓인 의자에 엉덩이를 붙인 그는 가장 먼저 장미의 손부터 붙잡았다.

"어젠 못 챙겨줘서 미안해."

"아닙니다."

장미의 말에 수호가 거칠게 고개를 저으며 말을 잇는다.

"인사 잘 드렸고요."

그의 말에 장미가 눈을 게슴츠레 떴다. 오늘 아침, 바깥양반에게 아영이 집에 들어오지 않았다는 소릴 전해들은 참이었다. 분위기가 어떻게 흘러가고 있는지, 주책맞게 궁금해진 장미가 슬쩍 떠보듯 물었다.

"내 딸, 쓸 만하지?"

"……아닙니다."

"애들은 내가 뭐만 말하면 다 아니래. 그래서 이 작가, 지금 내 딸 별로라는 거야?"

입술을 삐죽인 장미가 콧방귀를 꼈다. 세상에 어쩌면 어미 앞에서 대놓고 딸아이가 별로라고 말할 수 있냐며 따지듯이.

장미가 완벽하게 연기를 구사한 덕에 홀라당 속아 넘어간 수호가 더듬더듬 말을 내뱉었다.

"아, 아니……."

"괜찮지?"

"……."

개구진 웃음으로 되묻는 모습에 수호는 그제야 아차 하는 생각이 들었다. 자신이 속았다는 것도, 장미의 속셈이 무엇인지도 모두 파악이 되었다. 평소라면 순순히 상대가 원하는 답을 해주지 않았을 그였지만 상대는 장미였고, 지금 이 순간만큼은 진중해야 할 것 같았다.

몇 번이고 입술을 달싹이던 그가 망설임 끝에 말했다.

"좋은 사람입니다."

"좋은 애지. 속도 깊고, 거짓말도 할 줄 모르고. 속에 있는 생각이 빤히 보인다니까."

"……네?"

"잘 부탁한다고, 우리 아이."

장미가 수호의 손을 붙잡았다. 그녀는 마치 수호에게 아이를 부탁하는 사람처럼 보였다.

그가 무엇을 할 수 있을까.

아영은 다른 사람에게 부탁을 해야 할 정도로 약한 사람도, 부족한 사람도 아니었다. 오히려 도움을 받는 것은 자신이었으나 수호는 작게 고개를 끄덕였다.

두 사람은 짧게 최근의 이야기를 나누었다. 장미는 자신의 일로 더 이상 텔레비전에 출연하지 않게 된 그에게 사과했고, 수호는 모두 자신의 결정이었단 말을 했다.

도란도란 대화를 나누던 두 사람의 시선이 동시에 병실 문으로 향했다. 간호사가 점심 식사를 들고 들어오고 있었다.

이제 그만 가야겠다는 생각에 수호가 자리에서 일어나며 물었다.

"……저 이제 와도 되죠?"

"언제 오지 말라고 했나? 자주 오지 말라고 했지."

수호의 웃음이 진해졌다.

"네, 또 올게요. 이만 식사하세요."

다음을 기약하며.

부스럭—

몸을 뒤척이던 아영이 한숨을 푹 내뱉었다. 잠을 자야 하는 시간이 훌쩍 지나가 있었다. 조금 있으면 자리에서 일어나 출근 준비를 해야 할 것이다. 하지만 그녀는 세상 고민 다 짊어진 얼굴로 끙끙 앓는 소리를 내고만 있다.

이불을 머리까지 뒤집어쓴 그녀가 눈을 동그랗게 떴다. 그가 겁을 잔뜩 집어 먹은 눈동자로 바라보던 것이 뇌리를 스쳤다.

"윽."

떠올리면 떠올릴수록 조금씩 기억은 조금씩 변해갔다. 좋은 쪽으로 변해가면 좋으련만 기겁한 그의 얼굴은 점점 그녀를 부끄럽게만 만들었다.

"으으으!"

발로 이불을 걷어차던 그녀가 숨을 왈칵 삼키며 소리를 질렀다. 기억은 자연스럽게 자신의 집 앞으로 변한다.

그를 끌어안자 생각보다 단단한 체구와 기분 좋은 냄새에 놀랐었다. 애써 아무렇지도 않은 척 웃으며 돌아서긴 했으나, 그의 시선이 자신의 뒤에 꽂혀 있다는 생각만으로 다리가 꼬일 것만 같았다.

"어색해, 어색해!"

평정심을 얼마나 유지해야 했는지 모른다. 그렇지 않았다면 당장 그 자리에 풀썩 주저앉을 것만 같았다. 평소엔 귀찮던 한우를 맞닥뜨렸을 땐 살았다는 생각마저 들었다.

얼굴을 붉히던 아영이 천장을 올려다보았다.

아, 어쩌지? 오늘 어떤 얼굴로 봐야 하는 거야.

보지 않을 수만 있다면 그러고 싶었다. 오늘이 주말이라면 얼마나 좋을까.

이러한 일이 난생 처음이었던 터라, 그녀가 어찌할 바를 몰라 할 때, 알람 소리가 들렸다.

"하아."

이불을 걷고 미적미적 자리에서 일어난 아영이 밖으로 나왔다.

김치찌개를 끓이고, 막 밥솥에서 뜨거운 김이 모락모락 올라올 때였다. 평소보다 조금 이른 퇴근을 한 동식이 집 안으로 들어섰다.

밥주걱으로 윤기가 좔좔 흐르는 밥을 뒤섞던 아영이 동식을 보았다. 피곤한 그의 모습에 아영은 평소처럼 따스한 포옹이 아니라 뛰어가 제 아비의 손부터 붙잡았다.

"애가 왜 이래?"

한 손엔 밥주걱을 든 채, 제 손을 꼭 붙잡는 딸아이를 보며 동식이 눈을 가늘게 떴다. 아영에게 문제가 생겼다는 것을 단번에 눈치챈 모양이었다.

"뭔 일 났어?"

동식의 물음에 아영의 얼굴이 일그러졌다.

무슨 일? 났고말고!

아영이 표정을 흐리며 더듬더듬 물었다.

"아빠, 어색한 감정을 숨기려면 어떻게 해야 하지?"

삶의 노하우를 가르쳐 주세요!

방금 전까지 심상치 않은 딸아이의 표정에 잔뜩 긴장하고 있던 동식이 안도의 한숨을 내뱉었다. 그러더니 아영의 어깨를 툭 내려친다.

"난 또. 무슨 큰일이라도 난 줄 알았잖아."

"나에겐 엄청 큰일이라고요, 아부지."

"그래?"

동식의 표정이 다시 심각해졌다.

설마 그 사람이 이 작가냐?

그렇게 되물으려던 동식이 입을 꾹 다물었다. 딸의 사생활이었다. 딸이 먼저 말해주기 전까진 물어봐서는 안 된다. 부모의 말은 자식에겐 잘못하면 강압적이게 들릴지도 모르고, 그럼 아이가 스스로 결정하는 것이 아니라 부모의 말에 휘둘리게 될 테니까. 그것이 동식과 장미의 교육 철학이었다. 그들은 자식들의 의사를 존중했고, 믿었다.

답을 구하는 간절한 눈망울에 동식은 아주 쉽고 간편한 답을 주었다.

"웃으면 되지."

"웃어?"

"그래."

동식이 고개를 끄덕이더니 말을 잇는다.

"웃는 얼굴에 침 뱉겠어?"

정말? 웃기만 하면 되는 거야?

완벽하게 이해를 하지 못했지만 아영은 점점 다가오는 만남의 시간에 서둘러 냉장고로 향했다.

일단, 먹고 생각하자.

— 좋은 사람입니다.

키판을 두드려 글을 쓰던 그는 자신도 모르게 적은 글자에 손가락을 멈췄다.

글의 내용은 살인마가 법정에 서서 죄를 처벌받는 장면이었는데, 왜 여기서 좋은 사람이란 문장이 튀어나왔는지 스스로도 이해를 하지 못하겠다는 듯 미간을 좁혔다.

"왜긴 왜야. 집중을 못 하고 있으니까 그렇지."

후, 한숨을 내뱉은 그가 따끈따끈한 이마에 커다란 손바닥을 올려놓았다. 방 안의 서늘한 공기 때문인지 손은 평소보다 더 차가웠고, 이마는 뜨거웠다.

밤새, 늦장을 부렸던 일을 만회하기 위해 열심히 글을 썼으나 진도는 그대로였다. 평소엔 일에 집중하기 시작하면 시간 가는 줄도 모르고 키보드를 두드려 댔으나 오늘은 달랐다. 계속 삼천포로 새는 생각에 일을 할 수가 없었다.

"야! 넌 아르바이트를 쉬면 쉰다고 이 서방님한테 말을 해줘야 할 것 아니야?"

"누가 내 서방인데? 웃겨, 정말."

아, 정말 싫다.

두 사람의 대화를 너무나 정확하게 기억하고 있는 똑똑한 제 머리가 싫어지는 순간이었다.

아영에게 팔짱을 끼던 사람이 누구인지 그는 모른다. 하지만 '서방'이란 단어만으로도 기분은 끝없이 추락했다. 아영이 아니라는 듯 답을 했으나, 그건 그에겐 중요하지 않았다.

친밀감 있는 행동과 자신의 앞에선 보여주지 않는 그녀의 편한 표정만으로도 그의 웃음이 사라지기엔 충분했다.

결국 컴퓨터를 끄고 자리에서 일어난 그가 부엌으로 향했다. 뒤숭숭한 마음에 왈칵 가슴이 답답해졌다.

물을 마시면서도 그의 생각은 온통 한 사람을 향해 있었다. 왜 이런 기분이 드는 것일까. 생각을 해보면 쉬이 답이 내려졌다. 남자가 한 여자를 지속적으로 떠올리는 감정은 단 하나뿐이니까. 집요한 생각에 그의 표정이 일그러졌다.

인정할 수가 없다.

생각은 결론에 다다랐으나, 그는 단순하게 '아, 그렇구나? 내 상태가 지금 그런 거구나'라고 말을 할 수가 없었다. 그들의 관계가 평범한 성인 남녀였다면 멍청한 치처럼 굴진 않았을 거다.

자신은 이수호이고, 그녀는 유아영이다. 장미의 딸.

본능에 따라 행동하기엔 그 점이 너무 나빴다.

"나쁘고말고."

모든 관계를 일그러뜨리기엔 그에게 '도장미'는 너무나 특별한 존재였다.

그가 물컵을 싱크대 안에 넣어두었다. 곧 아영이 올 시간이라는 걸 깨닫자, 그의 얼굴에 긴장감이 흐른다.

"후우."

깊고 길게 한숨을 내뱉은 그가 가슴께를 손바닥으로 툭툭 쳤다. 숨이 턱 막힐 것만 같았다.

딩동—

당혹스러운 눈으로 커다란 눈을 데굴데굴 굴리던 그가 집 안을 울리는 초인종 소리에 숨을 들이켰다.

무시해 버리고 싶었으나, 아영의 집요한 구석을 알고 있기에 서둘러 현관 쪽으로 향했다.

벌컥, 문을 연 그는 동그란 눈동자로 자신을 올려다보는 아영을 보며 입술을 꾹 다물었다. 두 사람 사이에 어색한 기류가 흐른다.

"왔어요?"

먼저 입술을 뗀 건 수호였다.

그의 말에 아영의 입술이 길게 늘어뜨려졌다. 활짝 웃는 얼굴은 꽃처럼 예뻤다. 손에 꼭 쥐고 빼앗기고 싶지 않을 만큼.

멍하니 아영을 보던 그가 고개를 팩 돌렸다. 너무 빤히 보았다는 생각과 함께 얼굴에 열이 확 끼쳤다. 그가 커다란 손으로 붉어진 얼굴을 숨긴다.

서둘러 도망치듯 걸음을 옮기는 수호의 뒷모습을 보던 아영은 이를 알아차리지 못한 채 미간을 좁혔다. 그리고 자신에게 이 방법을 추천해 준 이를 떠올리며 한숨을 내뱉었다.

아빠, 있어요. 웃는 얼굴에 침 뱉는 사람.

"사람 무안하게."

냉혹한 반응에 상처받은 아영이 신발을 휙휙 벗어 던진 후 집 안으로 들어선다. 혀를 '칫!' 차며.

5. 꽁꽁 언 마음 녹이는 법

금요일 저녁.

분위기 좋은 레스토랑엔 쌍쌍의 연인들이 데이트를 즐기고 있었다. 최근 데이트 코스로 입소문이 돌더니 동성끼리 자리한 테이블은 몇 되지 않았다.

개중 아영과 희진이 있다. 희진이 졸업 후 취직을 하면서부터 부쩍 만나기 힘들어져 오랜만에 마주한 두 사람은 맛있는 음식과 향 좋은 와인을 가운데 두고서 대화를 나누고 있었다.

"요즘 얼굴 보기가 왜 이렇게 힘들어?"

아영과는 정반대의 이미지인 희진이 최근 유행 컬러인 버건디 립스틱을 예쁘게 바른 입술을 삐죽 내밀었다.

화려한 이목구비의 희진은 아영과는 세상이 다른 사람이었다. 아버지는 금융사 사장이었고, 어머니는 현대미술관을 운영하고 있었다. 요즘 청년들이 취업으로 걱정을 하는 것과는 달리 그녀는 졸업을 하자마자 아버지의 회사에 들어가 경영 수업을 받고 있었다.

"알잖아, 나 요즘 엄청 바쁜 거."

아영의 말에 희진의 얼굴이 일그러졌다. 화려한 이목구비가 잔뜩 찌그러졌으나, 원체 예쁜 얼굴이었기에 그마저도 예뻐 보였다.

희진은 예쁘게 손질한 손톱으로 테이블을 톡톡 두드렸다. 그녀가 짜증을 참을 때 으레 하곤 하는 습관이었다.

"휴, 내가 정말 할 말이 많았는데, 네 얼굴을 보니까 다 까마득해진다."

이미 휴학 소식을 듣자마자 한바탕 잔소리를 쏟아놓았던 친구다.

> "또 휴학을 해? 너 정말 미쳤어? 거기서 졸업 더 늦춰지면 문제 있다, 알지? 나 같으면 적금 깨서 학비 대겠다! 도대체 네가 무슨 생각을 하는지 모르겠어. 가족을 위해서 그렇게 포기할 필요 있어?"

그 말에 아영은 서운함을 느꼈다. 다른 과였지만 교양과목을 함께 들은 우연 덕에 6년간 그 누구보다도 자주 만나 어울렸던 친구였기 때문이다.

"그래서, 넌 유학 생각하고 있다더니 어떻게 됐어?"

더 이상 같은 주제로 대화를 나누고 싶지 않았던 아영이 말을 돌렸다. 누가 보아도 대화를 피하고 싶어 하는 말이라는 것을 알 정도였지만 희진은 호락호락하지 않았다. 그녀는 친구의 일이 자신의 일처럼 걱정되어 하는 말이었겠지만, 아영은 숨통이 죄인 듯 아팠다.

"지금 네가 내 이야기 할 때야? 너 정말 어쩌려고 그래? 졸업하고 취업을 하든, 아니면 대학원을 가든 선택을 해야지. 언제까지 차일피일 미룰 거야?"

희진이 일침을 가했다.

친구가 하는 이야기는 모두 일반 사람들이 하는 이성적인 생각이었다. 지극히 이론적이었고, 현실적인 이야기. 여기서 더 늦어지면 안 된다는 것을 아영도 충분히 알고 있었다. 무엇이든 확단하여 빠르게 움직여야 했지만 그녀는 멈춰 있는 것을 선택했다.

와인 잔을 휘휘 흔들던 아영이 한 모금 마신다. 입안에 레드와인의 쌉싸름한 향이 번지자 아영의 미간이 구겨졌다.

한 잔에 몇 만 원은 하는 와인이었으나, 안타깝게도 아영이 즐기기엔 너무 고급스러운 술이었다. 말로도 이 와인이 맛있다고 할 수가 없다. 희진과는 달리.

"넌 네 인생을 좀 더 소중히 생각할 필요가 있어. 아무리 가족이라고 하더라도 손해는 보지 말아야지. 왜 네 미래를 포기해?"

잔을 내려놓은 아영이 희진을 보았다.

"가족을 위해서 포기하는 건 아니야. 날 위해서야."

"……뭐?"

의외의 답에 희진의 눈이 커다랗게 떠졌다.

"널 위해서라면 더더욱 그러면 안 되지. 대학원 가고 싶다면

서. 계속 공부하고 싶으면 더더욱……."

"어떻게 더 공부하고 싶다고 이야기해? 네 말은 현실을 생각하라는 거잖아. 내 현실은 일하는 거야. 그게 내 현실이라고."

희진의 말이 끝나기도 전에 말을 싹둑 잘라낸 아영이 얼굴을 일그러뜨렸다.

"내가 졸업을 하면 할 수 있는 선택은 포기하는 것뿐인데 어떻게 해."

그녀가 선택할 수 있는 건 그것뿐이다. 꿈을 포기하고 졸업을 하는 일. 그건 4학년에 올라가는 해가 되자 더욱 깊게 그녀의 마음에 박혔다.

상처였다. 대학원에 가서 자신이 하고 싶은 공부를 하는 친구들을 볼 때면 더더욱 그랬다. 자신도 그들처럼 하고 싶은 일을 마음껏 하고 싶었으나 그럴 수가 없다. 취업 대신 학업을 계속하고 싶다는 말을 부모님께 할 수가 없었다. 몇 년이란 기약이 있다면 그래도 괜찮았을 텐데, 그것조차 없으니 도저히 말씀을 드릴 수가 없었다. 그건 불효였으니까.

"미안, 아영아."

희진의 얼굴이 일그러지는 것을 바라보던 아영이 고개를 저었다.

아무리 친구 사이라고 하더라도 자라난 환경이 다르고, 해오는 생각들이 달랐다. 그러니 그녀가 자신을 위한다며 한 말들에 상처를 받는다 하더라도 진지하게 화를 낼 수는 없었다. 친구의 마음이 무엇인지 알고 있었으니까.

"아니, 나야말로 미안해. 괜히 너한테 화풀이해서."

급격히 다운된 아영의 얼굴을 보던 희진이 입술을 짓이겼다. '이게 아닌데'라는 표정이었다.

힘이 쭈욱 빠진 친구를 어떻게 달래야 할지 몰라 희진은 아영을 가만히 바라만 보았다. 희진의 얼굴이 아영보다 더 침울하게 변한다.

희진이 급기야 울 것처럼 인상을 쓰자 아영이 고개를 저었다. 친구는 감정 표현에 솔직했고, 무엇이든 거침이 없는 사람이었다. 타인의 감정에 동요해 눈물을 흘리는 일조차.

아영이 와인 잔을 들며 힘없이 웃었다.

"자, 한잔하자."

쨍.

두 개의 잔이 맑은 소리를 냈다.

아영은 솔직한 친구가 귀엽고 좋았다. 그녀의 취향인 와인도 기꺼이 어울려 마셔줄 정도로.

하지만 오늘은 이 고급스러운 술이 도저히 성에 차지 않는다.

다음 주 월요일에 있을 강연을 위해 마지막으로 강의 내용을 숙지하던 그가 피곤한 눈을 깜빡였다.

이 일이 끝나면 공적인 일은 단 하나만 남는다. 잡지사 식구들과의 회식. 일의 연장인 회식까지 끝이 나면 그는 한동안 집에만 있으면서 집필 작업에만 집중할 생각이었다.

띠링띠링—

책상 한편에 놓아둔 휴대전화가 울리자 그가 종이에서 시선을 뗀 후 액정을 보았다. 문자는 경호가 보낸 것이었다.

〈혀엉, 불금인데 모해요?〉

아영이 퇴근을 하자 이번엔 경호가 그의 일을 방해할 셈인가 보다. 그가 한 손으로 빠르게 키판을 두드린 후 답장을 보냈다.

〈어디서 앙탈이야.〉

짜증이 가득한 어투에 곧이어 답변이 왔으나 그는 확인하지 않았다. 그 대신 마치 강연을 하는 것처럼 감정을 실어가며 준비한 내용들을 읽었다. 실수는 용납할 수 없었다.

중얼중얼, 원고를 읽던 수호는 자신의 정신을 흐트러뜨리는 소음에 고개를 돌려 시계를 보았다.

딩동—

자정. 초인종 소리가 울리기엔 늦은 시각이었다.

이 시간에 자신의 집에 올 사람은 단 한 명뿐이었기에 그는 인터폰도 확인하지 않은 채 걸음을 옮겨 현관으로 향했다. 문을 벌컥 열어젖힌 수호가 고저 없는 목소리로 말하다 말고 눈을 동그랗게 떴다.

"웬일로 초인종을 누르……."

"하하, 안녕하세요?"

어색하게 웃는 사람은 자신이 예상했던 경호가 아닌 아영이었다. 그녀는 일을 할 때 입곤 하던 가벼운 캐주얼 차림이 아닌 아이보리색 셔츠와 무릎 위에 쫑긋 올라오는 노란색 A라인 스커트를 입고 있었다.

가늘게 뜬 눈으로 아영을 살피던 그가 무심히 물었다.

"……뭡니까?"

"음, 저녁 드셨어요?"

"같이 먹었잖습니까."

"아……."

그랬지, 참.

멍하니 뒷말을 잇는 아영을 그가 이상하다는 눈초리로 바라보았다.

퇴근 후 아영이 다시 자신의 집을 찾은 것은 처음이었다. 거기에다가 꽃단장까지 하고 온 것을 보면 이상한 상상을 불러일으키기엔 충분했으나, 우울한 표정은 그가 야릇한 착각을 하지 못하도록 막고 있었다.

뭐지?

그가 의아하게 생각할 때였다. 아영이 손에 있던 하얀 봉투를 흔들어 보인 것은.

"치맥 어때요?"

쾅!

커다란 소음에 수호의 눈이 동그랗게 떠졌다. 그의 손에 들려 있던 마른안주가 아래로 툭 떨어졌다.

"손해래요. 부모님을 생각하고, 동생을 생각하는 게. 요즘 세상은 더 영악하게 굴어야 살아남을 수 있대요."

들고 있던 유리잔으로 테이블을 치다 못해, 이젠 손바닥으로 연신 같은 자리를 '탕탕!' 치는 모습에 수호의 표정이 일그러졌다.

흥분한 건가, 취한 건가, 알 수가 없었다.

무작정 치킨을 사들고 온 그녀는 집 안으로 들어서자마자 간단하게 술상을 봤다.

조금 식은 치킨과 찬장에 있던 마른안주. 그리고 남은 제사 음식까지 데운 그녀는 사온 맥주와 소주를 들고 왔다. 사온 술이 맥주 피처 세 개에 소주 두 병이라는 걸 확인한 순간 그가 놀란 표정을 지었지만, 아영은 그가 놀라든 말든 상관 않는 모습이었다. OT와 MT를 통해 배운 소맥 제조술을 아영이 발휘했을 땐 그의 입술이 살짝 벌어지기까지 했으나, 술이 고팠던 아영은 곧장 짠을 한 후부턴 자신의 페이스보다 더 빠르게 달리고 있었다.

"그런 게 어디 있어요? 아니, 조금 손해 보면 어때요? 그걸 일일이 생각하고 있는 게 더 손해지."

아영의 언성이 높아졌다. 하지만 그는 그 어떠한 대꾸도 하지 않은 채 술만 홀짝였다.

"공부하고 싶어요. 더. 그런데 엄마한테 말을 못 하겠어. 대학원 진학하겠다는 말은 도저히 입 밖으로 나오지 않아요. 그래서 도망간 거예요. 동생을 핑계 대고."

거기까지 이야기를 들으니 왜 아영이 집으로 돌아가지 않고 이곳으로 왔는지 알 것만 같았다. 가장 친한 친구와의 대화에 그녀는 꽤 큰 상처를 받은 것처럼 보였다.

"알아요, 나 정말 바보 같은 거."

울상을 지은 아영이 술을 벌컥벌컥 들이켜자, 수호가 재빨리 오징어 하나를 집어 내밀었다. 쓰다는 듯 '크!' 하고 소리친 그녀가 오징어를 받아든 후 질겅질겅 씹기 시작한다.

"나 정말 못된 딸이죠? 바라는 게 너무 많아."

아영의 말에 수호가 고개를 저었다. 그런 후 조금은 감긴 눈으로 열심히 술을 제조하는 아영을 보았다. 쉬지 않고 마시는 걸 보면 말려야 할 것 같았다.

"조금만 천천히 마시면 내 이야기를 해줄게요."

"수호 씨 이야기요?"

막 맥주에 소주를 섞던 아영이 눈을 동그랗게 뜬다.

"온통 자랑일 것 같은데. 아직도 이수호 씨에 대한 이야기가 전설처럼 학교에 떠돌고 있다고요."

그녀의 말에 수호가 피식 웃음을 내뱉었다. 어떤 이야기인지는 대충 알고 있었다. 모교에 강연을 간 적도 있었으니까.

"법학과에 입학했으면서 법조계를 선택하지 않은 것에 교수님들이 단체로 거품을 물었다는 것도 들었어요. 왜 하필 외교관을 선택했냐고. 근데 그건 진짜 너무한 것 같아요, 제 생각에도. 그럴 거면 세 개 동시에 치지 말고 외무고시만 보셨으면 교수님들 희망고문은 안 시켰잖아요? 거기에다가 천재들만 모아놓은 학교에서도 너무나 특출한 존재여서 학생들이 신처럼 느꼈다던가……."

"그 정도는 아니에요."

"에이, 아니라니요. 다들 그렇게 이야기하던데요? 갓수호! 라고."

아영이 키득키득 웃음을 뱉었다. 가벼워진 웃음과 흐물흐물 녹아내린 것처럼 흔들리는 몸을 보던 그는 아영이 기분 좋을 정도로 취했다는 것을 깨달았다.

그가 장단을 맞추듯 술을 들이켠 후 빈 잔을 아영에게 내밀었다. 그녀가 '올~'이라고 외치더니 능숙하게 소맥을 제조했다.

"소문은 와전되고 부풀려지죠."

"네, 그건 그래요. 학교에서 처음 이수호 씨의 소문을 들었을 땐 사람이 아닌 줄 알았어요. 그리스신화나 단군신화 느낌이었다고나 할까."

웃음기 섞인 목소리로 말한 그녀가 술잔을 그의 앞으로 내밀며 말했다.

"천천히 마실게요. 이수호 씨 이야기해 주세요."

맥주를 홀짝이던 수호는 꽃받침을 하며 턱을 괴는 아영의 모습에 시선을 두었다. 얼굴이 붉어질 것 같았지만 그가 헛기침을 내뱉으며 애써 평정심을 찾았다.

"예전의 날 생각해 보면……."

말꼬리를 길게 늘어뜨리던 그가 작게 웃음 짓더니 말을 잇는다.

"항상 선택의 갈림길에 닿았을 때, 내 일이 아닌 제삼자의 시선으로 바라봤어요. 덜컥 고시 세 개에 다 붙었을 때도 그랬고, 외교관이 되겠다고 했을 때도 그랬죠. 다른 사람들이 봤을 때 부러울 법한 것들. 성공의 기준. 거기에 맞춰서 내 길을 선택했죠."

사회라는 울타리 속에 사는 사람들 대부분이 그러했다. 타인의 눈을 의식했고, 그들의 기준에 맞춰 행동하고 길을 걸어간다.

최근엔 타인과 자신을 비교하는 '수저론'까지 등장하지 않았던가. 자신이 살 수 없는 물건, 행동을 타인이 손쉽게 할 땐 허망한 감정과 함께 자신의 처지를 비관하기도 했다.

예전의 그도 그랬다. 인생의 터닝포인트를 만나기 전까지는.

"그러다가 글을 쓰게 되었어요. 교육까지 마치고서 정작 외교관을 그만두겠다고 했을 때 다른 사람들은 다 미쳤다고 했죠. 글 써서 먹고 살 수 있겠냐고. 안정적인 공무원에다가 성공가도까지 달릴 수 있는 길을 왜 포기하냐고요."

"음…… 저라도 그렇게 이야기했을 것 같아요. 쉬운 길이 있으니까."

작가로서의 성공이 보장되어 있다면 얼마든지 권했을 것이다. 하지만 작가라는 직업은 기본적으로 프리랜서고, 책을 내지 못하면 백수나 다름이 없었다. 그렇다면 누구나 안정적으로 외교관의 삶을 살라고 했을 것이다.

아영의 말에 작게 고개를 끄덕인 그가 '주위의 모든 사람이 그렇게 이야기했어요'라며 웃었다.

"그런데 웃긴 게 뭔지 알아요? 법조인이 가장 커보였던 사람들은 내가 외교관이 되겠다고 했을 때 미쳤다고 했다는 거죠."

무엇을 선택하든 다들 자신의 기준에서 그에게 이상하다는 말을 했을 것이다. 그는 선택의 폭이 넓은 잘난 사람이었으니까.

하지만 그는 그 일을 겪으며 자신의 능력을 잘난 체하지 않았다. 오히려 다른 깨달음을 얻었을 뿐.

"다른 사람들의 기준에 맞추려고 하다보면 이도 저도 안 되겠구나, 라는 생각을 했어요. 내가 원하는 걸 해야겠다고 생각했죠. 그래야 긴긴 인생, 후회로 보내지 않겠다, 라고 생각하면서."

"……."

생글생글 웃으며 이야기를 듣고 있던 아영이 괴고 있던 턱을 풀며 그를 보았다. 이제야 그가 무슨 말을 하고자 과거의 이야기를 꺼낸 것인지 알겠다는 듯, 얼굴에선 웃음이 사라졌다.

"유아영 씨도 원하는 걸 하세요. 어머니가 이해하지 못할 분은 아니시잖아요. 딸이 더 공부하고 싶다고 하는데 싫어하시진 않을 거예요."

다른 외적인 요소로 인하여 자신이 하고자 하는 일을 포기하고 후회하지 말라는 것이었다. 그가 지금 이 길을 선택했고, 그 선택에 후회하지 않듯, 그녀 역시 하고 싶은 일을 하면 충분히 즐겁고 행복할 것이라고. 그리고, 장미도 모든 것을 이해해 줄 거라고.

그의 말에 아영이 작게 고개를 저었다. 다른 말엔 모두 동의할 수 있었으나 마지막 말엔 고개를 끄덕일 수가 없었다.

"아실지 모르겠는데…… 집이 힘들어요. 저까지 부담을 안기고 싶진 않아요."

"돈 때문이에요?"

그녀가 작게 고개를 끄덕였다.

"현실적으로 생각을……."

"그 현실은 유아영 씨가 정한 건가요, 타인이 결정한 건가요?"

"……."

"물론 돈이 없으면 공부하기 힘들죠. 다들 좋은 대학 졸업해서 취업하는 게 더 좋다고 말할지도 몰라요. 하지만 적어도 어머니는 그렇게 말씀하지 않으실 거예요. 어머니는 유아영 씨의 행복을 가장 바라실 거라고 믿어요. 좋은 분이시니까."

정말 그럴까?

스스로에게 되물은 그녀가 고개를 숙였다.

어머니는 자신의 행복을 바랄 것이다. 그리고 아마도, 자신이 이런 고민을 하고 있다는 것을 아신다면 서운해하실 것 같기도 했다. 왜 혼자서 모든 걸 짊어지고 있냐고.

만약 장미가 그렇게 말을 한다면 늘 뒷바라지를 제대로 해주지 못해 미안하다고 하셔서 그러지 못했다고 말했을 테지만, 그 말은 장미에게 더 큰 상처가 될 수도 있었다.

이제껏 단순히 그렇게 생각해 왔기에 장미에겐 입도 뻥긋하지 못했다.

"방법은 얼마든지 있잖아요. 학자금 대출을 할 수도 있고, 그게 싫다면 지금처럼 조금씩 천천히 공부를 해도 돼요. 무엇이든 때가 있다는 말이 있지만 그것도 남들이 정한 기준이고, 아영 씨는 아영 씨 페이스대로 하면 된다고 생각합니다."

내 페이스대로.

늦어도 천천히 내가 정한 길로.

그 말은 참 큰 힘이 되었다.

초롱초롱 눈을 빛내던 아영이 입술을 길게 늘어뜨리며 고개를 끄덕였다. 사랑을 받고 자란 사람은 감정 표현에 솔직하다. 휙휙 변하는 표정은 보는 사람도 즐거울 만큼 다채로웠다.

"와. 왜 사람들이 이수호 씨의 이야기를 들으려고 강연장에 모이는지 알 것 같아요."

입술을 길게 늘어뜨린 그가 '칭찬이죠?'라고 되묻자, 아영이 고개를 끄덕였다.

시선을 아래로 내린 그녀가 맥주잔을 보았다. 기포가 보글보글 올라오고 있었다.

"뒤처져도 괜찮을까요?"

"뒤처진다고 생각하지 마세요. 뭐든 빠르기만 하면 쉽게 지치는데, 아영 씨는 지치지 않기 위해 천천히 간다고 생각하면 돼요. 그 말로도 위로가 되지 않는다면……."

말을 길게 늘어뜨리던 그는 아영의 시선이 자신에게로 향하자 말을 마친다.

"내가 원하는 일을 하는 것에 의의를 두세요."

답답했던 가슴이 뻥 뚫리는 느낌에 아영이 힘차게 고개를 끄덕였다. 그리고 맥주잔을 양손으로 쥐며 고개를 내린다.

"헤, 이야기 다 들었으니 마셔야지."

"뭐예요?"

수호가 멍하니 아영을 보았다. 그녀는 호기롭게 말은 했으면서도 연신 수호의 눈치를 살피며 조금씩 잔을 기울이고 있었다.

입술이 맥주에 닿자 아영이 다시 잔을 아래로 내린다.

"마셔도 돼요?"

그녀의 물음에 수호가 웃음을 참지 못하고 왈칵 터뜨렸다.

유쾌한 웃음은 전염성이 강했다. 그가 웃음을 와르륵 터뜨리자, 그녀도 따라 웃는다. 높고 낮은 두 개의 웃음이 뒤섞여 하모니처럼 울렸다.

그렇게 얼마나 웃었을까.

그녀가 목이 마르다며 술잔을 기울이는 것을 보던 그가 다시 한참을 웃었다. 그리고 아랫배가 당길 때가 되어서야 웃음을 멈추며 물었다.

"유아영 씨, 내 동생 안 할래요?"

"동생이요?"

"네, 동생. 우린 같은 어머니를 뒀으니까. 아, 혹시 내가 어머니라고 부르는 게 싫어요?"

그가 자신의 눈치를 살피자 아영이 고개를 젓는다.

"아니요. 전혀요. 엄마도 이수호 씨를 아들로 생각하시는 것 같고. 두 사람의 관계에 내가 뭐라고 할 권리는 없잖아요."

"마음이 넓네요. 나라면 못 하게 했을 텐데. '내 거야'라고 말하면서요."

"와, 이수호 씨. 욕심도 많고, 집착도 심하고……."

아영이 말꼬리를 길게 늘어뜨리자 수호가 웃음기 섞인 목소리로 답했다.

"학교 다닐 땐 내 물건에 죄다 이름을 적어놨었어요. 다른 사람이 가져갈까 봐."

"그러다가 우리 엄마한테도 이름 써놓겠어요? '이수호 거'라고."

그녀의 농담에 수호가 한결 편안해진 얼굴로 고개를 저었다.

"어머닌 나만의 것이 아니잖아요. 진짜 가족이 있으니까, 그렇겐 못 하죠."

'자아'가 생기기 시작하면 아이는 자신의 물건에 독점욕을 보인다. 수호는 딱 그때의 아이처럼 '원하는 대상'에게 독점욕을 느끼는 듯했다.

"유아영 씨가 내 동생이 되어주면, 난 유아영 씨의 유일한 오빠가 되는 거니까 아영 씨 이마에 내 이름 적어놓을지도 몰라요."

"농담이 지나치시네요."

"어? 진담인데."

손을 들어 이마를 가린 아영이 와륵 웃음을 터뜨렸다. 가리지 않으면 정말 그가 '이수호 동생'이라고 적을 기세여서.

"그럼 정말 잘해주기야 하겠다. 유일한 동생이니까."

"떠나지만 않으면요."

날 상처 주거나.

그가 혼잣말처럼 중얼거리는 뒷말을 들은 아영이 턱을 받치며 웃는다.

"나도."

짧게 두 글자를 뱉은 아영은 늘 무심하게 빛나던 눈동자에 기쁨이 서리는 것을 보았다.

그렇게도 기쁠까? 왜 하필 동생일까?

수없이 많은 생각을 하던 그녀는 비밀번호가 눌리는 소리에 현관문을 보았다.

"누구예요?"

아영의 물음에 수호는 답 대신 얼굴을 일그러뜨렸다.

비밀번호 여덟 자리가 눌리는 소리와 함께 문이 벌컥 열렸다. 이미 한 잔 걸친 듯 경호가 벌겋게 달아오른 얼굴로 종이가방을 달랑달랑 흔들었다.

"효옹~ 나 왔어! 나 뭐 사왔게?"

종이가방 안에서 병이 부딪치는 소리가 들렸다. 그가 사온 것이 술이란 것은 쉬이 알 수 있었으나 아영과 수호는 호들갑을 떠는 경호를 말없이 바라보고만 있었다.

"어? 벌써 마시는 중이었어? 안녕하세요, 아영 씨."

신발을 훽훽 벗어던진 경호가 차려진 상을 보더니 이내 아영에게 꾸벅 인사를 건넸다. 연신 반갑다는 인사를 건네던 그가 아영과 수호의 사이에 비집고 앉으며 종이가방에서 위스키 두 병을 꺼내들었다.

"나도 껴줘요, 나도."

팔랑팔랑 날아갈 듯 가벼운 그의 모습에 수호가 얼굴을 일그러뜨렸다. 방금 전 두 사람의 분위기를 단번에 깨놓은 것도 모자라, 만사태평인 웃음을 보자 구박을 하고 싶은 마음에 수호가 눈을 가늘게 뜨며 물었다.

"너도 고민이라는 게 있지?"

"있고말고. 지금의 고민은 닭이 너무 식었다는 거야."

닭을 만지며 입술을 삐죽이는 경호를 보며 아영이 자리에서 일어났다.

"뭐 좀 해드릴게요."

"에헤이, 앉아 계세요. 형이 시간외 근무 수당 줄 것 같지도 않은데. 제가 준비할게요."

그렇게 말한 경호는 하루 이틀 해본 솜씨가 아닌 듯 능숙하게 배달 앱에 들어가 적당한 음식을 주문했다.

"40분 후에 도착한대요!"

"그래서, 40분 동안 여기에 있겠다고?"

"뭐야, 나 쫓아내고 싶어? 너무해!"

"너무한 건 너야."

두 사람이 투닥투닥 떠드는 것을 보던 아영이 피식 웃음을 뱉었다. 하지만 경호는 못내 서운하다는 듯 수호를 흘기며 말한다.

"뭐야, 형 우울해할까 봐 굳이 여기까지 와줬는데. 술 한잔하고 싶을 것 같아서."

"무슨 일 있었어요?"

아영의 물음에 경호가 고개를 팩 돌리더니 신나서 떠들어대기 시작했다.

"아, 아영 씨 몰랐어요? 지금 인터넷에서 아주 난리인데. 사람 쳤다는 게 알려지면서 이번에 이수호 작가 성격이 아주 까칠하다는 게 전국에……!"

사람을 쳤다는 부분에서 아영은 그가 장미로 인해 큰 사건에 휘말렸던 것을 떠올렸다. 현잰 여론이 많이 잠잠해졌고, 그를 옹호하는 사람들도 많이 생겨났으나 초반엔 수호를 잡아먹을 것처럼 굴었었다.

경호의 이야기를 가만히 듣고 있던 아영이 수호를 보며 말했다.

"까칠하다고요? 아닌데?"

"네?"

경호가 어찌 그렇게 생각할 수 있냐는 듯 묻자, 아영이 입가에 느슨한 웃음을 지으며 답했다.

"이수호 씨 안 까칠하다고요. 좋은 사람이에요."

"헉……."

"그렇죠, 오빠?"

"오, 오빠?"

수호를 보며 '오빠'라고 부르는 아영을 보며 경호가 까무러친 듯 엉덩이를 뒤로 물렸다.

"어? 둘이 뭐야? 뭐야? 이 분위기 뭐야!"

두 사람을 번갈아 손가락질 하던 경호가 입을 떡 벌렸다.

뭐지, 이 분위기는? 왜 내가 지는 느낌이지?

연신 붕어처럼 입을 뻐끔거리는 경호를 보던 아영이 이마를 까 보여주며 말했다.

"어? 안보여요? 여기 이수호 동생이라고 적힌 거?"

"에, 에?"

눈을 동그랗게 뜨며 진중하게 말하는 모습에 경호가 눈을 씻었다. 설마 진짜 적혀 있나 해서.

그녀의 행동에 놀란 건 수호도 마찬가지였다. 그녀의 입에서 오빠라는 단어가 나온 순간부터.

그가 얼빠진 표정을 짓는 것을 보던 아영이 히죽 웃었다.

"착한 사람 눈에만 보여요. 그렇죠, 오빠?"

술기운이 올라온 아영은 두 장정을 손쉽게 자빠뜨렸다.

애벌레처럼 이불을 돌돌 만 채 잠들어 있던 아영이 신음을 '끙' 뱉었다. 온몸이 두들겨 맞은 것처럼 아팠다. 어제 과음을 했더니 술병이 들어도 단단히 든 모양이었다.

"끄응, 끄응."

몸을 오들오들 떨던 아영이 이불을 슬쩍 내려 벽에 걸린 시계를 보았다. 아홉 시가 조금 넘어 있었다.

주말의 아침인 것을 감안하더라도 평소보다 늦게 잠에서 깬 그녀가 부스스 몸을 일으켰다.

"아프다……."

지끈지끈 두통이 몰려오는 머리를 부여잡은 그녀가 울먹이며 숨을 토했다. 당장 속을 달래주지 않으면 안에 있던 음식을 모두 뱉어낼 것만 같았다.

장미가 병원에 있어 해장도 셀프로 해결을 해야 했기에 움직여야 했다. 하지만 아영은 한 걸음도 옮길 힘이 없다는 듯 몸을 흐느적거렸다. 이대로 다시 쓰러져 자고 싶은 마음이 굴뚝같을 때였다.

노크도 없이 문이 열리더니 동식이 커다란 대접 하나를 들고 들어왔다.

"아빠…… 나 어제 어떻게 들어……."

턱!

침대 옆에 놓인 협탁 위에 대접을 내려놓은 동식이 눈을 삐죽였다. 만취가 되어 다른 남자의 등에 업혀온 딸의 등짝을 마구 내려쳐 주고 싶은 마음이 굴뚝같은 모양이었다.

하지만 정작 동식이 꺼낸 말은 걱정이었다.

"딸아, 알지? 아버지는 우리 딸 믿는다."

아버지, 도대체 뭘요?

전 어제 어떻게 들어왔는지 물어보고 싶었을 뿐인데요?

철없는 딸이 아비의 깊은 뜻을 알지 못한 채 고개를 갸웃거렸다. 그러다가 대접으로 손을 뻗어 숨도 쉬지 않고 꿀물을 벌컥벌컥 들이켰다.

“아부지, 땡큐. 딸, 죽다 살았어요.”

“땡큐 같은 소리 하고 있네. 나와서 어여 밥 먹어!”

결국 동식이 참지 못하고 왈칵 소리를 지른 후 빈 대접을 들고 밖으로 나갔다.

쾅!

거칠게 닫힌 문에 몸을 움찔 떤 아영이 눈을 질끈 감았다.

아, 죽었다.

밥을 먹으라고 하는 것을 보면 동식이 직접 아침 식사를 만들었다는 뜻이다. 고로, 든든히 먹인 후에 잔소리를 대판 늘어놓으리라는 말이기도 하다.

아, 각오해야겠네.

커다란 눈을 끔뻑끔뻑 감았다 뜬 아영이 벗어둔 외투에서 휴대전화를 꺼내 들었다.

동식의 반응을 보아하니 미리 수호에게 어떻게 된 일인지 물어보는 게 좋을 것만 같았다. 손가락을 까딱까딱 움직여 전화번호부에서 그의 이름을 찾던 아영이 숨을 왈칵 들이켰다.

“……이게 뭐야?”

얼굴이 백짓장처럼 질린 아영이 자신의 휴대전화를 보았다. 혹 지금 헛것을 보는 것은 아닐까, 몇 번이고 눈을 깜빡이던 그녀의 입에서 옅은 신음이 흘러나왔다.

“으으.”

미쳤어, 유아영.

ㅡ 수호 오빠♡

하트는 왜 붙여, 붙이길!

아영은 눈동자를 요리조리 굴리며 어제 있었던 일을 떠올리려 애를 썼다.

두 사람과 함께 술을 마시고…… 그 다음은…….

기억은 새벽 2시에 도착한 배달 음식을 먹은 것까지 남아 있었다. 관자놀이를 손가락으로 꾹 누른 아영이 눈을 번뜩였다.

"유아영, 떠올려. 떠올려 보라고."

스스로를 타이르던 아영은 단편적인 기억에 입술을 아작 깨물었다.

"유아영 씨, 일어나 봐요. 유아영 씨?"

경호는 이미 구석에서 자고 있었던 것 같다. 그리고 자신도 잠들락 말락 하고 있을 때 수호가 자신의 몸을 흔들며 정신 차리라고 했던 게 떠오른다.

그리고 그 다음에 이어진 것은…….

"헤헤, 헤헤헤."

미친 사람처럼 웃었다.

짝!

아영이 스스로를 벌주듯 뺨을 때렸다. 하지만 기억은 사라지지 않고 계속 떠올랐다.

"헤헤헤헤."

지금의 그녀는 울고 있었으나, 새벽의 그녀는 웃었다. 계속. 계속.

아영의 술버릇은 정신을 놓은 사람처럼 웃는 것이었다. 그러니 만취한 그녀가 할 행동은 그것뿐이었지만 아영은 제발 꿈이길 바랐다.

백짓장처럼 질린 얼굴로 고개를 절레절레 저어대던 그녀가 머리를 쥐어뜯었다. 어쩐지 배가 너무 아프다 했다. 그렇게 정줄 놓고 웃어댔으니, 아프지 않으면 그게 이상한 일일 터다.

"……망했다."

머리를 쥐어뜯던 아영이 울먹였다.

다음 주에 어떻게 이수호 씨를 보지?

아프다고 꾀병을 부릴까?

아무것도 떠오르지 않는다고 할까?

무엇 하나 마음에 드는 행동이 없었던 그녀가 자리에서 벌떡 일어나 자리에서 쾅쾅 뛰기 시작했다.

으아악.

비명을 지르고 싶었지만 밖에 있는 동식의 심기를 더 이상 어지럽히기 싫었다. 그래서 계속 속으로 비명을 삼켜가며 자리에서 뛰고 또 뛴다.

그러다 문득, 그가 월요일에 강연이 있다는 사실을 떠올리며 풀썩 자리에 주저앉았다.

"좋아, 시간을 조금 벌었어."

그를 조금이라도 늦게 만난다는 사실에 그녀가 애써 힘을 내본다. 그래, 지금 할 일은 속을 든든하게 채운 후에 동식에게 욕을 먹는 일이 먼저였다.

비척 자리에서 일어난 아영이 방문을 열고 밖으로 나오다 말고 걸음을 우뚝 멈췄다.

"여기서 뭐 하는……."

아영이 멍한 눈으로 동식의 앞에서 식사를 하고 있는 수호를 보며 물었다.

저 남자가 왜 여기에 있는 거지?

꿈인가?

새벽의 그 추태도 꿈이 아닐까?

희망사항이 우후죽순 떠올랐으나, 안타깝게도 새벽의 일도, 눈앞에서 수호가 밥을 먹고 있는 것도 모두 현실이었다.

"어제 둘 다 집에 와서 쓰러졌다."

무뚝뚝한 동식의 어조에 두 사람의 입술이 굳게 다물렸다. 두 사람 모두 자신의 죄를 절실히 느끼는 중이었다.

이러지도 저러지도 못하는 딸아이의 얼굴을 보던 동식이 수호를 보았다. 그는 속을 개운하게 풀어주는 해장국을 먹으면서도 체할 것 같다는 표정이었다.

제정신이 박힌 남자라면 그래야지.

동식은 아직도 현관문을 열자마자 쓰러졌던 두 사람을 떠올리는 것만으로도 심장이 왈칵 내려앉을 것만 같았다. 수호가 초인적인 힘으로 딸아이의 외박을 막기 위해 데리고 왔다는 것을 알면서도 괘씸한 것은 어쩔 수가 없었다.

동식이 아영을 노려보며 말했다.

"너도 와서 밥 먹어라."

그의 말에 아영이 수호와 동식의 눈치를 동시에 살폈다. 어색한 사람과 무서운 사람이 한자리에 있다니, 어떻게 해야 할지 모르겠다는 얼굴이었다.

그리고 곧 그녀가 대응 방법을 정한 것인지 슬금슬금 다가와 동식의 옆자리에 앉으며 감탄사를 터뜨렸다.

"와, 아빠가 끓인……."

"이 작가님이 끓이셨다."

아영의 입술이 다시 굳게 닫혔다. 마치 국에 코를 박고 죽고 싶다는 표정으로 고개를 숙인 그녀가 힘겹게 숟가락을 들었다. 그리고 기어들어 가는 목소리로 '잘 먹겠습니다'라고 말하더니 무슨 맛인지도 느껴지지 않는 국을 양껏 퍼먹기 시작했다.

다시 식사를 시작하는 동식을 본 수호가 조심스러운 음색으로 말했다.

"말씀 편히 해주세요."

동식의 수저가 멈췄다. 맞은편 자리에 앉아 있는 수호를 보던 그가 작게 고개를 젓는다.

"그럴 수야 있나. 천천히 하세."

세 사람 사이에 무거운 침묵이 흘렀다.

달그락, 달그락.

노이로제에 걸릴 것만 같은 백색 소음이 끝난 후, 두 사람은 함께 집을 나섰다. 집 앞 골목을 걸어 큰길까지 함께 나온 아영은 아무 말 없이 걸음을 옮기는 수호를 힐끗 보며 물었다.

"어제 어떻게 된 거예요?"

"집까지 데려다주려고 했는데…… 그 뒤엔 저도 잘."

수호가 얼굴을 구겼다.

택시에 올랐을 땐 이미 그도 제정신이 아니었다. 하지만 도저히 아영만 보낼 수가 없어 함께 온 것이었는데, 아영의 집에 도착하자마자 긴장감이 풀려 정신을 놓은 모양이었다.

그가 깊은 한숨을 푹 쉴 때였다. 옆에서 그의 눈치를 살피던 아영이 입술을 달싹인 것은.

"수호 오빠?"

움찔.

깜짝 놀란 수호가 몸을 떨었다.

그의 반응이 재미있는 것인지 아영이 다시 한 번 말한다.

"수호 오빠."

움찔.

"음, 오빠. 오빠. 좋네."

움찔. 움찔.

수호가 깜짝 놀라 연신 몸을 떠는 것을 보던 아영이 작게 웃음을 뱉었다.

"월요일에 봐요, 수호 오빠."

그제야 그녀가 자신을 놀리고 있다는 것을 알아차린 수호가 미간을 좁혔다. 그의 표정은 마치 '이게 재미있어?'라는 얼굴이었다. 그러다가 그녀의 얼굴을 보며 따라 웃는다.

"그래, 동생."

커다란 손을 뻗은 그가 아영의 머리를 쓰다듬어 주었다. 여자치고 작은 그녀와 남자치고 큰 그의 키 차이는 족히 20㎝는 났다. 그래서 그녀는 그가 자신을 애 취급한다는 생각을 했다.

"뭐 하는 거예요?"

차마 그의 손을 치워내지 못한 채 아영이 물었다. 지금 나랑 뭐 하자는 거냐고. 그녀는 그가 자신의 작은 키를 가지고 놀리는 줄 알았으나, 되돌아오는 답은 의외의 것이었다.

"이러면 기분 좋잖아요."

그의 말에 아영이 눈을 떴다. 그러다가 자신이 그의 머리를 쓰다듬어 주는 상상을 하다가 피식 웃음을 뱉었다. 그것 참 안 어울리는 그림이었다.

고개를 절레절레 저은 아영이 말했다.

"오빠, 오빠니까 말 편히 하세요."

"동생은?"

"동생은 아직 조금 낯을 가려서 이게 편하대요."

마치 타인의 일처럼 이야기하는 아영을 보자 수호가 작게 웃음을 내뱉었다.

"음, 그럴까?"

그렇게 되묻는 그의 표정은 즐거워 보였다. 그리고 단순히 그녀의 착각일지도 모르나, 행복해 보이기도 했다.

"네."
"그래, 그럼 아영아."
부드럽게 흘러나온 음성에 아영의 시선이 예쁜 호를 그리고 있는 입술로 향했다. 웃음은 달콤했다. 목소리처럼.
"월요일에 보자."
고개를 끄덕인 아영은 그가 택시에 오르는 것을 지켜보았다. 그리고 택시가 시야에서 완전히 사라지고 나서야 몸을 돌려 집으로 향한다.
그와 함께 걸어왔던 길을 되돌아간 그녀는 집에 들어서자마자 도끼눈을 뜨고 있는 동식과 맞닥뜨렸다. 단단히 각오하라는 듯 팔짱을 끼고 있는 동식을 마주하고 나서야 그녀는 자신이 처한 현실을 떠올렸다.
아, 아직 대판 깨질 일이 남았지.
"이수호 작가랑……."
"에이, 아빠. 무슨 상상을 하시는지는 잘 알겠는데요, 절대 그럴 일 없어요."
신발을 벗은 그녀가 집 안으로 들어서며 고개를 절레절레 저었다.
"뭐? 절대까지 붙일 일이냐?"
"음……."
말꼬리를 길게 늘어뜨린 아영이 뒷말을 이었다.
"저 이수호 씨 동생하기로 했어요."
"뭐어?"
"아빠, 갑자기 엄청 덩치 큰 아들이 생겼네? 좋겠어요."

가벼운 어투로 말한 그녀가 자신의 방으로 성큼성큼 걸음을 옮겼다. '아아, 졸리다'라고 말하며.

마치 아무런 일도 없는 사람처럼 상황을 넘기려고 하던 그녀는 뒤에서 들리는 서릿발 어린 말투에 걸음을 우뚝 멈춘다.

"어딜 어물쩍 넘어가려고. 여기 와 앉아라."

히잉.

울상을 지은 아영이 무릎을 꿇고 앉았다. 양손까지 가지런히 무릎 위에 올린 그녀가 고개를 푹 숙이자, 동식이 그녀의 앞에 털썩 앉으며 쌍심지를 켰다.

"다 큰 여자애가 코가 삐뚤어질 때까지 술을 마시는 게 말이 돼? 세상이 얼마나 험한데."

"이수호 씨가 잘 데려다……."

"남잔 다 늑대다!"

동식이 참지 못하고 외쳤다. 하지만 아영은 그의 눈치를 살피며 그와의 관계를 정정했다.

"오빠라니까요?"

그는 참 괜찮은 사람이긴 했지만, 어찌되었든 두 사람이 연인으로 발전할 가능성은 없었다. 수호는 그녀에게 동생이 되어달라고 말했고, 아영은 이에 수락했으니까.

그가 왜 가족이 되어달라고 했는지 그녀는 어렴풋 예상하고 있었다. 떠나지 말라고 했다. 상처 주지 말라고 했다. 그 두 가지만 지키면 '연인'처럼 불안정한 관계가 아닌 평생을 함께할 수 있는 관계가 될 수 있다고.

그는 그녀와 확고한 관계가 되길 바랐고, 아영도 동의했다.

하지만 동식의 생각은 다른 모양이다.

"오빠 오빠 하다가 애 아빠 되는 거야!"

"에이."

아영이 손사래를 치자 동식의 얼굴이 빨갛게 달아올랐다.

"에이? 에이?"

찰싹!

"아! 아빠?"

동식이 결국 참지 못하고 아영의 무릎을 내려쳤다. 아영이 깜짝 놀라 눈을 동그랗게 뜨자, 그는 애써 감정을 억누르며 말했다.

"몸조심해, 내 말 무슨 뜻인지 알지?"

"알아요, 아부지. 나도 스물여섯이라고요."

"아는 기지배가!"

찰싹!

참다못한 그가 다시 한 번 무릎을 내려치자 아영이 꽥 소리를 질렀다.

"아아! 아빠, 아파요!"

"아프라고 때리는 거야!"

이성관에 있어선 극도로 무딘 딸아이를 보며 아비가 속을 태우는 것을 모른 채, 아영은 한참이고 매를 벌었다.

6. 먼지 털어내기

강연을 듣기 위해 모인 학생들 사이사이, 익숙한 얼굴이 몇 보였다.

스포츠 하늘의 강 기자와 인터넷 M뉴스의 이 기자. 그밖에도 카메라를 목에 멘 사람들을 보던 수호가 시선을 내렸다. 뒤숭숭한 분위기는 이 자리에 모인 기자들이 만든 것이었다. 생각보다 많은 기자들이 몰려들어 강연을 들으러 온 학생들도 당황한 눈치였다.

"뭐지?"

"그 사건 때문인가? 그 폭행 사건."

제일 앞줄에 앉아 있는 학생들이 떠드는 이야기가 가슴에 콕콕 박혔다. 하지만 그는 능숙하게 평정심을 유지하며 물을 마셨다.

다른 사람들이 뭐라고 떠들어대든 상관이 없다. 이미 인터넷에서 한 바가지 욕을 먹었더니 꽤 단단해졌는지도 모르겠다.

그가 마지막으로 강연 내용을 확인한 후 손목시계를 보았다. 강연이 시작되기 2분 전이었다.

그때 진동으로 바꿔두었던 휴대전화가 울렸다. 액정을 확인하자 경호가 문자를 보내왔다.

〈형? 지금 강연 중이지? 난리 났어!〉

수호의 눈썹이 치켜 올라갔다. 평소에도 경호는 오버를 떨긴 했으나, 그가 일을 하는 와중에 이런 문자를 보낼 만큼 개념이 없는 사람은 아니었다.

곧바로 문자가 한 통 더 왔다.

〈아줌마가 사고 친 것 같아. 지금 아침방송 나오고 있어!〉

경호의 문자를 받자마자 그가 인터넷 창을 켰다. 메인에 그의 작품이 주욱 나열되어 있는 기사 하나가 보였다.

– '외롭게 공부하라', '미련', '날내', '본전' 이수호 작가 모친, "내 아들은 불효자입니다"

기사를 클릭하자 관련기사 수십 개가 함께 떴다.

– "아들은 내게 상처만 줬어요. 못난 모친이라 미안합니다"

– "우리 가족, 너무 아파", "이제라도 함께 지내고 싶지만 아들이 원치 않아"

– "사랑으로 키워주지 않아 아들은 날 사랑하지 않습니다"

80년대에나 썼을 법한 멋없는 대화들이 주욱 나열되어 있는 기사를 읽는 와중에도 그의 표정은 무심했다. 마치 자신의 일이 아닌 제삼자의 일을 보는 것처럼.

휴대전화를 뒤집어둔 그가 좌석을 보았다.

이래서 기자들이 이렇게 많이 와 있었군.

씁쓸한 웃음을 머금은 그가 마이크를 입 쪽으로 가져오며 입술을 달싹였다.

"강연 시작하겠습니다."

그의 말 한마디로 어수선한 분위기가 한 번에 정리가 되었다.

강연은 원론적이었다. 누구나 떠들 수 있는 이야기였고, 알맹이는 그리 열심히 살지 말라는 것이었다. 그 대신 포기도 하지 말 것. 사회의 부조리함에 속이 쓰리더라도 그것은 어쩔 수 없는 것이니 순순히 받아들이라는 메시지도 담고 있었다.

두 시간 강연이었지만, 중간에 쉬는 시간 없이 내리 강단 위를 오고가던 그가 학생들을 보았다. 그들 또한 수호의 소식을 접한 것인지, 처음에 호기심 가득하고 우러러보던 것과는 달리 눈빛이 변해 있었다.

하지만 그는 뒤로 물러서지도 않은 채, 도망치지도 않은 채 마치 무대 위에 선 배우처럼 연기했다. 여유롭고 성공한 남자. 무엇이든 거칠 것이 없는 사람처럼 강연을 이어가던 그는 준비한 내용을 완벽하게 하고 나서 마이크를 내려놓았다.

"하아, 하아."

어쩐 일인지 조금 숨이 찼다. 목이 조금 마르기도 했다. 그가 바닥에 내려놓았던 생수통을 들어 물을 마셨다. 꼴깍꼴깍, 목울대가 크게 울렸다. 마치 우는 것처럼.

무거운 침묵이 흐르는 좌석을 보던 그가 다시 마이크를 들었다.

"질문 있으십니까?"

그 말을 기다렸던 것처럼 기자 하나가 자리에서 일어났다. 인터넷 I 뉴스의 문화면을 담당하고 있는 장 기자였다.

"어머님이 오늘의 아침에 방송에 출연한 것 알고 계신가요?"

"강연의 내용과 상관없는 질문은 받지 않겠습니다."

그의 물음을 가볍게 되받아친 수호가 보기 좋은 웃음을 지으며 말을 잇는다.

"특히 개인사는요."

자연스럽고 거리낌 없는 답에도 기자는 질문을 멈추지 않았다. 그건 이 자리에 있는 모든 사람들이 가장 궁금해하는 것이었다.

"그래도 어머니의 일방적인 주장만 나온 상태에선 이수호 작가에게 불리할 수가 있습니다. 어머니는 이수호 작가가 불효자라고 이야기하고 있어요. 약속했던 생활비나, 본인이 생활하던 아파트의 전세금을 뺐다는 이야기도 있습니다."

약속했던 생활비 따윈 없었다. 만약 약속을 했다면 그건 친모인 차현이 스스로 정한 것이었다. 하지만 그녀가 생활하던 아파트를 빼긴 했다.

처음 그녀가 다시 나타났을 때, 수호는 진심으로 기뻤다. 스물일곱, 책이 나오고 언론에선 연신 그의 책에 대해 떠들어댔었다. 50만부 판매고를 올리며 많은 인세를 받았고, 현재 그가 외교관으로 일을 한다며 자세한 정보도 함께 실었었다.

그러자 기적처럼 친모가 나타났다. 태어나서 처음으로 본 친모였기에 가족의 정에 이끌리기도 했다. 만약 고교 시절의 그였다면 차디차게 밀어냈겠지만, 그때의 그는 장미를 만나 많은 것을 치유한 상태였다.

그래서 차현의 부탁에 집을 해주었다. 그 집에서 함께 사는 줄 알았으나 아니었다. 그곳엔 차현과 그녀의 남자친구가 살았다.

그 집을 처분한 것은 지난 해였다. 사기혐의로 법원에 넘어가게 되자 그녀를 구제하기 위해 전세금을 빼고 빚을 갚았다. 그러면 앞으론 그러지 않으리라 믿었다. 하지만 빚은 늘어만 갔다.

현재 그 공판이 진행 중이었다. 그런 사실을 차현은 하나도 이야기하지 않은 채 거짓과 진실을 묘하게 섞어 그를 매도했다.

그가 호흡을 갈무리했다. 여기서 흔들리는 모습을 보여주고 싶지 않았다. 그건 죽어도 싫었다.

"다른 질문 없으십니까?"

고저 없는 물음에 장 기자가 한풀 꺾인 기세로 자리에 풀썩 앉았다. 그러자 이번엔 다른 기자가 일어나 소리친다.

"어릴 적에 길차현 씨의 사정으로 외삼촌의 집에서 지냈다고 들었습니다. 그때 힘든 점은 없었나요?"

정곡을 찔러오는 물음에 수호의 몸이 흔들렸다. 그의 모습에 기자들이 여기저기서 말을 쏟아냈다.

"언론에 알려진 바른 생활을 했다는 것과는 달리 고3 때 가출을 했다고 들었습니다! 외삼촌의 설득에도 돌아오지 않았다고 하는데, 왜 그랬나요?"

"외사촌과 사이가 어땠나요?"

"이수호 작가님! 답해주세요!"

마치 아귀처럼 아가리를 쩍 벌린 기자들이 그를 아작아작 씹어 삼키려 하고 있었다.

무너지면 안 되는데…… 여기서 주저앉아서는 안 되는데.

시선을 내린 그가 흔들리는 다리를 보았다. 몸은 당장 쓰러져도 이상하지 않을 만큼 바들바들 떨리고 있었다.

손을 뻗어 마이크를 힘겹게 들어 올린 그가 백짓장처럼 창백해진 얼굴로 읊조렸다.

"그럼 오늘 강연 마치겠습니다."

그가 빠르게 걸음을 옮겼다. 서둘러 이 자리를 벗어나야 한다는 생각뿐이었다.

집으로 돌아가자. 돌아가면 맛있는 냄새가 날 거야. 그래, 그곳으로…….

"이수호 작가님! 정말 아무런 변명도 하지 않으실 겁니까!"

앞으로 뛰어나온 기자의 말에 그가 퍼뜩 정신을 차리며 그를 노려보았다. 차가운 얼굴은 당장 살인을 해도 이상하지 않을 정도였다.

그가 입술을 짓이겼다.

"변명, 이라고 하셨습니까?"

변명? 지금 나보고 변명을 하라는 건가? 왜? 왜 그걸 해야 하는데, 왜!

질려 있던 그의 얼굴에 순식간에 혈색이 돌았다. 주먹을 꽉 움켜쥔 그가 금방이라도 분노를 쏟아내려 할 때였다.

뒤에 문이 벌컥 열리더니 거친 숨을 몰아쉬는 경호가 안으로 뛰어 들어왔다. 절박한 경호의 얼굴을 보자 꽉 움켜쥐고 있던 주먹이 거짓말처럼 힘없이 풀렸다.

다가온 경호가 외투를 벗어 수호의 몸을 덮었다. 그리고 손바닥으로 그의 얼굴을 가리며 묻는다.

"형, 괜찮아?"

너무나 당연히 '아니'란 답이 들려올 물음을.

수호가 말없이 자신을 바라보자 경호가 얼굴을 일그러뜨렸다.

"가자."

어서.

"여기서 나가자, 형."

아영이 휴대전화를 꼭 쥔 채로 거실을 서성였다.

벌써 몇 시간째 이러고 있었는지 모른다. 아침에 희진에게 문자를 받은 이후론 쭉 이 상태였다.

〈너 지금 이수호 작가 집에서 일한다고 했지? 지금 난리야!〉

그 후로 접속한 인터넷은 수호의 이야기로 떠들썩했다. 그는 연예인도 아니었지만 인기로 치자면 웬만한 배우보다 많았다. 공부의 신으로 불리며 학부형 사이에서도 유명했고, 배우보다 잘생겨 젊은 여자들에게 인기가 많았다. 어디 그뿐이던가. 청년들의 워너비 스타로서 방송 출연도 잦았다 보니, 차현의 인터뷰에 쏟아진 관심은 상상 이상이었다. 예전엔 그것이 그의 '힘'으로 작용했으나 지금은 '과도한 관심'으로 변해 그의 사생활을 갈가리 찢었다.

그에게 몇 번이고 연락을 해보았지만 전원이 꺼져 있었다. 그녀는 그때 처음으로 경호의 연락처를 받아두지 않은 것을 후회했다.

시계를 힐끗 본 아영의 얼굴이 일그러졌다. 곧 아르바이트를 가야 했다. 이대로 그의 얼굴을 보지 못하면 계속 신경이 쓰여 일이 손에 잡히지 않을 것 같았다.

그때 들고 있던 휴대전화가 울렸다. 장미에게서 온 연락이었다.

[이 작가, 아직 집에 안 왔어?]

"응. 아직."

[어후! 어후!]

장미가 연달아 한숨을 내뱉었다. 그러더니 평소와는 달리 격한 어조로 빠르게 말을 내뱉는다.

[그 여자가 언젠간 사고 칠 줄 알았다! 나쁜 년! 나쁜 년! 어떻게 제 자식한테 그래!]

장미의 말에 아영의 표정이 흐려졌다.

[오면 엄마한테 바로 연락 줘. 아니, 아니다. 내가 지금 그리로 갈게.]

"외출해도 된대?"

[어디 죽을 병 걸렸니? 괜찮아. 그럼 엄마 지금 출발할게.]

뚝 끊긴 전화를 보던 아영이 한숨을 푹 내뱉었다.

다시 시계를 힐끗 보던 아영이 걸음을 옮겨 가방을 들려던 때였다. 비밀번호 누르는 소리가 들리더니 현관문이 열렸다.

수호의 모습에 아영이 한달음에 다가가 그의 팔부터 붙잡았다.

"여기서 뭐 하십니까?"

조심스러운 기색으로 그의 표정을 살피던 아영이 입가에 어색한 웃음을 띠우며 답했다.

"오빠 기다렸죠."

"……."

그가 아무런 말도 하지 않자 아영이 그의 어깨 너머를 보았다. 경호가 작게 고개를 젓고 있었다.

목구멍이 꽉 죄이는 느낌에 아영이 가까스로 물었다.

"괜찮아요?"

"괜찮지 않다면?"

그의 물음에 아영은 그의 팔목을 붙잡고 있던 손에 힘을 주었다.

"위로해 주려고요."

그녀의 말에 수호는 말없이 작은 여인을 내려다보았다. 그는 앞으로 나아가지도, 그리고 뒤로 물러서지도 못한 채 여전히 그 자리에 서 있었다.

현관 센서가 꺼졌다가 다시 들어올 때가 되어서야 그가 힘겹게 말했다.

"안아줘."

"그거면 돼요?"

부드럽게 물은 그녀는 곧 이어지는 답에 입술을 벌리며 웃었다.

"그거로도 차고 넘쳐."

양팔을 활짝 벌린 아영이 그를 힘껏 끌어안았다. 겉으로 보면 그녀가 그에게 폭 안긴 상태처럼 보였으나, 아영은 최선을 다해 그를 위로했다.

작은 손을 활짝 펼친 그녀가 넓은 등을 토닥토닥 두드렸다.

"힘내요, 힘내요."

그 두드림은 여러 따뜻한 감정이 도란도란 위로를 건네는 것처럼 느껴졌다.

수호가 천천히 눈을 감았다. 빠르게 뛰는 그의 심장에 귀를 기울인 그녀가 연신 그의 등을 토닥였다.

"아프지 마라. 아프지 마라."

우리 오빠, 아프지 마라.

늘 빳빳하게 펴져 있던 수호의 등이 구부정하게 굽었다. 그의 이마가 아영의 어깨에 닿자, 뒤에서 경호는 붉어진 눈으로 이 모습을 바라보았다.

"나빠. 진짜 나쁜 사람들이야. 잘 알지도 못하면서."

그가 불만을 토로했다. 어쩜 이럴 수가 있냐고.

어쩌면, 어쩌면 이럴 수가 있냐고.

힐끗.

경호가 쉬이 발길을 돌리지 못하고 수호를 보았다. 그의 눈동자엔 걱정이 그득했다.

함께 더 있고 싶은 기색이 역력한 표정이었으나, 이 일로 인하여 그의 신작을 출간 준비 중인 출판사도 비상이 걸려 가봐야 했다.

하지만…….

수호의 표정을 살핀 경호가 한숨을 쉬었다. 아영이 가기 전에 장미가 온다고 말을 했으나 잠시의 시간도 수호 혼자 두는 것이 마음에 걸리는 것인지 경호가 세 번째 같은 질문을 던졌다.

"형, 진짜 혼자 있어도 괜찮겠어요?"

"괜찮아."

정말 괜찮은 것 맞아?

경호가 의심스러운 눈으로 수호를 보았다. 표정의 변화가 거의 없는 사람이다 보니 이럴 땐 가늠을 할 수가 없었다.

불안한 기색이 역력한 경호를 보며 수호가 붉은 눈을 깜빡이며 툭 말했다.

"고맙다."

마음이 약해져서일까, 평소라면 하지 않을 소리를 한다. 경호가 고개를 저었다.

“형, 진짜 그러지 마요.”

뭘?

수호가 고개를 갸웃거리자, 경호가 눈살을 찌푸리며 말했다.

“약한 모습 보이지 말라고요. 이수호라면 이수호답게 굴어야지.”

부러 화를 낸 경호가 신발을 신었다. 이젠 정말 가야 할 시간이었다.

“나, 가요.”

닫힌 현관문을 보던 수호가 몸을 돌렸다.

부엌으로 향한 그는 가장 먼저 물부터 마셨다. 계속 갈증이 일어 목이 탔다. 잔을 비우고 난 후엔 힘없이 비척비척 걸음을 옮겨 소파에 털썩 주저앉는다. 머리를 기댄 그의 얼굴엔 피곤한 기색이 역력했다.

건조한 눈가를 손으로 꾹꾹 누르던 그가 손등을 그 위에 올려놓았다. 눈두덩이 따끈따끈했다.

아픈 건가?

온몸에 열이 오르는 기분이었다. 그것이 감정적인 문제 때문인지 정말 몸이 아픈 것인지 잘 이해가 되지 않았다. 하지만 하나는 알 수 있었다.

지쳤다.

아영에겐 제 페이스대로 걸어가라고 말했으면서 정작 자신은 그렇게 하지 못하고 있었다. 멍청하게도.

“후우.”

깊은 한숨 소리가 떨렸다. 다시 몸이 뜨거워졌다.

홀로 있는 시간, 무거운 침묵에 그의 기분은 급격하게 다운이 되었다.

여러 가지 감정이 뒤섞여 소용돌이쳤다. 곤죽이 되어버린 생각은 무엇 하나 결론이 나지 않고, 그를 괴롭히고 있었다.

별일 아니다. 별일 아니야.

그렇게 스스로를 다독였다. 하지만 어찌된 일일까. 평소처럼 마음을 다잡을 수가 없다. 그 이유를, 수호는 알고 있었다.

"아프지 마라. 아프지 마라. 우리 오빠, 아프지 마라."

따스하게 다독이는 손길. 귓가에 울리던 속삭임에 그의 감정은 더욱 격해졌다. 하마터면 눈물을 왈칵 쏟을 뻔했다.

그가 손바닥을 멍하니 보았다. 아영의 손길이, 음성이, 따스한 체온이 여전히 남아 있는 것만 같았다. 눈시울이 뜨거워졌다.

"나한테 무슨 짓을 한 거야."

정말.

눈을 감은 그가 천천히 호흡을 내뱉었다. 단단한 철갑을 두르고 있던 마음도, 그렇게 느슨해져 간다.

그가 생각에 잠겨 제 손만 멍하니 보았다. 손을 바라보며 웃기도 했고, 미간을 좁히며 인상을 쓰기도 했다. 마치 정신을 놓은 사람처럼 다채로운 표정을 짓던 그는 얼마의 시간이 흐른 후 비밀번호가 띡띡 눌리는 소리에 고개를 돌려 현관을 보았다.

문을 열고 들어온 것은 장미였다. 계절과는 어울리지 않는 두

꺼운 점퍼를 입고 있는 장미를 본 그가 자리에서 일어났다.

그를 바라본 장미가 들고 있던 낡은 가방을 바닥에 뚝 떨어뜨렸다. 속상하다는 듯 늘 고운 웃음을 짓고 있던 얼굴이 일그러졌다.

"울긴 왜 울어, 이 작가! 네가 뭘 잘못했다고!"

"어머니……?"

"울지 마!"

벼락처럼 내지르는 소리에 수호의 입가에 미소가 맺혔다. 혼이 나고 있었지만 밝은 표정으로 장미를 바라보던 그가 성큼성큼 걸음을 옮겼다.

양손으로 얼굴을 가린 장미가 흐느꼈다. 수호의 곁에서 10년. 그의 일을 봐주고 있는 경호보다 수호에 대해 더 자세히 알고 있는 장미였다.

친모가 다시 그의 앞에 나타났을 때 기뻐해 주었던 일. 무리한 부탁을 할 때 곁에서 걱정스레 바라보았던 일. 처음 차현이 패악을 부렸을 때의 일. 상처 받은 그를 달래주었던 일. 함께 근처에 꽃놀이를 갔을 때의 일. 자신을 어머니라 부르기 시작했을 때의 일. 그리고…… 과거의 학대 사실을 알고 같이 울었던 일까지.

많은 일들이 파노라마처럼 눈앞을 빠르게 스쳤다. 그의 감정이 손에 잡힐 듯 가깝게 느껴져 장미가 울음을 터뜨렸다.

"어머니가 대신 울어주니까 안 울게요."

"뭘 잘했다고 웃어!"

다가온 그가 장미를 끌어안았다. 어깨가 더욱 격하게 들썩였다. 장미가 어린아이처럼 울음을 터뜨리자, 수호가 더욱 힘주어 그녀를 끌어안았다.

"그럼 울어요?"

얼굴을 가리고 있던 손이 그의 등 뒤로 향했다. 지금 이 순간 가장 속상하고 아픈 사람이 수호라는 것을 누구보다 잘 알고 있는 장미가 그를 힘껏 안으며 울음에 흔들리는 목소리로 물었다.

"괜찮아? 정말 괜찮은 거야?"

장미의 물음에 그가 좁은 어깨에 눈을 묻으며 읊조렸다.

"아깐 죽을 만큼 힘들더니, 지금은 괜찮아졌어요."

"거짓말."

"진짜예요."

그의 답에 탕탕 등을 두드린 장미가 품에서 빠져나와 수호의 표정을 살폈다. 매의 눈으로 그의 눈, 코, 입을 샅샅이 뜯어보던 장미가 뺨에 진 얼룩을 닦아내며 말했다.

"이 작가, 난 못 속이는 거 알지?"

"진짠데……."

지금은 괜찮아졌다는 말은 사실이었다. 다만, 새로 깨달아 버린 감정에 전혀 괜찮지 않았지만.

그가 어설픈 웃음을 지었다.

"힘들면 힘들다고 말을 해야지. 말하지 않으면 아무도 몰라."

충고를 하듯 말한 장미가 손을 들어 그의 눈가를 더듬었다.

"아무도 이 작가 마음 몰라줘."

아프면 아프다고, 힘들면 힘들다고 솔직히 말해주어야 한다. 그건 사람이 가져야 할 가장 기본적인 '용기'였다.

주위 사람들에게 구조 요청을 보내지 않으면 정작 피폐해지는 것은 본인이었다. 왜 다른 사람들은 자신의 마음을 몰라주냐는 원망을 하기도 하고, 혼자 끙끙 앓다가 종국엔 안 좋은 선택을 한다.

수호는 얼마 전 자신의 앞에서 투신한 여자를 떠올렸다. 그 여자도 많이 괴로웠겠지. 힘들었을 것이다. 그리고 주위에 구조 요청을 할 만한 사람이 없었을 것이다. 그래서 힘들어 하다가 안 좋은 선택을 한 것이겠지.

여자를 새로운 시각으로 바라보던 수호가 고개를 저었다.

"걱정 마세요. 유아영 씨한테 실컷 어리광 부렸어요."

하지만 그에겐 좋은 사람들이 많이 있었다. 자신을 따뜻하게 안아주며 위로해 줄 사람이 몇 이나 있다. 그러니, 자신은 불행한 사람이 아니었다.

코를 훌쩍이던 장미가 놀란 얼굴로 수호를 올려다보았다. 그러다가 눈을 게슴츠레 뜬다.

두 사람 사이에 흐르는 미묘한 변화는 이미 눈치채고 있는 장미다. 하지만 아직 두 사람이 함께 있는 모습을 보지 못했던 터라 확신은 하지 못한 채 의심스러운 눈으로 수호를 보았다.

"이 작가, 혹시……."

운을 띄운 장미가 이내 말을 끝맺지 못하고 입술을 굳게 다물었다. 혼란스러운 감정에 사로잡힌 그가 자신의 말을 듣지 않고 있다는 것을 깨달았기 때문이다. 아영에게 실컷 어리광을 부렸다는 말을 한 그는 손을 들어 가슴께를 쓰다듬고 있었다.

"……."

그는 연신 툭툭 자신의 가슴을 손바닥으로 내려쳤다. 마치 고장이 났다는 듯이.

혼란스러운 감정이 스며든 눈을 연신 깜빡이던 그가 천천히 장미를 보았다. 무슨 일이냐는 듯 가만히 그를 바라보고 있는 장미와 시선을 맞춘 그가 입가에 희미한 웃음을 지었다.

이젠, 모르는 척하는 건 안 되는 건가.

상처는 털어내야 한다. 털어내지 못하면, 속에서 곪아 더욱 끔찍한 냄새를 풍긴다.

매끈한 라인의 자동차가 빠르게 도로를 달렸다. 운전석에 앉은 수호는 익숙하지 않은 곳을 찾아가는 듯 내비게이션의 음성에 따라 핸들을 부드럽게 돌렸다. 무심한 얼굴은 감정을 느낄 수 없는 사람처럼 차가웠다.

빠르게 달리던 차는 화려한 신식 건물이 늘어져 있는 곳에 도착해서야 천천히 느려졌다. 강남에 있는 곳이라곤 상상이 되지 않을 정도로 널찍한 주차장을 보유한 건물에 차를 세운 그가 휴대전화 액정을 확인했다.

〈정말 안 나가도 돼요? 무슨 일 있는 건 아니죠?〉

오늘 출근을 하지 않아도 된다는 문자에 아영은 몇 번이고 무슨 일이 있냐며 문자를 보내왔다. 그가 오늘은 올 필요 없다는 문자를 다시 한 번 보낸 후에야 차에서 내렸다. 고개를 든 그가

3층에 걸려 있는 간판을 보았다.

— 이재석 변호사 사무소

밑엔 '이혼 전문'이라는 글자가 적혀 있는 간판을 빤히 보던 수호가 걸음을 옮겼다.

엘리베이터를 타고 3층까지 곧장 올라온 그가 문을 열고 안으로 들어섰다. 최근 로스쿨로 인해 변호사가 쏟아져 나온다더니 사무실 안은 먼지가 폴폴 날렸다.

"어떻게 오셨습니까?"

"이재석 변호사님 뵈러 왔습니다. 후배 이수호라고 하면 아실 겁니다."

요즘 인터넷에서 난리인 수호가 변호사 사무실을 찾은 것이 이상한 것인지 사무장이 그를 힐끗 보더니 이내 분리되어 있는 방으로 향한다.

똑똑.

노크를 한 그녀가 방 안으로 사라지자 수호는 그제야 사무실 안을 눈으로 훑었다. 깔끔하게 인테리어가 되어 있는 내부는 고급스러운 느낌이 났다.

"들어오시랍니다."

방에서 나온 사무장이 문을 열며 말하자 그가 가죽 소파에서 시선을 뗀 후 걸음을 옮겼다.

문을 열고 안으로 들어가자 몸에 꼭 맞는 슈트를 입고 있는 재석이 자리에서 일어났다. 그의 책상 위엔 위임한 사건과 관련된 자료들이 쌓여 있었다.

재석이 그를 의아한 눈으로 바라보자 수호는 먼저 인사부터 건넸다.

"선배님, 안녕하세요."

"어? 정말 이수호네? 네가 여긴 어쩐 일이야? 일단 이리 앉아."

재석이 소파를 권하자 수호가 말없이 자리에 앉았다.

"미혼인 네가 이혼을 하려고 날 찾진 않았을 거고, 무슨 일인데?"

"부탁이 있어서 찾아왔습니다."

수호의 말에 재석이 막 호기심을 보이던 찰나였다.

문이 열리고 사무장이 들어오더니 두 사람의 앞에 따뜻한 차를 한 잔씩 내려놓았다. 그리고 이곳에 찾는 사람들 대부분이 요구하는 냉수까지 수호의 앞에 놓아둔 그녀가 허리를 꾸벅 숙여 인사를 한 후 나가자, 수호가 찻잔으로 손을 뻗었다.

호로록.

뜨거운 차를 한 모금 마신 그가 운을 뗐다.

"기사 보셨죠?"

"아아."

재석이 익히 알고 있다는 듯 고개를 끄덕이자, 수호의 웃음이 진해졌다. 자신을 잘 알지도 못하는 사람까지 모두 알게 된 가정사였는데, 가까운 선배가 이를 모를 리가 없었다.

"불효자가 된 김에 확실히 되어보려고요."

"뭐?"

"접근 금지 신청하려고 찾아왔습니다."

법원에 직접 찾아가 서류를 작성해도 되었으나, 그는 제 손으로 서류를 작성하는 대신 이혼 전문 변호사인 재석을 찾았다.

그의 말에 재석이 시간을 벌려는 듯 천천히 차를 음미했다. 머릿속으로 계산기를 두드리던 그가 결론을 내린 것인지 수호의 눈치를 살피며 말했다.

"가족 간에 꼭 그래야겠어? 쉽지 않을 텐데."

말이 쉽지, 성인이 된 수호가 친모인 길차현을 대상으로 신청을 한다 하면 기각이 될 확률이 높았다. 법원은 아직도 '가족'이란 이름이 붙을 땐 관대해지는 경향이 많았고, 심한 아동학대가 아니라면 친권을 박탈하는 일도 극히 드물었다.

"친부모와 자식의 인연은 끊을 수 없잖아. 법적으로도. 연으로도. 가족이기 때문에 이해하기 어려운 부분까지도 이해해야 하지 않을까?"

호적을 판다는 것은 드라마 속에서 나오는 자극적인 대사일 뿐이다. 부모와 자식 간이 남보다 못하다 하더라도 천륜을 끊을 수 없다는 말이 있듯 법으로도 남이 될 순 없었다.

그의 말에 수호 역시 잘 알고 있다며 고개를 끄덕였다. 그도 예전엔 법학도였다. 사법고시를 패스할 만큼 집요하게 공부했던 법전 속 타인의 일처럼 느껴지는 법들을 잊지 않았다.

그가 천천히 자신의 이야기를 시작했다.

"친어머니 길차현 씨는 제가 태어나자마자 남동생인 길태환 씨에게 맡기고 갔습니다. 그리고 집을 나가 제 앞에 나타난 게 스물일곱 때입니다."

"흐음."

그것으로도 무리라고 판단한 것인지 재석이 옅은 한숨을 쉬자, 수호가 가방에서 종이 한 뭉치를 꺼내 그의 앞으로 내밀었다.

"진단서입니다. 외가에서 학대를 당했다는 증거는 될 겁니다. 이래도 안 됩니까?"

그의 물음에 재석이 그가 건넨 서류를 집어 들었다.

진단서를 보는 그의 눈매가 날카로워졌다. 예전부터 미리 떼어 놓은 것인지 첫 진단서는 자그마치 17년 전의 것이었다. 수호가 열일곱 살 때 찾은 병원은 '안과'였고, 안구 안쪽의 출혈 손상은 흔히 '아동학대'의 흔적으로 의심하는 것이었다.

그 다음은 정형외과였다. 뼈가 부러져 치료를 받은 흔적이 있었고, 몸엔 심한 멍 자국이 있다는 의사의 소견도 남아 있었다.

그땐 지금처럼 학대의 흔적이 있으면 경찰에 신고하는 일이 없었다. 가족의 일은 가족이 해결해야 한다는 생각을 하던 때였고, 아이의 교육을 위해선 모진 매질도 암암리에 허용이 되던 때였다.

아이가 얼마나 말을 안 들으면 부모가 그러겠어?

그 말이 아이들을 병들게 하던 때의 일.

수호가 힘없이 물었다.

"계속…… 가족이라는 이유로 얼굴을 보고 살아야 하는 겁니까?"

그의 물음에 재석이 진단서를 내려놓았다. 수호를 바라보는 그의 시선이 바뀌었다.

처음 대학에서 수호를 만났을 때 재석은 '세상에 이런 사람도 있구나'라는 생각을 했었다. 천재만 모아놓은 학교였지만 그중에서도 수호는 뛰어났고, 모든 교수가 그를 칭찬했다. 수석으로 입학을 하였고, 매년 학과 수석을 놓치지 않았다.

그에게 이런 상처가 있을 줄 몰랐던 재석이 운을 뗐다.

"이만하면…… 접근 금지 신청할 수 있겠네. 방임으로 인한 아동학대."

한숨처럼 말한 그가 턱을 쓰다듬었다. 생각에 잠겨 있던 그가 관찰하는 기색으로 물었다.

"그런데 이 정도면 직접 할 수 있잖아? 굳이 여기까지 찾아온 이유가……."

"2년 전에 사기 사건으로 길차현 씨가 벌금을 받은 게 있습니다."

망설임 없이 답한 수호가 느슨한 표정으로 소파에 등을 기댔다.

"그 벌금을 제가 대신 갚아주었고, 그 사건의 공판이 이번에 있습니다."

"그 건 말고 또 있어?"

"재범입니다."

"……."

이제야 수호가 말하고자 하는 것이 무엇인지 알았다는 듯 재석이 고개를 끄덕였다. 하지만 수호의 말은 거기서 끝나지 않았다.

"이건 제 앞으로 날아온 내용증명이고, 사기 의심 사건이 두

건 더 있습니다."

"흐음."

그가 가방에서 봉투를 꺼내 재석의 앞으로 내밀었다. 재석은 법원 마크가 찍힌 서류와 우체국 소인이 있는 내용증명까지 꼼꼼히 살펴보았다.

"물론 전 돈을 빌린 적이 없습니다."

"……그 말은?"

"사문서 위조입니다. 살펴보니 업자에게 맡긴 것 같더군요. 꽤 정밀하긴 했지만 상대도 아들이란 이유로 제대로 살피지 않았겠죠."

재석이 고개를 절레절레 저었다. 앞에 이야기한 '접근 금지 신청'은 구색을 맞추기 위한 것일 뿐, 수호가 원하는 것은 이 건이란 것을 깨달았다.

"하지만 난 이혼 전문인데? 내 분야가 아니야."

"길차현 씨의 재판을 진행하는 안 검사가 선배님과 사법연수원 동기라고 들었습니다."

"사건을 크게 만들고 싶지 않다?"

그의 물음에 수호가 고개를 끄덕였다.

"제가 해야 할 일은 길차현 씨가 변호사 선임을 부탁하면 거절하는 겁니다. 그리고 선배님께서 해주셔야 할 일은 길차현 씨가 국선 변호사에게 변론을 받으면, 대법원 판결에서 형법 제347조에 의거 최고 10년형을 구형받게 하는 겁니다."

"재미있네. 네 손엔 피 묻히기 싫다?"

"수고롭게 묻혀야 한다면 그렇게 하겠습니다."

할 수 없다면 어쩔 수 없다는 어투였다. 자존심을 살살 건드는 말이었지만 빠르게 머리를 굴린 재석이 그가 내민 서류들을 모아 자신의 쪽으로 가져왔다. 그의 마음을 이해한 듯이.

"아니, 아니야. 이럴 때 너한테 빚 하나 받아두는 것도 나쁘지 않겠지."

이수호는 어찌 되었든 반은 연예인이었다. 자신의 구설로 세상을 떠들썩하게 만들지 않을 모양이었고, 조용히 이번 일을 처리하고 싶은 생각엔 그 역시 동의했다. 지긋지긋하겠지. 자신이라도 이렇게 처리했을 것이다. 인맥이 없는 것도 아니고.

이참에 잘난 이수호에게 빚을 얹어두어도 나쁘지 않겠다고 판단한 재석이 자리에서 일어나며 말했다.

"나중에 갚아라."

수호가 고개를 끄덕였다.

"얼마든지요."

밖을 돌아다니는 일은 피곤했다. 그를 알아보는 집요한 시선이 따라붙었고, 어떤 이들은 뒤에서 수군거리기도 했다. 그것에 마음이 쓰이지 않는다면 거짓말이다. 그도 사람이었으니까.

재석을 만나고 오는 길, 홀가분하기도 하고 또 답답하기도 했다. 양극의 감정이 동시에 드니 피곤함은 배가 되었다.

지하 주차장에 차를 세운 후에도 한참 꼼짝을 않고 있던 그가 차에서 내렸다. 지친 몸을 이끌고 집으로 향하는 와중에도 그는 앞으로 해야 할 일들을 떠올렸다. 곧 세상이 시끄러워질 것이다. 잡지사에 연락을 해 회식에 참석하지 못한 것도 사과를 해야 했고, 칼럼 일도 그만둬야 한다고 말을 해야 한다. 그리고 출판사에서 어떻게 결론이 났는지도 경호에게 물어야 한다. 신작 작업을 이만 멈춰야 하냐고.

그 다음엔 그의 앞에 산적해 있는 일을 하나둘 해결해야 했다. 차현이 출현한 방송사에 연락을 해 담당 PD와 대화를 나누고, 관련 신문사에 연락해 기사를 내리는 것과 동시에 정정 기사를 내야 할 것이다. 해야 할 일들을 천천히 생각하던 그가 엘리베이터에 몸을 실은 후 비척거렸다.

벽에 등을 기댄 그가 눈을 감았다. 온통 마음이 쓰이는 것들뿐이었다. 모두 해결할 생각을 하니 벌써부터 지친 몸이 아래로 왈칵 내려앉을 것만 같았다. 마음이 계속 약해졌다.

천천히 눈을 뜬 그는 점점 올라가는 숫자를 보았다.

아영에게 나오라고 할 것을 그랬나.

조금 후회가 되었다. 그녀에게 지금의 꼴을 보여주고 싶지 않아, 오늘은 나오지 않아도 된다고 말했다. 하지만 원랜 앞으로 일이 정리되기 전까지 나오지 않아도 된다고 말하려 했다. 자신의 감정을 공유해 줄 사람이 곁에 있으면 금방 지쳐서 다잡은 마음을 애써 놓을까 싶어 그런 것이었는데. 마음은 변덕을 일으켜 그녀의 위로를 받고 싶어졌다.

엘리베이터가 도착하자 그가 걸음을 옮겼다. 현관문 앞에 멈춰선 그가 비밀번호 키를 멀뚱히 보았다.

"언제부터 같이 있는 게 익숙했다고."

피식, 웃음을 뱉은 그가 비밀번호를 눌렀다. 이 문을 열고 안으로 들어가면 아영이 웃어줬으면 좋겠다 하고 생각하며.

문을 열고 들어간 그는 현관에 가지런히 놓인 낮은 단화를 보였다. 작은 신발은 아영의 것이었다. 놀란 그가 고개를 들자, 부엌에서 불쑥 모습을 드러낸 아영이 보였다.

“왔어요?”

미소로 자신을 반기는 아영의 모습에 그가 천천히 눈을 감았다가 떴다. 집 안엔 고소한 참기름 냄새가 가득했다. 갑자기 오늘 아무것도 먹지 않았다는 사실을 깨달음과 동시에 배가 고파왔다.

“왜 여기에 있어? 오늘은 안 나와도 된다니까.”

“월급 받는 처지에 그럴 수야 없죠.”

가벼운 어조로 말한 아영은 현관문 앞에 못 박힌 듯 선 그에게 다가갔다.

“안 들어오고 뭐 해요?”

“아, 어.”

얼이 빠진 사람처럼 고개를 끄덕인 그가 신발을 벗고 안으로 들어섰다.

심상치 않은 그의 표정에 아영이 고개를 기울였다. 그러더니 자신도 모르게 손을 뻗어 그의 손부터 붙잡는다. 마치 그가 도망을 치기라도 할까 봐.

“오빠. 밥은요?”

“아, 아직. 배고프다.”

고개를 저은 그가 입가를 길게 늘어뜨리며 웃자 아영이 그제야 안심한 듯 그의 손을 놓아주었다.

“옷 갈아입고 나오세요.”

아영의 말에 따라 드레스룸으로 향한 그가 걸치고 있던 재킷을 벗어 옷걸이에 걸었다. 깔끔하게 정돈을 마친 그가 편안한 차림으로 부엌으로 향하자 모락모락 김이 올라오는 밥상이 차려져 있었다.

그가 의자를 빼내 앉자, 아영도 자연스럽게 맞은편 자리에 앉았다.

그가 생각에 잠겨 멍하니 밥상을 보았다. 정신을 쏘옥 빼놓은 모습에 아영이 손을 뻗어 그의 시선이 닿는 자리를 두드렸다.

툭툭.

"먹어요."

그녀의 말에 처음 억지로 밥을 먹었던 날이 떠올랐다.

슬쩍 웃음을 지은 그가 숟가락을 들자, 그녀도 말없이 식사를 시작했다.

그는 누군가와 함께 식사를 하는 즐거움을 알았다. 처음 그 재미를 알려준 것은 장미였다. 그래서 그는 장미가 일을 할 때면 함께 식사를 하곤 했다. 장미가 아침을 먹고 온다는 사실을 알았음에도 부러 모른 척하며.

그 재미가 배가된 것은 아영 때문이었다. 가끔 우연히 수저가 닿을 때면 서로 시선을 마주하고 웃기도 하며, 자주 젓가락이 가는 반찬을 보며 서로의 취향을 알아간다.

비슷한 속도로 식사를 마친 두 사람이 동시에 자리에서 일어났다. 평소와는 달리 상을 치우는 것을 돕는 수호를 보며 아영이 만류했다.

"제가 할게요."

"같이 하면 빨리 끝나잖아."

그의 말에 아영이 '내가 할 일인데……'라고 말하며 말끝을 흐렸지만 그는 고집을 꺾지 않았다.

두 사람이 함께 싱크대 앞에 섰다. 한 술 더 떠 그가 고무장갑을 끼고 설거지를 하려고 하자 아영이 획 빼앗아오며 말했다.

"설거지는 양보 못 해요."

"매일 네가 했잖아. 오늘은 내가 할래."

"저야 내 일이니까 하는 거죠. 오빠는 서재로 돌아가서 오빠의 일을 하세요."

"없어. 요즘 거의 반 백수야."

그의 말에 아영의 낯빛이 어두워졌다.

이러려고 그런 건 아닌데.

오히려 그가 아영의 눈치를 살피며 말했다.

"그럼 같이 하자. 네가 거품 내. 내가 헹굴 테니까. 어때?"

이걸 지금 협상이라고 하는 건가?

아영이 황당한 눈으로 그를 보다 말고 고개를 저었다. 하지만 그는 더 이상 의미 없는 말싸움은 하기 싫다는 듯 수세미에 세제를 짜 그녀에게 내밀었다.

"오늘 이상해요. 갑자기 설거지를 하겠다고 말하고."

달그락, 달그락.

접시를 꼼꼼하게 닦으면서도 아영은 연신 이상하다는 듯 고개를 기울였다. 그는 가끔 이런 것도 좋지 않냐고 말했지만, 아영은 편하지 않다며 고개를 저었다.

그녀에게 접시를 건네받은 그가 거품을 깨끗하게 닦아냈다.

불안한 시선으로 그의 손을 보던 그녀는 제법 야무지고, 익숙한 손길이 의외라는 듯 눈을 동그랗게 뜬다.

그러고 보니 전에 해장국도 오빠가 끓인 거라고 했지?

의외의 모습에 접시를 닦던 그녀가 입가에 느슨한 웃음을 머금으며 말했다.

"어울리지 않게 잘하네요."

"칭찬이지?"

"물론이죠."

가벼운 어투로 이야기를 하던 아영은 깨끗하게 닦은 접시를 그에게 건넸다.

"아, 맞다. 엄마가 전해 달라는 말이 있었어요."

"어머님이?"

"네, 무슨 말인지는 모르겠는데요."

거기까지 말한 아영이 미간을 좁혔다. 장미는 어제 이곳에서 자고 이른 아침이 되어서야 병원으로 돌아갔다. 병실에 도착한 장미는 출근 준비를 하고 있던 아영에게 전화해 여전히 격앙된 목소리로 말했었다.

"엄마는 용기 없는 남자가 싫대요."

"……."

장미가 하고자 하는 말이 무엇인지 정작 통화를 나눴던 아영은 몰랐지만 수호는 단번에 눈치를 챈 모양이다. 그가 아무 말 없이 멍하니 자신을 바라보자 아영이 조심스럽게 물었다.

"용기 없는 남자가 오빠예요? 혹시, 어제 엄마랑 무슨 일 있었어요? 엄마 기세가 엄청났는데."

처음에 그 이야기를 전해 들었을 땐 어떤 의도로 말하는 건지 몰랐다. 힘내라는 뜻으로 한 말인가, 아니면 부정적으로 하는 말일까.

하지만 지금 그의 얼굴을 보니 이제야 알 것 같았다. 부정적인 뜻이라는걸.

처음에는 깜짝 놀란 것처럼 눈을 동그랗게 뜨던 그는 어느새 심각한 표정을 짓고 있었다.

“알바 끝나고 올 걸 그랬다.”

그러고 보니 아침에 수호에게 받은 연락도 그러했고, 귀가를 했을 때의 표정 역시 좋아 보이지 않았다. 어두운 그의 낯빛은 큰일을 겪은 사람이라는 것을 감안하고 보더라도 좋지가 못했다.

혹 어제 엄마가 뭐라고 한 걸까?

안 그래도 상처 받은 그를 장미가 본의 아니게 들쑤신 건 아닌가 싶어 신경이 쓰였다.

“엄마한테 혼나서 그래요? 힘내요. 난 이수호 씨를 믿으니까. 이수호 씨는 현명한 사람이니까 무슨 일이든 잘…….”

힘내라고 말을 해주고 싶었다. 장미가 쓴소리를 했거나, 그를 아프게 한 이야기를 했다면 마음 쓰지 말라고 이야기해 주고 싶기도 했다.

‘용기를 가져라’라는 부정적인 이야기에 온갖 생각을 다 하던 그녀는 수호에게서 아무런 답도 들려오지 않자 고개를 돌려 그를 보았다.

그 순간, 그의 얼굴이 지나치게 가깝다는 생각을 했다. 그 생각이 끝나자마자 순식간에 그의 입술이 그녀의 입술 위에 내려앉았다.

비스듬히 고개를 내려 아영의 입술을 부드럽게 머금은 그가 손을 뻗어 아영의 뒤통수를 감싸 쥐었다.

움찔!

그의 품에 안기듯 폭 파묻힌 아영이 눈을 동그랗게 떴다. 깨끗한 그의 손과는 달리 아영의 손은 온통 거품으로 가득했다. 거기에다가 고무장갑까지 끼고 있어 어떠한 행동도 취하지 못한 채 몸을 뻣뻣하게 굳혔다.

지, 지금 무슨 일이 일어난 거지?

갑작스러운 입맞춤에 정신을 차릴 수가 없었다. 심장이 왈칵 떨어졌고, 숨이 제대로 쉬어지지가 않았다. 지금 자신에게 생긴 일이, 지금 이 상황이, 모두 꿈처럼 느껴졌다. 하지만 아랫입술이 그의 입속으로 쪽 빨려 들어가자 아영은 이 모든 상황이 현실이란 것을 명확히 깨달을 수 있었다.

커다란 눈을 연신 깜빡이던 아영이 강렬한 체취에 눈을 질끈 감았다. 그의 혀가 그녀의 입술을 끊임없이 간질이고 있었다.

쪽, 소리 내어 맞춰지는 입술에 아영은 다시 한 번 몸을 떨었다. 혀가 얽히고 타액이 섞이는 농밀한 키스는 아니었지만, 가볍고 달콤하게 닿은 입술은 그녀의 마음을 뒤흔드는 파괴력을 지니고 있었다.

부끄러움에 아영의 고개가 아래로 떨어졌다. 다리가 녹아내릴 것만 같았고, 뇌가 지글지글 끓는 것만 같았다. 너무 놀라 심장이 떨어져 나간 것처럼 아팠고, 지분거리는 입술엔 호흡을 멈췄다.

"으, 으음."

옅게 신음을 내뱉은 이영이 몸을 파들파들 떨었다. 집요했던 입술이 떨어졌고, 곧 따스한 시선이 그녀의 뺨에 닿았다. 하지만 눈을 질끈 감고 있던 아영은 눈을 떠 그의 얼굴을 확인하기가 부끄러운 것인지 거친 숨만 토해내고 있었다.

그는 가만히 발그레하게 변한 뺨으로 여전히 고개를 들고 있는 아영을 보았다. 그 얼굴을 바라보는 것만으로도 가슴이 세차게 뛰었다. 살아 있음을 느낀다. 그녀로 인해.

수호가 손을 들어 자신의 타액으로 번들거리는 입술을 닦았다. 깨어질까, 부서질까, 손길은 조심스러웠다.

일그러진 얼굴로 눈을 뜬 그녀가 수호를 본다.

"진짜…… 오빠가 애 아빠가 됐네."

혼이 쏘옥 빠진 아영의 모습에 수호의 입술이 부드럽게 휘었다. 따스한 웃음은 눈이 부실 정도로 예뻤다.

이불을 덮을 생각도 하지 못한 채 엎어져 있던 아영의 가슴이 크게 들썩였다. 세상은 온통 어둠이었으나 그녀는 오늘도 쉬이 잠들지 못했다.

숨이 막히지도 않는 걸까. 그녀는 한참이나 이불에 코를 묻고 있었다. 잠들지 않았음에도 불구하고 그녀는 움직이지 않은 채 가쁜 호흡만 내뱉었다.

얼마나 그렇게 있었을까. 몸을 꼼지락꼼지락 움직이던 아영이 고개를 퍼뜩 들었다. 그러다 조심스럽게 손을 들어 제 입술을 더듬었다. 순간 큰 잘못을 한 사람처럼 입술에서 얼른 손을 뗀 아영이 다시 이불에 얼굴을 묻었다. 귀까지 벌겋게 달아올랐다.

"으아아, 뭐야!"

이불에 막혀 비명 소리는 크지 않았다. 하지만 그녀의 마음에 자리한 커다란 혼란을 대변해 주기엔 충분하다. 발을 동동 굴리며 매트리스를 걷어차던 그녀가 사지를 흔들었다.

"그래, 키스 좋다 이거야. 나도 처, 처, 첫 키스 이후로 처음이어서 가, 가슴도 뛰고 좋았어! 그, 그런데……."

말꼬리를 길게 늘어뜨리던 그녀가 상체를 벌떡 일으키며 외쳤다.

"그 다음에 뭔가 피드백이 있어야 할 것 아니야, 피드백이!"

나쁜 남자!

소리를 꽥 지른 아영이 무릎을 꿇고 앉았다.

그와 키스를 했다. 자신에게 있어선 거의 첫키스나 다름이 없었다. 풋사랑 상대와 했던 입맞춤은 특별한 기억으로 남아 있었으나 차마 키스라고 하기엔 어설픈 것이었다.

제대로 하는 것은 처음이었다. 그의 입술은 무척 따뜻했고, 좋은 냄새가 났다. 눈앞이 아찔해지는 경험이었고, 빠르게 뛰는 심장에 눈물까지 찔끔 날 뻔했다.

하지만 그게 전부였다. 그는 그 후로 아영의 근처를 맴돌기만 했다. 좋아한다는 말이라든가 진지하게 사귀자는 말은 하지 않았다.

고작 했던 말이……

"딸기 먹을래?"

라니!

딸기 먹을래라니!

먹을 것으로 입을 삭 닦겠다는 말인가?

얼굴을 일그러뜨린 아영이 목적 없는 시선만 옮겼다.

"날 가지고 노는 건 아니겠지? 아니야, 그럴 사람이…… 그래도……."

말꼬리를 길게 늘어뜨리던 아영이 종국엔 울먹이는 목소리로 말을 이었다.

"익숙했어."

그것도 무척이나.

비교 대상이 없는데도 그렇게 느꼈다.

이러다가는 삽질을 하다못해 스스로 관에 누워 뚜껑까지 덮을 것만 같았다. 거칠게 고개를 저은 그녀가 자리에서 벌떡 일어났다.

"스, 스트레스."

머리카락 사이에 손가락을 찔러 넣은 아영이 눈을 질끈 감았다 떴다. 갑갑한 마음에 도저히 가만히 있을 수가 없었다.

순식간에 외출 준비를 마친 그녀가 대충 점퍼를 골라 입은 후 책상으로 향했다. 책상의 한쪽엔 동전이 생길 때면 무조건 먹이를 주는 돼지 저금통이 놓여 있었다.

한두 번 해본 솜씨가 아닌 듯 돼지 저금통의 코를 따 동전을 탈탈 턴 그녀가 집을 나섰다. 새벽의 공기는 서늘했다. 두꺼운 점퍼를 입길 잘했다는 생각을 하며 그녀가 목을 움츠리며 종종 걸음을 옮긴다. 발길은 자연스레 단골 오락실 쪽으로 향했다.

오래된 오락실은 아영이 중학교에 입학하면서부터 간간이 오던 곳이었다.

– 오락88

낡은 간판을 보던 그녀가 안으로 쏙 들어갔다.

처음 '경쟁'이 무엇인지 알게 되었을 때. 반 친구들이 모두 자신을 적으로 볼 때, 그녀는 상처를 받았다. 평소엔 평범하게 대화를 나누며 친하게 지내던 친구들이 시험기간만 되면 쌍심지를 켜고 자신을 보았고, 어떤 땐 노트가 사라져 온 학교를 뒤지기도 했었다.

친구들과의 관계는 쉬이 회복할 수가 없었고, 공부로 인한 스트레스는 나날이 쌓여갔다. 그럴 때마다 이곳은 자신에게 도피처가 되어주었다.

제일 구석에 있는 동전 노래방 안으로 들어간 그녀가 동전을 다섯 개씩 쌓아두었다. 이곳만은 물가상승률을 잊은 듯 여전히 500원이면 한 곡을 부를 수 있었다.

동전 탑 하나를 기계 안에 넣은 그녀가 익숙하게 번호를 눌렀다. 시작 버튼을 누르자 빠른 전주가 흘러나왔고 아영은 마이크를 들고 소리를 꽥꽥 지르기 시작했다. 잘 부르기 위한 게 아닌, 스트레스 해소를 하기 위한 노래였기에 음정이고 박자고 엉망이었다.

노래가 클라이막스로 향하자 아영이 목에 핏대를 세우기 시작했다.

"나는 낭만 고양이!"

그래. 내 집은 뒷골목이다. 생선 가게는 털지 않겠다!

나는 외톨이다!

그래, 난 낭만 고양이야!

메일을 확인하던 그가 한숨을 푹 내쉬었다.

다행인지 불행인지 잡지사 쪽에선 그의 사정을 이해해 주었다. 이번 호엔 원래의 예정대로 그의 칼럼이 실릴 예정이었으나, 다음 호부턴 새로운 작가를 구하겠다는 답변이 왔다. 그리고 시간이 되면 연락을 달라는 메일에 그가 피곤한 눈가를 비볐다.

마우스를 몇 번 클릭한 그는 중반부를 지나 후반에 접어든 원고를 보았다.

> "형, 아버지가 신간 감행하재. 아무 생각도 하지 말고 글에만 집중하라고 하셔."

경호의 말에 수호는 또 고맙다는 말을 했다. 현재로서 그가 할 수 있는 그것뿐이었다.

빠르게 키보드를 두드리던 그는 살해 현장을 마주한 남자주인공이 냉담한 반응을 보이는 장면을 쓰다 말고 손을 멈췄다.

남자주인공 강철호는 이성적인 사람이었다. 사건 현장 역시 '일'로써 바라보며 잔혹하게 살해된 피해자를 보고서도 아무런 감정을 느끼지 못하는 자.

얼마 전까지만 해도 수호는 철호의 감정에 이입하여 글을 쓸 수 있었다. 오히려 여자주인공인 조인주의 감정을 이해하지 못했다.

형사인데 매번 피해자를 보며 감정이 흔들리는 게 말이 되나?

그 스스로도 글 속 인물에게 의문을 가지며 글을 썼었다. 하지만 지금의 그는 철호의 심리상태에 강한 의문을 품게 되었다.

그도 사람일진대 정말 아무렇지도 않을까? 강한 척하는 게 아닐까? 그도?

한번 의심을 품기 시작하자 그는 더 이상 키보드를 두드릴 수가 없었다.

자리에서 일어난 그가 목적 없이 걸음을 옮기기 시작했다. 서재 안을 오고가며 손톱을 딱딱 물어뜯으며 주인공들의 입장에서 생각해 보던 그의 걸음이 우뚝 멈췄다.

딩동—

울리지 말아야 할 시간에 초인종이 울렸다.

혹 기자가 찾아온 것은 아닐까, 서재를 나선 그가 인터폰 쪽으로 향했다. 불이 들어온 화면엔 점퍼 주머니에 손을 찔러 넣은 채 고개를 푹 숙인 아영이 보였다.

"일찍 왔네?"

한달음에 현관으로 향한 그가 문을 벌컥 열며 말했다.

그의 눈동자엔 기쁨이 가득했다. 아직 새벽 시간이었고, 아영을 만나려면 세 시간은 더 있어야 했다. 하지만 그녀는 자신의 눈앞에 있었고, 수호는 거리낌 없이 그녀를 끌어안았다. 그녀 역시 자신과 마찬가지로 무척 보고 싶었나 보다, 라고 생각을 하며.

그의 품에 안긴 아영이 울상을 지었다. 거리낌이 없는 스킨십에 한없이 가슴이 뛰면서도 한편으론 화가 났다.

“만지지 마요.”

쇳소리에 가까운 목소리에 아영의 미간이 좁혀졌다.

아, 참 못났다.

이 순간에 도도한 목소리로 쏘아붙여 주고 싶은데도 그렇게 되지 않자 그녀가 우울한 눈을 연신 깜빡였다. 모두 자업자득이었다.

“감기야?”

깜짝 놀란 그가 그녀를 품에서 떼어낸 후 손을 뻗었다. 그의 손이 작고 동그란 이마에 닿았다. 자신의 체온과 비교하며 걱정 어린 표정으로 그녀를 본다.

“열은 없는 것 같은데.”

“감기 안 걸렸어요.”

아영의 말에도 그는 여전히 마음이 놓이지 않는지 이마에 있던 손을 뺨으로 옮긴다. 뺨에 커다란 손이 닿자 아영의 얼굴이 발그레해졌다. 그 모습에 확신한 것인지 그의 말이 조금 빨라졌다.

“감기 걸렸네. 많이 아파? 아프면 오늘 집에서 쉬지.”

아영의 얼굴이 왈칵 일그러졌다. 이젠 억울한 마음까지 들었다.

이 남자는 자신의 마음을 쥐뿔도 몰라준다. 아니, 평소엔 눈치 백단에 청산유수 같은 말솜씨를 가진 남자가 이러는 것을 보면 어쩜 모르는 척하고 있는 것일 수도 있다. 그래, 그런 거야.

다섯 곡을 연달아 부르는 동안에도 날아가지 않은 스트레스가 뻥 터져 버렸다. 생각은 삐뚜름해졌고, 눈앞에서 걱정스러운 표정을 짓고 있는 그의 모습은 보지 못한 채 아영이 몸을 홱 돌렸다.

"나 갈래요."

키스를 나누며 뚝뚝 흘렸던 거품처럼, 그녀의 마음 역시 푸스슥 꺼져 버렸다.

아영이 뒤도 돌아보지 않고 나가려 하자, 수호의 표정이 급격히 어두워졌다. 시선을 아래로 내린 그가 고등학생 슬리퍼라 불리는 삼선 슬리퍼를 보았다. 이제 그녀의 모습이 똑바로 보인다.

평소와는 달리 편안한 차림은 집에서 입는 것이었고, 점퍼에는 학교 이름이 적혀 있었다. 양말을 신고 있긴 하였으나 슬리퍼 차림인 것을 보면, 급히 이곳에 온 것이란 것도 알 수 있었다.

이제야 그녀가 아픈 것이 아니라는 것을 깨달은 그가 뒤에서 팔로 그녀의 목을 감아 안으로 당겼다. 막 현관을 나서던 아영의 몸이 튕기듯 그의 품으로 빨려 들어왔다.

"놔! 놔요!"

아영이 수호의 팔을 붙잡아 떼어내려 했지만 힘으로 그를 상대하기엔 역부족이었다. 작은 여자가 몸을 버둥거리며 도망가려 하자, 그가 문을 닫으며 물었다.

"아픈 것 아니네. 왜 화났어?"

"정말 몰라서 물어요?"

뭐 이런 바람둥이가 다 있어!

몸을 돌린 그녀가 수호를 쏘아보았다.

의아한 표정을 보니 더더욱 화가 난다.

내 키스 돌려내!

“죄송합니다, 참석한다고 했는데 못 해서.”

잡지사 출근 시간에 맞춰 고 편집자에게 전화를 한 그가 다시 한 번 사과의 말을 했다. 좋은 뜻에서 수락한 자리였지만 일이 꼬여 오히려 약속을 지키지 못한 꼴이 되어 마음이 쓰이는 듯했다.

그의 한숨소리에 고 편집자가 답했다.

[아니에요, 이해해요.]

사정을 모두 알고 있는 고 편집자는 조심스러운 음색으로 말을 이었다.

[괜찮…… 으세요?]

“괜찮습니다. 오히려 이번 칼럼이 마음에 걸립니다. 저 때문에 피해를 입으실까 봐.”

그의 말에 고 편집자는 몇 번이고 괜찮다고 말했다. 함께 일한 시간이 길었던 터라 그녀는 오히려 그를 걱정하고 있었다. 고 편집자가 연이어 편집장님도 수호를 걱정하고 있다며 칼럼 일은 신경 쓰지 말라고 말하며 말끝을 흐렸다.

그녀의 말을 듣던 수호가 미간을 좁혔다. 정작 달리 할 말이 있으면서도 하지 못한 채 뱅뱅 돌리고 있는 것 같았다.

“하고 싶으신 말씀이 있으신 거죠?”

전화 너머로 숨을 들이켜는 소리가 들렸다. 정곡이 찔린 모양이다.

작게 웃음을 뱉은 그가 하고 싶은 이야기가 있으면 하라는 말을 하려고 할 때였다.

[사생활이 드러나는 것 안 좋아하신다는 것 알고 있지만 그래도…….]

고 편집자는 그가 이제껏 왜 사생활 노출을 꺼려했는지 이번 일을 겪으며 이해했다. 타인에게 들키면 부끄러울 만한 가정환경이었고, 자신 같아도 꽁꽁 숨겨두고 싶을 것만 같았다.

그건 그가 원치 않게 세상에 모두 까발려진 지금에야 알게 된 사실이었지만, 고 편집자는 상부의 명령이 있었기에 어쩔 수 없다는 듯 말했다.

[죄송합니다. 마음 안 좋으실 텐데.]

"신간 작업이 끝나면 안 그래도 연락 드리려고 했습니다."

[정말요?]

그가 승낙할 거란 생각은 하지 못했기에 고 편집자의 음성이 높아졌다. 그녀의 흥분한 어조에도 수호는 고저 없이 답했다.

"인터뷰 장소는 집이었으면 하는데 괜찮으십니까?"

[물론이죠! 물론 괜찮습니다!]

"다만…… 인터뷰는 신간 집필이 끝나면 했으면 합니다."

처음에 그는 이번 일로 더 이상 출판사 쪽엔 피해를 주고 싶지 않다는 생각만 했었다. 대한민국에선 작가의 도덕성이 강하게 요구되었고, 그의 스캔들은 그 도덕성과는 거리가 먼 것이었다.

분명 출판 부수에도 영향을 줄 수 있었기에 굳이 법적인 문제조차 뒤로 해결을 하려던 그였으나, 출판사 쪽에선 오히려 인터뷰를 해야 한다면 신간 출간일과 맞춰 하는 것이 좋겠다는 판단을 내린 듯했다.

"더 빨리 오해를 풀면 좋겠지. 하지만 분명 신간이 나오면 또 그 이야기 나올 거라고들 생각하고 있어. 두 번 시끄러워질 바에야 신간 출간과 동시에 인터뷰를 진행하면 어떨까?"

경호의 말은 그의 사생활을 통하여 노이즈 마케팅을 하자는 이야기였다. 그 어떠한 홍보보다 강한 효과가 나올 테니까.

이에 수호는 동의했다.

[네, 좋습니다.]

그가 깊은 한숨을 내뱉었다. 한동안은 이러한 상황이 계속 반복될 터다. 일순간 해결할 수 있는 일은 아니니까.

그가 눈두덩을 손가락으로 꾹꾹 눌렀다.

[잡지가 발간되면 댁으로 보내드리겠습니다.]

고 편집자의 말에 그가 마지막 인사를 하려 했다. 그녀가 연이어 말을 이었다.

[작가님, 신간 기대하고 있겠습니다.]

짧지 않은 통화를 마친 그가 휴대전화를 책상 위로 휙 던졌다. 갑자기 피곤이 몰려왔다.

의자에 파묻듯 몸을 축 늘어뜨리던 수호가 노크 소리에 고개를 돌렸다. 그를 슬금슬금 피하던 아영이 문을 벌컥 열더니 그를 노려보았다.

"아직도 화났어? 뭐 때문에 그러는 건데?"

그의 물음에 아영이 쌍심지를 켰다.

내가 무엇을 잘못했던가.

어제의 일은 물론 오늘 문을 여는 순간까지 곰곰이 생각을 해

보았지만 아무것도 떠오르지 않았다.

그가 비척이며 자리에서 일어나려고 하자 아영이 빠르게 걸음을 옮겼다. 그의 어깨를 꾹 눌러 다시 자리에 앉힌 그녀가 들고 있던 모자를 그의 머리에 꾹 눌러 씌웠다.

"여기서 가장 가까운 오락실이 어디예요?"

"왜? 오락하고 싶어?"

그의 물음에 아영의 얼굴이 종잇장처럼 일그러졌다.

"어디예요?"

그녀의 음성은 강한 경고를 담고 있었다.

당장 오락실의 위치를 말하지 않으면 험한 꼴을 보게 되리라.

착한 사람이 화를 내면 더 무섭다더니 아영이 딱 그 짝이었다.

"예전 서점 있던 자리 옆에 있었던 같은데……."

주머니에 손을 찔러 넣은 그녀가 안에 있던 동전을 흔들어 짤랑짤랑 소리를 내며 말했다.

"앞장서요."

"지금?"

"네."

그가 전혀 감을 잡지 못한 얼굴로 자리에서 일어섰다. 일단 당장 오락실부터 가야 할 것 같았다.

집을 나선 두 사람은 앞서거니 뒤서거니 하며 오락실로 향했다. 다행히도 그가 기억한 대로 옛 서점 자리 옆엔 최신식 오락실이 있었다.

안으로 들어가자 대학생으로 보이는 사람들이 게임을 하고 있었다.

정말 게임을 하고 싶어서 왔나?

난생처음 경험해 보는 오락실 소음에 그가 미간을 좁힐 때였다. 슬리퍼를 끌며 앞서 걷던 아영이 되돌아와 그의 손을 낚아챘다.

"따라와요."

그의 손을 확 잡아당긴 그녀가 쭉 늘어져 있는 동전 노래방으로 걸음을 옮겼다.

문을 활짝 연 아영은 그부터 안으로 밀어 넣은 후 자신도 안으로 들어갔다. 생각보다 좁은 공간에 잠시 당황했던 그가 의자에 앉자, 아영도 맞은편에 앉은 후 최신식 기계를 보았다. 자신의 동네에 있는 것과는 비교가 안 됐다.

"와, 천 원이야. 강남이라 비싼 거야?"

동전을 넣는 입구에 적힌 가격을 확인한 아영이 확 인상을 썼다. 삐뚤어진 그녀는 세상을 모두 부정적으로 보고 있는 모양이었다. 하지만 비싸다 하여 나갈 마음은 없는 것인지 돈을 넣은 후 능숙하게 화면을 보며 곡을 찾았다.

부를 노래를 찾던 그녀는 좁은 공간인지라 수호와 무릎이 닿자 몸을 움찔 떨었다. 어색한 표정을 지은 아영이 옆으로 몸을 틀었다.

그 작은 행동 하나, 표정 하나를 살피던 그가 결국 참다못해 물었다.

"노래 부르고 싶어서 왔어?"

"유일한 스트레스 해소법이거든요."

아영의 말에 수호가 눈을 가늘게 떴다. 그는 아영과 스무고개를 하는 것 같았다. 작은 힌트를 받아 상황을 판단을 하던 그가 감을 잡은 듯 말했다.

"목이 쉬었던 것도?"

"……노래 부를 거예요."

새벽엔 체리필터 노래만 주구장창 불러댄 아영은 이번엔 소찬휘로 정했는지 같은 가수의 곡으로만 세 곡을 연달아 예약했다. 그녀가 시작 버튼을 누르자 첫 번째 노래의 전주가 흘러나왔다.

발라드처럼 시작되었던 음은 어느새 격렬하게 바뀌었다. 마이크를 다부지게 쥔 아영은 마치 전쟁터에 나선 병사처럼 긴장한 표정을 짓더니 곧 노래를 시작했다.

새벽과는 달리 수호가 있어서 그런지 신경을 써서 한 음 한 음을 냈다. 하지만 음이 높아지면 높아질수록 그녀는 앞에 수호가 있다는 사실도 잊은 채 소리를 지르기 시작한다.

아악, 아악! 내 키스 돌려내!

이젠 내게 미련을 보이지 말라는 가사는 구슬펐다. 그녀의 속마음처럼.

소찬휘의 〈Tears〉를 열창한 그녀는 연달아 〈마셔!〉와 〈바보야〉까지 불렀다.

잘 가라며 사랑을 비웃던 노래가 끝난 후 뭐가 아쉬워 널 잡냐는 노래 가사까지 이어지자 수호가 눈을 가늘게 떴다.

이제야 아영의 이상한 행동이 이해가 되는 모양이었다.

잔뜩 쉰 목소리로 노래를 부르는 내내 화면에서 시선을 떼지 않던 그녀는 노래가 끝이 나자마자 수호를 휙 노려보았다. 그녀는 여전히 마이크를 입 앞에 가져다댄 채로 말했다.

"키스만 하면 뭐해! 사귀자, 시, 실수다! 피드백이 있어야지!

난 잘 모른단 말이에요!"

더듬더듬 말을 하던 그녀가 얼굴을 붉혔다. 이젠 반쯤 우는 얼굴이 된 그녀는 아무런 표정도 담겨 있지 않은 그의 얼굴을 향해 있던 시선을 비스듬히 아래로 내렸다.

"답은!"

그의 앞으로 마이크를 내민 아영이 어깨를 들썩였다.

지금 자신이 모습이 얼마나 꼴불견일까 생각하자 쥐구멍에 숨고 싶었다. 이 나이가 되도록 연애 하나 능숙하게 하지 못하다니, 인생을 헛산 것 같아 조금 서글퍼졌다.

고개를 들어 그의 표정을 살피고 싶었지만 그녀는 차마 그의 얼굴을 마주할 수가 없었다. 이런 자신의 모습을 보고 그가 비웃고 있다면 정말 울고 싶어질 것 같았다.

말없이 아영을 바라보던 그가 손을 뻗어 자신의 앞에 내밀어진 마이크를 붙잡았다. 손을 아래로 내린 그가 한 손으로 아영이 앉은 의자를 제 쪽으로 잡아당겼다.

드르륵!

몸이 앞으로 당겨지자 아영이 얼떨결에 고개를 들어 그를 보았다. 그는 웃고 있었다. 하지만 그 웃음은 삐뚜름하지 않았다. 키스 직후 멍하니 보았던 그 미소처럼 너무 달콤했다.

"이제야 봐주네."

그녀가 다시 고개를 푹 숙이려 했다. 하지만 그의 손에 억지로 턱이 들린 아영이 미간을 좁혔다.

"이 작은 머릿속에 무슨 생각이 들어 있는 걸까, 지금 엄청 궁금해지기 시작했어."

"……별것 없어요."

"그런 것치곤 너무 엄청난 생각을 하고 있어서."

아영의 얼굴이 울상이 된다.

엄청난 생각이라니. 엄청난 행동을 한 거겠지.

목이 따끔따끔 아팠지만 그녀는 말을 멈출 수가 없었다.

"이것 봐. 지금 나 비웃고 있는 거죠?"

"내가 언제?"

수호가 고개를 기울였다. 진정으로 궁금하다는 듯이.

하지만 그녀는 이에 아무런 답도 내놓지 못한 채 입을 꾹 다물었다. 똑바로 자신을 응시하는 시선이 무서웠다.

"날 도대체 뭐로 보는 거야."

"바, 바람둥이……."

"뭐?"

입만 살아서 조잘조잘 말하던 아영이 입술을 꾹 깨물었다. 더 이상 허튼 소리를 하지 않기 위해서.

그가 신중하게 한 자, 한 자 내뱉었다.

"별 뜻 없이 키스를 하는 사람이라면 굳이 널 선택하지 않았겠지. 단순한 욕망에 소중한 사람을 잃을 만큼 난 멍청한 사람이 아니야."

그가 지금 말하고 있는 사람은 '도장미'였다. 아영과 만난다는 것은 장미와의 관계도 변한다는 뜻이다. 그렇기에 그는 엄청난 용기를 내야 했다.

"처음 널 만났을 땐 무척 싫었어."

"억지로 밥 먹여서……."

"아니, 널 처음 만났을 땐 그때가 아니야. 네가 교복을 입었을 때지."

"아……."

아영의 눈이 동그랗게 떠졌다. 처음 듣는 이야기였다.

하지만 그는 그녀가 무어라 말하기도 전에 계속 말을 이었다.

"그리고 다시 널 만났을 땐 불편했어. 그런데 계속 함께 지내다 보니……."

시시각각 아영의 표정이 변했다. 여기까지 그가 말한 인상이라곤 온통 싫은 것뿐이니까.

시무룩하게 변한 그녀의 얼굴을 보던 그가 입술을 길게 늘어뜨렸다. 분명 미소였으나, 조금 슬퍼 보였다.

"다행이란 생각이 들었어. 네가 있어서."

"그, 그게 아니……."

"좋아해."

그의 말에 아영의 입이 떡 벌어졌다.

그녀가 더 이상 자신을 피하지 않으리란 확신이 들었을까. 그가 뺨을 감싸고 있던 손을 아래로 내리며 말을 이었다.

"내게 넌 무척 소중한 사람이야. 너도 그렇게 생각해 줬으면 좋겠어."

이렇게까지 말했는데도, 아영은 속이 시원한 표정이 아니었다. 계속 무언가를 고민하고 있는 듯했고 확답이 필요한 듯 보였다.

그 모습에 떠오르는 문장은 단 하나였다. 학창시절에도 하지 않았던 유치한 말. 하지만 그 어떠한 말보다 남녀의 사이를 확실히 규정지을 수 있는 말.

그가 조금은 부끄러워하는 기색으로 말했다.

"사귀자."

태어나 한 번도 해본 적이 없는 말이었다. 그 말을 그는 서른넷이나 되어 아영을 위해 했다.

그 모습에 아영의 표정이 그제야 환해졌다. 그토록 기다렸던 말이었다. 연애 초보인 그녀의 마음을 안도하게 하는 말.

"조, 좋아요."

그녀가 힘껏 고개를 끄덕인 후 그의 품으로 쏙 파고들었다. 지난 밤, 잠들지 못하고 계속 고민했던 것이 허사란 것을 깨달았으면서도 그녀는 비실비실 웃었다.

그녀의 얼굴을 가만히 내려다보던 수호가 웃음기가 가득한 목소리로 물었다.

"한 곡 더 부를래?"

"아니요. 속이 시원해졌어요. 이번엔 오빠가 불러요."

그녀가 마이크를 넘기자 수호가 단번에 고개를 저었다.

"네가 부르면 귀여운데, 내가 부르면 안 그럴걸?"

"귀여워……?"

"지독했던 사랑 따위, 모두 지워 버려줘."

그가 흥얼흥얼 아영이 했던 것을 따라 불렀다.

멍하니 그를 보던 아영의 얼굴에 열기가 화르륵 끼쳤다. 그때까지도 그가 계속 흥얼거리자, 아영이 양손으로 얼굴을 가리며 울먹였다.

"그만해요. 앞으론 안 그럴게요."

"왜? 귀여운데? 길진 않을 거야, 마지막 순간까지 사랑해."

"제발요."

하하하!

그가 커다랗게 웃음을 터뜨렸다. 박장대소를 하는 그의 모습이 보고 싶어 손가락을 벌려 그의 얼굴을 보던 그녀는 눈이 마주치자 다시 얼굴을 가린다.

아, 부끄럽다.

가루가 되어 사라져 버리고 싶었다.

소파에 앉아 있던 아영이 시선을 힐끗 내려 러그에 앉아 있는 수호를 보았다.

아, 어쩜 다리가 저렇게 길지?

쭉 뻗은 다리를 보던 아영이 얼굴을 붉혔다. 그는 무릎 위에 노트북을 올려놓은 채 빠르게 키보드를 두드리고 있었다.

그는 잠시 시선을 돌리는 법도 없이 일에 집중했다.

보고 있던 책을 들어 얼굴을 가린 그녀가 작게 웃음을 뱉었다.

그는 자신이 출근을 한 순간부터 곁에 붙어 있었다. 설거지를 도와줬고 그가 말했던 대로 빨래는 직접 했다. 그 사이 그녀는 청소를 했고, 두 사람 모두 일이 끝난 후엔 거실에 앉아 지금과 같은 상황이 계속되었다.

후식으로 씻어 온 딸기를 곁에 둔 그는 일에 집중을 했고, 아영은 그가 챙겨 오라던 부교재를 보고 있었다. 하지만 시선은 계속 그에게 힐끗 닿는다. 시선이 닿는 곳에 그가 있자, 도통 집중을 할 수가 없었다.

옆에 깨끗이 씻어놓은 딸기에도 눈길 한 번 주지 않는 그의 모습을 보던 그녀가 책으로 시선을 옮길 때였다. 노트북을 바닥에 내려놓은 그가 빨갛게 잘 익은 딸기 하나를 골라 그녀에게 내밀었다.

책 위로 불쑥 내밀어진 딸기에 아영이 뭐냐는 듯 눈을 동그랗게 뜨자 수호가 무심함을 가장하며 물었다.

“먹고 싶어서 계속 봤던 거 아니야?”

“제가요?”

쉿소리에 미간을 좁힌 그녀가 목을 어루만졌다. 얼마나 열정적으로 노래를 불렀던지 아직도 목이 아팠다.

그녀가 미간을 좁히는 것을 보던 그가 입가를 느슨하게 만들며 답했다.

“계속 탐이 나는 눈으로 봤잖아.”

아영이 그가 장난스럽게 웃는 것을 보았다. 그러다가 그가 지금 이야기하는 것은 ‘딸기’가 아닌 ‘그’라는 것을 눈치챈 것인지 얼굴을 화르륵 붉힌다.

아, 말도 안 돼.

힐끗힐끗 그를 보았던 시선을 모두 들켰다는 생각에 차마 그의 눈을 똑바로 볼 수가 없었다. 책을 들어 붉어진 얼굴을 가린 그녀가 앓는 목소리로 말했다.

“진짜 못됐어.”

짓궂은 장난에 아영이 입술을 댓 발 내밀었다. 하지만 그는 사과를 하기는커녕 한 손으로 소파를 짚었다. 허리를 숙인 그가 책과 그녀의 얼굴 사이에 딸기를 내밀었다. 눈앞에 불쑥 나타난 딸기와 그의 얼굴을 번갈아 보던 아영이 졌다는 듯 딸기를 받아 들었다. 한입 베어 물자 새콤한 과즙에 몸이 푸르르 떨렸다. 딸기는 그녀가 가장 좋아하는 과일 중 하나였다.

남은 딸기를 모두 입안에 밀어 넣자 뺨이 먹이를 저장한 햄스터처럼 볼록해졌다. 그가 이번에도 잘 익고 큼직한 딸기를 그녀에게 건넸다.

왜 자꾸 주지?

그녀가 딸기를 받아들면서도 고개를 기울였다.

"그런데 왜 하필 딸기예요?"

"뭐가?"

그의 물음에 아영이 더듬더듬 답한다.

"그, 그저께에도 딸기 먹을 거냐고 물어보고 오늘도 먹자고 그러고."

키스를 한 후 그는 '사귀자'라는 말을 하는 대신 '딸기 먹을래?'부터 했다. 그땐 천하의 바람둥이가 키스한 것을 어물쩍 넘기려 그런 것인 줄 알았으나 어제 제대로 고백까지 받은 터라 그 물음에도 달리 이유가 있을 것 같았다.

물음을 던진 채로 아영이 딸기를 맛있게 먹자 그 모습을 보던 그가 자리에 앉으며 딸기를 하나를 집어 들었다. 입으로 곧장 갈 줄 알았던 딸기를 여전히 손에 든 채 그가 말했다.

"딸기 좋아하잖아."

"어떻게 알았어요?"

"계속 보고 있으니까."

그것 말고도 여러 가지를 안다고 말한 그가 들고 있던 딸기를 내밀었다.

"자."

받아든 딸기를 내려다보던 그녀가 바람 빠지는 소리를 내며 웃었다.

계속 보고 있다.

그 말에 가슴이 쿵쾅쿵쾅 뛰어댔다. 늘 이렇게 심장이 뛸 때면 긴장감도 함께 찾아왔으나 오늘은 달랐다.

그는 허투루 말을 내뱉는 사람이 아니다. 지켜보았다는 말도, 일일이 좋아하는 것들을 눈여겨보았다는 말도 진심일 터였다.

그의 얼굴을 가만히 보던 아영이 입안의 딸기를 꿀꺽 삼켰다.

달다. 아, 달다.

몇 번이고 생각한 그녀가 읊조리듯 말했다.

"아, 당뇨 오겠다."

"딸기 먹는다고……."

'딸기 먹는 것 정도로 무슨 당뇨냐'라는 말을 하려 했다. 하지만 아영은 말이 끝나기도 전에 중간에 잘라냈다.

"아니요, 오빠 때문에요."

그가 자신의 말문을 막은 것을 되돌려 주고 싶어 한 말이었다. 작전이 성공했는지 수호는 말없이 그녀를 보고 있었다.

왜 그렇게 빤히 봐요?

그렇게 물으려던 아영이 입술을 굳게 닫았다. 반대의 입장이라 생각해 보면 자신이 참 얄미울 것 같았다.

이런 그녀의 마음을 아는 것일까, 모르는 것일까. 아영을 빤히 보던 그가 자리에서 일어나더니 그녀의 허벅지 옆쪽을 양손으로 짚었다.

고개를 내린 그의 가벼운 입맞춤에 아영의 눈이 동그랗게 변했다. 커다란 눈을 깜빡이는 그녀는 작은 동물 같았다.

그녀의 눈동자에 비친 자신의 모습을 바라보다가 그가 다시 한 번 고개를 내렸다. 이번에도 입맞춤은 가벼웠다. 마치 어린아이들이 하는 것처럼.

자잘하게 닿는 입술에 아영의 눈이 천천히 감겼다. 가벼운 접촉에 가슴이 설렜다.

어쩜 이렇게 따뜻할 수 있을까. 난생처음 느껴보는 감정에 아영의 눈꺼풀이 파르르 떨렸다.

아영의 얼굴을 빤히 바라보던 그가 손을 뻗어 뺨을 감싸 쥐었다. 그녀의 눈을 똑바로 마주한 그가 웃었다. 그가 웃자, 아영도 웃는다.

아영의 머리를 다정하게 쓰다듬어 주던 그가 시계를 보았다. 이제 나가야 할 시간이었다. 오늘은 장미의 퇴원 날이었고, 일을 해야 하는 동식을 대신하여 직접 에스코트하기로 한 수호는 딸기를 야금야금 먹고 있는 아영에게 말했다.

"가야 할 시간이야."

"어? 벌써 시간이 이렇게 됐네요?"

아영이 시간을 확인한 후 책을 덮고 자리에서 일어났다. 아영이 주섬주섬 가방을 챙기며 물었다.

"그런데 정말 괜찮겠어요? 밖에 나가도."

"죄 지은 것 있어? 괜찮아."

무심한 음성이었다. 정말 아무런 문제도 없다는 듯이. 하지만 그녀의 걱정을 덜어주기 위해서인지 아영의 머리를 쓰다듬는 손길은 다정하다.

"잘 모르는 사람들 때문에 해야 할 일을 하지 못하는 건 싫어. 그건 바보 같은 짓이야."

그 말에 어떠한 토를 달 수 있을까. 아영은 그의 얼굴을 힐끗 보더니 이내 고개를 끄덕였다.

외출 준비를 하기 위해 드레스룸으로 향하는 그를 보며 아영은 어질러 놓은 거실을 치웠다. 노트북은 잘 보이는 곳에 올려두었고, 딸기를 먹었던 접시를 싱크대로 가져가던 아영은 간단하게 준비를 마치고 나오는 수호를 보았다. 배기팬츠와 가벼운 티셔츠 차림으로 나오는 그의 손엔 모자가 하나 들려 있었다.

또래의 남자들과는 달리 자신을 충분히 가꾸고 아끼는 남자는 새삼 다시 볼 만큼 멋있었다. 어려 보이는 모습에 아영이 멀뚱히 바라보자, 그는 아영이 든 접시를 빼앗아았다.

"설거지 안 해도 돼. 내가 다녀와서 할게."

"아니에요. 내일 제가 할게요."

수호는 접시를 개수대에 넣은 후 아영의 손을 감싸 쥔다. 이대로 가자는 뜻이었지만, 아영은 이 문제를 확실하게 해두지 않으면 이 집에서 자신이 할 일이 모두 사라질 것 같은 기분이 들었다.

그에게 질질 끌려 현관으로 향하면서도 아영은 자신의 생각을 굽히지 않았다.

"내 일을 더 이상 빼앗지 마세요. 엄마한테 혼나요."

"안 혼 나."

"나요! 해야 할 일도 제대로 못 한다고. 이 일은 내 일이기도 하지만 엄마의 일이기도 하잖아요. 혼나요, 혼나."

지금의 관계와는 상관없이 장미는 여전히 그에게 월급을 받고 있었고, 아영 역시 이 집에 와 일하는 것으로 대가를 받기로 되어 있었다.

단순히 도움을 주는 것이 아니었기에, 연인 이전에 해야 할 일은 하고 싶었다.

"알았어."

역시나 고집을 꺾은 것은 수호다. 그가 아영의 눈치를 살피더니 고개를 끄덕였다. 먼저 신발을 신은 그가 무릎을 굽혀 아영의 운동화를 가지런히 앞에 놓아두었다. 그녀가 어색한 얼굴로 수호를 보며 물었다.

"와, 이건 또 뭐래."

아영이 수호의 모습을 힐끗 보았다. 그러자 그가 손을 뻗는다.

"내 눈에 보이거든."

수호가 자신의 앞머리를 훌렁 걷어 올리자 아영이 자신도 모르게 손을 들어 가렸다. 평소 조금 넓은 이마가 콤플렉스였던지라, 아영은 이게 뭐 하는 거냐며 그에게 따져 물으려 했다.

하지만 그녀가 무어라 말을 하기도 전에 수호가 말을 잇는다.

"이수호 거라고 적힌 거."

내 건 무지하게 아껴.

싱긋 웃은 수호가 뒷말을 이었다.

거침없이 표현을 해주는 것이 기뻤다. 사랑을 받고 있다는 느낌을 싫어하는 사람은 없을 테니까. 하지만 부끄러운 마음도 동시에 들어 괜히 표정이 샐쭉해졌다.

“좀 더 예쁜 곳에 써주지. 이마는 영 아니거든요?”

아영이 괜스레 투덜거리며 신발을 신자, 이를 곁에서 지켜보고 있던 수호가 속으로 웃음을 삼켰다. 여기서 웃었다간 아영이 잔뜩 가시를 세울 것이 분명했다.

함께 집을 나선 두 사람은 차를 세워둔 지하주차장으로 가기 위해 엘리베이터에 올랐다.

좁은 공간 안엔 두 사람뿐이었다. 집에서 그랬던 것처럼 곁에 바짝 붙어 선 그 때문에 빛이 가려져 아영의 얼굴에 그늘이 졌다.

“어머니한테 말은 해봤어?”

“뭘요?”

“대학원.”

아영의 낯빛이 어두워졌다. 그의 충고를 받아들이기로 했지만, 엄마가 퇴원을 할 때까지 조금만 미뤄두자고 생각했었는데 까마득하게 잊어버리고 있었다.

“아니요. 아직…….”

“늦어지면 늦어질수록 더 서운해하실 거야. 오늘 할 일은 오늘 해.”

“알았어요.”

그녀가 시무룩한 얼굴로 고개를 끄덕였다. 얼굴에 걱정과 고민이 덕지덕지 붙는다.

이해를 해주실까?

좋은 분이라는 것은 알고 있다. 자신의 의사를 존중해 줄 분이라는 것도 알고 있었다. 하지만 염치없는 자신의 부탁을 엄마가 어찌 받아들여 줄지 몰라 계속 마음이 쓰였다. 가까이 있는 사람일수록 더욱 조심하고 마음을 써야 한다는 것을 알기에, 종잡을 수 없는 상황에 그녀의 어깨가 아래로 축 처진다.

"그래도…… 어려워요."

가장 가까운 가족이라 하더라도, 마음을 터놓고 표현하는 것이 어렵다 말하는 아영을 보며 그가 이해한다는 듯 고개를 끄덕였다.

그럴 법도 했다. 소중한 사람일수록.

"힘내."

익숙하게 닿는 손길에 아영의 마음이 차분하게 가라앉았다. 어지럽게 널려 있던 생각 역시 갈무리되어 하나의 결론만 남았다.

차일피일 미루지 말자. 원하는 것이 있다면 솔직히 말을 하자.

아영이 반짝이는 눈으로 그를 올려다보았다.

"그런데 내 머리에 꿀 발라놨어요?"

그렇게 말하면서도 수호의 손을 떼어낼 생각은 없는 아영의 얼굴에 그는 입가를 길게 늘어뜨리며 망설임 없이 답한다.

"이러면 기분이 좋아지니까."

아영의 고개가 옆으로 기울었다. 전에도 그에게 비슷한 말을 들은 적이 있었다. 그땐 아무 생각이 없었는데 계속 손가락으로 자신의 머리를 흩뜨리는 그의 모습을 올려다보자 조금 다른 생각이 든다.

계속 머리를 쓰다듬는 건 자신이 좋아해서 그런 건 아닐까?

그도 그렇게 말하지 않았던가. 이러면 기분이 좋아진다고.

그의 말이 자신도 그렇게 해달라고 하는 것처럼 들려 아영이 발뒤꿈치를 들었다. 지나치게 높은 곳에 있는 그의 머리를 쓰다듬기 위해 암벽등반을 하듯 그의 어깨에 손을 짚어 몸을 지탱한 그녀가 조심스럽게 머리를 쓰다듬었다. 수호가 눈을 동그랗게 떴다.

"이러면 좋아요?"

몸에 힘이 들어가다 보니 목소리가 조금 이상하게 터져 나왔다. 안 그래도 목이 쉬어 스스로도 인상이 구겨질 정도였는데 음이탈이 나자 그녀의 얼굴이 빨갛게 달아올랐다.

그가 푸하하 웃을 줄 알았는데, 수호는 여전히 놀란 눈으로 아영을 보고 있었다. 머리에 닿은 손가락이 바들바들 떨리는 것을 느끼며.

그가 속으로 어떤 생각을 하고 있는 줄 몰라 아영이 조심스레 손을 떼려 했다. 속으로는 괜히 운동 좀 해야겠다며 한탄도 하고, 어색한 마음을 떨쳐내려 애를 쓰며.

하지만 그는 답 대신 무릎을 굽혀 아영과 눈을 맞췄다.

"뭐 하는 거예요?"

그녀의 물음에 수호가 머리를 내밀며 답했다.

"힘들어 보여서."

자, 이제 됐지? 쓰다듬기 편하지?

그의 머리가 그렇게 말하는 것 같았다.

멀뚱멀뚱 그의 머리를 바라보던 아영이 시선을 아래로 내렸다. 한참 굽힌 무릎에 새삼 자존심이 상했다.

"와, 무릎 굽힌 거 엄청 화난다."

새초롬한 얼굴에 그가 와르륵 웃음을 터뜨렸다.

'하하하' 하고.

"왔니?"

병실 문을 열자, 장미가 두 사람을 반겼다. 시간에 맞춰 갈아입은 것인지 병원복이 아닌 사복 차림이었고, 침대 위에 커다란 가방 두 개가 놓여 있었다.

"응, 엄마. 이것만 가지고 가면 돼?"

쉰 목소리에 장미가 깜짝 놀라 눈을 동그랗게 떴다.

"아영아, 너 목소리가……."

장미의 말에 아영이 어색하게 웃으며 목을 만졌다. 어제 수호의 집에서 곧장 아르바이트를 갔던 터라 쉿소리가 잔뜩 섞인 목소리를 처음 들은 장미가 고개를 돌려 수호를 보았다. 그는 아영을 귀엽다는 눈초리로 보며 웃고 있었다.

"어제 콘서트 했거든요."

수호의 말에 장미가 대략 모든 상황을 파악한 것인지 미간을 좁혔다.

"설마, 너 이 작가 앞에서도 노래 불렀니?"

"……."

아영이 아무 말도 없이 고개를 푹 숙였다. 그 모습을 '긍정'으로 알아들은 장미가 한숨을 내뱉는다.

"하이고."

땅이 꺼져라 한숨을 쉰 장미가 고개를 절레절레 저었다. 딸아이가 마이크를 집어삼킬 것처럼 노래를 부르는 것을 그녀도 몇 번이나 보았기 때문이다.

장미가 혀를 끌끌 차자 아영이 걸음을 뒤로 물렸다.

"퇴원 수속 밟고 올게요."

부끄러움에 발그레해진 얼굴로 소리친 그녀가 병실을 후다닥 나서자, 장미의 시선이 이번엔 수호에게 향한다.

그는 자신이 실수를 한 것인 줄 안 모양인지 인상을 굳히고 있었다.

"이 작가."

"네, 어머니."

장미는 알고 있었다. 아영이 홀로 견딜 수 없을 만큼 무언가에 짓눌릴 때 노래방을 찾는다는 것을. 시험에 대한 스트레스. 반 친구들과의 관계. 그리고…… 넉넉하지 못한 부모를 만나 힘들어 할 때도 아영은 혼자 오락실에 가 실컷 노래를 부르고 왔었다. 목 상태가 좋지 않을 때면 으레 힘든 일이 있다는 뜻이었고, 눈치 빠르게 딸아이가 힘들어하는 것을 알지 못했다는 죄책감에 빠진 적도 있었다.

이번에 딸이 홀로 해결하지 못한 문제가 뭐가 있을까, 생각하던 장미가 눈을 가늘게 떴다. 그녀의 눈초리는 마치 '다 이 죄 많은 남자 때문이네'라고 말하는 것만 같았다.

"우리 딸, 또 오락실 가게 해봐. 혼날 줄 알아."

장미의 말에 수호의 눈이 커다랗게 떠졌다. 그가 자신도 모르게 고개를 아래로 푹 숙이자 장미가 손을 휘휘 저으며 말을 잇는다.

"나 지금 이 작가 혼내는 거 맞는데, 혼내는 포인트가 다르거든? 누가 우리 딸 만나는 걸로 뭐라고 했어?"

"……네?"

"예뻐해 주란 말이야. 어디로 튈지 모르니까."

장미의 말에 수호의 얼굴이 일그러졌다.

"죄송합니다."

"뭐야, 안 예뻐해 주겠다는 거야?"

"아, 아니요!"

고개를 퍼뜩 든 수호가 서둘러 손을 저었다. 절대 아니라는 듯, 뭔가 단단히 오해하고 있다는 듯.

그러자 장미가 부러 엄한 표정을 지으며 말한다.

"그래. 두 눈으로 똑똑히 지켜보겠어."

침을 꼴깍 삼키는 수호를 본 장미가 먼저 걸음을 옮겼다.

"걱정하시는 일 없도록 하겠습니다."

뒤에서 들려오는 중얼거리는 음성에 잔잔한 미소를 머금으며.

무릎을 꿇은 채로 장미와 마주앉은 아영은 시선을 어디에 둬야 할지를 몰라 당황하고 있었다. 자신의 뜻은 제대로 전했다 생각했다. 하지만 엄마의 침묵이 길어지면 길어질수록 괜히 말했나 하는 후회가 들었다.

마치 죄인처럼 아영의 고개가 아래로 뚝 떨어지자 장미의 입에서 깊은 한숨이 흘러나왔다. 세월의 흔적이 비껴가지 못한 얼굴에 머문 것은 깊은 안도감이었다.

"언제 말해주나 했다."

"엄마?"

"네가 계속 공부하고 싶어 하는 거, 내가 모를 리가 있어? 먼저 말해볼까도 했었지만 아버지가 말리더라. 스스로 말하기 전까진 지켜보라고."

"……."

그럴 거라곤 생각도 하지 못하고 있었던 터라 아영의 입술이 쩍 벌어졌다. 그 사이, 장미는 서랍에서 통장 하나를 꺼내 내밀며 한숨을 푹 내뱉는다.

"많이는 못 모았어. 부모가 되어서 다 늙어서 자식들 고생시키긴 싫어서 그쪽으로 또 따로 돈을 모으고 있거든. 이건 네가 시집갈 때 주려고 모아뒀던 돈이야. 학비로 쓰기엔 많이 부족할 테지만."

"엄마……."

"원랜 네가 휴학을 하겠다고 했을 때 주려고 했었어. 그런데 덜컥 이걸 줘버리면 네 결정을 무시하는 것 같기도 했고. 너도 그냥 받을 것 같진 않았고."

장미의 말이 맞다. 만약 그때 그녀가 통장을 건넸다면 아영은 받지 않았을 것이다.

아영의 아버지 유동식은 첫 번째 부인과 사별 후 장미를 만났다. 처자식은 없었지만 첫 번째 부인과의 이별로 인해 오랫동안 동생으로 지냈던 장미가 함께 평생을 했으면 좋겠다고 말했을 때도 선뜻 받아들이지 못했다.

그렇게 힘들게 한 가정을 꾸린 두 사람이다. 자연스럽게 늦은 나이에 두 아이를 보게 되었고, 또래의 아이를 가진 부모보다는 나이가 많았다.

신경 써야 할 것들이 이만저만이 아니었다. 이젠 몸이 말썽을 부리기 시작하는 나이였고, 장성한 아이들을 하나둘 떠나 보내야 하는 시기이기도 했다. 나이 많은 부모님에게 학비를 받아 대학을 다닐 만큼 아영은 뻔뻔하지 못했다.

붉어진 눈으로 통장을 보던 아영이 그것을 다시 장미에게 내밀었다. 아영은 절대 이 돈을 받을 수 없다는 뜻을 밝혔다.

"부모님 노후 자금하세요. 용돈 드리지는 못할망정 이 돈을 받을 수는……."

"아영아, 부모는 말이다. 자식이 도움을 요청할 땐 두 팔 걷어붙이고 도와. 나도 마찬가지야."

조곤조곤 이야기를 하던 장미가 얼굴을 일그러뜨렸다. 딸아이가 울음을 꾹꾹 참아내는 모습을 보니 그녀도 감정을 참아내기가 힘든 모양이었다.

"미안하다, 내 딸. 엄마가 좀 더 풍족했다면 네가 좋아하는 공부, 실컷 하게 도와줬을 텐데."

아영이 재빨리 고개를 저었다. 절대 그렇지 않다는 듯이. 엄청난 사랑을 받았고, 늘 자식 먼저인 분들이었다. 여기서 더 욕심을 내는 것은 염치없는 일이라는 것을 알고 있기에 아영은 돈을 받지 않으려 했지만, 장미는 끝끝내 자신의 의사를 굽히지 않았다.

"엄마 화낸다."

그 한마디로 모든 상황을 종료시킨 장미가 깊은 한숨을 내뱉었다.

퇴원은 했지만 아직도 오래 앉아 있으면 허리에 무리가 갔다. 재활치료를 받고 나서도 꾸준히 운동을 해야만 파파노인처럼 허리가 구부정하게 휘지 않을 거란 의사의 말을 떠올리던 장미가 허리를 휘휘 돌리며 아영을 보았다. 딸은 통장에 얼마나 찍혀 있는지 확인할 생각도 하지 않은 채 겉면에 적힌 글자만 보고 있었다.

— 아영이 결혼 자금

아주 오랫동안 차근차근 저금을 해온 통장은 손때가 타고 모서리가 일그러져 있었다.

그 마음에 행복해져 입가에 미소가 걸린 아영을 힐끗 본 장미가 슬쩍 운을 띄웠다.

"그래서 둘은 만나기로 한 거야?"

아영의 몸이 뻣뻣하게 굳었다. 마치 기름칠을 하지 않은 로봇처럼 삐그덕삐그덕 고개를 옮긴 그녀가 개구쟁이 아이처럼 미소 짓고 있는 장미를 보며 입술을 달싹였다.

"엄마가 그걸 어떻게……."

"눈치를 못 채면 바보지."

두 사람이 연애를 하다가 헤어지면 자신과의 관계도 틀어질까 봐 수호가 고민하고 있을 거라는 생각 정도는 했다. 그 틀을 깨기엔 꽤 오랜 시간이 걸릴 줄 알았는데 가볍게 등을 떠민 것만으로도 수호가 아영을 붙잡은 것을 보면 그 마음의 깊이가 결코 가볍지 않다는 것을 느꼈다.

"걱정하시는 일 없도록 하겠습니다."

수호의 말에 깊은 감동을 느꼈다.

이 아이는 나도, 아영이도 아주 소중히 생각하고 있구나. 고민하고 또 고민해서 결정했을 것이다. 신중한 아이였고, 자신의 사람이라 한번 생각하기 시작하면 잃어버리지 않기 위해 최선을 다하는 아이었으니까.

수호가 언젠간 좋은 짝을 만나 행복해지길 바랐는데, 그것이 자신이 딸일 줄 몰랐던 장미는 잠시 아영의 얼굴을 보았다. 빨갛게 달아오른 얼굴을 보니 딸의 감정 또한 결코 가볍지 않다는 것을 깨달은 장미가 장난스럽게 말했다.

"알지? 싸우더라도 난 누구의 편도 아니다."

"뭐어?"

아영의 입이 떡 벌어졌다. 하고 싶은 말이 수십은 되는 듯한 얼굴이었다. 하지만 장미는 수호에게도 똑같이 경고했다는 사실은 숨긴 채 음흉하게 웃었다.

"사이좋게 지내라고."

중립을 선언하며.

7. 토닥토닥 내리는 비를 맞듯

거울 앞에 선 그가 거울 속 제 모습을 보고 있다. 말끔하게 빗어 넘긴 머리카락을 보던 그가 고개를 돌렸다. 스피커로 돌려놓은 휴대전화에서 아영의 맑은 음성이 흘러나오고 있었다.

[그런데 오늘 정말 쉬어도 돼요?]

"어머니 재활 혼자 가실 수는 없잖아."

그렇게 말하던 그가 단정한 티셔츠 중 하나를 골라 입었다. 오늘은 출판사에서 신작 회의가 있는 날이었다. 주인공에게 의문을 가진 그 순간부터 수정을 해야겠다는 생각만 들어 이 사실을 담당자에게 이야기했더니 결국 전체 회의까지 하게 된 것이다.

준비를 마친 그가 휴대전화를 들고 드레스룸을 나섰다. 서재로 향한 그가 짐을 챙기면서도 아영의 음성에 일일이 답해주었다.

[다다음주에 남동생 제대니까 괜찮을 거예요.]

“아, 이름이 태경이었나?”

[네, 맞아요. 귀신 잡는 해병대를 잡는 조교님이에요.]

그 이후로 아영은 자신과는 전혀 닮지 않았다는 이야기를 조잘조잘 늘어놓으며 웃었다. 참 남매 사이에 우애가 좋다고 생각하던 그가 외사촌을 떠올렸다.

외삼촌에겐 남매가 있었다. 누나인 길한나는 까무잡잡한 피부에 꽤 예쁘장했지만 사치가 심했고 동생인 길영우는 재수를 한다고는 하지만 제대로 공부는 하지 않았고 친구들과 놀기에 바빴다. 거기에 어릴 적부터 매일 싸워 곁에 있던 자신에게 괜히 불똥이 튀었던 적도 많았다. 그가 알고 있는 남매는 그 두 사람뿐이었다.

[고등학교를 같이 다녔는데 여학생들한테 인기가 엄청 많았어요. 눈이 아주 예뻐서 별명이 꽃사슴이었는데, 동생을 좋아하는 친구들이 저한테도 맛있는 걸 엄청 많이 사줬거든요. 지금도 가끔 연락하는데 요즘은 꽃사슴이 아니라 꽃 가슴이라 부른대요.]

“뭐, 꽃 가슴?”

[네! 듣고 엄청 웃었어요. 군대 가서 몸이 엄청 좋아졌다나. 아직도 저보고 계속 형님 형님 그러면서 엄청 따르는 아이들이 몇 있어요. 그 애들이 업그레이드된 별명을 말해주더라고요.]

말을 하는 아영이 연신 웃었다. 이야기를 하면서도 웃긴 모양이었다.

즐거운 음색을 듣던 그가 가방을 챙겨들고 밖으로 나오며 물었다.

"오늘 마지막 아르바이트라고 했지?"

[네. 막상 그만두려니까 아쉬워요.]

아쉬움이 뚝뚝 묻어나는 목소리에 수호가 미간을 좁혔다.

"난 이제 밤에도 볼 수 있어서 기쁜데, 넌 아닌가 보지?"

[……부끄럽게 왜 이래요?]

"내가 부끄러워?"

신발을 신고 집을 나서던 그가 걸음을 멈췄다. 부끄러운 모양이다.

미간을 좁힌 그가 고개를 절레절레 저었다. 자중할 필요를 느끼며.

"오늘 아르바이트 끝날 때쯤에 맞춰서 갈게. 퇴근하고 맛있는 거 먹자."

[맛있는 거? 와, 정말요? 그럼 나 가보고 싶은 곳이 있어요!]

"어디가 그렇게 가고 싶은데?"

그가 도착한 엘리베이터에 올랐다. 지하 주차장에 차를 세워두었기에 그가 제일 밑에 있던 버튼을 누르던 찰나다. 아영이 흥분한 목소리로 외쳤다.

[포장마차요!]

"……뭐?"

고급 레스토랑도 아니고 인터넷 맛집도 아닌 '포장마차'란 말에 수호는 혹 자신이 잘못 들은 것은 아닐까 되물었다. 하지만 자신이 들은 것이 틀리지 않았다는 것을 알려주듯 아영이 즐거운 음색으로 궤변을 늘어놓았다.

[대학의 낭만은 포장마차에서 소주 마시는 거나, 캠퍼스에 돗

자리 깔아놓고 막걸리 마시는 거잖아요. 그런데 전 둘 다 못 해봤거든요!]

"……."

스물여섯 살의 아가씨가 남자친구와 첫 데이트를 포장마차에서 하고 싶어 한다라.

그가 웃음을 꾸욱 삼키며 말했다.

"그래, 가자. 가."

[정말이죠? 그럼 그렇게 알고 있을게요. 아, 엄마 나와요. 나중에 통화해요!]

수호가 끊긴 전화를 보았다. 차를 두고 가는 게 좋겠다. 첫 데이트를 위해선.

1층을 누른 수호가 한 걸음 뒤로 물러섰다. 대중교통을 이용해야 하는 것이 불편하다고 생각할 법도 했으나 그의 입가엔 미소가 맺혀 있었다.

집을 나선 그가 가까운 역으로 걸음을 옮겼다. 사람들의 시선이 간혹 느껴지긴 했으나 예전처럼 신경이 쓰이지 않았다. 저도 모르게 표정을 굳혔던 때와는 달리, 지금의 그는 웃고 있었다.

개찰구를 통과한 그가 가벼운 걸음을 옮겼다. 내려오자마자 들어오는 지하철에 몸을 실은 그는 주머니에서 이어폰을 꺼내 음악을 들으면 긴 시간을 지루하지 않게 보냈다.

오고 있냐는 경호의 문자에 답장을 보낸 그는 문이 열리자 지하철을 갈아타기 위해 걸음을 옮긴다. 계단을 오르고 내리길 몇 번, 북적북적한 사람들 사이에 숨어들었다.

지난번에 지하철을 이용했을 때처럼 간이 카페로 간 그가 커피

한 잔을 받아들고 습관처럼 제일 앞쪽으로 향했다. 다른 곳보다 사람들이 적은 곳에서 발길을 멈춘 그가 커피를 한 모금 마셨다. 카페인이 들어오자 그가 한숨을 토해냈다. 최근 아영의 눈치를 보느라 오랜만에 즐기는 커피였다.

“정환아! 엄마 옆에 붙어 있어야지!”

아이 엄마가 망아지처럼 뛰어다니는 아이를 타박하고 있었다. 계속 뛰어다니는 다섯 살 아이가 불안한 것인지 연신 사내아이를 혼내던 여자가 계속 통화를 이어나가는 것을 무심한 눈으로 보던 그가 다시 한 번 커피를 머금을 때였다. 지하철이 들어온다는 방송에 그가 노란 선 밖으로 걸음을 물렸다.

그의 주위를 맴돌던 아이가 안전 바를 잡더니 저 멀리서 들어오는 지하철을 보며 고개를 내밀었다. 위험하다는 생각이 들었다. 지하철이 언제 들어올지 모르는 상황이었으니까. 저러다가 큰일이 나겠다는 생각도 들었다. 하지만 아이의 옆에 있는 사람도, 아이의 어미도 미처 아이의 장난을 보지 못하고 있었다.

아이의 행동을 보던 그가 미간을 좁혔다. 순간 그의 옆을 스쳐 지하철을 향해 몸을 날렸던 여자가 떠올랐다.

순간 정신적으로 피로해져 그가 손을 들었다.

“후우.”

깊은 한숨을 쉬었다. 그날 제 앞으로 튀던 피와 영상이 순간 눈앞을 스쳤다. 그러고 보니 그날 이후로 지하철을 타는 것은 처음이었다. 지금 자신이 서 있는 곳도 그날 사고가 있었던 곳이고, 시간대도 얼추 비슷했다.

괜찮은 줄 알았는데.

사람의 잠재의식은 그렇게 놀랍다. 어느 순간 괜찮았던 기억이 상처가 되어 다가왔다.

그가 잠시 비틀거릴 때였다. 사고는 순식간에 일어났다.

"엄마!"

아이가 선로 아래로 뚝 떨어졌다. 밑에서 아이의 울음소리가 들렸고, 사람들의 시선이 순식간에 그곳으로 향했다.

아이가 떨어지는 순간을 목격한 몇몇 사람들이 자리에 주저앉았다. 그의 얼굴과 마찬가지로 아이의 엄마도 창백한 얼굴로 아이가 떨어진 선로를 보았다.

"꺅!"

가장 먼저 비명을 지른 것은 아이의 옆에 서 있던 여대생이었다. 책을 보고 있던 여대생은 아이가 사라졌다는 것을 소음으로 알렸고, 저 멀리서 달려오는 지하철에 다시 한 번 소리쳤다.

"아이가 떨어졌어요!"

그 말에 사람들이 우르르 몰려왔으나 딱히 뾰족한 수가 없었다. 가장 먼저 행동을 보인 것은 아이의 어머니였다.

그녀는 다른 사람이 붙잡을 사이도 없이 선로로 뛰어들었다. 떨어질 때 머리를 부딪친 것인지 자지러지게 우는 아이를 꼭 품에 안은 엄마가 달려오는 지하철을 두려움에 가득 찬 눈으로 바라보고 있었다.

사람들이 어쩔 줄 몰라 우왕좌왕할 때였다. 사람들이 손을 흔들며 지하철을 막아보려 해도 빠른 속도로 들어오던 지하철은 속도를 줄이지 못하고 거친 소음만 냈다.

끼이이익!

귀를 찢을 것만 같은 소리에 사람들이 귀를 틀어막았다. 하지만 수호만이 아무런 행동도 하지 못한 채 아이와 엄마가 있던 자리를 보고 있었다.

지하철은 아이와 엄마가 있는 곳에 와서야 멈춰 섰다.

"어, 어떻게 해!"

"어떡해! 어떡해!"

사람들은 그 말만 계속했다. 어떡해. 어떡해.

발을 동동 굴리며 차마 선로를 내려다보지도 못한 채였다. 그리고 아무도 나서지 못하는 사람들 사이에서 가장 먼저 움직인 것은 수호였다.

그가 들고 있던 커피를 쓰레기통에 던진 후 선로로 뛰어들었다. 지하철 앞부분 몸체를 붙잡아 허리를 숙였다. 어둠 속에서 미약한 목소리가 들려왔다.

"도, 도와주세요……. 제발, 도와주세요."

불쑥 나와 있던 공간에서 몸을 웅크리고 있는 여자가 보였다. 앞뒤 생각하지 않고 선로로 뛰어든 여자는 자신의 아이를 소중히 품에 안은 채였다.

그녀를 바라보던 그가 안심을 시키기 위해 입가에 웃음부터 띠웠다.

"괜찮으십니까? 다친 곳은 없으시고요?"

"아, 아, 아…… 아이가 피를……."

여자가 힘겹게 말을 내뱉었다. 겁에 잔뜩 질린 아이가 울음을 터뜨리지도 못한 채 어미의 품에 안겨 있었다.

아이의 머리에서 피가 흐르고 있었으나 더 많이 다친 것은 여자였다. 발목에 시퍼런 멍이 들었고, 옷도 찢어져 엉망이었다. 하지만 정작 본인은 다친 것을 모르는 듯 연신 아이만 걱정을 하고 있었다.

허리를 편 그가 아래의 상황을 살피고 있는 사람들을 향해 외쳤다.

"상황실에 연락 좀 해주세요!"

그의 외침에도 사람들은 얼음장처럼 굳어 있었다. 갑작스러운 상황에 모두 사고회로가 멈춘 것처럼 보였다.

좌중을 훑어보던 수호가 가장 앞에서 상황을 지켜보고 있는 이십대 중반의 남자를 콕 찍어 말했다.

"거기, 검은 티 입은 남자분. 빨리 연락 부탁드립니다."

지목받은 남자가 움찔하더니 그제야 움직이는 것을 보고 수호가 다시 허리를 숙였다. 그 사이 기관사가 달려 나와 상황을 확인하고 무전을 하느라 분주했다.

"괜찮아요? 어디 심하게 아픈 곳은 없으세요?"

수호의 물음에 아이 엄마의 눈에서 눈물이 후두둑 떨어졌다. 그녀는 어떠한 대답도 하지 못한 채 고개만 끄덕였다.

아이도 이제야 긴장이 풀린 것인지 빽빽 소리를 내며 울음을 터뜨렸다. 두 사람 모두 무사하다는 생각을 하자 수호가 입가에 희미한 웃음을 머금었다.

"걱정 마세요, 사람들이 도와줄 거예요."

"네, 네……."

힘차게 고개를 끄덕이는 것을 본 수호가 아이를 향해 손을 내밀었다.

"아이부터 이리 주세요."

"부, 부탁드려요."

여자가 작은 틈 안에서 몸을 비틀어 아이를 앞으로 내밀었다. 아이는 엄마와 떨어지지 않으려 사력을 다했지만 곧 수호의 품에 쏙 안겨 들었다.

아이가 그의 품에 안기자 여자는 그제야 웃었다.

"감사합니다. 감사합니다."

여자의 말에 수호가 고개를 저었다.

옷에 묻은 먼지를 탈탈 털며 로비 안으로 들어선 수호는 가장 먼저 화장실로 향했다. 지하철에서 제대로 털어냈다고 생각했는데 그게 아니었던지 여기저기 먼지가 묻어 있었다.

물로 깨끗이 닦아내고 난 후에야 엘리베이터에 오른 그는 자신을 기다리고 있었던 경호와 마주치자 미간을 좁혔다. 경호는 그를 발견하자마자 걱정하는 얼굴로 쪼르르 달려오더니 수호의 몸을 더듬어댔다.

"형! 괜찮아? 괜찮은 거야?"

"왜 이래?"

그의 호들갑에 수호가 미간을 팍 찌푸리자 되레 경호가 더욱 신경질을 냈다.

"왜 이래? 지금 왜 이래란 말이 나와? 전화는 왜 안 받아!"

이런 하극상은 처음이었기에 수호가 눈을 가늘게 떴다.

단순히 전화를 안 받아서 이렇게 화를 내는 걸까?

곰곰이 생각하던 수호가 고개를 저었다. 단순히 그런 이유라면 이정도로 화를 내진 않을 터다.

"정말 미쳤어!"

"그러니까 뭘?"

"몰라서 물어, 지금?"

붉어진 눈으로 수호를 보던 경호가 빽 소리를 지른다. 얼마나 걱정을 했던지 심장이 너덜너덜해진 모양이었다.

"왜 선로에 뛰어들고 그래! 미쳤어, 진짜! 미쳐도 단단히 미쳤어!"

"그걸 네가 어떻게……."

수호가 얼빠진 얼굴로 경호를 보았다. 하지만 경호는 도리어 기가 차다는 듯 연신 쏘아붙였다.

"어떻게 알았냐고? 형, 요즘 세상에 비밀이 있는 줄 알아? 특히 형 같은 유명인사가! 지금 SNS고, 인터넷이고 할 것 없이 난리라고!"

"뭐?"

입이 떡 벌어진 수호가 눈을 깜빡이자 경호가 그에게 휴대전화를 건넸다. 그의 말대로 수호에 대한 이야기가 많은 사람들에게 리트윗이 되어 있었다.

하나하나 살피던 수호가 잔뜩 화가 난 얼굴로 말했다.

"당장 요청해서 내리라고……."

"뭐? 왜? 이 반응 안 보여? 형에 대한 여론이 180도 바뀌었는데, 굳이……."

경호의 말이 끝나기도 전이었다. 수호의 휴대전화가 울리더니 액정에 아영의 이름이 떴다.

"하아."

깊은 한숨을 내뱉은 그가 이마를 짚었다.

가장 알리고 싶지 않은 사람의 귀에 들어갔나 보다. 아영이 알았다는 건 얼마 뒤 장미도 자연스럽게 안다는 뜻이었다.

전화를 받고 싶지 않다는 듯 액정을 바라보던 그가 하는 수 없이 전화를 받았다. 역시나 잔뜩 화가 난 목소리가 그를 다그친다.

[오빠, 유치원 때 지하철 노란선 안으로 들어가지 말라는 거 안 배웠어요?]

"내가 어릴 땐 안 배웠어."

[지금 그걸 말이라고!]

빽!

그녀의 고함에 수호가 휴대전화를 귀에서 멀리 떨어뜨리며 한숨을 푹 내뱉었다.

아아, 정말.

그가 피곤하다는 듯 이마를 짚었다. 뭐라고 변명할 여지도 없이 사진이 사방팔방 뿌려졌으니 입이 열 개라도 할 말이 없었다.

[안 다쳤어요? 괜찮은 거죠?]

"안 다쳤어. 괜찮아."

[같이 갈 걸 그랬어요. 그랬으면…….]

보호자 동행하고 지하철 탈 나이는 아니라고 말하려던 수호가 입을 꾹 다물었다. 이 말을 했다간 천하의 유아영도 그에게 욕지거리를 할 것 같았다.

그가 얼마간 계속해 아영의 잔소리를 들은 후에야 전화를 끊자 곁에서 이를 지켜보던 경호가 조심스러운 음색으로 물었다.

"아영 씨한테 혼났어요?"

평소에도 생글생글 웃고 다니는 사람은 아니었지만, 지금은 정말 끔찍한 표정을 짓고 있었다.

이래서 사진을 내리라고 했군.

수호의 걱정을 이제야 읽은 것인지 경호가 웃음기 가득한 목소리로 말했다.

"그래, 혼날 만하지. 더 혼내주라고 할걸……."

"조용히 해."

딱 잘라 말한 수호가 이를 짓이겼다.

"당장 연락해. 사진 싹 내리라고."

"형, 몰라요?"

"뭐!"

이렇게 흥분한 모습은 처음 보았다. 이성적인 인간이 한 번 흐트러지기 시작하니 참 인간답다는 생각을 하며 경호가 끌끌 혀를 찼다.

"인터넷에 한번 올라간 사진은 영원히 못 지우는 거. 포기해요."

몸을 돌린 그가 이제야 안도하며 회의장으로 향했다. 지금쯤 걱정에 가만히 있지 못하고 있을 담당자에게 '영웅 이수호 작가'가 도착했다는 사실을 알려야 했다.

"잘됐구만, 뭘."

혼잣말처럼 읊조린 경호가 힐끗 뒤를 보았다. 여론이 자신의 편으로 돌아섰는데도 수호는 뭐가 그렇게도 마음에 들지 않는지 입술을 댓발 내밀었다.

"괜히 한 소리 들었잖아."

후!

한숨을 내뱉은 그가 얼굴을 일그러뜨렸다.

역시, 평소에 안 하던 일을 하면 문제가 생긴다. 하지만 그 간절한 눈동자를 떠올리면, 자신이 한 일을 결코 후회하지 않았다.

"다 자기 때문에 그럴 줄도 모르고."

작은 변화는, 사랑이란 무시무시한 감정을 일깨워 준 사람으로 인해 생겼다.

그녀를 닮고 싶다.

햇살처럼 따뜻한 마음도.

작지만 넉넉하게 느껴지는 품도.

〈정말 괜찮아. 사람들이 말하는 것처럼 지하철이 달려올 때 뛰어든 것도 아니고 멈추고 나서 그런 거고.〉

수호가 보낸 문자를 빤히 보던 아영이 콧방귀를 뀌었다.

지하철이 멈춘 후에 들어갔다는 말도 안 되는 변명을 하자 그녀의 얼굴이 일그러졌다. 들고 있는 시원한 쉐이크를 그의 얼굴에 확 부어버리고 싶어졌다.

정말 놀랐던 거 생각하면.

후우, 한숨을 푹 내뱉은 아영이 휴대전화를 내려놓은 후 진동벨을 들고 오는 손님을 보았다.

"주문하신 쉐이크, 아메리카노입니다."

홀랑 쟁반을 들고 가는 남자의 뒷모습을 보던 아영은 테이블에서 웅웅 울리는 휴대전화를 보았다. 연이어 도착한 문자가 도착했다.

〈화내지 마. 다시는 안 그럴게.〉

답장이 오지 않으니 불안해진 마음에 다시 문자를 보냈나 보다.

아영이 입술을 길게 늘어뜨리며 웃었다. 마치 그가 안절부절못하고 있는 모습이 보이는 것 같았다.

〈알았어요. 화 풀게요.〉

전송 버튼을 누른 아영은 막 문을 열고 들어오는 손님을 보았다. 능숙하게 주문을 받은 아영은 옆에서 음료를 준비하는 유리를 힐끗 보았다. 일에 집중을 하지 못하고 계속 문자만 하고 있던 게 이제 와 눈치가 보이는 모양이었다.

"내가 할게."

아영이 테이크아웃 잔을 달라는 듯 손을 내밀자 유리가 고개를 저었다. 오랫동안 함께 일을 해온 사람이었던지라 하루 정도 농땡이 부리는 것으론 화를 내지 않았다.

"뭘. 오늘까지만 한다고 했잖아. 마지막 날이니까 쉬엄쉬엄 해."

에스프레소 머신에서 커피를 내린 유리가 아영을 힐끗 보았다. 아영의 시선은 아직도 휴대전화로 힐끗힐끗 향하고 있었다.

"그런데 너 연애해?"

"티, 티 나?"

뺨을 붉힌 아영이 제 얼굴을 쓰다듬었다. 혹 그곳에 '나 연애해요'라고 적혀 있나 해서.

그 모습에 유리가 느슨하게 웃더니 웃음기 가득한 목소리로 했다.

"그럼 안 나겠니? 계속 휴대전화만 보고 있는데."

내내 한 몸인 것처럼 들고 있던 휴대전화를 이젠 잘 보이는 곳에 내려둔 것을 본 유리가 고개를 절레절레 저었다. 아영은 누가 보아도 연애 초기의 여자였다.

사랑을 받는 사람은 예뻐진다더니 발그레해진 뺨을 연신 어루만지는 아영을 부러운 눈으로 보던 유리가 물었다.

"좋겠다. 설마, 한우야?"

"뭐? 아니야. 절대 아니야."

아영이 고개를 절레절레 젓자 유리는 자신도 모르게 안도의 한숨을 쉬었다. 그녀가 조금 밝아진 얼굴로 물었다.

"어떤 사람이야?"

"어떤 사람? 음……."

말꼬리를 길게 늘어뜨린 아영이 말을 이었다.

"잘생겼어."

"뭐? 너 설마 얼굴만 보고……."

얼굴값 하는 놈팽이를 떠올린 것인지 유리의 얼굴이 일그러졌다. 하지만 아영의 말은 거기서 멈추지 않고 계속 이어진다.

"엄청 자상하고, 나만 생각해 주고. 그런 게 막막 느껴진다니까? 가끔 내가 엄청난 사람이라도 되는 것처럼 이야기해 주고, 예뻐해 주고. 머리도 막 쓰다듬어주고. 그리고 또……."

"……자랑하는 거지, 지금?"

"응, 티 났어?"

"어, 엄청."

아영이 혀를 쏘옥 내밀자 유리가 고개를 절레절레 저었다.

저, 팔불출.

유리가 혀를 끌끌 차는 것도 모른 채 아영이 휴대전화 액정을 보았다. 짧은 사이, 수호에게서 문자가 와 있었다.

〈나 지금 가는 길이야.〉

아영이 시간을 확인했다. 자정이었다. 한 시간 뒤면 아르바이트가 끝날 시간이었다.

이제까지 회의를 한 건가?

낮에 출판사에 들어간 그가 이제야 나섰다고 하자 조금 걱정이 되었다.

무슨 문제가 생긴 건 아니겠지?

복잡한 표정으로 휴대전화를 보던 아영이 고개를 돌렸다. 손님에게 음료를 내어준 유리가 걱정스레 물었다.

"갑자기 왜 그래?"

"어? 뭐가?"

"방금 전까진 좋아 죽더니, 지금은 또 시무룩하고."

"음, 하루에도 몇 번씩 냉탕과 온탕을 오고가는 기분이랄까?"

그렇게 말한 아영은 곧 별일이 아니라는 듯 어깨를 으쓱였다.

그때 들고 있던 휴대전화가 울렸다. 한우의 전화라 아영은 손님들을 피해 자리에서 쪼그려 앉아 전화를 받았다.

[너 지금 어디야?]

인사를 하기도 전에 묻는 말에 아영의 미간이 좁혀졌다.

"나 지금 아르바이트하는데?"

[뭐? 잠깐만 기다려.]

뚝 끊긴 전화를 보던 아영이 이상하다는 듯 고개를 갸웃거렸다.

"얘 왜 이래?"

"친구야?"

"응. 기다리라는데?"

아영이 이해할 수 없다는 듯 고개를 갸웃거리자, 유리의 뺨이 핑크빛으로 물들었다. 한우를 떠올리는 것만으로도 얼굴이 붉어지는 모양이었다.

한우의 마음을 알고 있었기에 어제까지만 해도 자신의 마음을 접어야겠다고 생각했던 그녀다. 하지만 한우가 좋아하는 아영에게 남자친구가 생겼다는 이야길 듣자 자신도 모르게 기대를 하게 된다.

자신도 모르게 거울을 보던 유리는 문이 열리고 한우가 뛰어들어오자 반갑게 인사를 건네려 했다. 하지만 그의 시선은 오직 미간을 좁히고 있는 아영을 향해 있었다.

"너 아르바이트 그만둔다며! 어떻게 된 거야? 너 학교 안 다닐 거야?"

"뭐야, 그것 때문이야? 나 다음 학기 때 복학할 거야."

"그럼 왜 그만두는데?"

소란에 손님들의 시선이 두 사람에게 모여들었다. 미간을 좁힌 아영은 언성을 조금 낮추라고 주의를 준 후에야 그가 원하는 답을 들려주었다.

"학비가 있으니까."

"뭐?"

"다 해결됐다고. 그리고 내가 아르바이트 그만두는 것까지 너한테 이야기해야 해?"

"당연하지!"

"왜?"

곁에서 두 사람을 지켜보고 있던 유리가 걱정스러운 얼굴로 한우를 보았다. 붉어진 얼굴로 입술을 뻐끔거리고 있는 그는 잔뜩 당황한 얼굴이었다.

"내, 내가 널 좋아하니까!"

이씨.

고개를 팩 돌린 그가 어쩔 줄 몰라 하는 얼굴로 눈을 깜빡였다. 자신도 모르게 내뱉어 버린 본심에 스스로도 혼란스러운 모양이었다.

"아, 이렇게 고백하려고 했던 게 아닌……."

고백을 한 한우나 곁에서 이 모든 상황을 지켜보고 있던 유리가 당황한 것과는 달리 정작 당사자인 아영은 무심했다.

"미안한데 나 남자친구 있어."

"야, 거절을 하려면 좀 더 그럴듯하게……."

한우가 인상을 팍 썼다. 아영이 만나는 사람이 없다는 걸 누구보다도 그가 잘 알고 있었으니까.

기가 차다는 얼굴로 고개를 젓는 한우를 보며 아영이 미간을 좁혔다. 그가 자신의 말을 전혀 믿어주지 않는다는 사실을 깨달고 다시 한 번 딱 잘라 말을 하려고 할 때였다.

"아영아."

"어? 오빠?"

"누구?"

수호였다. 언제 온 것인지 그가 아영과 한우를 번갈아 보고 있었다.

이런, 혹시 다 들은 건가?

이제야 아영이 조금은 당황한 표정으로 그의 눈치를 살폈다. 다행히 그는 화가 나 보이진 않았다.

"아, 내 친구예요. 정한우. 이쪽은 내 남자친구, 이수호 씨."

무심한 표정의 수호와 당황한 표정의 한우를 번갈아 보며 소개를 한 아영이 미간을 좁혔다. 이 무슨 드라마 속에서도 안 나올 법한 장면이란 말인가. 아영이 인상을 썼다.

"……작가?"

"응."

눈을 가늘게 뜨며 '이 사람이 남자친구?'냐는 듯 바라보는 한우의 눈빛에 아영이 고개를 끄덕였다. 그제야 그녀의 말을 믿게 된 한우가 거친 숨을 토해내며 물었다.

"이번에 장모님 대신에 일한다던……?"
"장모님이라고 하지 마."
이번에도 딱 잘라 말한 그녀가 수호의 눈치를 살폈다. 그는 한우와 아영의 관계를 가늠하듯 눈을 가늘게 뜨고 있었다.

"야! 넌 아르바이트를 쉬면 쉰다고 이 서방님한테 말을 해줘야 할 것 아니야?"

이 남자를 과거에 한 번 본 적이 있었다. 아영의 집 앞에서 기다리던 남자가 친근하게 그녀를 대하던 것을 떠올리던 수호가 예의바른 웃음을 지으며 말했다.
"반갑습니다. 이수호라고 합니다."
어른의 여유가 느껴졌다. 산전수전 다 겪은 남자는 자신의 감정을 숨기는 것에 능숙했고, 적이라 판단한 사람에게도 먼저 악수를 청할 만큼 여유가 있었다.
그의 손을 가만히 보던 한우가 어쩔 수 없다는 듯이 손을 맞잡은 후 흔들었다.
"정한우입니다."
소도 아니고. 이름이 한우가 뭐야, 한우가.
속으로 이를 으드득 갈던 그가 맞잡은 손에 가볍게 힘을 주며 말한다.
"아영이 남자친구입니다."
여긴 나의 구역이라고.
명백하게 자신의 구역을 표시하는 짐승처럼 눈을 날카롭게 빛내는 그를 보며 한우가 인상을 구겼다. 두 사람의 날카로운 시선이 부딪쳤다.

심상치 않은 두 사람의 모습에 아영이 침을 꼴깍 삼켰다. 적대감이 가득한 그의 눈빛을 본 그녀가 자신도 모르게 숨을 들이켰다.

모두 들었구나!

아차 싶은 얼굴로 그를 바라보던 아영은 두 남자가 한 걸음 떨어지는 것을 보았다. 묵직한 침묵에 긴장감이 흘렀다. 가운데 끼인 아영이 어쩔 줄 몰라 입술을 잘근잘근 씹었다.

“친구 이야긴 처음 듣네.”

수호의 시선이 자신을 향하자 아영이 입가에 어설픈 웃음을 머금으며 답했다.

“아, 그래요? 이야기 안 했던가?”

별로 중요한 사람이 아니라는 어투에 이번엔 한우의 얼굴이 일그러졌다. 그의 얼굴에서 깊은 서운함이 느껴졌다.

“유아영, 네가 어떻게 나한테 이럴 수 있어?”

그는 최선을 다해 자신의 감정을 표현했다고 생각했다. 대학생활을 함께하면서 힘든 점도, 좋은 점도 공유하며 지냈고, 군대를 갔을 땐 기다려 달라는 말까지 했다. 하지만 ‘뭐가?’라는 눈초리로 자신을 바라보는 그녀의 모습에 그의 마음이 푸스슥 가라앉았다. 자신의 마음이 전혀 전해지지 않았다는 것을 이제야 깨달았다.

“됐다.”

짧게 답한 그가 수호를 보며 인사를 건넸다.

"그럼 다음에 또 뵙죠."

죽어도 다음엔 보기 싫었으나 말은 그렇게 했다.

좀 더 용기를 내어볼걸. 더 빨리 고백을 할걸.

그러한 후회로 점철된 표정으로 걸음을 옮기는 그의 뒷모습을 바라보던 아영이 미간을 좁혔다.

"재가 왜 저래?"

아무것도 모르는 얼굴로 멍하니 읊조리던 아영은 앞치마를 벗어 테이블 위에 올려두는 유리를 보았다.

"나 잠깐만 나갔다 올게."

붙잡을 새도 없이 한우의 뒤를 쫓는 유리를 바라보던 아영이 고개를 갸웃거렸다.

잰 또 왜 저래?

온통 이해할 수 없는 상황의 연속이었다.

영문을 모르겠다는 표정의 아영을 보며 수호가 고개를 저었다. 혼자만 이 상황을 도통 이해하지 못하는 모양이었다. 정작 이 요상한 상황을 만든 것은 본인임에도 불구하고.

"바람?"

"설마요. 친구예요."

그가 고저 없이 묻자, 아영은 양손까지 휘저으며 자신의 결백을 주장했다. 스스로 듣기에도 꽤 절박하다고 생각했는데 그의 표정은 별 감흥이 없고, 매정하게 보이기까지 했다.

아영이 기가 잔뜩 죽은 얼굴로 그를 보았다. 이 상황은 자신이 백번 사과를 해도 모자랐다. 반대의 입장이 되어서 생각해 보면 상대를 믿고 안 믿고를 떠나 무척 싫을 것 같았다.

"미안해요. 다 들었죠?"

아영의 물음에 수호가 팔짱을 꼈다. 슬슬 타인의 시선이 느껴져 그만해야 할 때라는 걸 알면서도 그녀의 반응을 보면 멈출 수가 없었다.

조금 더 놀려주고 싶다. 토끼 같이 동그란 눈이 자신에게 좀 더 향했으면 좋겠고, 만질 듯 말 듯 고민하는 손이 제게 닿았으면 했다.

그가 눈을 가늘게 뜨자 아영이 그의 팔목을 휙 잡으며 울상을 지었다.

"그게 아닌데…… 그게 아닌데……."

연신 더듬더듬 말을 내뱉던 아영이 인상을 썼다. 어디서부터 오해를 풀어야 할지 모르겠다는 표정이었다.

그가 굳히고 있던 표정을 풀며 장난스럽게 말했다.

"미안하면 포장마차는 유아영 씨가 쏘든가."

"유아영 씨라고 했어요? 지금 거리감 확 느꼈어!"

빽 소리를 지른 아영이 그를 밉지 않게 쏘아본 후 안도의 한숨을 내뱉었다. 애당초부터 그가 오해를 하지 않았다는 듯 커다랗게 터뜨리는 웃음에 삐죽 입술이 나오면서도 동시에 웃음도 함께 터져 나왔다. 그의 웃음은 전염성이 강했다.

다시 카운터 안으로 들어간 아영이 수호를 보며 물었다.

"커피 드릴까요?"

"직접 내려주는 거야?"

"물론이죠."

"그럼 아메리카노."

그의 말에 아영이 주문을 넣으며 물었다.

"따뜻한 거죠?"

"어."

그가 지갑에서 카드를 꺼내려 하자 아영이 고개를 저었다.

"계산은 됐어요. 내가 쏠게요."

큰 인심 쓴다는 듯 아영의 말에 그가 작게 웃으며 카드를 다시 지갑 안으로 넣었다.

"고마워."

"별말씀을."

말 한마디의 힘은 굉장히 크다.

아영의 얼굴이 밝게 변한다.

구석 자리에 앉은 그의 시선이 손바닥만 한 노트로 향해 있다. 오늘 출판사에서 회의한 내용을 읽던 그가 손으로 테이블을 더듬었다. 손에 닿아야 할 커피가 닿지 않자 그가 고개를 돌렸다.

아영이 테이크아웃 잔을 들고 서 있는 것을 보던 그가 피식 웃으며 물었다.

"일 끝났어?"

"진즉에요."

마감은 중간에 나갔던 친구가 한다는 말에 수호의 시선이 카운터로 향했다. 그곳엔 우울한 표정의 유리가 서 있었다.

한우의 뒤를 쫓아갔던 여자가 죽상이 되어 있는 것을 보던 그는 눈이 마주치자 묵례를 했다. 유리도 얼떨결에 고개를 숙였다.

기왕이면 저 사람이 방해꾼을 치워줬으면 좋겠는데.

유리를 향해 웃어 보인 그가 아영의 손을 붙잡은 후 카페를 나섰다.

좁은 아영의 보폭에 맞춰 걸음을 옮기던 그가 그녀의 어깨에 팔을 두른 후 몸에 힘을 풀었다. 그가 무게를 실어오자 아영이 꽥 소리를 질렀다. 몸이 아래로 꺼지다 못해 가느다란 두 다리가 파르르 떨렸다.

"뭐, 뭐 하는 거예요!"

"장난하는 거야, 장난."

"이게 뭐가 장난이에요? 무거워요!"

"어허, 지금 나한테 소리 지른 건가?"

비틀비틀, 그가 감당하기 힘든 짐이라도 되는 양 힘겹게 걸음을 옮기던 아영이 얼음땡 놀이를 하듯 순간 움직임을 멈췄다.

숨소리도 죽인 그녀가 커다란 눈동자를 데굴데굴 굴리고 있자 그가 뒤에서 백허그를 하듯 대롱 매달리며 물었다.

"그런데 왜 하필 포장마차야? 여기에 로망을 가질 게 뭐가 있다고."

"드, 드라마 같은 거 보면 혼자서 포장마차에서 소주 마시고, 국수 먹고 그러는 게 제 눈엔 멋있어 보이더라고요. 어른의 은밀한 취미 같은 느낌이요."

"은밀한 취미?"

그의 눈치를 슬쩍 살핀 아영이 말을 이었다.

"네. 들키면 부끄럽고 하지만 계속 하게 되는."

다시 그를 매단 채 힘겹게 걸음을 옮기던 그녀가 연신 입술을 조잘거렸다.

“혼자 갈 용기는 없으니까 같이 가서 해봐요. 국수는 꼭 하나만 시켜서 가운데 두고, 주종은 꼭 소주로!”

부러 마지막엔 애써 밝은 어조로 톤을 높인 그녀가 ‘진짜 무거운데’라고 읊조렸다. 하지만 아영을 놓아줄 마음이 없었던 그는 다른 사람들이 두 사람의 애정행각을 힐끗힐끗 쳐다보는 것도 무시한 채 어조를 낮춰 물었다.

“그런데 아까 그 친구 말이야.”

“친구요? 누구?”

“정한우라는 사람. 친해?”

안고 있는 몸이 작게 떨리는 것을 느끼면서도 그는 집요하게 물었다. 확실하게 하고 싶었고, 더 이상 이 일로 오해하고 억측을 하고 싶지는 않았다.

귓가에서 속살거리는 음성에 아영이 눈에 띄게 표정을 굳히며 더듬더듬 입술을 연다.

“아. 중학교 때부터 친구였어요.”

아영은 최대한 심플하게 관계를 설명했다.

중학교 때부터 이어져 온 인연이었다. 서로 이성적인 감정을 나눈 것은 아니었으나 설명하자면 좀 애매한 관계. 학교 수업이 끝나면 가끔 맛있는 것도 먹으러 다니고 함께 영화를 보거나 취미 생활을 즐기기도 했다. 단둘만 있어도 어색하지 않았다. 편한 친구 사이, 그것이라고 아영은 믿었다. 오늘에야 안 그의 감정은 아니었지만.

그가 저를 의심할까 봐 최대한 덤덤하게 설명했지만 그는 여전히 의심스러운 표정이었다.

제 목을 감싸고 있는 팔을 힘껏 붙잡은 그녀가 그를 질질 이끌며 걸음을 옮기기 시작했다.

"내, 내가 쏠게요! 가요, 하하하!"

어색하게 웃으며.

아영에게 어깨동무를 한 그는 저 멀리 보이는 포장마차를 향해 걸음을 옮겼다. 교차로엔 네 개의 포장마차가 쭉 이어져 있었고, 사람들이 간혹 그곳으로 들어가는 것도 보였다.

"바람둥이는 내가 아니라 유아영 씨구만."

"정말 거리감 느껴지게 그럴래요?"

"내가 뭘?"

그가 짐짓 아무것도 모른다는 듯 되묻자 아영의 얼굴이 와작 일그러졌다.

"아영아, 해봐요. 아영아. 다정함을 실어서."

아이를 가르치듯 조곤조곤 설명한 그녀가 고갯짓했다.

그녀가 어디 한번 해보라는 얼굴로 올려다보는 것에 그가 헛기침을 내뱉으며 목소리를 가다듬었다. 그러더니 마치 연기를 하는 배우처럼 진지하게 감정을 잡으며 말한다.

"아영아."

"좋았어요. 잘했……."

달콤한 목소리에 오소소 소름이 돋았다. 아영이 이것 보라며 자신의 팔을 보여주자, 그가 방금 전과 같은 목소리 톤과 눈빛으로 물었다.

"뭐 사줄 거야?"

진중한 얼굴과 하는 말이 어울리지 않아 순간 머리가 띵해지는 기분이었다.

그녀가 더듬더듬 말했다.

"주, 중간에는 국수!"

"국수만?"

그의 물음에 아영이 커다란 눈을 깜빡였다. 뭐야, 더 사달라는 거야?

지갑 사정을 떠올린 그녀가 '뭘 더 원해?'라는 눈초리로 바라보자 그가 그것도 모르냐며 묻는다.

"산낙지도 안 먹나? 포장마차까지 가서."

"어? 가면 먹어야 하는 거예요?"

"여기서 하수와 고수의 차이가 드러나는 거지."

그의 말에 그녀가 정말 그런 것이냐며 연신 입술을 조잘거렸다.

가로등 불빛만 길을 밝히고 있는 밤. 두 사람이 꼭 붙어 걸음을 옮긴다.

한 걸음, 한 걸음씩. 천천히.

주말, 머리를 싸잡고서 침대에서 끙끙 앓던 아영이 몸을 굴러 천장을 보았다.

아, 너무 과음했다.

움직이지 않은 채 눈을 깜빡이던 아영이 신음을 내뱉었다. 즐거운 술자리는 사람을 한없이 들뜨게 만든다. 수호와 한 잔, 두 잔 마시다 보면 어느새 평소 마시는 주량을 넘어선다. 어제도 기분 좋을 정도로 알딸딸해질 정도만 마셨다고 생각했는데 그게 아니었나 보다.

몸을 다시 옆으로 굴린 그녀가 엎드린 자세로 깨질 것 같은 머리를 붙잡으며 연신 앓는 소리를 냈다.

아, 죽겠다. 정말 죽겠어.

입에서 꿈틀거리던 산낙지의 요상한 느낌과 함께 어젠 달게만 느꼈던 소주가 원자폭탄처럼 펑펑 터지는 느낌이었다.

그때 장미가 살벌한 표정으로 문을 벌컥 열더니 딸아이의 모습을 보며 혀를 끌끌 찼다.

"이 기지배가! 어여 안 일어나?"

철썩!

엉덩이를 힘껏 내려친 장미가 연이어 잔소리를 쏟아내자 아영이 몸을 동그랗게 말며 우는 목소리를 냈다.

"아, 엄마 왜……."

"왜에? 왜에? 지금이 몇 신데 아직도 자고 있어."

토요일인데 조금 늦장부리면 어떠냐고 말할 수도 있었다. 하지만 아영 스스로도 이건 아니라고 생각한 모양인지 비척거리며 자리에서 일어난다.

엄마의 뒤를 따라가자 식탁 위엔 해장국과 함께 방금 만든 것처럼 보이는 반찬들이 정갈하게 놓여 있었다.

의자를 빼내 앉은 아영이 숟가락부터 들었다. 뽀얀 국물은 어서 자신을 먹어 달라며 아름다운 자태를 뽐내고 있었다.

밥을 푹푹 말아 크게 한술 뜨는 딸아이를 보던 장미가 커다란 반찬통 두 개를 식탁 위에 올려놓으며 말했다.

"이 작가한테 반찬 좀 가져다 줘."

"반찬?"

"그래. 파김치랑 깍두기 좀 담갔어."

장미의 말에 아영의 시선이 식탁으로 향했다. 군침이 도는 빨간 반찬 두 가지를 본 그녀가 걱정스레 엄마를 올려다본다.

"몸도 안 좋으면서……."

"냉장고가 텅 비었는데 그럼 가만히 있니?"

아직 재활치료 중인 엄마가 이 많은 걸 혼자 담그셨을 것을 생각하니 아영은 마음이 불편해졌다.

아영은 그릇을 깨끗이 비우고서 자리에서 일어났다. 설거지를 하려 싱크대 앞에 서자 장미가 아영을 슬쩍 밀어내며 말했다.

"넌 씻고 이 작가한테 반찬이나 가져다 줘. 혼자 또 굶고 있을 거야."

"응? 주말에도 밥 차려 먹는 것 같던데?"

"뭐?"

깜짝 놀란 장미가 눈을 커다랗게 뜨더니 이내 허망한 표정으로 말을 이었다.

"이 작가 안 되겠네. 내가 그렇게 말할 땐 씨알도 안 먹히더니. 너무하잖아."

매일 귀에 딱지가 앉도록 잔소리를 했음에도 주말에는 내내 굶다가 배고픔을 못 참을 때만 겨우 뭔가를 먹는 수호였다. 그러면서 먹은 흔적이 없는 건 설거지를 깨끗하게 해서 그런 거라는 말도 안 되는 핑계를 늘어놓는 통에 몇 번이고 화를 낸 적도 있었다. 누굴 속이려 그러냐고.

조금씩 빈 반찬으로 그의 식사 여부를 파악하던 지난 시간들이 눈앞에 파노라마처럼 흐르자 장미가 씨근거리며 설거지를 했다.

"엄마, 이게 사랑의 힘 아니겠어?"

달그락, 달그락.

접시를 닦던 손이 멈췄다.

장미가 뚱한 얼굴로 딸아이를 힐끗 보았다.

"너만 낭군 있니? 나도 있다."

흥.

콧방귀를 뀐 장미가 다시 설거지를 하는 것을 본 아영이 속으로 웃음을 삼켰다.

무거운 반찬통을 든 채 씩씩하게 걸음을 옮기던 그녀의 걸음이 우뚝 멈췄다. 조금만 더 가면 목적지였지만, 아영의 시선은 좌판에 깔린 장난감을 향해 있었다.

몸을 비틀며 춤을 추는 코알라도 있었고, 왜 만든 것인지는 모르겠지만 느릿느릿하게 걸음을 옮기는 나무늘보도 있었다. 대부분 귀여운 동물을 형상화해 만든 장난감을 바라보던 그녀의 시선이 날다람쥐에 닿았다. 플라스틱으로 만들어진 날다람쥐의 배엔 커다란 숫자가 적혀 있었다. 아무래도 시계인 모양이었다.

얼굴의 반을 차지하는 커다란 눈동자에 시선을 쏘옥 빼앗긴 그녀가 자신도 모르게 더듬더듬 말을 내뱉었다.

"귀, 귀엽다."

쓸데없는 곳에 돈을 쓰는 타입은 아니었기에 평소라면 구경만

하고선 다시 제 갈 길을 갔을 것이다.

하지만 오늘은 달랐다. 장사 수완이 좋은 주인이 다가와 그녀의 시선이 닿아 있는 날다람쥐를 들며 말했다.

"알람시곈데요. 이거 녹음도 돼요."

"정말요? 신기하다."

주인이 직접 시험을 보이려는 것인지 뒤에 있던 작은 버튼을 누르더니 말한다.

"아가씨 정말 예쁘시네요."

버튼을 땐 그가 알람을 맞추자, 놀랍게도 스피커에서 주인의 목소리가 들렸다.

[아가씨 정말 예쁘시네요.]

음질도 나쁘지 않았다. 알람을 울리며 고개를 까딱까딱 흔드는 날다람쥐를 신기한 눈으로 바라보던 아영이 침을 꼴깍 삼켰다.

이, 이건 사야 해.

그녀의 눈동자가 초롱초롱해졌다.

주인이 자세히 보라는 듯 날다람쥐를 건네자 아영은 홀린 듯, 반찬통을 내려놓고 그것을 받았다.

"와. 녹음한 걸로 알람이 울려요?"

"네. 좋죠? 선물하기에도 딱이에요."

'선물'이라는 말에 가장 먼저 떠오른 것은 사람은 수호였다. 게으른 사람은 아니기에 알람은 필요해 보이지 않았지만 아영은 벌써 마음을 굳힌 것인지 주머니에서 지갑부터 꺼냈다.

"얼마예요?"

가격을 치른 그녀가 봉투를 받아든 후 다시 걸음을 옮겼다. 수호도 분명 이 귀여운 아이를 좋아해 주리라 생각하며.

이젠 너무나 익숙해진 길을 걸어 수호의 집으로 향한 그녀가 초인종을 눌렀다.

딩동—

평소라면 얼마 지나지 않아 문이 열렸겠지만 오늘은 달랐다. 안에서 아무런 인기척도 들려오지 않자 그녀가 다시 한 번 초인종을 누른다.

"어디 갔나?"

보고 싶은 님의 얼굴이 나오질 않자 아영은 하는 수 없이 비밀번호를 눌렀다. 집주인에게 실례라는 생각 때문에 직접 문을 연 적이 없었던 터라 장미에게 비밀번호를 들은 후 처음으로 써먹는 것이었다.

문을 열고 조심스레 안으로 들어오자 예상대로 집 안은 텅 비어 있었다.

지나치게 깨끗한 집 안을 훑어보던 그녀가 반찬통을 식탁 위에 올려놓은 후 서재 문부터 열었다. 방금 전까지 여기에 있었던 것인지 컴퓨터 모니터에 불이 들어와 있었다.

"잠시 외출했나……?"

고개를 갸웃거리던 아영이 주머니에서 휴대전화를 꺼내려던 찰나, 어딘지 다급한 것처럼 느껴지는 목소리가 들렸다.

"나 씻고 있어!"

그의 목소리가 들려온 곳은 그가 침실로 사용하고 있는 방이었다. 열려 있는 방문으로 자신도 모르게 걸음을 옮기던 그녀는 다시 이어진 다급한 목소리에 걸음을 우뚝 멈췄다.

"방문 열려 있으면 닫고 가!"

아영은 욕실 안에서 안절부절못하고 있을 그의 모습이 상상이 되어 작게 웃음을 뱉었다. 하지만 그러다 엄한 생각들이 이어지자 얼굴에 화르륵 불길이 일었다.

무슨 생각을 하는 거니!

아영이 양손으로 얼굴을 가리며 기어들어 가는 목소리로 답했다.

"……네."

몸을 팩 돌린 그녀가 소리 없이 방문을 닫았다. 미친 듯이 뛰는 심장 위에 손을 얹은 그녀가 작게 웃음을 내뱉었다.

"나도 참."

떡 줄 사람은 생각도 하지 않는데.

아영은 연신 손부채로 열을 식혔다. 이 모습을 수호에게만은 절대 들키고 싶지 않았다.

그녀는 가장 먼저 장미가 아침 내내 고생해서 만들었을 반찬부터 냉장고에 잘 넣어두었다. 그 다음엔 오는 길에 사온 시계를 꺼내 서재로 향한다.

전쟁터를 방불케 하는 책상 위를 바라보던 그녀가 의자에 앉았다. 눈길이 닿는 곳마다 작품 설정에 대한 포스트잇이 붙어 있었다.

— 김노아는 왜 그런 생각을 하게 되었는가?

그에게 부족한 것이 무엇인가, 김노아는 생각했다. 그에게 부족한 것은 '감정'이 아니다. 타인에 대한 이해도다. 그는 그것이 부족했고, 노아는 그가 진심으로 불쌍하다고 생각했다. 그가 이렇게 된 것은 감정을 표현할 사람이 없었기 때문이고, 그건 무척이나 불행한 일이었으니까.

살인 현장에서 무심한 눈으로 토막 난 시신을 보고 있는 그를 보자 안아주고 싶은 마음이 들었다.

메모지를 보던 그녀는 옆에 쭉 붙어 있는 다른 종이들도 보았다. 모두 위엔 질문이 있었고 밑엔 그와 관련된 생각들이 적혀 있었다.

캐릭터 구상을 이렇게 하는구나.

멍하니 생각하던 그녀가 쭉 놓인 머그컵들을 보다 말고 손을 뻗었다. 제일 끝에 있던 머그컵은 미지근하게 온기가 남아 있었다.

"커피 많이 마시지 말라니까."

입술을 삐죽 내민 그녀가 한숨을 푹 내뱉었다.

이것이 그의 삶이다. 치열하게 생각하고 치열하게 고민해 만들어낸 이야기들로 사람들을 즐겁게 만들어주는 것. 하지만 걱정이 되는 것은 어쩔 수 없다.

알람시계를 힐끗 내려다보던 아영이 미간을 좁혔다. '일어나요' 정도의 귀여운 메시지를 남기고 싶었는데 아무래도 그리 되지 않을 것 같았다.

녹음 버튼을 누른 그녀가 짧게 녹음을 마쳤다. 그의 시선이 잘 보이는 곳에 시계를 내려둔 그녀가 머그컵을 들고 밖으로 나왔다.

수도꼭지를 돌려 컵을 닦던 그녀가 뒤에서 들려오는 목소리에 고개를 돌렸다.

“어쩐 일이야?”

그가 수건으로 젖은 머리를 탈탈 털며 물었다. 가까이 다가온 그가 아영을 끌어안은 후 이마에 짧게 입을 맞췄다.

“주말에는 오면 안 돼요?”

그를 밉지 않게 쏘아본 아영이 넓은 가슴에 몸을 기댔다.

“엄마가 반찬 가져다주라고 해서요. 정리해서 냉장고에 넣어뒀어요.”

거품기를 깨끗하게 닦아내는 것을 어깨 너머로 보던 그가 아영의 이마를 손바닥으로 감싸며 물었다.

“괜찮아?”

숙취 때문에 고생하지 않았냐는 물음이었다. 하지만 아영은 오히려 그를 걱정스러운 눈으로 올려다보았다.

“그건 제가 묻고 싶은 말인데요?”

설거지를 마친 그녀가 손을 앞치마에 대충 닦아낸 후에 손을 들었다. 그의 눈가를 쓰다듬은 그녀가 미간을 좁혔다.

“눈이 빨개요.”

“음, 괜찮아.”

“괜찮긴. 거짓말하지 마세요. 밤 샜죠?”

그녀의 물음에 수호가 당혹스러운 얼굴로 시선을 이리저리 옮겼다.

"어…… 그게……."

적당한 거짓말을 찾으려 애를 쓰는 모습에 아영의 눈이 삐죽였다.

"거짓말하는 거 다 티 난다고 했죠?"

지금 나 물로 보는 거예요?

화를 낸 그녀가 수호의 손목을 감싸 쥔 후 성큼성큼 걸음을 옮겼다. 그의 방으로 들어간 그녀가 이불을 확 걷어낸 후 당혹감에 어쩔 줄 몰라 하는 수호를 휙 보았다. 어깨를 밀어 침대에 눕힌 그녀가 이불을 덮어주며 말했다.

"오늘은 이만 코 잡시다."

"뭐?"

그가 눈을 깜빡이며 되묻자 아영이 제법 엄한 표정을 지었다.

"딱 두 시간만 자요. 더 이상 자라는 말은 안 할 테니까."

그러면서 그의 가슴을 토닥토닥 두드리던 그녀는 마치 주문을 외는 사람처럼 '잠 온다, 잠 온다'라고 연신 읊조렸다.

그녀의 손길을 가만히 받고 있던 그가 바짝 얼었던 몸을 느슨하게 풀며 작게 웃음을 내뱉었다. '설마, 네가 옆에 있는데 잠이 올 것 같아?'라는 표정을 지은 그가 아영의 손을 잡더니 제 쪽으로 훅 잡아 당겼다.

"억!"

요상한 소리를 내며 비명을 지른 그녀가 이윽고 상황을 판단하곤 눈만 깜빡였다. 그의 가슴 위에 겹치듯 몸을 내린 지금이 꿈이 아닌가 생각하며.

제 몸 위에 올라온 아영의 머리에 커다란 손을 올린 그가 낮게 가라앉은 목소리로 읊조렸다.

“그럼 두 시간만 자고 일어나서 데이트하자.”

쉿소리가 섞인 목소리에 그제야 정신을 차린 아영이 몸을 일으키려 했다. 하지만 그의 팔은 마치 올가미처럼 풀리지 않았다.

어, 어떻게 해.

욕실에 있는 그를 떠올리며 했던 이상한 생각들이 순식간에 다시 찾아들었다. 부끄러운 망상에 아영의 손가락이 동그랗게 오므려진다.

힘으론 그를 이길 수 없다고 판단한 아영이 고개를 들어 그를 보았다. 눈을 내리깔고 있는 그와 시선을 맞춘 그녀가 애원했다.

“이, 이것 좀 놔주세요.”

제발요.

그녀의 부탁에 수호가 입술을 부드럽게 휘며 눈을 감는다.

“잠 온다, 잠 온다.”

눈을 감은 그가 아영이 했던 것을 고스란히 따라 하며 웃었다.

부스럭, 부스럭.

이불이 살갗과 부딪쳐 소리가 난다. 무거운 침묵을 깨는 소음에 그가 미간을 좁혔다. 손을 뻗은 그가 뽀얀 뺨에 손을 얹었다. 느릿하게 호흡을 뱉고 있는 아영의 얼굴을 빤히 바라보던 그가 기가 막히다는 듯 웃었다.

“그렇다고 진짜 자냐.”

엄지손가락으로 통통한 뺨을 꾹꾹 누르던 그가 이내 흥미를 잃은 것인지 고개를 들어 천장을 보았다. 배에서 느껴지는 묵직한 무게에 그가 끙 앓는 소리를 내뱉었다.

눈을 감고 있어도 어찌된 일인지 정신은 또렷해지기만 했다. 그쯤 되자 그는 인정하지 않을 수가 없었다. 제 스스로 무덤을 팠음을.

꿈에서 무엇을 먹고 있는 것인지 연신 입술을 오물거리는 아영을 보던 그가 미간을 좁혔다.

내가 남자친구라는 개념이 없는 건가? 아니면…….

박력 있게 자신의 속옷을 빨던 아영을 떠올렸다. 어쩜 이런 쪽으론 좀 무딘 타입인지도 모르겠다. 아니, 아영은 남녀 사이의 긴장감이 다른 사람보다 부족한 사람이 분명하다.

“그러니까 남자친구 앞에서 이렇게 세상모르고 자고 있는 거겠지.”

후, 한숨을 내뱉은 그가 고개를 절레절레 저었다. 애써 아영에게 향하는 시선을 천장으로 옮기며. 천장의 패턴을 모두 외울 것만 같았다.

애써 시놉시스를 생각해 보기도 하고, 아영이 일어나면 뭘 할까 생각하던 그가 결국 시선을 내려 다시 아영을 보았다.

계속 그녀에게 눈이 간다. 마음이 이끌리는 것처럼.

침을 꼴깍 삼킨 그가 얼굴을 일그러뜨렸다.

“언제 일어날 거야.”

도대체 언제까지 날 고문할 거냐고.

깊게 한숨을 내뱉은 그가 피곤한 눈을 감았다. 눈동자가 건조해 따가웠다. 밤을 샜더니 눈꺼풀이 천근만근이다. 인내를 끝낸 그는 무언가에 홀린 것처럼 깊은 잠에 들었다.

두 사람의 호흡 소리가 하모니처럼 울렸다. 아영은 그의 몸 위에서 축 늘어진 채 잠들었고, 그는 잠결에도 그녀가 떨어지지 않도록 등을 감싸 안고 있었다.

별으로 가득했던 창밖의 세상이 어둑해진 시간.

먼저 눈을 뜬 것은 수호였다. 배 위에 있던 아영이 어느새 그의 겨드랑이 쪽으로 파고들어 몸을 동그랗게 만 채 잠들어 있었다. 오랜만에 피곤이 가실 정도로 단잠을 자서인지 막 잠에서 깨어났는데도 눈빛은 맑았다.

몸을 돌려 아영을 보던 그가 손을 뻗었다. 커다란 손으로 아영의 뺨을 감싸 쥔 그가 행복한 기운에 젖어 미소 짓는다.

왜 사람들이 결혼을 하는지 알겠다. 눈을 뜨자마자 사랑하는 이의 얼굴을 보는 일은 눈물이 날 만큼 사람을 감동시킨다. 충만한 감정마저 들었다.

깨지는 물건처럼 조심조심 아영의 뺨을 쓰다듬던 그가 입가에 미소를 머금었다. 따뜻하다. 말랑말랑 촉감도 좋았다. 그러다 그가 여전히 감겨 있는 그녀의 눈을 본다.

시선을 맞추면 좋을 텐데.

이제 그만 일어나 글을 써야 한다는 것을 알면서도 그는 말없이 아영을 보고 또 보았다. 그녀는 그의 마음도 모른 채 잠에서 깰 생각을 하지 않는다.

속편하게 쿨쿨 잠들어 있는 아영을 보던 그가 눈을 가늘게 떴다. 혼내주고 싶은 마음이 모락모락 자라난다.

코를 비틀어줄까. 아니면…….

그가 속으로 어떻게 해야 제 속도 모른 채 잠들어 있는 그녀를 괴롭혀 줄 수 있을까 고민할 때였다. 아영이 눈을 떴다.

그와 시선을 맞춘 후에도 아영은 이 모든 상황을 꿈으로 받아들인 것인지 눈을 깜빡였다. 와, 꿈이 참 리얼하다, 그런 생각을 하며.

가만히 아영을 보던 그가 천천히 입술을 달싹였다.

"잘 잤어?"

"……어, 엄마."

깜짝 놀란 그녀가 옅은 신음을 뱉었다. 이제야 가까이 다가와 있는 그의 얼굴이 현실이란 것을 깨달은 모양이었다.

그가 입가를 부드럽게 휘어 웃자, 아영의 얼굴이 발그레해졌다. 꼴깍, 침을 삼킨 아영이 그의 시선이 올가미라도 되는 양 피하지 못한 채 눈동자만 굴렸다.

"왜 그래?"

"그, 그게……."

이 상황에선 도대체 어떤 말을 해야 하는 걸까. 그의 숨결이 뺨에 닿는 것까지 느껴지는 거리에서.

"왜 말을 하다 말아?"

그녀가 다시 입을 꾹 다물자 그가 장난스럽게 웃었다. 당황하는 얼굴을 보니 더욱 골려주고 싶은 마음만 들었다.

그러게, 누가 속 편하게 자래? 그런 생각을 하며.

빤히 자신의 입술을 바라보고 모습에 아영이 무거운 입술을 달싹였다.

"여, 영화 볼래요?"

늘 그랬던 것처럼 이번에도 아영은 전혀 예상하지 못한 답을 내놓는다.

아영이 슬쩍 시선을 내려 수호를 보았다. 그는 늘 그랬던 것처럼 아래에서 노트북으로 작업을 하는 중이었다. 마감이 코앞인 상황에서 수정까지 해야 한다고 했으니 아마 몸이 열 개라도 부족할 터였다.

걱정하는 얼굴로 그를 보던 아영은 화면에 잠시 시선을 두었다. 영화는 그녀가 가장 좋아하는 〈귀여운 여인〉이었다. 여자의 판타지를 200% 충족시켜 주는 영화는 1990년도에 개봉을 했음에도 불구하고 아직도 많은 사랑을 받고 있었다.

영화는 클라이맥스로 치닫고 있었다. 화면엔 리차드 기어가 줄리아 로버츠를 샌프란시스코의 오페라 극장으로 데려가는 장면이 나왔다. 벌써 몇 번이고 보았기에 곧 〈라 트라비아타〉를 보며 감동하는 줄리아 로버츠의 모습이 나올 것이란 걸 알고 있었다.

외우다시피 하는 작품이었기 때문에 아영의 관심은 영화보단 키보드를 두드리고 있는 수호를 향했다. 굳이 이 영화를 선택한 것은 그가 이 명작을 보지 않았다고 해서였는데, 그는 작업을 하느라 텔레비전에 시선을 둘 잠시의 시간도 없어 보였다.

턱을 괴고서 그를 바라보던 아영이 결국 호기심을 이기지 못하고 물었다.

"지금 영화 보는 거예요, 일하는 거예요?"

"둘 다."

짧게 답한 그가 잠시 영화의 줄거리와 대사를 읊었다. 가끔 한 번씩 힐끔거리기만 했으면서 줄거리에 대사까지 완벽하게 알고 있자 아영의 눈이 휘둥그레졌다.

"와, 그게 돼요?"

난 도저히 안 되던데.

한 번 들은 걸 외우는 것도 모자라, 동시에 두 가지 일을 척척 해내는 그가 신기하다는 듯 아영이 중얼거렸다. 그제야 그가 빠르게 움직이던 손가락을 멈춘 후 고개를 돌려 아영을 올려다본다.

"동시에 이런 것도 할 수 있지."

그가 팔을 뻗어 아영의 목을 감싸 쥐었다.

수호의 손에 의해 고개를 숙인 그녀는 짧게 닿았다가 떨어지는 입술에 숨을 멈췄다.

그는 깜짝 놀라 입술을 굳게 다무는 아영을 보며 달콤한 웃음을 지었다.

"뭐, 뭐야. 진짜 멀티플레이어네……."

부끄럽다는 듯이 고개를 푹 숙이면서도 할 말은 다 하는 아영을 보며 그가 웃음을 삼켰다. 화면은 어느새 영화가 끝나고 엔딩 크레디트가 올라가고 있었다.

말간 눈으로 그녀를 올려다보던 그가 다시 입을 맞추려 할 때였다. 잔뜩 긴장한 아영이 속눈썹이 찌그러질 정도로 질끈 눈을 감자 그의 움직임이 멈췄다.

고개를 힘껏 젖혀 아영을 보던 그가 침을 삼키자 목울대가 크게 꿀렁였다.

긴장감이 몰려왔다. 갑작스레 그를 덮친 묘한 감정은 그녀의 입술을 머금는 것도 허락지 않았다.

자세를 바로잡은 그가 아영에게서 후다닥 떨어졌다. 금방이라도 뺑 터질 것처럼 얼굴이 시뻘게진 그가 아영의 얼굴을 가만히 바라보았다. 아영은 여전히 눈을 질끈 감고 있었다.

위험하다.

머리에서 위험 경보가 울렸다. 정말 위험했다. 이대로 가다간 본능에 무릎을 꿇을 것 같았다.

자리에서 벌떡 일어난 그가 고개를 팩 돌렸다.

"늦었네. 데려다줄게."

"에? 네, 네."

몸을 딱딱하게 굳힌 아영이 자리에서 벌떡 일어났다.

뒤늦게 부끄러움이 몰려와 두 사람 사이에 무거운 침묵이 내려앉았다.

투벅, 투벅.

골목 초입부터 안으로 차가 들어갈 수 없을 정도로 주차가 엉망으로 되어 있었다. 하는 수 없이 차에서 내린 두 사람은 어색한 얼굴로 걸음을 옮긴다. 어떠한 말을 해야 할지 몰라 두 사람 모두 침묵을 지키고 있었다. 하지만 집이 지척에 보이자 두 사람은 마치 약속이라도 한 것처럼 더디게 걸었다.

슬쩍 그를 곁눈질한 아영이 한숨을 푹 내뱉었다. 집을 나서는 순간부터 내내 한마디도 하지 않는 그의 눈치만 살폈지만 뚜렷한 답은 떠오르지 않았다.

뭘까? 도대체.

그의 신경을 건드린 것이 무엇인지 몰라 아영이 슬쩍 물었다.

"왜 그래요? 뭐 화나는 일 있어요?"

"아니."
"그럼 왜 입에 본드라도 붙인 사람처럼 아무 말도 안 해요?"
"……뭐?"
정말 몰라서 묻냐는 듯 그가 눈을 가늘게 뜨자 아영이 입술을 삐죽였다. 바보 천치가 되어버린 기분이었다.
"또 그 표정이야. 그 표정 지을 때마다 내가 바보가 된 기분이라고요."
수호의 입술이 달싹였다. 그는 하고 싶은 얼굴이 많은 표정이었으나 다시 입을 꾹 다물어 버렸다.
"싫어요? 나, 나랑…… 그러니까……."
거실에서 입을 맞춘 후부터 그의 반응이 심상치 않은 것쯤은 눈치채고 있었다. 그래서 더 마음이 상했고, 자존심이 땅으로 꺼졌다.
뭐가 문제인 거야?
궁금하고 답답한 건 참지 못하는 그녀가 다시 한 번 따져 물으려고 할 때였다. 주머니에 넣어두었던 휴대전화가 울렸다.
"어?"
액정을 본 아영이 깜짝 놀라 전화를 받았다. 휴가나 외출 때에만 태경이 사용하는 휴대전화 번호가 떠 있었다.
[누나! 나 포상휴가 나왔어!]
"뭐? 너 지금 어디……."
반가운 마음에 전화를 받자 동생이 즐거운 어조로 말했다. 동그랗게 눈을 뜬 그녀가 묻자 순간 뒤에서 누군가 달려와 아영을 와락 끌어안는다.

"헉!"

"서프라이즈~!"

깜짝 놀란 아영이 고개를 돌리자 태경이 활짝 웃고 있었다.

갑자기 나타난 동생 때문에 아영이 아무런 말도 하지 못하고 어버버거렸다.

오히려 반응을 보인 것은 수호였다. 아영이 반가운 얼굴로 전화를 받는 순간부터 미간을 좁히고 있던 그는 키 큰 남자가 나타나 그녀를 끌어안자 표정을 딱딱하게 굳혔다.

감정이 전혀 드러나지 않는 얼굴로 아영을 바라보던 그가 고저 없이 물었다.

"이번에도 친구?"

그의 물음에 남매의 시선이 동시에 수호에게로 향했다. 아영은 깜짝 놀라 태경을 밀어냈고, 두 사람이 떨어져 있어 일행이라고 생각하지 못한 태경은 얼떨결에 밀려나 수호를 보았다.

놀란 아영이 재빨리 변명을 하듯 말했다.

"동생이에요."

동생?

그의 시선이 태경에게 닿았다. 그와 맞먹을 정도로 커다란 키와 구릿빛 피부의 남자는 아영과 닮은 점이 하나도 없었다. 눈은 쌍꺼풀 없이 컸고, 입술은 도톰했다. 쌍꺼풀이 있는 아영과는 한 핏줄이라고 보기엔 무리였다.

자신의 것엔 엄청난 집착을 보이는 그다. 처음으로 마음을 준 여자가 며칠 전엔 '한우'에게 고백을 받더니 이번엔 제 눈앞에서 얼굴 반반한 남자에게 백허그까지 당했다. 평소 그의 인내심을 생각했을 땐 몇 번이고 화를 내도 이상하지 않은 상황이었다.

그가 질투에 눈이 먼 얼굴로 태경을 쏘아보자 그녀가 입술을 아작아작 씹었다.

동생이라고 했는데도 이런 반응이면 어떻게 해야 하는 거지?

"누구야, 누나?"

아무 말 없이 태경을 가느다란 눈으로 바라보는 모습에 아영이 숨을 왈칵 들이켰다. 이제야 그의 오해를 알아차린 모양이었다.

그녀가 양손을 휘휘 저었다.

"그런 거 아니거든요! 친동생이에요."

"뭐……?"

"태경아, 이쪽은 이수호 씨. 너도 알고 있지?"

"아!"

태경도 장미에게 들어 수호를 익히 알고 있었기에 허리를 힘껏 굽히며 싹싹하게 인사를 건넸다.

"안녕하세요. 엄마랑 누나가 신세 많이 지고 있어요."

그제야 수호가 의심을 거두며 태경을 보았다. 까까머리와 입고 있는 군복을 차례대로 보더니 그제야 아영이 곧 제대하는 남동생이 있다고 한 게 떠올랐다.

경계심은 곧 사라졌고, 그 자리를 차지한 것은 사람 좋아 보이는 웃음이었다.

"반가워요."

짧게 인사를 건넨 그가 태경의 얼굴을 다시 한 번 꼼꼼히 뜯어보았다. 예전에 아영이 말했던 대로 이성에게 인기가 많을 것 같았다.

"꽃 가슴?"

아영에게 들었던 별명을 말하자 태경의 얼굴이 일그러졌다. 고개를 팩 돌린 그가 아영을 원망스러운 눈으로 바라본다.

"……누나! 누나지? 누나가 말한 거지!"

"으응?"

"내가 그 별명 싫다고 몇 번을……."

외모와는 달리 태경은 조잘조잘 말을 늘어놓았다. 보통의 남매들과는 달리 사이가 좋은 것인지 두 사람은 어색하지 않은 얼굴로 연신 대화를 주고받는다.

"미안, 미안해."

"미안하다면 다야?"

태경이 눈을 삐죽이자, 아영은 '그럼 여기서 뭘 더 어떻게 해야 하는 건데?'라는 표정을 지었다. 이에 한마디 더 하려던 태경이 아영의 옆을 보았다. 수호가 흥미진진한 얼굴로 두 사람을 보고 있었다.

참자.

애써 감정을 갈무리한 그가 허리를 꾸벅 숙였다.

"좀 모자란 사람이지만 잘 부탁드리겠습니다."

"내가? 지금 나보고 모자라다고 한 거야?"

아영이 빽 소리를 질렀음에도 태경은 짐짓 모른 척 수호와 눈을 맞췄다. 두 사람의 관계를 단번에 눈치챈 태경은 그가 내민 손을 맞잡으며 흔들었다.

"잘 부탁해요."

"말씀 낮추세요. 음, 형."

두 사람이 만난 것은 처음이었지만 태경은 낯설지 않은 느낌에 시익 웃었다. 아영이 그러했듯 태경 또한 수호에 대해 장미에게 여러 번 들었던 터라 몇 번 만난 것처럼 익숙하게 느껴지기까지 했다.

까까머리 사내를 보던 수호가 입술을 길게 늘이며 웃는다.

"그래. 꽃 가슴군."

"윽!"

태경이 허를 찔린 얼굴로 가슴을 움켜쥐자 수호가 작게 웃음을 뱉었다. 외모는 참 다른 두 사람이었으나 웃음은 아영과 꼭 닮아 있었다. 남매 모두 사랑을 받고 자란 티가 표정에서 역력히 드러났다.

"꽃 가슴이 어때서 그래. 몸 좋아서 붙은 별명인데. 꽃사슴보단 낫지 않아?"

"누나!"

"뭐? 이게 누나한테 소릴 질러? 콱!"

조막만한 여자가 주먹을 들자 태경이 몸을 움츠렸다.

곰처럼 커다란 사내가 토끼처럼 약해 보이는 여자의 주먹에 몸을 웅크리는 모습은 웃음을 유발하기에 충분했다.

수호가 유쾌한 웃음을 뱉으며 배를 움켜쥐었다. 두 남매의 시선을 한 번에 받으며.

"누, 누나 이 사람 왜 이래?"

"한 번씩 이래. 예상하지 못한 시점에서 막 웃어."

아영이 고개를 끄덕였음에도 태경은 미래의 매형이 될지도 모르는 사람의 '정신상태'에 대해 진지하게 걱정했다.

"진짜? 괜찮은 거야?"

"어, 괜찮아. 이럴 때 말고는 아주 멀쩡해."

"진짜? 진짜지?"

"어."

남매의 만담에 수호는 한참이고 정신없이 웃었다.

집필 과정은 나 홀로 하는 싸움이었다. 써두었던 150페이지의 수정을 마치고 후의 이야기를 막힘없이 적어 내려가던 그가 크게 기지개를 켰다. 거의 사용하지 않았던 근육들이 아프다고 비명을 질렀다.

새벽 2시.

평소라면 한참 작업하고 있을 시간이었지만 꽤나 지친 것인지 피곤함이 몰려왔다. 잠시 눈을 붙이는 것도 좋은 방법 중에 하나였지만, 쉬고 있을 틈이 없었다. 2주 뒤면 마감이었다.

— 피해자를 만지는 손끝이 차갑게 얼어붙었다. 감정의 동요는 좋지 않다. 현장에선 이성적인 감정으로 모든 것을 판단해야 했으나 쉽지가 않다. 말도 안 되는 일이었지만 눈물까지 날 것 같았다.

이 상황에서의 합리적인 의심이 무엇일까. 현장은 사건의 시작이었다. 분명 현장은 범인에 대해 말을 해주고 있을 것이다. 난 그것을 들어야 한다.

하지만 그의 시선은 현장이 아닌 사체로 향했다. 피해자는 산모였다.

배가 볼록하게 나온 산모와 그 뱃속에 있을 아이가 동시에 죽었다. 공기 한 번 마셔보지 못한 생명이 바스러졌고, 아이를 기다리며 행복해하고 있었을 산모는 자신의 마지막을 눈치채지 못했을 것이다.

슬프다.

그들을 바라보는 그의 입에서 깊은 한숨이 토해진다.

다시 의자에 앉은 그가 막 한 페이지를 완성했을 때였다. 감정을 느끼지 못하던 주인공에게 이입하여 키보드를 두드리던 그가 미간을 좁혔다. 그처럼 자신도 눈물이 날 것 같다.

손을 든 그가 손바닥으로 눈두덩을 꾹꾹 눌렀다. 그렇게 하면 비어져 나오던 눈물을 다시 주워 담을 수 있는 것처럼.

한숨을 내뱉은 그가 키보드 위에 다시 손을 얹을 때였다.

띠리릭.

기계음과 함께 어디선가 반가운 이의 목소리가 들려온다.

[아직도 일하고 있는 거죠? 안 봐도 빤해요.]

움찔!

몸을 떤 그가 자리에서 벌떡 일어났다.

"어?"

분명 아영의 목소리였다.

그가 자신도 모르게 문을 보았다. 오늘은 아영을 집까지 데려다주었던 터라 그녀가 거기에 없을 것을 알면서도.

그러는 사이에 아영의 음성이 계속 이어졌다.

[쉬어요. 오늘 할 일을 내일로 조금 미룬다 해도 아무도 뭐라 안 해요. 요즘은 일찍 일어나는 새가 피곤하다는 말도 있잖아요.]

아영의 잔소리에 그의 눈매가 가늘어졌다. 꼼꼼하게 방 안에 있는 것들을 눈으로 훑던 그의 시선이 알람시계로 향했다. 언제부터 거기에 있었을지 모를 날다람쥐 알람시계가 고개를 까딱까딱 흔들고 있었다.

그가 손을 뻗어 시계를 집어 들었다. 시계는 계속 아영의 잔소리를 플레이하고 있었다.

[여기까지 들었는데도 여전히 일하고 있는 거면…… 쉬어요! 얼른! 침대에 누워요! 당장! 롸잇 나우!]

거기까지가 끝인지 이내 침묵이 이어졌다.

피식, 웃음을 뱉은 그가 의자에 앉으며 알람시계를 본다.

“자면 되잖아, 자면.”

마치 아영에게 말하는 것처럼 읊조린 그가 알람을 끄려고 할 때였다.

[사랑해!]

흠칫.

깜짝 놀란 그가 들고 있던 알람시계를 툭 떨어뜨렸다. 알람은 다시 처음 녹음으로 돌아가 잔소리를 늘어놓기 시작했다.

멀뚱멀뚱 시계를 내려다보던 그가 기가 막히다는 듯 읊조린다.

“그런 말은 라이브로 해달라고.”

매사 사람을 기함하게 만들 정도로 솔직한 여자가 가장 듣고 싶은 말은 이런 식으로 전한다.

조금 이른 시간이었다면 당장 전화를 해 다시 한 번 말해달라고 졸랐겠지만 지금은 새벽 2시였다. 한바탕 잔소리를 늘어놓은 그녀는 깊은 잠에 들었을 시각.

그가 턱을 괸 후 알람시계를 보았다.

[사랑해!]

끝까지 돌아간 알람이 다시 한 번 외쳤다. ‘사랑해’ 하고.

뒤에 있는 버튼을 누르자 고개를 까딱거리던 날다람쥐의 움직임이 멈췄다.

어딘가 모르게 아영과 닮은 날다람쥐를 바라보던 그가 작게 웃음을 뱉는다.

“보고 싶다.”

무척이나.

지금 당장 그녀가 보고 싶다.

8. 과거와 미래

취미 칸으로 걸음을 옮긴 그가 〈플로리스트 되기〉라는 책을 뽑았다. 한 페이지 정도 등장하는 인물이긴 했으나 다음 피해자 직업이 플로리스트였다. 미리 공부해 둬야겠다는 생각만 하다가 결국 등장하는 신이 되어서야 부랴부랴 관련 책을 구입하기 위해 서점을 찾았다.

사진까지 첨부되어 있는 책을 휙휙 넘겨보던 그는 자신의 손을 붙잡는 작은 손을 내려다보았다.

"벌써 와 있었네요?"

"응."

아침 일찍 서점에 갈 것이란 말에 아영은 그의 집으로 출근 도장을 찍는 대신 이리로 왔다. 그녀 역시 구입해야 할 전공 서적이 있었기에 가장 먼저 책부터 구입하고 약속 시간에 맞춰 그가 말한 '취미' 코너로 왔으나 수호는 일찍부터 온 것인지 이미 책을 두 권이나 고른 상황이었다.

호기심 가득한 눈으로 그가 들고 있던 책을 보던 아영이 의외라는 듯 고개를 기울였다. 자료를 찾으러 온다고 해서 무서운 책들을 구입할 줄 알았는데, 그가 고른 책은 화사한 꽃 사진이 가득한 책이었다.

그제야 책 제목을 확인한 아영이 물었다.

"플로리스트? 이번 신간 때문에 사는 거예요?"

"어, 피해자 중 한 명이 플로리스트거든."

"피해자……?"

의외의 말에 아영이 눈을 동그랗게 뜨자 그가 별일 아니라는 듯 답했다.

"아, 주인공들이 형사야."

대략적인 것만 들어도 온갖 사건을 통해 피가 철철 흐를 것 같은 작품이었다. 아영은 이번에도 자신의 취향과 조금 거리가 있는 작품일 것 같다고 결론을 내렸다.

"이번에도 무서운 책이에요?"

"내 책 읽어봤어?"

"네, 〈날내〉는 오빠 만나기 전에 읽었고, 나머지 책은 얼마 전에 읽었어요."

"감상평은?"

가벼운 물음에 아영이 정처 없이 시선을 옮겼다. 그를 생각해 입바른 소리를 해야 할까, 아니면 진심을 다한 답을 해야 할까 고민하는 모습이었다.

결국 스스로 판단을 내리지 못한 것인지 그녀가 조심스러운 기색으로 묻는다.

"솔직하게 말해요?"

"물론."

짧은 답에 아영이 고개를 끄덕였다.

그의 작품 중 처음 접한 것은 두 번째 소설 〈날내〉였다.

주인공들은 타인과의 공감 능력이 떨어지는 이들이었고 자신의 이익을 위해서만 움직이는 욕망 덩어리였다. 그것을 두고 평론가와 팬들은 소시오패스가 되어가는 현실의 사람들을 잘 표현했다고 했지만 아영의 생각은 달랐다.

이런 이기적인 사람들이 보통의 우리라고?

그 말에 아영은 절대 동의할 수 없었다. 설사 그런 사람들이 현대를 살아가는 평범한 이들이라고 하더라도. 그런 사람들만 가득한 세상이라니. 무섭지 않은가.

세상은 좀 더 느려질 필요가 있다. 일상에서 당연히 누려야 할 것들을 누리지 못한 채 일에만 매달려 생활하는 이들을 위해 시스템이 바뀔 필요도 있다. 타인과의 경쟁이 늘어가고, 타인을 짓밟고 올라가는 일에 거리낌 없어지는 것도 문제였다. 자신이 손해를 본다고 생각하며 이익을 따지는 것도 그녀의 입장에선 받아들이기 힘든 현실이었다.

사람들은 더 행복해져야 할 필요가 있다. 개인이 행복해야 남을 배려하는 것도, 힘든 사람이 있다면 손을 내미는 일도 늘어날 터였다.

"세 작품의 주인공 모두 무서웠어요. 모두 본인만 생각하는 사람들이어서요. 거기에다가 묘사가 엄청 디테일해서 사람이 죽을 때마다 몸에서 피가 빠져나가는 기분이었달까……."

수호가 인정한다는 듯이 고개를 끄덕였다. 아영을 만나기 전까진 그런 인물들밖엔 만들어낼 수가 없었다. 이번 글의 주인공들 역시 그들과 비슷했다. 뒤늦게 그녀를 만나고 작품을 대대적으로 수정을 하며, 그는 이제껏 제가 만들어낸 그들이 얼마나 이기적인 인물들인지 깨달았다. 아니, 사회가 용인하는 괴물인지 이제야 알았다.

아마, 그녀를 만나지 못했다면 그 주인공들이 평범한 사람이라고 생각하며 비슷한 인물들만 재생성했을 것이다. 캐릭터들은 결국 그에게서 나온 부산물 같은 것이었으니까.

"로맨스 같은 거 써주면 좋을 텐데."

"내가 로맨스를? 말도 안 돼."

그가 작게 웃음을 뱉으며 고개를 저었다. 사랑 이야기라니. 자신과는 참 어울리지 않는다고 생각하며.

그가 다시 책으로 시선을 옮기자 아영이 멀찍이 떨어졌다. 그의 일을 방해하고 싶지 않아 무심히 꺼내든 책을 보던 그녀는 호기심이 가는 내용에 눈을 반짝였다.

— 연인과 여행가기

요즘엔 연애도 책으로 배우는 모양이다.

아영 역시 배울 필요성을 느꼈기에 책에서 소개하는 곳들을 유심히 보았다. 꼭 들러야 하는 여행지와 함께 숙박시설과 유명한 식당까지 소개해 놓은 책은 구입을 하고 싶을 정도로 유용해 보였다.

— 전주 한옥마을

멋스러운 한옥이 모여 있는 거리 풍경의 사진이 제일 먼저 시선을 잡아 끌었다.

"가고 싶다."

한복을 대여해 데이트를 즐기는 부분에서 아영은 자신도 모르게 감탄사를 터뜨렸다.

가자고 해야지! 가서 커플 한복 입자고 해야지!

눈을 반짝이던 그녀가 방금 전까지 수호가 있는 곳으로 고개를 돌렸다.

"저 오……."

운을 떼다 말고 아영이 입을 꾹 다물었다. 수호의 앞에 웬 여자 둘이 서 있었다.

"성함은요?"

"이유라요!"

"전 김새미요."

이런 일이 한두 번이 아니라는 듯이 능숙하게 사인을 한 그가 책을 건넸다.

개중 한 여자가 반짝이는 눈으로 수호를 힐끗 보더니 그대로 꽉 끌어안는다.

움찔!

멀리서도 그의 몸이 떨리는 것이 보였다.

그를 끌어안은 여자가 허리를 꾸벅 숙이며 '팬이에요!'를 외친 후에 후다닥 사라지자 옆에 있던 여자도 재빨리 친구의 뒤를 따랐다. 남은 것은 놀란 눈으로 아영을 돌아보는 수호뿐이었다.

그가 서둘러 자신에게 다가오는 것을 보던 아영이 부러 입술을 삐죽였다.

"와, 눈앞에서 바람피우는 걸 목격했어. 오빠가 한우 때 이런 느낌이었을 거라고 생각하니……."

"팬을 가장한 성추행과 친구의 고백은 장르가 달라."

지금 묻어갈 생각인 거야?

그가 눈을 가늘게 뜨며 항의하듯 말했다. 아직도 '한우'를 떠올리면 시근시근 거친 숨이 나올 것만 같았다.

예상하지 못한 반격에 아영의 눈이 동그랗게 떠졌다.

"지, 지금 잘했다는 거예요?"

"아니."

걸음을 옮긴 그가 한 손으로 아영을 꼭 끌어안았다. 그녀의 정수리에 입술을 맞춘 그가 숨을 깊게 들이마신다. 그녀의 체향에 마음이 노곤해지는 기분이다.

입술을 길게 늘어뜨린 그가 미소를 머금었다.

"소독했다."

"소, 소독……. 아, 닭살이야."

아영이 부러 오버하며 팔을 비볐다.

잠깐의 소란으로 사람들의 시선이 이쪽으로 쏠리자 아영의 얼굴이 발그레해졌다.

서둘러 이곳을 벗어나야 할 것 같은 기분에 그녀가 물었다.
"책은 다 샀어요?"
"응, 가자."
먼저 걸음을 옮긴 것은 그였다. 아영의 손을 붙잡은 그는 주위의 시선도 개의치 않았다. 계산대로 향하는 와중에도 몇 번이나 사인 요청을 받은 그는 아영이 있어서 그런지 평소보다 더 성의 있게 해주었다.
먼저 계산을 마친 아영이 그를 기다렸다. 한참을 사인 공세에 시달린 그가 잔뜩 지친 얼굴로 다가와 한숨을 푹 내뱉었다.
"와, 오빠 엄청 유명하다."
유명한 작가라는 것도 알고 있었고, 텔레비전에 나오고 강연도 다닐 만큼 인기가 많은 사람이라는 것도 알고 있었다. 하지만 눈앞에서 직접 보는 것은 처음이었기에 아영이 신기하다는 듯 감탄한 후 팔에 찰싹 달라붙자 그가 그녀의 머리를 커다란 손으로 쓰다듬었다.
그의 손길에 아영이 앙증맞게 눈을 깜빡였다.
"막 스캔들 나고 그러는 거 아니에요?"
"아니야. 내가 무슨 연예인도 아니고."
말을 하면서도 아영은 새삼 긴장한 얼굴로 주위를 두리번거렸다.
"연예인도 아닌 사람한테 누가 사인해 달라고 그래요. 오빠 연예인 맞아요."
말을 하던 아영이 슬쩍 뒤로 물러났다. 벌어진 거리에 그가 미간을 좁히자 아영이 앞쪽을 가리켰다. 이십대 중반으로 보이는 여성이 그에게 다가오고 있었다.

"사인 좀 해주세요."

그가 사인지를 받으려 손을 내밀면서도 다른 손으론 아영의 팔뚝을 훽 잡아당겼다. 아영과 여자가 동시에 놀라 그를 쳐다보았으나 그는 아무렇지도 않은 척 무심히 물었다.

"성함이 어떻게 되시죠?"

"조, 조미연이요."

수호의 곁에 바짝 다가선 아영을 보며 여자가 더듬더듬 제 이름을 말했다. '조미연 씨요'라고 되물은 그가 사인지에 사인을 하면서 고개를 내려 입술을 아영의 귓가에 가져갔다.

"사랑해."

"힉."

아영이 숨을 왈칵 들이켰다. 눈앞에 사람을 두고 이게 뭐 하냐는 뜻이었다. 역시나 그의 속삭임을 들은 것인지 여자가 얼굴을 붉혔다.

"알람에 대한 답이야."

그의 말에 아영이 고개를 뚝 떨어뜨렸다.

부끄러움에 몸이 간질간질거렸다.

"책 뭐 샀어?"

"아, 맞다."

집 안에 들어서자마자 아영이 종이가방에서 책을 꺼냈다. 목이 마른 것인지 그는 곧장 부엌으로 들어가 물부터 마셨다.

그가 물컵을 들고 다시 거실로 나오자 아영은 그에게 손짓한 후 바닥에 무릎을 꿇고 앉았다.

아영은 서점에서 체크해 두었던 부분을 활짝 펼쳤다. 전주 한옥마을 사진이 멋스럽게 실려 있는 페이지였다.

"우리 여행 가요."

푹!

그가 입에 머금고 있던 물을 뱉어냈다.

"여행?"

"전주, 전주 가요!"

입가를 손으로 대충 닦아낸 그가 아영의 앞에 무릎을 꿇고 앉았다. 그는 애써 시크한 표정을 유지하고 있었다. 하지만 곧 반짝이는 아영의 눈동자와 시선이 마주하자 그의 표정이 와르륵 무너졌다.

"맛있는 것도 엄청 많고 여기 가면 한복도 빌릴 수 있대요."

아영이 책을 콕콕 내려쳤다. 당장에라도 떠나고 싶다는 표정이었다.

하지만 그녀의 앞에 있는 수호는 달랐다. 이미 얼굴은 빨갛게 달아올랐고, 슬쩍 벌어진 입 하며 표정은 넋이 나간 상태였다.

"열나요? 얼굴이……."

"아, 아니야. 괜찮아."

그가 고개를 젓자 아영이 고개를 갸웃했다. 목소리가 왠지 화가 난 것 같아 더 이상 말을 붙이기 어려웠다.

아영은 입을 다문 채 책만 손가락으로 슥슥 문질렀다.

그 모습을 보던 수호가 커다란 손으로 입가를 가렸다.

젠장.

머릿속을 더럽히는 요망한 생각에 그가 짧게 욕지기를 뱉었다. 그런 후 아영의 눈치를 살핀다. 그녀는 고개를 숙인 채 책 속 한옥마을 사진만 보고 있었다.

앤 지금 자신이 무슨 말을 하는 것인지 알고 있을까?

확신이 들지 않았다. 몇 번이고 보통의 성인 여성과는 다른 이성관을 확인했던 터라 더더욱 그랬다. 공부와 아르바이트로 누구보다 바삐 사느라 연애를 한 적도 없고, 친구들과 맘 놓고 시간을 보내는 일도 별로 없었을 것이다. 그러니 확인해야 한다.

"전주면 외박해야 하는데 괜찮아?"

"오빠랑 간다고 하면 엄마가 허락해 주지 않을까요? 우리 엄마는 간혹 보면 오빠를 더 믿는…… 진짜 괜찮아요? 얼굴 터질 것 같아요."

아영의 말이 이어지면 이어질수록 그의 얼굴색이 더욱 붉어졌다. 심상치 않은 모습에 그녀가 걱정스레 묻자 수호가 더듬더듬 물었다.

"어머님이 허락해 주실 것 같다고?"

"네, 물론이죠. 우리 엄마, 오빠 무척 믿잖아요."

"아아."

짧게 신음을 내뱉은 그가 고개를 휘휘 저었다.

역시나 그의 예상이 맞았다. 아영은 정말 순수하게 '여행만' 가자는 것이었다. 장미에게도 자신을 '연인'이 아닌 여행에 동행하는 '보호자' 쯤으로 말하자는 것 같았다.

이쯤 되자 화가 나기보단 허탈한 마음이 들었다.

"유아영."

"왜 그래요? 오빠 지금 나한테 화난 것 같은데."

그녀가 자신의 눈치를 살피자 그가 힘없이 말을 이었다.

"나 남자야."

"알아요. 그럼 내가 여자랑 사귀겠어요?"

"아니, 너 몰라."

툭, 말을 내뱉은 그가 항의하려는 듯 입술을 달싹이는 아영을 향해 손을 뻗었다.

그녀의 뒤통수를 잡아 제 쪽으로 확 잡아당긴 그가 비스듬히 고개를 내렸다. 한 손으론 바닥을 짚고 버틴 채 그가 아영의 입술을 입에 머금은 후 혀로 핥았다. 농밀한 키스에 아영의 몸을 파르르 떨렸다.

이젠 제법 키스에 익숙해졌을 법도 했다. 하루에도 몇 번씩 입을 맞췄으니까. 하지만 몇 번을 제외하고는 어린아이들이 할 법한 가벼운 것들뿐이었다. 지금처럼 그의 존재가 짙게 느껴지는 키스는 그녀의 기준에선 난이도가 너무 높았다.

사납게 몰아붙이는, 마치 다그치는 것 같은 키스에 아영이 숨을 왈칵 들이켰다. 자신의 혀를 옭아매는 감각도, 누구의 것인지도 모를 침이 꼴깍꼴깍 넘어가는 느낌도 너무나 선명해 정신을 차릴 수가 없었다.

천천히 입술을 뗀 그가 타액으로 번들거리는 아영의 입가를 보았다. 양 뺨을 손으로 잡은 그가 그녀의 입가를 할짝였다. 가혹하게 느껴질 만큼 몸을 관통하는 쾌락에 아영이 숨 쉬는 것도 잊은 채 몸을 떨었다.

그가 엄지손가락으로 아영의 말랑한 뺨을 쓰다듬었다. 질끈 감겨 있던 눈꺼풀이 거짓말처럼 들렸다.

"이제 알겠지?"

"……딸꾹!"

아영이 딸꾹질을 했다. 그리고 거기에 본인도 놀랐는지 눈을 동그랗게 떴다.

"이, 이게 아닌…… 딸꾹!"

아영이 입을 꾹 틀어막자 수호가 입가를 길게 늘어뜨리며 웃었다.

귀엽다. 아영이 사랑스러워 견딜 수가 없다.

집에 있을 때도 간혹 정신을 놓는데 낯선 도시로의 둘만의 여행이라니.

"이래도 여행 같이 갈 거야? 난 날 못 믿겠는데."

"딸꾹!"

아영이 가슴을 크게 들썩이더니 미간을 좁혔다. 하고 싶은 말이 있는데도 할 수가 없자 답답한 마음에 그녀가 코까지 틀어막아 본다.

1분 동안 숨을 참은 그녀가 가슴께를 툭툭 두드렸다. 딸꾹질이 터져 나오지 않자 그녀가 활짝 웃었다.

"멈췄나 보…… 딸꾹!"

어떻게 해요.

그녀가 수호를 간절한 눈으로 보았다. 혼자서는 어떻게 할 도리가 없으니 도와달라는 뜻이었다. 이미 그녀의 머릿속에선 폭풍처럼 강렬했던 키스는 잊힌 듯 보였다.

딸꾹질이 멈추지 않아 울상이 된 아영의 턱을 붙잡은 그가 위로 살짝 들어올렸다.

쪽.

가볍게 입을 맞춘 그는 눈을 동그랗게 뜬 아영을 보며 싱긋 웃었다.

"됐지?"

"이, 이 사람이 지금…… 딸꾹!"

딸꾹, 딸꾹!

이젠 반쯤 울 것 같은 아영이 빽 소리를 질렀다.

"안 됐잖아요! 딸꾹! 딸꾹!"

그가 와르륵 웃음을 뱉었다.

마음이 찰랑찰랑하더니 이내 흘러넘쳤다.

잠든 것처럼 눈을 감고 있던 그녀가 끌어안고 있던 베개를 던졌다. 베개가 위로 튀어 올랐다가 얼굴 위로 떨어졌으나 아영은 아무래도 좋다는 듯이 사지를 흔들며 발광했다.

"어머어어, 어떻게 해에에에."

두 손으로 얼굴을 가린 그녀가 침대에서 뒹굴뒹굴거렸다. 극도의 부끄러움에 스스로를 주체하지 못하는 모습이었다.

"이래도 여행 같이 갈 거야? 난 날 못 믿겠는데."

낮게 잠긴 목소리는 신경이 사각사각 긁힐 만큼 매력적이었다.

이제껏 그가 얼굴을 붉히거나 밀어낼 땐 화를 내는 것인 줄 알았는데 이번에 확실히 알았다. 그가 부끄러워 그런 것이라는 것을.

"못 믿겠대에에에. 꺄."

다리로 침대 매트리스를 탕탕 내려치던 그녀가 갑자기 푸학 하고 웃음을 뱉었다.

베개에 얼굴을 묻고 와르륵 웃음을 터뜨리던 아영은 인기척에 몸을 벌떡 일으켰다.

"너 뭐 하니?"

어디서부터 본 것인지는 몰라도 장미가 놀란 눈으로 아영을 보고 있었다.

"응? 잠시 쉬어."

그녀가 어색한 얼굴로 답했다.

도대체 언제부터 와 계신 거지?

아무리 가족이라도 미친 것처럼 그 난리를 피우는 모습을 보인 게 부끄러웠다. 이런 그녀의 마음을 아는 것인지 모르는 것인지 장미가 눈을 가늘게 뜨며 딸아이의 모습을 살폈다. 그러더니 아영의 머리를 눈짓하며 물었다.

"그러고?"

"아? 아하하, 별일 아니야."

손을 들어 머리를 만지자 귀신산발이 되어 있었다.

여전히 애가 뭘 잘못 먹은 것은 아닐까, 아영을 바라보던 장미는 '왜?'라는 물음에 손뼉을 쳤다. 들어오자마자 아영의 꼴이 너무나 충격적이라 잊고 있었던 본론이 떠올랐다.

"배 안 고파? 국수 말아줄까?"

"국수? 웬 국수?"

"태경이가 먹고 싶다고 해서."

장미의 말에 아영이 미간을 좁혔다.

앤 가끔 보면 엄마를 못 부려먹어서 난리라니까?

그녀가 마음에 들지 않는다는 표정으로 말한다.

"어우, 걘 제대하자마자 엄마 엄청 부려먹는다? 못됐어, 정말."

고개를 절레절레 저은 그녀가 자리를 털고 일어나자 장미가 팔짱을 꼈다.

"왜 일어나?"

"나도 먹게."

헤, 웃는 딸아이를 보며 장미가 고개를 저었다. '그러면 그렇지'라는 얼굴이었다.

밖으로 나가자 이미 태경은 다 먹고 자리를 정리한 것인지 모습이 보이지 않았다. 장미가 삶아두었던 면에 뜨거운 멸치 육수를 부은 후 고명을 올려주었다. 야식으론 손색이 없는 맛있는 국수가 아영의 앞에 놓였다.

국물을 호로록 맛보자 가벼운 육수가 달게 느껴졌다. 혀에 착 감기는 맛난 육수에 아영이 눈을 동그랗게 떴다.

와, 오빠 해주면 좋아하겠다.

평소 수호가 묵직한 것보단 가벼운 육수로 만든 음식을 좋아하던 터라 국수를 먹자마자 그의 얼굴부터 떠올랐다. 생각해 보면 그는 장미와 입맛이 많이 닮았다.

아영이 말없이 국수를 후루룩 먹자 장미가 맞은편 의자에 앉았다. 정신없이 국수를 먹는 아영을 보는 장미의 눈이 가늘어졌다. 며칠 사이에 딸아이의 얼굴이 활짝 폈다.

장미가 떠보듯 물었다.

"수호 밥은 제대로 챙겨주고 있는 거지?"

"응. 매끼 8첩 반상으로."

국물을 호로록 마신 아영이 배를 통통 두드렸다. 배부르게 먹긴 했지만 역시 제 입엔 조금 밍밍한 느낌이었다. 저가 했다면 육수도 조금 더 진하게 냈을 것이고, 위의 고명에도 간을 했을 것이다.

국수만큼 미묘한 차이로 맛이 확 달라지는 음식도 없다. 딸아이의 표정이 심각하게 변하자 장미가 눈을 동그랗게 떴다.

"어떻게 만든 거야?"

"국수?"

"응."

"뭐 별것 있나. 멸치랑 다시마로 육수 내고 국수 삶으면 끝이지. 장은 너도 알 거고."

별것 없다는 말에 아영의 미간이 좁혀졌다.

"엄마니까 뚝딱뚝딱 쉽게 만들지. 내가 만들면 이런 맛이 안 난단 말이야."

그리고 오빠 취향은 이쪽이고.

아영이 어깨를 축 늘어뜨리며 시무룩해지자 장미가 고개를 절레절레 저었다.

"그런 걸 바로 연륜이라고 하는 거지. 넌 이 나이 되면 더 잘할걸? 내 딸이니까."

"당장 잘하고 싶다."

입술을 삐죽인 그녀가 곧바로 말을 이었다.

"요즘 절실하게 느껴. 엄마와 이수호 씨의 유대감 같은 거."

아영이 국물만 남은 그릇을 내려다보았다. 그녀의 표정을 보아하니 그냥 하는 말처럼 들리진 않았다.

방금 전엔 꽃처럼 예쁘게 폈더니 지금은 생명력을 다하고 지는 꽃처럼 얼굴이 쭈글쭈글하다.

장미가 분위기를 가볍게 풀어보려는 듯이 장난스럽게 말했다.

"안 뺏을 테니까 걱정 마."

"누가 그런 걱정 한댔나? 부러운 거지."

"뭐가 부러운 건데?"

별로 어렵지 않은 물음이었다. 스스로 장미가 부럽다고 이야기했으니까.

처음부터 아영도 어렴풋 예상을 했다. 단순한 연애였지만 그는 많은 의미를 두고 있다는 것도, 그래서 만남을 가지기로 한 것도 어렵게 결론을 내렸다는 것을.

그가 보고 있는 것은 단순히 '유아영'이란 사람뿐만이 아니었다. 그녀의 친모인 '도장미'도 자연스럽게 생각할 수밖에 없었을 것이다. 그녀와 만나다가 여느 연인들처럼 헤어지게 된다면 장미와의 관계도 틀어질까 봐 무서웠을지도 모른다.

하나하나 비교를 당하고 있는 건 아닐까?

엄마랑 비교를 당한다고 생각하면 도저히 이길 자신이 없었다. 남편들이 '엄마 음식이 맛있다'라고 한다며 한탄하는 여자들의 이야기에는 화를 내거나 콧방귀를 뀌면 그만이라고 생각했었는데 막상 그가 그렇게 말하면 큰 상처를 받을 것만 같았다.

진짜 이상해.

여러 가지 복합된 감정으로 아영이 쉬이 입을 떼지 못하자 장미의 웃음이 진해졌다.

"깨 볶는 맛에 우리 딸이 정작 중요한 건 못 보고 있나 보네."

"뭐가."

아영이 뚱한 얼굴로 되묻자 장미가 턱을 괴며 고저 없이 말을 줄줄 이었다.

"이 작가한테 '내가 좋아, 우리 예쁜 딸이 좋아'라고 물어보는 건 '엄마가 좋아, 아빠가 좋아'라는 물음이랑 같은 거거든? 난 이 작가랑 함께한 시간이 10년이 넘었고, 우리 딸은 이제 두 달이 조금 넘은 거잖아. 조금 더 시간이 흐르면 딸이 완벽하게 이길 테니까 이 어미에게 질투하지 마세요. 철없는 따님."

"그, 그런 거 아니거든? 다만……."

"다만?"

"내가 많이 모자란 기분이 들어서. 조금 더 좋은 사람이 되었으면 좋겠어."

그의 입맛에 맞는 음식도 척척 내놓을 수 있는 그런 사람. 힘들 때 그가 가장 먼저 떠올리는 사람. 즐거운 일, 행복한 일이 있을 때 곁에 두고 싶은 사람. 그런 사람이 되었으면 좋겠다.

아영의 눈동자가 처연히 빛났다. 그런 사람이 될 수 있을까, 생각해 보면 도저히 자신이 없었다.

"많이 좋아하나 보네."

"어, 어?"

아영이 당황해 말을 더듬었다. 괜히 말을 꺼냈나 싶은 순간이었다.

하지만 장미는 거기에서 말을 멈추지 않고 계속 이었다.

“사랑하는 사람에게 잘 보이고 싶은 건 너무나 지극히 당연한 감정이고 생각이야. 나도 네 아버지한테 그런 마음을 갖는걸?”

“아직도?”

“물론. 사랑하니까.”

확고한 감정을 토로하는 여인은 아름답다. 거기에다가 그토록 오랫동안 사랑을 품어오고 확신에 차 말할 수 있다니. 이 얼마나 부러운 일인가.

아영은 순간 장미의 얼굴에서 빛이 나는 느낌을 받았다.

“그리고 난 밥 챙겨먹으라고 귀에 못이 박히도록 이야기를 했는데도 안 들어먹었는데, 넌 바로 먹게 만들었잖아? 나에 대한 건…… 보상심리 같은 걸 거야. 자세히 물어보진 않았지만.”

그는 가족에게 받지 못한 사랑을 장미에게 받고 싶었던 것이다. 장미는 그걸 줄 수 있을 만큼 넉넉한 품을 가진 사람이었고, 수호를 태경만큼이나 아꼈다.

본의 아니게 딸의 연애상담까지 하게 된 장미가 다 먹은 접시를 들고 자리에서 일어났다.

싱크대로 향하던 그녀가 여전히 생각에 잠긴 딸아이에게 잔소리를 늘어놓았다.

“연애도 좋지만 슬슬 복학할 준비도 해야지.”

“알아요.”

갑작스레 현실을 마주한 아영이 시무룩한 얼굴을 하자 장미가 고개를 절레절레 저었다. 사랑으로 현실을 잊을 만큼 고민을 하는 여자는 예쁘다. 저 나이 때만 할 수 있는 고민이기도 했고.

장미는 괜히 심통이 나 약을 올리듯 말했다.

"어우, 우리 딸. 그럼 이젠 이 작가랑 지금처럼 못 붙어 있겠네? 아쉬워서 어떻게 한대?"

그의 집에서 일한 지도 두 달이 넘었다. 애초부터 장미가 재활치료를 받아야 하는 세 달만 일을 해주기로 했기에 그의 집에 가는 것도 한 달이 채 안 남았다.

굳이 그 약속이 아니더라도 복학까지 해야 했기에 수호와는 지금처럼 자주 만날 수가 없었다.

자리에서 일어난 아영이 휘적휘적 방으로 향하는 것을 힐끗 본 장미가 속으로 웃음을 삼켰다.

실컷 고민해 보라지.

같은 여자로서 이제 막 사랑을 시작하는 딸이 무척 부러웠다.

자정이 넘은 시각.

스탠드 불빛에 의지해 활자를 읽고 있던 아영이 힐끗 휴대전화를 보았다.

일을 하는 것인지 간간히 오던 문자가 뚝 끊겼다. 그녀가 결국 집중을 하지 못하고 휴대전화 액정을 확인했다.

〈집에 잘 들어갔어?〉

〈어머니는? 병원 잘 다녀오셨대?〉

〈아, 인간에 대한 이해와 진리? 교양과목 이수 안 했어?〉

〈응, 일하는 중. 막바지야. 거의 끝나가. 초고 최종고 확인하고 있어.〉

그가 보낸 문자만 따로 쭈욱 읽어보던 아영이 미간을 좁혔다. 문자인데도 마침표가 딱딱 찍힌 문장에서 그의 성격이 읽히는 것 같았다.

턱을 괴고서 한참 문자를 보던 아영의 표정이 신중해졌다. 일상적인 이야기를 나누는 문자였으나, 어찌된 일인지 그가 한 보 뒤로 물러난 느낌이랄까?

그러면 안 된다는 것을 알면서도 아영은 삐뚤어진 마음에 휴대전화 액정을 툭툭 두드렸다.

"누가 이기나 해볼까?"

잘 진행되고 있노라 생각했던 연애가 커다란 벽에 부딪치자 그녀는 이번에도 행동으로 보인다.

"제가 방해하는 건 아니죠?"

무작정 전화를 걸어 그녀가 가장 먼저 한 말은 이것이었다. 이 말에 그가 '어'라고 답할 리가 없다는 것은 알고 있다. 지금부터 그에겐 자신이 원하는 답만 들을 생각이었다.

[아니야. 나도 막 전화하려던 참이었어.]

그 말에 아영이 '거짓말'이라고 읊조렸다. 그는 별달리 변명을 하지 못한 채 웃기만 했다.

[뭐 해?]

"공부해요. 다음 학기엔 무조건 장학금 탈 거예요."

아영은 펼쳐 놓은 책을 보며 한숨을 푹 내뱉었다. 공부는 끝이 없다. 하나를 끝내면 새로운 하나가 나타났고, 또 하나를 끝냈다고 생각하면 앞에 본 걸 잊어 되돌아갔다.

생명을 가지고 태어난 아이들은 어른들이 만든 기준과는 상관없이 모두 행복해야 한다. 모두 똑같은 사랑을 받으며 같은 선상에서 혜택을 받고 살아갔으면 했다. 그런 사회적인 시스템을 만들고 싶어 이 과를 선택했다.

아영이 한숨을 푹 내뱉으며 책을 두드렸다. 어려웠다. 처음의 포부와는 달리 마음은 위축되었다.

[응원할게.]

그의 말에 아영이 '고마워요'라고 읊조렸다. 짧은 한마디로도 위안을 받고 힘을 얻는다.

입술을 길게 늘어뜨린 아영이 웃음기가 역력한 목소리로 말했다.

"목소리 들으니까 더 보고 싶다."

[나도.]

지나치게 빠른 답에 아영의 눈이 커다래졌다. 손을 들어 저릿한 가슴께를 꾹 누르던 그녀는 이어지는 나지막한 목소리에 눈을 끔뻑였다.

[나도 보고 싶어.]

아아, 정말.

자신도 모르게 신음을 내뱉은 아영이 눈을 감았다. 이젠 마음이 조급해지기까지 한다. 지금 당장 그를 만나지 않으면 큰일이라도 날 것만 같았다.

[내일 아침 일찍 보자.]

"자지 말고 기다려요."

[어?]

"조금 있다가 봐요!"

[아영…….]

당황한 그가 무어라 말하려고 한 것도 무시한 채 아영이 전화를 끊었다.

벗어두었던 외투를 대충 걸쳐 입은 그녀가 문을 열고 밖을 살폈다. 문을 열자마자 보이는 부엌엔 아무도 없었다. 거실도 어둠만 있을 뿐 인기척은 느껴지지 않았고, 장미는 잠자리에 든 것인지 문틈으로 빛이 새어나오지 않았다.

기회다! 눈을 반짝인 아영이 발뒤꿈치를 세운 후 살금살금 걸음을 옮겼다. 현관을 지척에 두고 성공을 확신한 그녀의 얼굴이 활짝 피었다.

살금살금 신발을 신고 문 손잡이를 붙잡은 그녀가 탈출에 확신을 할 때였다.

"집에 도둑고양이가 들어왔네?"

"엄마!"

뒤에서 들려오는 음산한 기운에 아영이 끼기긱 고개를 돌렸다. 츄리닝 차림의 태경이 팔짱을 낀 채 한심한 얼굴로 아영을 보고 있었다.

"엄마는 왜 찾아?"

눈을 가늘게 뜬 태경은 속마음이 빤히 보인다는 듯 혀를 찼다. 마치 철없는 여동생을 보듯 아영을 쏘아보던 태경이 엄한 목소리로 말했다.

"누나, 당장 방으로 돌아가."

"……."

그녀가 입술을 삐죽였다. 하지만 여전히 자신의 방으론 돌아갈 마음은 없어 보였다.

아영의 뒷덜미를 붙잡은 그가 힘든 기색 하나 없이 그녀를 질질 끌고 방으로 향했다. 그 사이에도 그는 잔소리를 늘어놓는 것을 멈추지 않는다.

"처음 해보는 연애에 눈이 돌아가는 것도 이해를 하는데, 이건 정말 아니거든?"

"뭐가! 얼굴만 보고 오려고 했는데."

옷을 팩 붙잡아 그의 손을 떼어낸 그녀가 적반하장으로 나왔다. 미간을 좁힌 태경이 아영의 방을 손가락질하며 소리쳤다.

"얼굴만 보는 것 좋아하네. 잠이나 자!"

"이게 누나한테 소릴 지르고!"

"두 살 어린 오빠야. 앞으로 오빠라고 불러."

이렇게 철없는 누나 둔 적 없어.

태경이 딱 잘라 말하자 아영의 미간이 좁혀졌다.

뭐라고 더 큰 소리치고 싶었으나 딱히 할 말이 없었다.

"까분다."

쾅!

거칠게 방문을 닫은 그녀가 침대로 쪼르르 걸음을 옮겼다. 철퍼덕 침대에 누운 그녀가 이불을 머리끝까지 홱 뒤집어썼다.

"저게, 누나 앞길을 막고."

배은망덕한 놈! 연애 좀 하겠다는데!

구시렁구시렁 말하던 그녀는 아직도 화가 풀리지 않는 것인지 연이어 소리쳤다.

"꽃 가슴 주제에!"

"내가 그렇게 부르지 말라고 했지!"

"헉!"

이불을 슬쩍 들쳐서 보자 언제 문을 연 것인지 태경이 도끼눈을 뜨며 아영을 쏘아보고 있었다.

당장이라도 입을 꿰매 버릴 것처럼 살벌한 표정에 아영이 입술을 잘근 씹었다. 아, 더 건드리진 말자.

남매 사이에도 지켜야 할 선은 있기에 아영이 서둘러 사과했다.

"쏘, 쏘리."

손을 척 올린 아영이 어색하게 웃자 태경이 마지막으로 그녀를 노려보곤 문을 닫았다.

안도의 한숨을 내뱉은 그녀가 다시 이불을 뒤집어썼다. 그런 후 주머니에서 휴대전화를 꺼내 문자를 보냈다.

〈실패했어요. 꽃 가슴 때문에.〉

"칫."

나쁜 녀석.

혈육이면서 도움이 안 된다.

윤이 반짝반짝 나는 집 안을 보면 이곳에서 '가정부'로 일을 하고 있는 아영의 입장에선 뿌듯해야 할 터다.

하지만 그녀의 표정은 일그러져 있다. 그건 먼지를 찾으려는 듯 일부러 문틀 위를 만졌을 땐 더더욱 그러했다.

이러면 굳이 가정부를 쓸 필요가 있나?

집은 치울 것 하나 없이 깨끗했다. 이수호가 결국 그녀의 일을 모두 빼앗아간 것이다.

심각한 표정으로 물기 하나 없이 깨끗한 싱크대를 보던 아영은 다가온 수호의 모습을 힐끗 보았다. 새하얀 얼굴은 트러블 하나 없이 깨끗하고 맑은 빛이 났다. 이 집처럼!

"배고파? 뭘 그리 빤히 봐?"

그가 슬쩍 다가와 아영의 목에 팔을 감았다.

묵직한 무게에 그녀가 고개만 돌려 수호를 보았다. 뚱한 표정은 불만이 많아 보였다.

"오빠가 배고픈 건 아니고요?"

"응? 배 안 고픈데?"

그가 고개를 기울이자 아영이 미간을 좁혔다.

"아니에요. 배가 고픈 게 분명해."

이렇게까지 말했는데도 그는 이해를 하지 못한 모습이었다.

이를 아드득 깨문 그녀가 따지듯 말했다.

"나한테 욕먹고 싶은 거죠? 그렇게 내가 한다고 했는데, 청소는 언제 한 거예요? 설마……."

세탁실로 쪼르르 걸음을 옮긴 그녀가 텅 비어 있는 빨래 바구니를 보며 인상을 썼다.

역시나.

그는 자신에게 일을 시킬 마음이 전혀 없어 보였다.

그녀의 뒤를 따라온 수호가 머리를 긁적였다. 자신이 해야 할 일을 타인에게 미루는 것을 좋아하지 않는 그녀다. 그건 연인인 수호에게도 마찬가지였다. 좋게 말하면 책임감이 강한 것이었고 나쁘게 말하면 미련스러운 스타일이다.

하지만 수호의 생각은 달랐다. 처음에 아영이 이 집에 온 것은 장미 대신이었지만 지금은 포지션이 다르지 않은가. 조금이라도 편히 집에 있었으면 하는 마음에 그는 그녀의 일을 모조리 다 해 버렸다.

"뭐 어때. 곧 복학해야 하잖아."

"그래도 이건 좀……."

미간을 좁힌 그녀가 고개를 저었다.

"싫어요."

"나도 싫어."

고집스럽게 말한 그가 아영의 손을 잡아끌었다. 거실로 온 그가 아영의 가방을 열어 안에 있는 책을 꺼냈다.

"네가 지금 가장 우선시해야 하는 일은 복학 준비를 하는 거야. 그게 현재 네겐 가장 필요한 일이기도 하고."

그의 말에 틀린 점은 하나도 없었다. 공부를 하기로 마음먹었고, 비싼 학비를 내고 대학에 다닐 예정이었다. 또 휴학을 했기에 다른 사람들을 따라잡으려면 많은 노력이 필요할 터였다.

하지만…….

그녀가 망설이는 얼굴로 수호를 바라보자 그가 커다란 손으로 아영의 머리를 쓰다듬으며 웃는다.

"오빠 말 듣자?"

"……그래도 찜찜해요."

그녀가 쉽게 수긍을 하지 못하자 그가 억지로 책을 떠안겼다.

"가끔은 다른 생각은 하지 말고 네 입장만 생각해. 그건 이기적인 게 아니야."

그의 말에 아영이 책을 내려다보았다.

멀뚱멀뚱, 생각에 잠겨 있던 그녀가 이내 결론을 내린 것인지 시무룩해진 얼굴로 말했다.

"그래도 다음엔 내가 할래요."

이미 다 해놓은 일이었다. 집을 다시 어지럽히고 청소할 수는 없으니 어쩔 수 없는 노릇이었다.

끝내 고집을 꺾지 않는 모습에 수호는 존중하겠다는 듯이 고개를 끄덕였다.

하지만 곧 그의 지나친 친절과 과도한 관심은 계속되었다.

그녀가 목이 말라 목을 만지면 그가 지켜보고 있었다는 듯이 자리에서 벌떡 일어나며 '물? 물 가져올까?'라고 물었고, 근육이 뭉친 곳을 툭툭 두드리자 안마가 이어졌다.

거기까진 호의를 달게 받을 수 있었다. 급기야 그가 조리대 앞에 서자 아영이 걱정스러운 얼굴로 도마 위에서 예쁜 자태를 뽐내는 김치를 보았다.

"정말요? 정말 오빠가 하게요?"

"그럼. 나도 간단한 거면 만들 수 있어."

그가 얌전히 앉아서 기다리라고 말했다. 프라이팬에 적당히

썬 돼지고기를 달달 볶는 것을 보던 아영이 떨어지지 않는 발걸음을 힘겹게 옮겼다. 그의 뒷모습이 잘 보이는 식탁 의자에 앉은 그녀가 턱을 괴었다. 음식이 맛있게 지글지글 익어가는 소리와 김치를 송송 썰어내는 소리가 묘하게 섞여 기분이 좋았다.

함께 살면 이런 느낌일까?

다정한 남자는 많은 것을 함께해 줄 것만 같은 기분이었다.

"김치볶음밥은 프라이팬 채로 먹어야 맛있대."

"누가 그래요?"

"내가."

턱. 묵직한 프라이팬이 받침대 위에 놓였다. 붉은 자태는 군침이 살살 돌 정도로 맛있어 보였다.

"와, 맛있겠다."

눈을 빛낸 아영은 그에게 먼저 수저를 건넸다.

수호가 긴장하는 얼굴로 아영을 보였다. 그녀가 숟가락 가득 밥을 푼 후 입안으로 밀어 넣자 그가 '어때?'라며 물었다.

우적우적, 입에 있던 음식을 열심히 음미하던 아영이 엄지를 척 내밀었다. 그녀의 반응을 본 그가 환히 웃는다.

"많이 먹어."

맛있게 잘 먹는 아영의 모습에 그가 프라이팬을 스윽 앞으로 밀어놓았다. 그도 간혹 먹긴 했으나, 거의 손도 대지 않았다. 2인분 중에서 반을 넘게 먹은 아영이 그제야 수호의 눈치를 살폈다.

"다 먹었어요?"

"응. 그러니까 너 많이 먹어."

별것 아닌 음식이었다. 그런데 마치 진귀한 산해진미처럼 너무 맛있었다. 평소에 식탐이 있는 편은 아니었으나, 오늘따라 밑 빠진 독에 물 붓듯 음식이 꿀떡꿀떡 잘도 넘어갔다.

마지막 한 숟가락만 남은 프라이팬 안을 힐끗 본 그녀가 괜스레 말했다.

"나 살찌워서 잡아먹으려는 거죠? 안 그래도 요즘 몸무게가 엄청 늘어서 고민인데."

"아니야."

그가 고개를 젓더니 손을 뻗어 아영의 머리를 쓰다듬는다. 따뜻한 손길에는 사랑이 가득했다.

"예뻐. 엄청 예뻐."

"정말요?"

"그래."

"그럼 이것도 내가 먹어야지."

마지막 한 숟가락을 맛있게 먹어치운 아영이 활짝 웃었다.

설거지는 제가 하겠다며 아영이 다 먹은 프라이팬을 들고 자리에서 일어났다. 그도 말릴 마음은 없었던 터라 현관으로 향한다.

"난 잠시 내려갔다 올게."

"네."

엘리베이터를 타고 1층으로 내려온 그가 관리사무소로 향했다. 택배는 모두 이곳을 통해 받고 있었다.

그가 인터넷으로 쇼핑한 물품 몇 개와 봉투를 받아들었다. 법원 마크가 찍혀 있는 봉투를 뜯은 그가 예상했던 날짜에 도착한 서류를 보았다.

― 법정출두요구서

그가 입매를 굳혔다.

책을 배에 얹은 채 축 늘어져 있는 아영을 보던 그가 조심스럽게 손을 들었다. 실로 그녀의 네 번째 손가락을 휘휘 감던 그가 조심스럽게 매듭을 지은 후 살살 빼냈다. 그녀가 잠에서 깨지 않도록 최대한 조심을 하는 눈치였다.

얇은 카디건 주머니 안에 실을 넣은 그가 자리에서 일어났다. 이제 집을 빠져나가기만 하면 됐지만 인기척을 느낀 아영이 슬쩍 눈을 떴다.

"으음, 어디 가요?"

잠결에 눈을 비빈 아영이 묻자 그가 뜨끔한 얼굴로 고개를 저었다.

"이 앞에 잠시. 금방 올 거야."

"같이 갈까요?"

"아니. 누구 만나야 해서."

아영이 크게 기지개를 켠 후 그의 품에 폭 안겼다. 포옹은 그들만의 인사법이었다.

"조심해서 다녀와요."

"그래."

눈을 감은 그가 아영의 몸을 끌어안는다.

"이 디자인 말씀이시죠?"

"네."

디스플레이 되어 있는 주얼리 중 미리 봐둔 것을 하나 콕 찍은 그가 여직원을 보았다. 흰 장갑을 낀 여자가 반지를 꺼내 보여주자 그가 고개를 끄덕였다. 하트 커팅이 되어 있는 다이아몬드가 메인스톤인 주얼리는 아영의 이미지와 잘 어울리는 디자인이었다. 세트로 나온 남자 반지는 스톤 없이 밋밋한 것이었지만 액세서리를 주렁주렁 달고 다니는 것을 좋아하지 않는 그에겐 딱이었다.

"사이즈가 어떻게 되나요?"

그가 주머니에 손을 넣어 실을 꺼내 내밀었다.

"사이즈는 이걸로 가능할까요?"

"네?"

당황한 직원이 눈을 동그랗게 뜨더니 이내 사이즈 봉을 꺼냈다. 사이즈 봉에 실을 끼운 여자가 웃음을 삼키며 말했다.

"9호네요. 서프라이즈 성공하세요."

여자 친구 몰래 반지를 선물하려는 것을 눈치챈 직원이 웃음을 삼켰다. 그가 부끄러운 듯 고개를 끄덕였다.

"독일에 있는 본사에서 물건을 주문 제작하는 것이라서 2주 정도 시간이 소요되는데 괜찮으시죠?"

"네, 괜찮습니다."

짧게 답한 그가 카드를 내밀었다. 미리 계산을 모두 마친 그가 밖으로 나가려 하자, 여직원이 그를 붙잡았다.

"이수호 작가님, 저…… 사인 좀 해주실 수 있나요?"

여직원의 말에 그가 멈칫했다. 하지만 곧 기꺼운 마음으로 사인을 마친 후 밖으로 나왔다.

주차장이 바로 코앞이었으나 그 짧은 시간에도 몇몇 사람들이 그에게 다가온다.

요즘 들어 사람들의 시선이 더욱 집요해진 것을 느낀다. 예전처럼 나쁜 마음으로 보는 것은 아니었지만 멀찍이 떨어진 채 동물원의 원숭이를 구경하듯 바라보는 시선은 썩 유쾌하지 않았다.

이래서 외출하기 싫었는데.

한숨을 푹 내뱉은 그가 다시 걸음을 옮기려 할 때였다.

“이수호 작가님, 사, 사인 좀…….”

다가온 여자가 새하얀 노트와 펜을 그에게 불쑥 내밀었다. 거절을 당하리라는 생각은 하지 않는 모양이었다.

예전엔 사인 요청을 군말 없이 들어줬던 그다. 하지만 팬이 돌아섰을 때 그에게 향하던 날카로운 비난과 원색적인 말들을 들은 후론 이러한 요청이 썩 반갑지 않았다.

아영의 앞에선 방긋방긋 웃으며 사인을 해주던 그가 무심히 사인지를 받은 후 사인을 했다. 요즘엔 카드 서명보다 길을 지나가다가 요청을 받아 해주는 사인이 더 많은 것 같았다.

이게 다 지하철에서 있었던 일 때문이지.

한숨을 내뱉은 그가 사람들의 요청을 모두 들어주고 난 후에야 차에 올랐다.

빠르게 달리던 차가 향한 곳은 법원이 아닌 집이었다. 오늘 법원에서 증인으로 참석해 달라는 요청서가 왔으나 그는 변호사에게 이 일도 모두 일임했다. 굳이 그곳에 가서 매스컴에 오르내리고 싶은 마음은 없었다. 그가 할 말은 세상 사람들의 기준에 보았을 땐 '효'와 어긋난 것이었으니까.

지하주차장에 차를 세우고 자신을 기다리고 있을 아영이 있는 집으로 올라가려던 그는 경비실 번호가 찍힌 액정을 보았다.

[이수호 씨, 지금 댁에 안 계시다고 해서요.]

"네, 무슨 일이시죠?"

[지금 로비에 길차현 씨가 와 있는데…….]

전화 너머로 차현이 악다구니를 써대는 소리가 들렸다. 미간을 좁힌 그가 한숨처럼 말했다.

"주차장입니다. 올라가겠습니다."

[네, 부탁 좀 드릴게요.]

자신이 오기 전까진 사태가 진정이 되지 않을 테니 경비원은 굳이 감사의 인사까지 전한다. 그는 집으로 올라가는 대신 1층을 눌렀다. 벽에 등을 기댄 그가 팔짱을 꼈다. 차현을 만나기 전까지 생각을 정리할 필요가 있었다.

사실대로 모든 걸 말할까? 이제부터 시작이라고. 아직 내 계획이 실행되기 전이라고.

그래, 그것도 괜찮을 것 같았다. 협박을 하면 그녀의 발길이 뚝 끊길지도 모른다.

한참 생각을 갈무리하던 그는 문이 열리자마자 경비원들과 실랑이를 벌이고 있는 차현을 보았다. 안하무인처럼 소리를 지르는 모습에 그의 표정이 굳어진다.

"내가 내 아들 집에도 마음대로 못 올라가? 어!"

"아, 글쎄 세입자 분이 길차현 씨가 방문하면 올려 보내지 말라고 했다니까요? 콕 집어서!"

답답한 마음에 경비원이 버럭 소리치자 차현의 얼굴이 붉어졌다.

"길차현 씨? 길차현 씨라고 했어, 지금? 이게 지금 얻다 대고!"

재판 결과가 좋지 못했나 보다. 여기까지 쪼르르 달려온 것을 보면.

그가 모습을 드러내자 경비원과 차현은 상반된 반응을 보였다. 그들은 안도의 한숨을 쉬며 고개를 절레절레 저었고, 차현은 그에게 다가와 손부터 붙잡았다.

간절한 얼굴로 그를 올려다보는 차현은 오늘도 화려한 차림새였다.

설마 이러고 법정에 간 건가?

허벅지가 훤히 보이는 짧은 치마를 보던 그가 숨을 왈칵 내뱉었다.

"이렇게까지 해야 하니?"

"재판은 끝났나 보죠?"

"너…… 다 알고 있었으면서도!"

그의 손을 내팽개친 그녀가 악을 썼다.

"난 네 엄마야! 이렇게 네가 돈을 벌 수 있는 것도, 사람들의 관심을 받으면서 살 수 있는 능력도 모두 내가 물려준 거라고! 넌 거기에 맞게 내게 합당한 대가를 지불해야 해!"

"접근금지명령 떨어진 것 모르십니까? 경찰에 신고할 수도 있습니다."

얇은 하이힐 굽이 흔들리더니 차현이 자리에서 비틀거렸다.

아슬아슬하게 균형을 잡은 그녀가 이마에 손을 얹었다. 애초에 알고 있었다. 자신의 접근까지 막을 정도였으니 이제까지와는 달리 순순히 제 말을 듣지 않으리라는 걸.

씨근덕거리던 차현이 수호를 노려보며 입술을 짓이겼다.

"피차 서로 얼굴 보긴 싫은 모양인데, 용건만 간단히 말할게."

호흡을 가다듬던 그녀가 묵묵히 수호의 얼굴을 보았다. 그는 어느 순간 감정을 갈무리하고 그녀를 보고 있었다. 감정 하나 없이. 이런 그의 얼굴을 볼 때마다 그녀는 더욱 화가 나곤 했다. 혼자서 고고한 척, 도도한 척. 가슴이 뒤집히는 것 같았다.

하지만 안 되지.

지금은 그에게 받아낼 것이 있었다. 손이 올라가려는 것을 애써 막은 그녀가 당당하게 자신이 원하는 것을 요구했다.

"변호사 좀 구해줘. 3년이나 나왔다고, 3년이나!"

그녀가 세 치 혀로 타인을 속여 돈을 뜯어낸 대가는 고작 3년이었다. 그녀로 인해 무너진 가정만 세 곳이었고, 어떤 이들은 자살기도까지 했다.

피해자들에겐 이해할 수 없는 판결일 것이다. 하지만 대한민국의 법이 그러했고, 이에 대해선 수긍을 해야 한다.

다만…… 그에게 저지른 죄까지 얹는다면 말이 달라질 것이다.

"어머니."

"너 지금 나보고 어머니라고 했니?"

차현이 깜짝 놀라 눈을 동그랗게 떴다. 어느 순간부터 그녀를 남보다 못한 사람 취급했던 아들이었다. 그런 그가 '어머니'라고 부른 것도 모자라 자신을 안쓰럽다는 듯이 바라보자 원하는 것을 받아낼 수 있다는 희망에 부풀었다. 그 희망은 곧 산산조각이 났지만.

"그만하세요."

"뭐, 뭐라……."

"내 인생에서 사라져 주세요."

강경한 반응에 당황한 듯 차현이 더듬더듬 걸음을 물렸다. 이를 바라보는 그의 얼굴이 서글퍼진다.

"죄짓고 싶지 않아요. 내가 아끼는 사람들에게 실망감을 안겨주고 싶지 않습니다."

"내가 포기할 줄 아니? 난 친모로서 합당한 요구를……."

"계속 그렇게 나온다면 저도 어쩔 수 없습니다, 어머니."

흔들림 없이 딱 잘라 말한 그가 입꼬리를 비틀었다.

"더 철저하게 끌어내릴 수밖에 없어요."

"뭐, 뭐라고 했니, 너 지금? 나 협박하는 거야?"

"아니요. 사실을 말씀드리는 겁니다."

결심이 섰다. 이제껏 그녀에게 휘둘리며 사는 것을 '운명'으로 받아들였다면 지금은 다르다.

그에겐 평생 함께하고 싶은 여자가 생겼다. 그녀에게 나약한 모습은 더 이상 보여주고 싶지 않았다.

"계속 언론플레이 하며 지금처럼 찾아오신다면, 전 어머니의 자유를 빼앗을 겁니다."

"내, 내가 그런다고 눈 하나 깜짝……."

"정해진 시간에 움직여야 하는, 타인의 감시를 받아야 하는 생활을 하게 할 겁니다."

차현이 입을 꾹 다물었다.

수호는 감정적인 부분은 모두 배제한 채 이성적인 얼굴로 말했다. 더 이상의 흔들림은 없다는 뜻이었다.

"제 인내심을 시험하지 마세요."

그가 할 말이 끝났다는 듯 입을 꾹 다물었다. 여기서 자신을 더 자극하면 그가 이제껏 쌓아올린 것들로 그녀의 인생을 무너뜨리겠다는 말이었다.

네가? 네깟 게 날?

차현이 기가 차다는 듯이 콧방귀를 꼈다.

그 모습을 바라보던 수호가 고저 없이 말을 잇는다.

"제가 가지고 있는 진단서로 어머니의 남동생을 벌할 수도 있습니다. 아시죠? 요즘 아동학대 문제로 세상이 시끄러운 것."

"너……."

이제야 조금 씨알이 먹히는 듯했다. 그녀의 약점이라면 잘 알고 있었다. 그녀가 제 약점을 잘 알고 있듯이.

그가 입가를 비틀어 삐뚜름하게 웃는다.

"그렇게까진 하지 않게 해주십시오. 저도 밑바닥 보이긴 싫습니다."

수호가 몸을 돌렸다.

뒤에서 악다구니를 쓰는 소리가 들렸으나 결코 걸음을 멈추지 않는다. 그의 걸음이 멈춰야 할 곳은 아영의 앞에서 뿐이었다.

"금방 온다더니."

아영이 현관을 힐끗 보더니 정처 없이 걸음을 옮겼다. 경비원의 인터폰이 아무래도 계속 마음에 쓰였다.

[길차현 씨 밑에 와 계시는데 어떻게 할까요?]

수호가 없다는 말에 경비원이 그렇게 물었었다. 길차현이 누구인지 쯤은 그녀도 알고 있었다. 자식을 물건 취급하고, 무언가를 얻어내기 위해 협박을 서슴지 않던 사람. 아영의 기준에서 보았을 땐 절대 이해할 수 없는 사람이었다.

전화를 해볼까?

그녀가 휴대전화를 보았다. 혹 그가 차현과 마주친 것은 아닐까 걱정이 되었다. 그렇다면 그의 마음은 또다시 쑥대밭이 되었을 테니까. 그가 아픈 것은 싫다.

결국 참다못한 그녀가 수호의 번호를 찾아 통화 버튼을 눌렀다. 그와 동시에 초인종이 울린다.

인터폰을 확인하자 수호였다. 전화를 끊으며 현관으로 쪼르르 달려간 아영이 벌컥 문을 열었다.

아영이 가만히 그의 얼굴을 올려다보았다. 그러더니 이내 얼굴을 일그러뜨리며 더듬더듬 말했다.

"왜, 왜 그래요? 무슨 일 있었어요? 또 그 사람이 해코지한 거죠?"

그의 표정은 엉망이었다. 웃고는 있었으나 웃음 뒤에 있는 감정을 알아차린 그녀가 다그치듯 묻자 수호는 답 없이 고개를 아래로 내린다.

아영의 어깨에 이마를 내려놓은 그가 속살거리듯 물었다.

"어떻게 알았어?"

"딱 봐도 알아요."

"다른 사람들은 다 속아."

"난 못 속여요."

단정 지어 말한 그녀가 커다란 남자를 끌어안았다. 그의 몸이 부스러질 정도로 꼭 껴안은 그녀가 입술을 삐죽였다.

"내가 오빠한테 관심이 얼마나 많은데. 그것도 모를까 봐?"

그보다 그녀가 더 큰 감정의 동요를 보였다. 당장 눈물을 왈칵 쏟아내도 이상하지 않을 만큼.

고개를 든 그가 아영의 양 뺨을 쥐었다. 작은 얼굴을 꼼꼼하게 살펴보던 그가 눈매를 일그러뜨렸다. 그의 표정도 아영과 비슷해졌다.

"왜 네가 그런 표정이야?"

"몰라요. 오빠의 마음이 막 전해져서……."

조잘조잘 말을 늘어놓던 아영은 제 입술에 닿는 짧은 입맞춤에 입술을 다물었다. 그는 어느새 웃고 있었다.

그의 얼굴을 올려다보던 그녀가 계속해 말을 이었다.

"눈물이 나는 걸 어떻게 해요."

쪽.

다시 소리 내어 입을 맞춘 그가 고개를 비스듬히 기울였다. 농밀한 키스가 자연스럽게 이어졌다.

흐물흐물 다리가 풀렸다. 그녀는 넘어지지 않기 위해 그의 앞

섬을 힘껏 붙잡았고, 수호는 아영의 허리가 휠 만큼 힘껏 감고 있던 팔에 힘을 주었다.

조금의 틈도 없이 두 사람의 몸이 맞닿았다. 입술을 통해선 연신 호흡을 주고받으며.

두 사람의 입술이 떨어졌다. 하지만 서로의 코는 닿아 있다.

그가 천천히 눈을 뜨자 아영은 여전히 여운이 남아 있는 듯 떨리는 목소리로 말한다.

"솔직하게 말해줘요."

당신의 생각을. 감정을.

사랑하는 사람의 모든 것이 궁금한 것은 당연한 일이었다.

자신을 향해 있는 집요한 시선에 수호가 나지막하게 말했다.

"행복해."

"거짓말하지 말아요. 전혀 행복해 보이지 않아요."

"나 대신 울어줄 수 있는 사람이 있다는 게 얼마나 행복한 일인데. 정말 행복해."

가슴 설레는 웃음에 아영이 거친 숨을 토했다.

그의 말이 이제야 믿긴다.

안도감에 몸이 아래로 확 무너졌다.

아영이 양손을 바닥에 짚은 채 무릎을 꿇었다. 그 모습을 바라보던 그가 쪼그려 앉은 자세로 제 무릎을 끌어안는다.

낮은 자세가 된 두 사람이 서로 시선을 맞췄다.

"널 보니까 안도가 되었던 것뿐이야. 조금 아파도 못 견딜 정도는 아니야."

"오빠……."

"그러니까 걱정하지 마. 이제껏 그래왔던 것처럼 예뻐해 주기만 하면 돼."

그의 말에 멍하니 눈을 깜빡이던 그녀가 짧게 웃음을 뱉었다.

키득키득.

어깨를 들썩이던 그녀가 고개를 푹 숙였다.

"아, 엄청 오버한 것 같아요. 부끄러워요."

고개를 저은 그가 손가락으로 아영의 턱을 위로 들어올렸다. 시선이 마주치자 두 사람의 입술이 가볍게 부딪쳤다.

맞닿은 입술이 서로의 체온을 느낄 때였다.

뒤에서 비밀번호가 눌리는 소리와 함께 벌컥 문이 열렸다. 그 소리와 함께 깜짝 놀라 떨어진 두 사람이었으나 갑작스런 방문객은 한참 불타오르는 연인의 애정행각을 두 눈으로 똑똑히 목격한 것인지 뒷걸음질 쳤다.

"헉!"

"엄마!"

자리에서 벌떡 일어난 아영이 얼굴을 가렸다. 차마 그와 시선을 맞출 수도 없는 모양인지 그녀가 빠르게 방으로 내뺐다.

하지만 이 자리에서 가장 부끄러운 것은 한경호 그였다. 그도 어쩔 줄 몰라 하며 더듬더듬 변명을 내뱉었다.

"미안. 나도 일부러 보려던 게 아니었어. 문을 열자마자 그러고 있어서 나도 모르게……."

수호의 표정이 날카로워졌다. 그 뒤로 경호가 사과의 말까지 늘어놓았으나, 수호의 반응은 오히려 더욱 살벌해졌다.

"비밀번호 누르고 들어오지 말라고 분명히 경고했을 텐데."

"아, 미, 미안. 나도 모르게 그만. 습관이야, 습관. 아, 글쎄 미안하다고! 앞으로는 절대 안 그럴게! 어? 그러니까 화 풀어."

"넌 오늘은 유아영 눈앞에 띄지 마라."

서늘하게 말한 그가 먼저 서재 안으로 들어가자 그 뒤를 경호가 따랐다.

문을 닫은 경호가 의자에 털썩 앉는 수호를 보았다. 수호는 생각보단 많이 화가 나지 않은 것인지 날다람쥐 모양의 시계를 보며 웃고 있었다.

예전이라면 단두대로 보냈을 텐데.

경호가 새삼스레 수호를 보며 말했다.

"형, 원고는 잘 되고 있는 거지? 연애하느라 바빠서 한 자도 안 쓴 건 아니겠지, 설마?"

"내가 넌 줄 알아?"

딱 잘라 말한 수호가 시계를 다시 원래 있던 자리에 올려놓은 후 말을 이었다.

"예상대로 끝나."

"오오, 정말? 아버지가 무척 기뻐하겠다."

활짝 웃는 그를 힐끗 곁눈질한 수호가 고개를 저었다.

"다시 금수저 물어. 그렇게 아버지 생각하면서, 뭔 반항이야?"

"아버지랑 금수저는 별개거든?"

자신이 보기엔 거기서 거기라고 말한 수호가 경호를 보았다. 굳이 원고 진척 사항을 물어보려고 여기까지 온 것 같지는 않았다.

"그거 물어보러 온 거야?"

경호가 고개를 저었다.

"인터뷰는, 괜찮겠어?"

힘겹게 입술을 뗀 그가 수호의 표정을 살폈다. 그는 감정의 변화 하나 없이 다리를 꼬고 있었다.

"난 아직도 헷갈려. 형 스스로가 가정사 털어놓는 일. 지금 여론도 좋은데 굳이……."

"소중한 사람들이 다칠 수도 있어, 그 여자 때문에."

경호의 눈이 커다랗게 떠졌다. 그러니까 그의 말은 '소중한 사람'을 지키기 위해 굳이 흙탕물까지 뒤집어쓰겠다는 말이었다.

그 사람이 누구인지는 경호도 알고 있었다. 수호가 소중하게 껴안고 있던 작은 여자. 아주 작은 사람이었지만 그녀로 인해 수호에게 일어난 변화는 어마어마하게 컸다.

"미래를 꿈꾸게 됐어. 그 사람 때문에."

"형……?"

"지켜야 할 것이 있으니 강해져야지. 다른 사람이 내 행복을 부수지 않게 만들려면."

그의 말에 경호의 입가에 웃음이 번졌다.

아, 이제야 사람 같네.

경호가 다행이라는 듯 수호를 보았다. 그는 쑥스러운 감정을 숨기기 위해 애써 시선을 피하고 있었다.

9. 소유하고 싶은 사람

띠링—

문을 열자 맑은 종소리가 그를 반겼다. 편의점의 가장 깊숙한 곳에 있는 음료 코너로 간 그가 망설임 없이 차 음료를 하나 집어 든 후 계산대로 향했다.

"1,200원입니다."

아르바이트생이 바코드를 찍으며 말했다. 지갑에서 현금을 꺼내 내민 수호는 아르바이트생이 음료를 건네줄 생각이 없어 보이자 고개를 들어 상대를 확인했다. 수호의 표정도 그와 마찬가지로 놀라움으로 물들었다.

편의점 로고가 선명하게 박혀 있는 조끼를 입고 있는 사람은 태경이었다.

"누나 데려다주시고 오는 길이에요?"

"어, 그런데…… 여기서 뭐 해?"

"뭐 하긴요. 아르바이트 중이죠. 저도 복학해야 하잖아요."

그 후엔 그가 현재 하고 있는 아르바이트를 일일이 열거하기 시작했다. 그의 주 수입원은 과외였다. 아이들이 학교를 다녀오는 시간 이후론 주로 과외를 하고 있었고, 그 외의 시간엔 편의점에서 일하고 있다고 했다.

"졸업 후에 로스쿨도 다녀야 하잖아요. 집에 손 벌릴 수도 없는 입장이고."

"아……."

이 집 사람들은 왜 이리 대쪽 같은 것일까.

책임감이 강하다거나 독립적인 성향의 사람이라고 생각할 수도 있었다. 하지만 수호의 입장에서 보았을 땐 로스쿨 학비가 한두 푼도 아니고, 홀로 해결하려는 태경의 모습이 안쓰럽게 느껴졌다.

그 역시 돈 걱정하며 대학생활을 했던 때가 있었다. 하루하루 불안의 연속이었던 시간을 떠올리던 그가 뚜껑을 돌려 따며 물었다.

"도와줄 일은 없고?"

"도와줄 일이요? 없는데요?"

차를 꿀꺽꿀꺽 마신 그가 깊은 한숨을 뱉었다.

2학년 때였다. 한창 반항기였던 시기였고, 결국 장학금을 놓쳤다. 학비가 없어 휴학을 해야 하는 상황에 놓였을 때 그에겐 구세주 같은 교수님이 계셨다. 학비 80% 장학금을 알아봐 주셨고, 나머지 20%는 본인의 자비로 내주셨다.

잘 지내고 계시려나.

자신도 살아오며 여러 사람들의 도움을 참 많이 받았다고 생각하던 수호는 고개를 기울이는 태경을 보았다. 도움을 주겠다는 말에 자신의 외사촌들이라면 용돈부터 말을 했겠지만 태경은 달랐다.

"학비든 뭐든 도와줄 수 있어."

"아."

이제야 그의 말뜻을 알아차린 그가 빠르게 고개를 저었다.

"그런 건 필요 없어요. 하나 있다면……."

지금 가장 필요한 것을 '그런 건'이라고 표현한 태경이 말꼬리를 길게 늘어뜨렸다.

말하기 힘든 부탁인가?

학비보다 더 말하기 힘든 것이 무엇이 있을까, 고민하던 그는 이어지는 말에 눈을 동그랗게 떴다.

"선배, 수업 자료 가지고 계시죠?"

"선배?"

"어? 누나한테 못 들었어요? 저 한국대 법학관데."

"아."

법학과인 것도 오늘 처음 알았는데, 거기에다 자신과 같은 대학이란 사실까지 듣자 수호가 고개를 끄덕였다.

"와, 누나 서운하게 진짜. 내가 얼마나 힘들게 들어간 곳인데, 동네방네 소문쯤은 내야 하는 거 아니에요?"

투덜투덜, 태경이 쉴 새 없이 떠들어댔다. 종국엔 아영이 아주 매정한 사람이라는 양 말하자 가만히 듣고 있던 수호가 중간에서 말을 잘라냈다.

“대학 때 쓰던 노트와 책이라면 아직 있지.”

태경의 눈이 커다랗게 떠졌다. 세상에, 만상에. 아직도 수호에 대한 이야기라면 전설처럼 남아 있는데, 그의 노트라니. 그것만 있으면 만사 오케이일 것만 같았다.

눈동자를 반짝반짝 빛내던 태경이 손을 뻗어 차 음료를 들고 있는 수호의 손을 양손으로 덥석 움켜쥐었다.

“사랑합니다. 형님. 하늘처럼 모시겠습니다.”

움찔.

갑작스러운 스킨십에 수호가 몸을 움찔 떨었다. 하지만 태경은 눈에 보이는 것이 없는지 계속해 제 할 말만 늘어놓았다.

“누나한테도 좋은 소리만 할게요. 아시죠? 여자들은 귀가 얇아서 옆에서 뭐라고 조금 얘기하는 걸로 금방금방 흔들리는 거.”

“어…….”

“아니면 뭐 원하는 게 있으세요? 누나 연애 이야긴 해주고 싶은데, 애초에 역사가 없어서 무리고…… 어렸을 때 사진?”

수호의 눈이 커다랗게 떠졌다.

어릴 때 사진? 구미가 안 당길 수가 없는 조건이다.

“노트 언제 받으러 올래?”

수호의 눈동자가 호기심으로 반짝였다.

“실례합니다.”

슬쩍 고개를 내밀어 집 안을 둘러보던 태경이 기가 죽은 듯 수호를 보았다. 자신의 집과 비교했을 때 마치 대궐같은 집이었다. 지나치게 깨끗한 곳에 그가 쉬이 안으로 걸음을 들이지 못했다.

주춤대며 연신 누군가를 찾는 눈치에 수호가 무심히 말했다.

"누난 친구 만나러 갔어."

"에? 땡땡이에요?"

"허락을 받은 거니까, 월차?"

"와, 좋은 직장이네요."

태경이 신발을 벗고 안으로 들어왔다. 호기심 가득한 눈으로 집 안을 둘러보는 태경을 뒤로한 그는 서재로 들어가 커다란 박스 하나를 들고 나왔다.

쿵!

그가 소리 내어 박스를 내려놓자 거실을 보던 태경이 한달음에 달려왔다.

"와, 이거예요?"

박스 안을 본 태경이 눈을 반짝인다. 어젯밤 내내 서재를 뒤져 찾은 노트 중 하나를 빼드는 그의 모습을 힐끗 본 수호가 다시 서재로 들어갔다. 그리고 방금 전처럼 박스를 다섯 개나 더 내려놓고 나서야 한숨을 푹 내쉬었다.

"어젯밤에 대충 찾아봤는데, 학년별로는 도저히 정리가 불가능해서."

"……헉."

얼이 빠진 얼굴로 박스를 본 태경이 미간을 좁혔다.

"사법고시 때 공부했던 것도 섞여 있거든. 다 가져가도 상관없는데…….”

수호도 곤란하다는 듯이 인상을 굳히고 있었다. 한도 끝도 없이 나오는 노트에 그도 적잖이 당황했었다.

대충 노트를 후루룩 읽어보던 태경이 슬쩍 그의 얼굴을 올려다보았다.

“다 가져가기엔 무리이지 않을까요?”

“역시 그렇지?”

자신이 보기에도 너무 심하다 싶었다. 웬만한 1인 가구 이삿짐 수준이었으니까.

과거, 그 누구보다도 치열하게, 열심히 살았던 제 흔적을 남이 들여다보고 있다는 사실에 조금 멋쩍어진 그가 부엌으로 걸음을 옮겼다. 집에 손님이 왔을 때 마실 거리를 내어주어야 하는 상식 정도는 있었다.

시원한 주스를 따라 온 그가 태경에게 건네며 말했다.

“그럼 필요한 것만 골라봐.”

“감사합니다.”

예의 바른 웃음을 지은 태경이 컵을 바닥에 내려놓은 후 양반다리를 하고 앉았다.

태경은 눈이 돌아갈 만큼 깔끔하게 정리되어 있는 노트에 온 신경을 빼앗겼다. 생각 같아서는 모두 가져가고 싶으나, 그럴 수 없다는 걸 알기에 꼭 필요한 것들을 분류하기 시작한다. 하지만 마음과는 달리 가져갈 곳에 놓아두는 노트가 더 많았다.

와, 대박.

연신 노트를 보며 감탄사를 뱉던 그는 옆에서 느껴지는 시선에 고개를 돌렸다. 곁에 선 수호는 뭔가 바라는 눈치로 태경을 보고 있었다.

뭐지?

의아한 눈으로 수호를 보던 태경이 퍼뜩 떠오른 생각에 안주머니에 손을 넣었다. 사진을 꺼낸 태경이 그에게 내밀었다.

"여기요. 엄마 몰래 가져온 사진도 있어요."

"어머님께도?"

사진은 총 세 장이었다. 자주 가지고 다닌 것인지 모서리가 닳은 것도 있었고, 보관 상태가 양호한 것도 있었다.

"네, 사탕 먹고 있는 사진 엄마가 아끼는 거예요."

"그런 거면 돌려드리는……."

말을 잇던 수호가 첫 번째 사진을 보았다. 장미가 아낀다는 사진인 듯 얼굴의 반이 눈인 어린 아영이 사탕을 쪽쪽 빨아먹고 있었다.

자신의 얼굴만 한 사탕을 입안에 욱여넣으려 애쓰는 어린 아영의 모습에 수호가 숨을 들이켰다.

뭐지? 이 작은 생명체는?

뺨이 통통한 작은 아이는 깨물어주고 싶을 정도로 귀여웠다.

"못 돌려드리겠죠?"

세상에서 가장 행복하다는 듯 웃고 있는 아영의 모습에 수호가 고개를 끄덕였다. 사진을 본 이상 돌려주긴 힘들 것 같았다.

다음 장을 넘긴 그는 양손을 들고 벌을 서는 아영의 모습에 눈을 가늘게 떴다. 아이는 혼쭐이 난 것인지 서럽게 울고 있었다.

"누나가 그때 왜 벌 선 줄 아세요?"

수호가 호기심 어린 눈으로 고개를 저었다. 그러자 태경이 신이 나 떠들기 시작했다.

"유치원 때인데, 같은 반 남자애가 고백을 한 모양이더라고요. 그 남자애가 엄청 싫었나 본데 그때 누나는 말도 잘 못하는 바보여서 꾹 참고만 있었대요."

"그래서?"

"그러다가 뻥 터진 거죠. 하루 날 잡고 들러붙는 남자애 얼굴을 손톱으로 확 긁었거든요. 덕분에 우리 엄마는 백배 사죄하고, 누나는 하루 종일 손들고 혼나고. 아빤 딸이 고백 받는 모습에 곧 시집보낼 때가 얼마 남지 않다고 우울해하고. 엄청났어요."

"그걸 다 기억해?"

수호가 신기하다는 듯 묻자 태경이 고개를 저었다.

"설마요. 앨범에 상세하게다 적혀 있거든요. 장미 여사님, 그때도 메모 병이 있었어요."

수호의 집에도 온통 포스트잇을 붙여놓은 장미다. 그녀의 버릇은 아주 예전부터 시작된 것인 모양이었다.

처음 안 사실에 그가 고개를 끄덕이며 사진을 다음 장으로 넘겼다. 마지막 사진은 예쁜 공주 드레스를 입고서 포즈를 취하고 있었다. 옆엔 태경으로 보이는 남자아이가 마녀 가발을 뒤집어쓰고 엉엉 울고 있었다.

"그건 가족 여행 갔을 때 찍은 사진이에요. 누나는 백설공주 옷, 나는 마녀 옷. 흑역사예요, 흑역사."

이 사진은 같은 것이 몇 개나 있어 들고 온 것이라 했다.

자세히 보자 뒤쪽엔 지금보단 훨씬 젊은 장미가 서 있었다. 동식이 사진을 찍은 모양이었다.

해맑게 웃고 있는 아영의 얼굴을 빤히 보던 그가 부드러운 웃음을 짓는다. 사랑을 받고 자란 아이는 티 없이 맑고 예뻤다.

그의 웃음을 힐끗 보던 태경이 다음 박스를 끌고 왔다. 첫 번째 박스보다 더 많은 자료에 그가 침을 꼴깍 삼켰다. 이걸 훑어보는 것만으로도 반나절은 걸릴 것 같았다.

"누나가 크면서 엉망이 된 거거든요. 어릴 땐 엄청 귀여웠어요. 왜 그렇게 변했나 몰라."

혀를 끌끌 찬 태경이 곁눈질로 수호를 본다. 그의 시선은 어느새 휴대전화로 향해 있었다.

〈혼자 잘 놀고 있어요?〉

아영이 보내온 문자를 보던 그가 미간을 좁혔다.

딸을 낳고 싶다고 이야기할까?

그의 시선이 힐끗 사진으로 향했다.

"똑같이 태어날까."

혼잣말을 읊조린 그는 태경이 '네?' 하며 묻자 고개를 저었다. 아무 일도 아니라고.

"나 남자친구 생겼어."

쨍그랑.

희진이 들고 있던 포크를 툭 떨어뜨렸다. 입을 쩍 벌린 채 아영을 바라보던 그녀가 연신 눈을 깜빡인다. 자신이 제대로 들은 것이 맞나, 고민하는 얼굴이었다.

친구가 이런 반응을 보이는 것도 이해는 되었다. 희진을 만난 이래 연애는 사치라고 누누이 말해왔었고, 실제로도 연애를 한 적은 없었다.

"제대로 들은 것 맞아."

"……너도 드디어 처녀 딱지를 뗐구나!"

희진의 말에 주위 사람들의 시선이 둘에게 향했다. 고개를 푹 숙인 아영이 '목소리 좀 낮춰!'라고 외치자 희진이 입을 꾹 틀어막는다.

얼굴을 붉힌 아영이 더듬더듬 말했다.

"뭐, 뭐? 왜 이야기가 그리로 흘러가?"

"설마 아직이야? 언제부터 사귀었는데?"

"두, 두 달."

정확히 말하면 두 달 하고도 일주일이 흘렀으나 세세한 것은 그리 중요하지 않았다. 희진이 기함한 표정을 짓고 있었으니까.

그게 큰 문제라도 되냐는 듯 아영이 눈을 깜빡이자 희진이 미간을 좁혔다.

"남자친구가 연하니?"

"아니, 연상. 우리보다 여덟 살 많아."

"……."

희진은 하고 싶은 말이 아주 많은 표정이었다. 하지만 무엇부터 말해야 할지 몰라 잠시 입을 다문다. 도대체 어디부터 지적을 해줘야 할지 감이 잡히지 않는 얼굴이었다.

"왜 그렇게 봐?"

"진짜 사귀고 있는 거 맞아? 네 착각이 아니라?"

"뭐어? 사귀는 거 맞아! 걔를 달달 볶고 있거든?"

아무리 자신이라도 그런 착각은 하지 않는다고 당당하게 말한 아영이 한숨을 푹 내뱉으며 말을 이었다.

"그 사람도 진심이야. 엄청 느껴질 정도로 표현도 해주고."

그의 감정은 의심할 겨를이 없었다. 그의 눈빛이, 말이, 행동 하나하나가 가슴 절절하게 느껴질 정도로 와 닿은 적이 한두 번이 아니었으니까.

연인이 서로의 몸을 만지는 일은 지극히 자연스러운 일이었다. 하지만 수호는 무언가에 가로막힌 사람처럼 늘 바로 앞에서 행동을 멈췄고, 그녀를 밀어냈다.

"그럼 뭔가 문제가 있는 거 아니야……?"

"그건 아니야."

고개를 저은 아영은 방금 전까지만 해도 입에서 살살 녹던 음식을 보았다. 갑자기 입맛이 뚝 떨어졌다.

"표정이 왜 그래?"

희진이 시무룩한 얼굴로 음식을 뒤적이는 아영을 보았다. 표정의 변화는 다이내믹했다.

"아껴주는 거야."

"……에?"

희진이 이해를 못하겠다는 듯 고개를 기울이자 아영이 손을 들어 얼굴을 가렸다.

"내 허락도 없이 날 아끼고 있다고."

얼굴을 감싸 쥔 그녀가 고개를 푹 숙였다.

당사자의 생각은 묻지도 않은 채 혼자 결론지어 버린 그가 미웠다. 색녀처럼 무작정 몸을 섞고 싶어서 이러는 게 아니다. 그녀가 이 일로 고민하게 된 건 그들의 연애에 커다란 벽이 생겨 버린 것만 같아서다.

"그럼 먼저 그렇게 이야기해 보지?"

"……뭐? 그건 좀 부끄럽잖아."

어떻게 그런 이야기를 대놓고 할 수 있냐며 아영이 고개를 저었다. 친구가 온몸으로 거부 반응을 보였으나 희진은 눈 하나 깜짝하지 않은 채 충고했다.

"뭐가 어때? 여자도 남자처럼 성욕이 있다. 날 더 이상 아끼지 말아라. 아끼다가 똥 된다, 말하면 되지!"

테이블까지 '탕' 내려친 희진이 열성을 다해 말하자 아영의 고개가 아래로 푹 떨궈졌다.

"희, 희진아 목소리 좀 낮춰줘. 제발."

따끔, 따끔.

사람들의 시선이 뺨에 닿았다.

호로록.

마지막 한 모금 남은 커피를 남김없이 마신 그가 뒤에서 책장을 닦고 있는 아영을 힐끗 보았다. 아영은 어찌된 일인지 아침부터 기분이 좋지 않아 보인다.

무슨 일이 있었나?

아영의 표정이 심상치 않은 것을 보면 분명 제가 사고를 친 것이 분명했으나 아무리 기억을 떠올리려 애써보아도 작은 실마리조차 잡기 힘들었다.

힐끗, 아영을 보던 그가 미간을 좁혔다. 지금 표정만 봐선 오락실 노래방에 가서 노래 다섯 곡은 연달아 부를 표정이었다.

어쩌지…….

수호는 답지 않게 그녀의 눈치를 보았다. 무언가 말이라도 꺼내지 않으면 침묵에 숨이 허덕허덕 넘어갈 것만 같다.

"동생, 나랑 같은 과라며?"

무심한 어조로 말한 수호가 작은 등을 뚫어져라 보았다. 그녀 또한 대화를 이끌어갈 수 있을 법한 주제였으나 그녀는 잠시 망설이고 있었다.

"어떻게 알았어요?"

"그제 우연히 편의점에서 만났거든."

그의 말에 아영의 입술이 다시 굳게 닫혔다.

수호는 화술이 뛰어난 사람이었다. 처음 보는 사람과 만나도 뒤지지 않고 자신의 뜻을 피력할 수 있었고, 원하는 것이 진지한 들음이라면 거기에 맞춰 훌륭한 카운슬러가 되기도 했다.

그런 그가 처음으로 말문이 막혔다. 어떤 말을 해야 할지 몰라 아영을 바라보던 그가 컵을 들고 자리에서 일어났다. 카페인이 당겼다.

"……설마 이것 때문엔 만난 거예요?"

조금 놀란 어조에 그가 고개를 돌렸다. 아영이 액자를 들고 있었다.

"내 사진이 왜 여기에 있어요?"

벌을 서며 엉엉 울고 있는 제 모습에 아영이 미간을 좁혔다. 이날 있었던 일이 손에 잡힐 듯 선명하게 느껴졌다.

이 자식이 혼쭐이 나고 싶어서 그러는 거지?

이 사진의 출처를 단번에 태경으로 확신한 아영이 인상을 찌푸렸다.

그녀가 당장에라도 사진을 빼앗아갈 것 같아 수호는 잘 보이는 곳에 사진을 둔 것을 후회하며 손을 뻗는다. 당장 액자가 제 손에 있어야 안심이 될 것만 같았다.

"아, 아니. 노트를 달라고 해서."

"이건 압……."

압수를 하겠다고 말하려 했다. 하지만 그는 아영의 말이 끝나기도 전에 액자를 확 빼앗아가며 품에 끌어안았다.

"내 거야."

"네?"

아영의 눈이 동그랗게 떠졌다. 그 무슨 말도 안 되는 말이냐는 듯이. 하지만 수호는 고집스럽게 아영을 보았다.

"이미 소유권이 나한테 넘어왔어. 합당한 대가를 지불하고 받은 거거든."

절대 손대지 마.

엄한 목소리로 말한 수호는 다시 시선이 잘 닿는 곳에 액자를 내려놓은 후 밖으로 나갔다. 카페인이 더더욱 당기기 시작했다.

쪼르르 놓인 액자 두 개를 심란한 눈으로 보던 아영이 입술을 깨물었다. 어떻게 해야 이걸 다시 빼앗아올 수 있을까.

"저 백설공주 옷은 무슨 수를 써서든 뺏고 싶은데."

예쁜 척, 앙증맞은 척하는 어릴 적 제 모습을 보자 소름이 오소소 돋았다.

다시 한 번 이 사진이라도 달라고 협박 아닌 부탁을 하는 것이 좋겠다고 생각한 그녀가 부엌으로 향했다. 커피포트 앞에 서 있는 그의 모습에 아영이 입술을 아작아작 깨물었다.

내가 늘 하루에 두 잔이라고 귀에 못이 박히도록 말했거늘!

아영의 눈이 삐죽해졌다.

"커피 마시게요? 오늘 두 잔 마셨는데요?"

커피를 따르려던 그가 몸을 움찔 떨었다.

"어?"

"그거 세 잔째라고요."

아영이 성큼성큼 걸음을 옮겼다.

"목 아프죠? 감기 기운 있다는 건 알고 있어요?"

"어, 어?"

"아침에 보니까 잔기침 하던데, 약은 먹었고요?"

무시무시한 기세에 수호의 몸이 떠밀리듯 뒤로 향했다.

뻣뻣하게 몸을 굳힌 그가 커피포트와 컵을 위로 번쩍 들어올렸다. 아영은 눈에 보이는 것이 없는 듯 무조건 직진하고 있었다.

"그리고 지금 나 피하고 있다는 거 알고 있어요?"

손을 뻗은 아영이 그의 팔목을 움켜쥐었다. 더 이상 도망가게 내버려두지 않겠다는 듯이.

무서운 눈으로 그를 쏘아보던 그녀가 팔목을 쥔 손에 힘을 주었다.

그가 못 쳐낼 것도 없는 힘이었다. 하지만 그는 아영의 손을 떼어낼 수가 없었다. 다부진 그녀의 눈빛이 두렵기까지 했다.

"왜 피해요? 뭐가 무서워서?"

그녀의 물음에 수호의 입술이 벌어졌다.

뭐가 무섭냐고? 그걸 정말 몰라서 묻는 건가?

그가 아무런 답도 하지 않자 아영이 손에 더욱 힘을 주었다.

쨍그랑!

그의 손에 들려 있던 컵이 바닥에 떨어져 산산조각이 났다.

무거운 침묵을 단번에 날려 버리는 소음에 두 사람의 시선이 동시에 바닥으로 향했다.

발 근처에 유리조각이 흩어져 있었다. 하지만 깜짝 놀란 아영은 유리조각을 보지 못한 채 저도 모르게 움직이려고 했다.

"안 돼!"

소리를 지른 그가 아영의 몸을 번쩍 들어 올렸다. 표정을 굳힌 그는 안전한 곳에 아영을 내려놓은 후에야 긴장이 풀려 한숨을 내뱉었다.

"내가 치울게."

"아, 아니에요. 나도 같이……."

"방에 들어가 있어."

그가 가까이 다가오지 말라며 손을 뻗었다. 하지만 아영은 말 안 듣는 청개구리처럼 자리에 앉아 그와 함께 컵을 치우기 시작했다.

수호가 맞은편을 힐끗 보았다. 인상을 쓰면서 커다란 유리조각을 모으고 있는 그녀를 보자 다시 한숨이 푹 흘러나왔다. 지금은 무슨 말을 하든 소용이 없을 것 같았다.

청소기를 가져온 그가 아영의 앞에 실내화를 슬쩍 내려놓았다. 그가 혹여 남아 있을 유리조각을 치우기 위해 부엌 전체를 돌아다니자 아영은 그 뒤를 따라 걸레질했다.

부엌은 금세 깨끗해졌지만 아영의 마음은 더욱 난장판이 되어 갔다.

쪼그리고 앉아 힘껏 걸레를 빨던 그녀가 미간을 좁혔다.

"내가 벌레야? 정말 너무해."

자신을 피하려다가 컵을 떨어뜨릴 정도였다.

이쯤 되니 그가 자신을 위해 배려를 하고 있다는 것을 알면서도 화가 날 수밖에 없었다.

씨근덕거리던 그녀가 신경질적으로 걸레를 빨았다. 당장 그에게 쫓아가 하고 싶은 말이 많았으나 당장 눈앞에 있는 일부터 끝낼 작정인지 그녀의 손이 바쁘게 움직였다.

막 비누칠을 한 걸레를 헹궈낼 때였다.

언제부터 뒤에서 그녀가 원맨쇼하는 것을 보고 있었는지 팔짱을 낀 그가 무심한 목소리로 읊조렸다.

"넌 지금 나한테 잘한다고 칭찬을 해줘야 하거든?"

"그게 무슨 말도 안 되는 소리예요? 칭찬이라니?"

"넌 몰라."

나도 알고 있거든요!

그렇게 외치고 싶었다. 나도 아이가 아니고, 당신의 머릿속에서 어떠한 생각이 펼쳐지고 있는지 모두 알고 있다고.

그녀는 마치 걸레가 그인 것처럼 힘껏 물기를 짜냈다.

"욕을 한 바가지 해주고 싶다고요."

"왜?"

"내 마음을 몰라주니까."

자리에서 벌떡 일어난 아영이 걸레를 탈탈 털어냈다. 그 모습을 바라보던 수호는 물기가 가득한 바닥도 상관하지 않은 채 안으로 발을 들인다.

아영의 손을 붙잡은 그가 복잡한 표정을 지었다. 정작 자신의 마음을 알아주지 않는 그녀에게 답답한 마음을 느끼는 것은 그였다. 순간순간 풋내기처럼 치기 어린 마음이 들기도 했고, 무언가가 꽉 막고 있는 것처럼 힘들어 가슴을 내려치고 싶기도 했다.

그가 하고 싶은 말이 많은 얼굴로 입술을 달싹였다. 하지만 정작 입 밖으로 흘러나오는 말은 없다. 자신의 마음을 어떻게 표현해야 할지 막연한 마음만 들뿐. 결국 먼저 입술을 뗀 것은 아영이었다.

"안 참아도 되는데."

그녀의 말에 수호의 얼굴이 일그러졌다.

뭐가 이렇게 쉬울까, 유아영은.

아영의 페이스에 따라가기 힘들었다.

"뭐?"

"안 참아도 된다고요."

그의 바짓단이 축축하게 젖었다. 그와 동시에 그의 마음도 젖는다.

작은 얼굴을 빤히 바라보던 그가 입술을 깨물었다. 그녀의 말처럼 하면 참 좋을 텐데. 이성이 그의 행동을 막고 또 막았다.

아영의 팔을 놓아준 그가 걸음을 뒤로 물렸다. 그리고 늘 그랬던 것처럼 안 되는 이유를 수십 가지 만들어 고개를 젓는다.

"결혼할 때까진 안 돼."

"네……?"

뭐? 결혼?

전혀 예상하지 못한 말에 아영이 멍한 표정을 지었다. 스물여섯, 예전이야 '결혼'을 한 번쯤 생각해 보았을 나이였지만 요즘 추세로 보기엔 아직은 한창 자신의 미래를 위해 노력해야 할 나이였다.

"지금 결혼이라고 했어요?"

"그래. 왜? 나랑 쉽게 만나고 쉽게 헤어질 생각이었어?"

"아니요, 그건 아니지만……."

그녀는 다시 한 번 부정을 하듯 고개를 저었다. 하지만 표정은 여전히 혼란스러움이 가득했다.

그와의 미래라.

생각해 보면 나쁠 것은 없었다. 자상한 사람이었고, 금전적으로도 문제가 없었으며, 말도 잘 통했다. 늘 서로를 위해 주며 살 수 있을 것 같았고, 힘든 일이 있으면 함께 해결해 나갈 수 있을 것 같았다.

하지만 거기까지다. 그 모든 것들은 그녀에겐 아주 먼 일처럼 느껴졌다. 한 번도 생각해 보지 않은 문제였다. 그녀는 단순히 이 일을 미루기 위한 변명으로 받아들인 모양인지 멍하니 수호를 보았다.

결혼까지 기다리라는 말인가?

그의 표정을 보니 확신이 든다.

다부진 표정을 보니 자신의 생각이 맞는 것 같았다. 그는 자신의 허락도 없이 그 긴긴 시간 연애를 하면서 깊은 관계는 가지지 않을 생각이었다.

아영은 손에 있는 걸레를 보았다.

확 던질까 보다. 아오!

그녀가 신경질적으로 수호를 보며 외쳤다.

"그런 게 어디 있어요? 내 의사는요!"

"……."

"속상해, 정말."

"이건 다 널 위해서……."

말을 잇던 수호가 얼굴을 일그러뜨렸다.

그녀가 평범한 사람이었다면 가볍게 만났을 것이다. 함께 여행을 가고 잠자리 또한 쉽게 가졌을 터다. 피임을 철저하게 한다면 미래 따윈 생각하지 않아도 되니까.

다투면 자신의 생각을 피력하며 치열하게 싸울 것이고, 그렇게 했는데도 말이 통하지 않는다면 이별을 하면 그만이다.

하지만 아영은 아니었다. 그녀는 소중한 사람의 딸이었다. 그 문제를 미뤄두고 아영만 본다고 하더라도 손에서 놓고 싶지 않은 존재였다.

무슨 일이 있더라도 곁에 두고 싶은 사람. 그런 사람과의 성적인 관계는 너무나 많은 문제를 일으킬 수 있었다. 뜻하지 않게 아이가 생긴다면? 결혼을 한다고 하더라도 정석대로 이루어지지 않은 관계에 뜻하지 않는 다툼이 생길지도 모른다. 그것이 아니더라도 진한 관계를 가지면 감정 소모가 더한 관계를 가지게 될 것이 분명했다.

아영을 안는 일은 너무나 행복하고 만족스러운 일일 터다. 떠올리는 것만으로도 체온이 높아지고 그녀가 완전히 자신의 것이 될 것이라는 생각에 불안하기만 했던 마음도 편안해졌다. 하지만, 많은 리스크를 감수할 용기가 나지 않았다.

차근차근, 천천히, 그는 그렇게 하고 싶었다.

아영과는 달리.

"아니요. 말 안 할래요. 내가 치울 테니 이수호 작가님은 들어가셔서 일 보세요. 인터뷰 잡혔다면서요."

"유아영."

"왜요?"

그녀의 기세에 수호가 우물쭈물했다. 결국 아영은 손에 들고 있던 걸레를 통에 휙 던져 넣은 후 그의 곁을 스쳐 지나간다.

당황한 얼굴로 아영을 보던 그가 서둘러 팔을 뻗었다. 팔을 낚아챈 그가 자신의 얼굴을 빤히 바라보자 아영이 씨근덕거리며 소리쳤다.

"뭐요!"

"난……."

일그러진 얼굴이 금방이라도 무너질 것 같았다.

그가 자신의 눈치를 살피자 아영은 흥분한 마음을 애써 가라앉힌다.

흥분했어, 유아영. 릴렉스, 릴렉스.

몇 번이고 호흡을 갈무리하던 그녀가 아무 말 없이 빤히 자신을 바라보는 수호와 시선을 맞춘 후 차근차근 물었다.
"연애는 함께하는 거죠? 그렇죠?"
"물론이야."
"그래서 기분이 나쁜 거예요."
아영의 말에 수호의 얼굴이 놀라움으로 물들었다.
자신이 원하던 것이 잘 전해졌을까? 그를 바라보던 아영이 그에게 한 걸음 다가섰다. 그가 자신도 모르게 반사적으로 걸음을 뒤로 물리자 그녀의 얼굴이 일그러졌다.
안 전해졌군.
한숨을 푹 내뱉은 그녀가 뚱한 얼굴로 손을 털어냈다. 그런 후 성큼성큼 걸음을 옮겨 부엌으로 향한다.
싱크대에 쌓여 있는 접시를 바라보던 그녀가 고무장갑을 끼자 쪼르르 다가온 그가 고무장갑을 빼앗으려 했다. 하지만 아영은 고집스럽게 그의 얼굴을 보지 않은 채 무심히 말했다.
"들어가세요. 월급 받는 처지에 제가 해야죠."
"유아영."
"왜요, 이수호 씨?"
"왜 그렇게 화가 난 거야?"
그는 잘못한 게 없다는 식이었다.
계속되는 말싸움에 그녀가 지친 기색이 역력한 얼굴로 물었다.
"화가 나지, 안 나요?"
"어느 부분에서?"
"우리 두 사람이 함께 만나고 사귀는 거잖아요."
수호가 입술을 꾹 다문 후 아영을 보았다. 그 사이 아영은 자신의 생각을 정확히 전해온다.

"나 어린애 아니에요."

"알아. 아니까 그러는 거야."

그가 빠르게 답했다. 그녀가 어린아이가 아니라는 것쯤은 알고 있다. 자신에게 유아영은 유일한 '여자'였고, 지키고 싶은 '상대'였다.

"사랑하니까 더욱 조심하게 되는 거야. 지금 내 말 뜻이 뭔지 모르겠어?"

"……알아요. 알지만 내 의견은 어떤지 들어줬으면 하는 거예요. 같이 상의를 하고 같이 결론을 내렸으면 하는 거죠. 특히 이런 문제는."

깊게 한숨을 내뱉은 그녀가 시선을 올려 수호를 보았다. 흔들림 없는 시선에는 망설임이나 부끄러움 따윈 없었다. 상대에게 원하는 조건을 명확히 요구하고, 제 생각을 전달했다.

"나와 오빠의 문제잖아요. 오빠 혼자 결론을 내리고 나에게 강요를 하는 건 싫어요."

단순한 잠자리 문제가 아니었다. 앞으로도 그가 자신의 생각을 지레짐작하고 결론을 내리지 말았으면 하기도 했다.

아영의 얼굴을 빤히 보던 그가 물었다.

"책임질 수 있어?"

말없이 아영이 고개를 끄덕이자 그가 입술을 길게 늘어뜨리며 웃는다.

"내 거라고 생각이 들면 지금보다 더 집요해질 텐데."

"전 이미 집요하거든요?"

그렇게 말한 아영이 얼굴을 일그러뜨렸다. 이 말을 하는 순간은 조금 부끄러웠다. 자신의 밑바닥을 내보이는 기분이 든다.

"오빠가 과거에 만났던 여자들한테까지 질투하고 있다고요, 지금의 내가."

왜 그들은 됐고, 난 안 되는가.

그런 생각까지 하는 순간 낮아진 자존감에 스스로가 밉기도 했다.

"아주 치졸하고 못된 사람이 된 것 같아요."

이야기를 하면 할수록 왜 자신이 그토록 생전 경험해 보지 못한 '미지의 영역'에 집착을 했는지 스스로 이해했다.

그의 나이를 보았을 땐 분명이 경험이 있을 것이다. 그는 경험이 없는 것이 오히려 이상한 나이였다.

그와 아침을 함께한 여자들. 그런 생각을 하니 스스로 생각하기에도 너무 이기적이란 생각이 들 정도로 마음이 삐뚤어졌다. 이러면 안 된다는 것을 스스로 알고 있으면서도 화가 난다.

아영은 자신의 마음을 모두 토로하자 숨이 거칠어졌다. 쥐구멍이 있다면 숨고 싶어졌다.

그는 얼굴을 벌겋게 물들인 채 고개를 푹 숙이는 아영을 가만히 바라보았다. 아영이 이러한 생각을 하고 있으리라곤 예상하지 못했다. 그가 이 관계에 있어 집요해지는 부분이 있듯 그녀 또한 그러한 것이다.

복잡한 표정의 그는 아무런 말도 하지 못했다. 아영의 손에서 고무장갑을 벗긴 그는 말없이 그녀를 잡아끌었다.

그가 향한 곳은 침실이었다. 그가 침실 문을 벌컥 열자 아영이 놀란 눈을 깜빡였다.

뭐, 뭐야? 이렇게 급진전 돼도 되는 거야?

자신이 바라던 부분이긴 했으나 어깨를 꾹 누르는 손길에 몸이 굳어졌다. 긴장감에 어찌할 바를 모르겠다는 듯 그녀가 이리저리 시선을 옮길 때였다.

침대 협탁 서랍을 연 그가 벨벳 케이스를 연 후 한쪽 무릎을 굽혔다.

그녀보다 낮은 곳에서 그가 반지를 내밀었다. 케이스 안에서 영롱하게 반짝이는 반지를 바라보던 아영이 눈을 동그랗게 뜬다.

"이게……."

무슨 말을 해야 할지 몰라 아영이 입술을 굳게 다물었다. 반지는 한 쌍이었다. 닮은 듯 닮지 않은 디자인을 바라보던 그녀가 이내 활짝 웃으며 케이스를 받아들었다.

"커플링이에요? 이거 해보고 싶었는데. 와, 큐빅 진짜 예쁘다."

"다이아몬드야."

"……하하, 무슨 농담을 그렇게 진지하게 해요?"

반지를 만지작거리던 아영이 손을 후딱 떼며 수호를 보았다. 웃음까지 흘리던 그녀는 진중한 수호의 표정에 얼굴을 굳혔다.

뭐야, 진짜 다이아몬드야?

아영이 놀란 눈으로 반지를 보았다. 스톤이 의미하는 것은 '영원한 사랑'이었다. 단순히 연인들이 가볍게 커플링으로 끼기엔 지나치게 고가의 물건이기도 하다.

"결혼하자."

"……네?"

"네 입으로 말했잖아. 책임질 수 있다고."

그녀의 표정이 진지해졌다.

"넌 복학도 해야 하고, 한창 바빠질 때니까 나중에 말하려고 했는데…… 미안해."

사과의 말을 건넨 그는 여전히 무릎을 꿇고 있었다. 행동 또한 프러포즈를 하는 남자였다.

"부족한 사람이라서."

아영은 말없이 그를 보았다. 아직 만난 지 얼마 안 된 연인이라든가, 자신의 나이를 생각해 달라는 말 따위 할 수가 없었다. 진지한 그의 표정을 보니 그녀 또한 진지하게 고민을 하게 된다.

행복할까?

스스로에게 물어보니 너무나 쉽게 '응'이란 답을 할 수 있었다.

이 남자를 평생 사랑할 수 있는가?

그러한 물음을 던져보니 이 역시도 너무나 쉬운 답이 나온다.

위기에 닥쳤을 때 두 사람은 슬기롭게 헤쳐 나갈 수 있을까?

서로를 위하며 평생을 함께 살 수 있을까?

즐거운 일, 행복한 일이 있을 때 그와 함께한다면 두 배가 될 수 있을까?

연달아 질문을 던져 보아도 모든 답은 긍정이다.

그와의 가정은…… 따뜻할까?

이에 대해서도 아영은 웃으며 고개를 끄덕일 수 있다.

다른 이들이 보았을 땐 '결혼이 장난이야?'라는 말을 하며 두 사람에게 더욱 심사숙고하라고 말할지도 몰랐다. 하지만 긴장한 얼굴로 아영을 올려다보는 그나 이런 수호를 내려다보며 무슨 마음인지 알 수 없는 표정을 짓고 있는 그녀는 너무 진지했다.

서로를 아껴주며 평생을 함께할 수 있는 상대. 결혼상대로는 이보다 더 적합한 사람은 없을 것이다.

그녀의 답을 기다리는 수호는 자신감이 하나도 없어 보였다. 그가 다시 한 번 기어들어 가는 목소리로 '미안해'라고 말한다.

지금 이 상황에 사과라니.

아영이 순간 인상을 팍 찡그렸다.

"떽!"

수호의 어깨를 탁 내려친 그녀는 깜짝 놀란 눈동자와 시선을 맞추며 빠르게 말을 내뱉었다.

"이럴 땐 공수표 날려야 하는 거라고요. 나 엄청 잘난 사람이니까, 네 손에 물 한 방울 안 묻히고 공주님처럼 살게 해줄게. 같은 말."

그녀의 말이 이어지면 이어질수록 수호의 표정이 시시각각 변했다.

처음엔 의아했고, 그 다음엔 기대하는 표정이었으며 마지막엔 활짝 웃었다.

그가 아영의 양손을 감싸 쥐었다. 그 손이 마치 동아줄이라도 되는 것처럼 꽉 움켜쥔 그가 웃는 얼굴로 말했다.

"공주처럼 살게 해줄게."

"아주 당연하죠."

"늘 사소한 일도 함께하는 사람이 될게."

"안 그러려고 했어요?"

"아주 든든한 사람이 될게."

"그럼 난 그것보다 더 든든한 사람이 될래요."

아영의 말에 결국 웃음을 터뜨린 그가 눈시울을 붉혔다.

"그러니까 네 미래를 내게 맡겨줄래?"

그 물음에 왜 이렇게 가슴이 벅차오르는 것인지 모르겠다.

아영이 입술을 꼭 깨물며 고개를 끄덕였다.

그가 아영의 허리를 끌어안았다. 아영은 자신의 배에 뺨을 기대고 있는 수호를 내려다보며 미소 지었다. 웃고 있는 그의 얼굴을 보고 있으니 계속 웃음이 나왔다.

그 웃음이 사라진 것은 잠시 후였다. 그의 손가락과 아영의 손가락에 닮은 듯 닮지 않은 반지가 자리 잡은 후 그는 아직 결론짓지 못한 문제를 언급했다.

"잠자리는……."

"저부터 발언해도 되겠습니까?"

아영이 오른손을 척 들어올렸다. 마치 공개석상에서 발언을 허락받기 위해 정중한 요청을 하는 사람처럼.

그녀의 모습에 수호가 입을 꾹 다물었다. 탱탱볼처럼 어디로 튈지 모르는 그녀였으니 어떤 말을 할지 예상조차 하지 못하는 모양이었다.

그녀는 마치 웅변대회에 나온 어린 아이처럼 말했다.

"전 더 사랑받고 싶어서 그런 겁니다. 좋아하는 사람이랑 자고 싶다는 게 잘못됐습니까?"

씩씩하게 말하던 그녀는 그가 아무런 답도 없이 말간 눈으로 바라보기만 하자 점차 자신감을 잃은 모양이다. 그녀의 목소리가 점차 기어들어 갔다.

"성인으로서 아주 당연한 거라고 새, 생각…… 합니다."

질렸을지도 몰라. 그래, 이렇게 들이대는 여자는 매력 없다고 생각할지도 모르고.

아끼면 똥 된다는 희진의 의견을 적극 수용하여 제 의견을 열심히 피력했다.

아영이 눈을 질끈 감았다. 방금 전까지 조잘거리던 입술도 굳게 닫혔다. 그녀는 부끄러움에 그를 똑바로 볼 수가 없었다.

자잘하게 떨리는 몸을 가만히 바라보던 그가 아영을 향해 손을 뻗었다. 하지만 그의 손은 아영에게 닿기도 전에 아래로 뚝 떨어진다.

마지막까지 그는 고민하고 있었다. 두려움에 뻣뻣하게 몸을 굳히며 그녀를 바라보고만 있다.

용기를 내어준 그녀는 사랑스럽다. 그리고, 솔직히 제 감정에 부딪치지 못한 채 망설이는 자신은 참으로 못났다.

그녀가 자신에게 준 수많은 것들. 그리고 그녀의 품에서 느꼈던 안락함과 따뜻함.

그 모든 것들을 잃고 싶지 않다는 마음만 들었다.

나도 아영처럼 용기를 낼 수 있으면 좋을 텐데. 그녀처럼 자신이 원하는 것을 솔직히 말하고, 요구할 수 있으면 참 좋을 텐데.

아직도 그렇게 해도 될까, 망설이게 된다.

아영의 얼굴이 일그러지는 것을 바라보던 그가 손을 뻗었다.

"눈 떠, 유아영."

그의 손끝이 뺨에 닿자, 아영이 천천히 눈을 떴다. 지금 이 상황에서 당당해할 것은 그녀였고, 잔뜩 주눅이 들어야 하는 것은 그였다. 하지만 어찌된 일인지 오히려 아영이 주눅이 들었고, 그는 아영의 얼굴을 빤히 바라만 보았다.

그의 삶은 경직되어 있었다. 온몸에 힘을 주고, 언제 자신이 가진 것들이 손가락 사이로 빠져나갈까, 긴장하며 살았다. 생각해 보면 그건 자신에게 '자아'가 생긴 무렵부터 그러했던 것 같다. 타인의 눈치를 보며 살아온 삶. 세상에 대한 반항심에 성공을 꿈꾸었고 혼자 살면서부터는 겉으론 애써 그렇지 않은 척 살아왔다.

딛고 있는 바닥이 언제 꺼질지 몰라 늘 불안했던 시간. 그 시간 속에서 유일하게 장미에게만 마음을 열고 살아가던 그는 아영을 만나면서부터 많은 변화를 겪었다.

이젠 아무것도 무섭지 않다. 다만…….

"도망가지 마."

그녀가 자신의 곁에서 사라질지도 모른다는 사실만 두렵다.

그래서 확인받고 싶었다. 언제나 그녀가 제 곁에 있어줄 것을. 확인을 받아야만 움직일 수 있을 것 같았다.

그의 물음에 아영의 얼굴이 오묘하게 변했다. 그녀는 이번에도 역시나 그가 먼저 움직일 수 있도록 돕는다.

"……내가 어딜 그럴 위인이에요?"

"그거면 됐어."

떠나지 않는다면 그걸로 됐다. 그가 바라는 것은 그 이상 없다.

커다란 손으로 아영의 뺨을 감싼 그가 천천히 고개를 내린다.

두 사람의 입술이 가볍게 마주쳤다. 그녀의 입술을 머금은 그가 혀를 길게 빼내 입술을 핥았다. 할짝할짝, 달콤한 사탕을 맛보는 것처럼.

간질이는 은밀한 터치에 아영의 입술은 더욱 굳게 닫혔다. 싱싱한 조개처럼 입을 꾹 다물고 있는 아영의 입술을 집요하게 괴롭히던 그가 천천히 입술을 뗐다.

"열어줘야지."

타액으로 번들거리는 입술을 엄지손가락으로 닦은 그가 입가에 희미한 웃음을 뱉었다. 긴장한 듯 몸을 굳히고 있음에도 팔다리를 축 늘어뜨린 아영을 바라보던 그가 꾹 다물고 있는 입술 위에 입을 맞췄다.

"키스하고 싶은데."

낮은 음성에 아영의 입술이 거짓말처럼 열렸다. 벌어진 입술 사이로 부드럽게 혀를 밀어 넣은 그가 아영의 어깨를 붙잡아 뒤로 밀었다.

털썩.

아영을 침대에 눕힌 그가 무릎을 세워 몸을 겹쳤다. 두 사람은 물살에 휩쓸리듯 서로만을 꼭 붙들었다.

다시 한 번 고개를 내린 그가 농밀하게 입을 맞췄다. 치열을 훑고, 뻣뻣하게 굳어 있는 혀를 옭아맸다. 그녀와 몸을 맞대면 맞댈수록 집요한 집착이 그를 더욱 부추겼다. 그가 앙증맞은 입술을 혀로 벌려 안으로 부드럽게 파고들었다.

그 사이 커다란 손이 작고 마른 몸을 가까이 끌어당겼다. 소담한 가슴을 부드럽게 감싸 쥐는 행동만으로도 아영의 허리가 위로 튀어 올랐다가 아래로 떨어진다.

움찔!

난생 처음 경험해 보는 낯선 감각에 아영은 잔뜩 겁을 집어먹었다.

"하아."

아영이 깊게 숨을 들이켰다. 언제 숨을 쉬어야 할지 몰라 계속 꿀떡꿀떡 삼키기만 할 뿐이다. 그의 입술이 다시 닿자 아영이 주먹으로 그의 단단한 어깨를 내려쳤다. 숨을 쉬기가 힘들었다.

"후!"

거친 숨을 뱉은 그녀가 엄청난 긴장감에 몸을 떨었다. 산소가 부족해 눈앞이 핑글핑글 돌았다.

흥분으로 달뜬 숨소리에 그의 얼굴이 일그러졌다. 손길이 거칠어진다. 자신의 변화에 어쩔 줄 몰라 하는 아영을 보고 있으면 그럼 안 된다는 생각을 하면서도, 몸은 제멋대로 움직였다.

작고 가냘픈 여체 위에 묵직하게 체중을 실은 그가 가느다란 팔목을 움켜쥐었다. 사슴처럼 가느다랗고 새하얀 목을 입술로 지분거렸다. 달콤한 꿀이 입안에서 흐르는 기분이다.

아영은 아무것도 하지 않았다. 지금도 침대에서 몸을 축 늘어뜨린 채 금방이라도 울음을 터뜨릴 것처럼 그를 바라보기만 했다. 그 모습에 흥분한 것은 자신이다. 아영에게 부추기지 말라고 하고 싶은 것도 자신의 못된 마음에서 비롯된 생각이다.

옷 사이로 그의 손이 파고들었다. 납작한 배를 지나 오아시스처럼 살풋 파여 있는 배꼽을 지났다. 손은 좀 더 위로 올라가 브래지어에 닿는다.

곧 보드라운 살덩이를 움켜쥘 수 있단 사실에 몸이 간질거렸다. 이제껏 이렇게 흥분을 했던 적이 있던가. 단연코 없다 할 수 있다. 한 번이라도 경험해 본 감각이라면 뇌가 지글지글 끓을 것만 같은 고통에 당황하진 않을 테니까.

그의 손이 순식간에 브래지어 안으로 파고들었다. 손 안에 차는 말캉한 살덩어리에 그의 입에서 짙은 감정을 담은 신음이 터져 나왔다.

'으' 하고 숨을 뱉었다. 손가락 사이에 가뭇한 정점을 끼운 그가 옷자락을 이로 씹어 들어올렸다. 서서히 옷자락이 올라가자 새하얀 피부에 오소소 소름이 돋았다. 허리를 활처럼 휘고 어쩔 줄 몰라 하던 아영이 서둘러 팔을 뻗었다.

"자, 잠깐만."

수호의 팔을 붙잡은 아영이 숨을 허덕거렸다. 금방이라도 숨이 넘어갈 것 같은 그녀의 모습에 그가 느릿한 숨을 뱉었다.

너무 서둘렀다.

겁을 잔뜩 먹은 아영을 내려다보던 그가 다시 한 번 호흡을 갈무리했다.

그가 묵직하게 내리고 있던 몸에 힘을 주었다. 무릎을 세우고 일어서려는 그의 모습에 아영이 서둘러 팔을 뻗었다.

그의 목에 팔을 두른 아영이 무게를 실었다. 균형을 잃을까 서둘러 몸에 힘을 주었지만 상체가 앞으로 기우뚱하게 기울었다.

"가지 마요."

아영은 확실히 요구했다. 제 손길에 겁을 먹었음에도 자신을 만지는 것엔 거침이 없다. 어쩌면 좋을까.

그의 입가에 부드러운 웃음이 맺힌다.

"조금만 기다려 줘요."

이런 감각일진 몰랐던 모양이다.

당혹스러움에 연신 눈을 깜빡이면서도 아영은 그의 손을 놓지 않았다. 그 모습을 바라보는 수호의 눈동자에 사랑이 스민다.

입술을 내린 그가 동그란 이마에 쪽 하고 입을 맞췄다. 가벼운 입맞춤이었으나 화들짝 놀란 아영이 손을 들어 입술이 닿은 자리를 가렸다.

기다려 달라니까.

아영의 눈매가 일그러졌다. 하지만 그는 커다란 몸으로 작은 몸을 덮으며 키득키득 웃었다. 그녀의 모습에, 긴장감이 날아갔다.

"싫어. 내 마음대로 할 거야. 너도 날 마음대로 휘둘렀으니까."

그가 무릎 사이에 아영을 가둔 후 티셔츠를 벗어 던졌다. 균형이 잘 잡힌 근육은 유명한 배우의 것처럼 멋있었다.

그 모습 하나하나를 놓치지 않으려는 듯 아영의 시선이 노골적으로 닿았다. 하지만 그는 개의치 않은 채 옷을 벗은 후 아영의 몸에 손을 올렸다.

순식간에 그녀가 입고 있던 티셔츠가 침대 아래로 툭 떨어졌다. 브래지어에 감싸인 양 가슴을 모은 그가 그 사이에 얼굴을 묻는다. 달콤한 체취에 몸에 찌르르 쾌감이 흐른다. 그녀의 입에서도, 그의 입에서도 동시에 신음이 터져 나왔다.

새근새근, 숨을 내뱉던 그녀가 살갗에 닿는 말캉한 혀에 눈을 질끈 감았다. 인식하기도 전에 중요한 부위만 가린 채 알몸이 된 그녀가 양손으로 몸을 가렸다.

하지만 그는 은근하게 낮아진 목소리로 속살거린다.

"네가 부끄러워할수록 더 불타오르는데."

그의 말에도 아영은 차마 그를 똑바로 바라볼 수가 없는 것인지 고개를 옆으로 돌린다. 습기가 맺힌 눈가는 금방이라도 눈물을 쏟을 것만 같았다. 그가 거침없이 몸을 겹쳐 온다.

얇은 천 조각 위에 묵직한 기운이 닿았다. 잔뜩 흥분한 남성은 금방이라도 그녀의 몸을 꿰뚫고 안으로 들어올 것만 같았다.

아영의 몸이 다시 떨리기 시작하자, 그가 말캉한 가슴 위로 입술을 내린다.

쪽.

짧게 입을 맞춘 그가 꼿꼿하게 고개를 든 돌기를 입에 머금었다. 혀로 딱딱한 살덩어리를 맛보고 희롱했다.

"읏!"

숨을 들이켠 아영이 눈을 깜빡였다. 몸이 뜨거워졌고, 얇은 천 조각이 축축하게 젖어들었다. 그러는 사이에 그는 말캉한 가슴을 베어 물고, 뜨거운 신음을 쏟아냈다. 하얀 가슴 위에 얼룩덜룩한 붉은 자국이 생겼다. 온 신경이 가슴으로 향한다.

"으으!"

아영이 입술을 깨물며 신음을 삼키려 애썼다. 하지만 예고도 없이 속옷으로 파고드는 손길에 깜짝 놀라 비명 같은 신음을 뱉었다.

"나, 나 좀 이상한 것 같은데요?"

확실히 마음의 준비는 끝났다. 성관계가 어떤 것이란 것 정도는 동생의 하드디스크에 있는 '조롱박이'로 충분히 인지하고 있었다. 하지만 실제로 경험하는 섹스는 그녀가 생각한 것 이상의 끔찍한 쾌감을 불러 일으켰다.

다리가 흐물흐물 녹았고, 팬티는 찝찝하게 느껴질 정도로 젖었다.

아영의 항변에도 그는 멈추지 않았다. 거뭇한 수풀을 헤치고 손가락을 밀어 넣었고, 그녀의 비명에도 쇄골에 입을 맞췄다. 그녀의 허리가 다시 한 번 위로 튀어 올랐고, 반사적으로 가느다란 허벅지가 모아졌다.

그의 허리를 허벅지로 힘껏 조인 아영이 일렁이는 눈동자로 그를 올려다보았다. 하지만 그녀의 행동에 성난 남성이 축축한 팬티 위에 닿았다.

본의 아니게 그를 자극하게 되어버린 아영이 허벅지에 힘을 풀었다. 하지만 이미 한계에 부딪친 그는 단숨에 아영의 팬티마저 벗겨냈고, 그녀는 곧 실오라기 하나 걸치지 않은 모습이 되었다.

부끄러울 새도 없었다. 처음엔 손가락 하나가 여성 안으로 밀려들어 왔고, 곧 질척한 소리가 방 안을 가득 채웠다.

엉덩이 골 사이로 무언가가 흐르는 느낌에 아영이 고개를 절레절레 저었다. 어릴 때 이불에 실례를 했던 그 느낌이었다.

"나, 나 정말……."

아영이 숨을 헐떡였다.

다디단 꿀처럼 점성을 가진 애액이 맺힌 여성이 형광등 불빛을 받아 반짝였다.

그녀의 애원에도 팔에 힘줄이 돋을 정도로 힘껏 움직이던 그가 돌기를 엄지손가락으로 문질렀다. 그의 움직임이 커질수록 아영의 몸부림도 커졌다. 꽉 막힌 숨에 아무런 말도 하지 못한 채 고개만 젓던 그녀가 허우적거리던 팔을 움직여 그의 어깨를 붙잡았다.

눈가에 맺혀있던 눈물이 아래로 후두둑 떨어졌다.

"아아!"

넋이 나간 눈으로 천장을 바라보던 아영이 연신 신음을 뱉었다. 허벅지가 파들파들 떨렸고, 몸은 녹아내린·초콜릿처럼 흐물거렸다. 무엇을 하고 있는 것인지, 앞으로 어떠한 일이 일어나는 것인지 모든 것이 생경했다. 하지만 곧 들리는 부스럭 소리에 고개를 돌렸다. 바지와 함께 속옷까지 벗어 던진 그가 아영을 내려다보고 있었다. 그녀가 완벽하게 자신을 받아들일 준비가 되어 있다는 생각을 하자 그는 거침이 없었다.

작은 입술에 입을 맞춘 그가 새하얀 허벅지 사이에 자리를 잡았다. 젖어 있는 여성에 잔뜩 화가 난 아랫도리를 문지르는 표정은 진중했다.

콘돔이 있을 리가 없었다. 그래서였을까.

그의 신경이 더욱 날카로워졌다.

이대로 멈출 수 있다면 얼마나 좋을까.

피임기구 없이 성관계를 가지는 것이 위험하다는 것도, 여성을 아끼지 못하는 행위라는 것도 알고 있었으나 멈출 수 없었다.

이미 몇 번이고 전율에 닿은 그녀는 온몸이 땀으로 흠뻑 젖어 있었다. 그에게 닿아 있는 시선 하나도. 그 시선을 똑바로 마주하고 있는 이 상황에서 그가 어찌 뒤로 물러날 수 있을까.

예민해진 속살은 그가 닿을 때마다 움찔거렸다.

한참 그 모습을 멍하니 바라보던 아영은 이제야 현실이 인식되는 것인지 놀란 눈을 깜빡였다. 자신의 몸을 가르려는 게 무엇인지 겁에 질린 눈으로 바라보던 그녀가 울먹이는 목소리로 더듬더듬 입을 열었다.

"어, 어……?"

그녀가 입을 벌려 잔뜩 화가 난 그것을 보더니 얼굴을 일그러뜨렸다.

"그, 그게 들어가요? 내 몸에? 말도 안 돼."

제 몸에 닿는 굵고 단단한 느낌에 아영의 어깨가 동그랗게 말렸다.

그 모습에 그가 미소 지으며 말했다.

"되는지 안 되는지는 지금부터 경험해 보면 알겠지."

짧게 답한 그가 아영을 내려다보며 한숨처럼 말했다.

"아플 거야."

최대한 노력을 하더라도 몸을 날카롭게 가르는 통증만큼은 어쩔 수 없을 것이다. 그가 다정하게 쓰다듬어 주고 다독거려 주더라도 비명을 지를 것이다. 그렇게 생각하자 쉽게 그녀의 안으로 파고들 수가 없었다.

그가 입구 쪽에 몸을 살짝 밀어 넣자 아영의 허리가 튕겼다. 깜짝 놀라는 모습에 그가 뒤로 슬쩍 물러나자 아영이 눈가에 맺힌 눈물을 손등으로 닦아냈다.

"거, 거짓말이라도 해요."

이럴 때만큼은 새하얀 거짓말이 필요하다는 듯 그녀가 말했다. 표정은 이미 전쟁터에 나가는 군인처럼 결연했으면서도 앓는 소리를 한다.

그녀의 모습을 가만히 바라보던 그가 손을 뻗어 땀에 젖어 붙어 있는 머리카락을 떼어주며 말했다.

"너한텐 거짓말 안 해."

아주 사소한 것이라도.

그렇게 말하는 그가 달콤하게 웃음 지었다.

그녀는 깊은 꿈에 빠져 있었다. 그 역시 눈을 질끈 감으면 금방이라도 곯아떨어질 것처럼 피곤한 얼굴이었으나 힘겹게 상체를 일으켜 화장대로 향했다.

티슈를 뽑아든 그가 한숨을 푹 내뱉었다. 관계 내내 고통을 호소하던 아영이 연신 자신을 불렀다. 그 고통을 안겨준 것은 자신이었음에도 불구하고 제 목을 힘껏 끌어안고 속으로 아픔을 집어 삼켰다.

아픔에 몇 번이고 신음을 터뜨리던 아영을 소중히 감싸 안고 최대한 느리게 움직였다. 이로 인해 그 또한 체력 소모가 심했으나 마음대로 굴 수가 없었다.

이 관계를 그녀 또한 좋아해 주길 바랐다. 그래서 연약한 그녀를 거칠게 안지 못한 채 소중히 어루만졌다.

마지막엔 결국 쾌감을 느끼기도 했으나 처음으로 가진 관계에 아파한 것은 변함이 없다.

조심스럽게 그녀의 옆에 앉은 수호가 배에 흩뿌려진 뿌연 액체를 정성스럽게 닦아냈다. 지난 관계의 흔적을 지운 그는 다시 욕실로 향했고, 이번에는 수건을 뜨거운 물에 적셔 가져왔다.

아영이 깨지 않도록 조심스럽게 몸을 닦아주던 그가 사타구니 사이에 손을 가져다 댔다.

"으음."

그녀가 잠결에 몸을 뒤척였다. 잠시 그녀가 다시 깊은 잠에 빠져들 때까지 기다리던 그는 작게 코 고는 소리가 들리자 손을 움직였다.

사타구니 사이, 허벅지와 팔까지 정성스럽게 닦은 그가 미지근하게 식은 수건을 협탁 위에 올려둔 후 아영을 보았다.

열어둔 창문 사이로 흘러들어온 바람이 그녀의 머리카락을 간질이고 있다. 그는 곤한 얼굴로 잠든 그녀의 얼굴을 어둠에서도 손쉽게 그려냈다.

그녀가 편히 잠든 모습을 보자 그제야 안도의 한숨을 쉬며 자리에서 일어났다.

혹여 물소리에 아영이 깰까 봐 밖에 있는 욕실에서 깨끗이 씻은 그가 바지만 챙겨 입은 채 돌아왔다. 수건을 든 오른손은 머리를 털어내고 있었으나, 다른 손엔 노트북이 들려 있었다.

아영의 모습을 힐끗 확인한 그가 옆에 자리를 잡고 앉았다. 무릎에 노트북을 올려놓은 그가 곧장 작업에 몰두했다.

마지막 장면을 쓰고 있었다. 이 장면만 쓰면 길고 지루했던 신작 작업의 초석이 끝난다.

노트북에서 시선을 떼지 않은 채 집중하던 그가 가끔 곁눈질로 아영을 확인했다. 그녀는 여전히 꿈나라를 여행 중이었다.

피식.

짧게 웃음을 뱉은 그가 다시 모니터로 시선을 옮긴다.

탁, 탁, 탁.

그의 손가락이 키보드 위에서 마치 피아노 건반을 두드리듯 가볍게 움직였다.

그가 작업을 하는 사이 검었던 하늘이 점차 밝아지기 시작했고, 밖에선 작은 소음들이 들려왔다. 남들보다 유독 빠르게 하루를 시작하는 이들이 활동하는 시간이 되었다.

탁탁탁.

그때까지도 멈추는 법 없이 빠르게 키보드를 두드리던 그가 깊은 한숨을 뱉었다. 원래 마지막 장면에는 감정을 느끼지 못하는 남자주인공이 여자주인공의 죽음으로 처음 눈물을 흘리는 모습을 쓸 생각이었다. 하지만 바뀐 시놉은 두 사람이 손을 잡고 끝이 난다.

'fin'을 찍는 것과 동시에 깊은 한숨이 흘러 나왔다.

천천히 눈을 감은 그의 입매가 부드럽게 휘었다.

그는 처음으로 주인공들에게 진정한 행복을 선물했다. 아영을 만나기 전의 그라면 이런 글을 쓰지 못했을 것이다.

기쁨에 웃음 짓고 있던 그는 자신의 옆을 파고드는 몸에 고개를 돌렸다. 뒤척이던 아영이 그의 옆에 바싹 붙어 있었다.

여전히 자는 것인가.

아영을 빤히 바라보던 그는 작은 손이 밑으로 내려가 있는 이불을 끌어 올리는 것을 보았다. 이불은 곧 훤히 드러났던 상체를 가렸다.

"일어났어?"

웃음기가 가득한 목소리에 아영은 여전히 눈을 뜨지 못한 채 고개를 끄덕였다. 부끄러움에 몸 둘 바를 모르겠는 모양이었다.

작게 웃음을 뱉은 그가 허리를 옆으로 기울여 아영의 이마에 입을 맞췄다. 그리고 무릎 위에 있던 노트북을 옆으로 치워 버린 후 그녀의 곁에 자리를 잡는다.

"끝났어요?"

"응, 방금."

아영이 그제야 눈을 떴다.

그의 몸에 팔을 두른 그녀가 진심을 담아 말했다.

"축하해요. 수고 많았어요."

발그레 뺨을 붉히며.

이에 그가 응답하듯 꾹 다물린 입술에 입을 맞췄다.

"모두 네 덕분이야."

사랑이 뚝뚝 떨어지는 눈망울로 그녀를 바라보던 그가 부드러운 미소를 지었다. 거짓 하나 없는 표정을 바라보던 그녀가 이번엔 스스로 입을 맞추더니 달콤하게 웃었다.

그의 몸에 이불을 덮어준 그녀가 언젠가 했던 말을 중얼중얼 읊었다.

"잠 온다, 잠 온다."

그 말에 신기하게도 잠이 왔다.

정말, 정말 신기하게도.

그의 집에 낯선 손님이 찾아들었다.

아영은 벌써 한 시간 째 카메라맨과 그의 담당자라고 소개를 받은 고 편집자의 앞에서 인터뷰에 응하고 있는 그를 보았다.

그는 시종일관 무심했다. 마치 자신의 일이 아니라는 듯이. 인터뷰를 하는 입장에서 더 드라마틱한 반응이 나와야 좋을 것이다. 눈물을 쏟는다면 금상첨화. 하지만 그가 쏟아내는 말은 충격의 연속이었기에 고 편집자는 계속 당혹스러운 얼굴로 질문만 던지고 있었다.

"그럼 현재 어머니와의 관계는 어떤가요?"

거의 막바지 질문이었다.

앞선 질문에선 그는 어린 시절 외삼촌에게 폭행을 당했다는 사실과 함께 최근까지 외사촌들에게도 휘둘리기만 했다는 이야기를 털어놓았다. 이십대 중반에야 그를 찾아왔다는 친모의 이야기와, 그 뒤로 차현이 그에게 원했던 것은 오직 돈이었다는 사실에 고 편집자는 옅게 신음을 흘리기도 했다.

원색적인 사생활을 털어놓았을 땐 고 편집자의 얼굴이 붉어질 정도였다.

그녀의 입장에서 가장 중요한 것은 잡지의 판매부수였다. 덕분에 그녀가 최근에 쓴 기사는 죄다 성생활 관련의 자극적인 것들이었다. 수호가 털어놓는 내용들 대부분은 드라마에서 볼 법한 막장이었고, 그것을 있는 그대로 솔직하게 공개한다면 판매부수에 큰 도움이 될 것이었다. 하지만 인터뷰 내내 그녀는 이 이야기를 그대로 기사화할 수 없으리란 것을 깨달았다.

수호가 안타까웠다. 그와 공적인 관계로 만났다 하더라도 짧지 않은 시간을 함께한 사이였기에, 그의 안타까운 가정사를 '알

권리'를 들먹이며 세상에 공개할 수 있을 것 같지가 않다.

"뵙지 않고 있습니다. 욕을 하시는 분들도 계시겠지만…… 앞으로도 보고 싶지 않고요."

그의 말에 고 편집자는 십분 이해한다는 듯 고개를 끄덕였다. 자신이었다면 친모가 다시 찾아왔을 때부터 화를 냈을 것이다. 돈을 달라는 말엔 멀리했을 것이고 욕을 했을 것이다.

그녀가 저도 모르게 한숨을 내뱉었다. 고구마를 오백 개 정도 먹은 듯한 답답함이 울컥 솟았다.

그래, 이수호 작가 입장에서는 어쩔 수 없지.

우리나라는 '가족'간의 죄에 대해선 유독 관대했다. 게다가 그는 자신의 몸은 지킬 수 있는 성인 남성이었으니 평생 호적이란 굴레에 묶여 살아가야 할 것이다.

그런데 그건 너무 불행하잖아.

자신도 모르게 표정이 굳어진다.

그 사이에도 그는 성실히 인터뷰에 응하고 있었다.

"나에게 어머니란 존재는 그렇습니다. 다른 분들은 어머니란 단어를 떠올리면 죄송하고, 조금 더 잘해주지 못하는 것에 안타까워하겠지만 전……."

잠시 말을 멈춘 그가 고개를 돌렸다.

그의 시선을 따라 고개를 돌린 고 편집자는 부엌에 서 있는 한 여자의 모습에 미간을 좁혔다.

그녀를 바라보고 있는 수호의 옆모습을 보던 고 편집자가 무엇을 눈치챈 것인지 눈을 동그랗게 떴다.

"평생 만나지 않았으면 하는 사람입니다."

그는 부정적인 말을 쏟아냈으나, 정작 눈동자엔 행복한 감정이 충분히 스며들었다.

"이 인터뷰가 처음이자 마지막일 것입니다. 더 이상 이 문제에 대해선 거론하고 싶지 않습니다."

고개를 돌린 그가 자신과 시선을 맞추자 고 편집자가 놀란 음성으로 물었다.

"그 말은 길차현 씨가 계속 언론에 나서고 인터뷰를 해도 그렇게 하겠다는 말씀이세요?"

"네. 더 이상은 그녀와 얽히고 싶지 않습니다. 제게도 행복해질 권리가 있다는 걸 알았으니까."

"그렇게 생각하게 된 연유가……."

궁금했다.

이제껏 어머니란 이유로 모든 것을 내어주었던 이 남자가 갑자기 용기를 얻게 된 계기가 무엇인지. 그걸 어렴풋 눈치챘기에 그녀는 좀 더 확신 있는 답을 원했다.

하지만 그녀의 질문은 끝나지 못하고 사그라졌다. 앉은 자리에서 잘 보이는 곳에 놓인 액자 하나 때문이었다.

고 편집자는 이제야 그 액자를 발견한 것이 오히려 이상하다는 듯 새삼스러운 어투로 물었다.

"어? 아이 사진이 있네요?"

질문이 괜한 곳으로 튀었다. 그 질문이 준 파급력이 꽤 컸는지 그의 시선이 다시 부엌으로 닿았다. 깜짝 놀란 아영이 후다닥 숨는 것이 보였다.

마치 육식동물 앞에서 초식동물이 생존본능을 느낀 것처럼 사라진 모습에 그가 입가에 부드러운 웃음을 머금었다. 그때 '찰칵' 하고 셔터가 터졌다.

"그 사람이랑 연애해요."

"네?"

당황한 고 편집자가 눈을 동그랗게 떴다.

"이 아이랑 연애한다고요?"

그녀가 멍하니 되묻자 수호의 웃음이 더욱 진해졌다.

"에?"

그의 표정에 당황한 고 편집자가 고개를 기울였다.

이게 무슨 소리야?

그녀가 그의 속뜻은 알아차리지 못한 채 숨을 왈칵 들이마셨다.

사진이라곤 장미와 함께 꽃놀이를 갔을 때 찍은 것밖에 없었던 집 안에 여러 추억이 생겼다. 백설공주 옷을 입고 있는 아영의 어릴 때 사진. 그리고 함께 강원도 바다에 놀러가 끝도 없이 펼쳐진 바다를 배경으로 꼭 끌어안고 있는 사진. 고운 한복을 입고서 활짝 웃고 있는 아영과 부끄러운 듯 고개를 푹 숙이고 있는 그.

사진들은 그들의 지난 시간들을 하나하나 보여주고 있었다. 개중에선 아영이 몰래 찍어 현상한 사진도 하나 있었다. 마치 전문가가 찍은 것처럼 분위기 있는 흑백 사진은 그가 잠들어 있는 모습이었다. 입가에 잔잔한 미소를 머금고 있는 사진을 보던 아영이 아쉬움이 뚝뚝 떨어지는 얼굴로 다시 집 안을 휘둘러보았다.

시작이 있다면 끝이 있는 것도 당연했다. 하지만 이 익숙한 집을 바라보는 그녀는 그 끝을 쉬이 받아들이지 못하는 눈치였다.

“엄청난 3개월이었어요.”

“나도.”

레몬차를 가져온 그가 소파에 털썩 앉으며 답했다. 아영을 향해 있는 그의 시선에도 아쉬움이 뚝뚝 떨어졌다.

정말 드라마틱한 3개월이었다. 그 3개월이란 시간 동안 자신에게 일어난 변화는 엄청났고, 믿기지 않는 것들뿐이었다.

행복했지.

자신도 행복할 수 있다는 것을 몸소 체험한 시간이었다.

액자를 자리에 내려둔 그녀가 몸을 돌려 그를 올려다보았다.

“이 집에 계속 와도 되죠?”

아쉬운 듯 잔뜩 찌푸린 얼굴로 그녀가 물었다. 이제 이곳에 자신이 올 이유는 없었다. 허락을 받아야만 지금처럼 드나들 수 있을 것 같았다.

“그걸 지금 질문이라고 하는 거야?”

그의 물음에 아영이 자신감을 잃은 얼굴로 고개를 끄덕였다. 원체 자신의 공간에 남을 들여놓기 싫어하는 그였다. 이 집에 처음 왔을 때도 그렇지 않았던가.

“아무 일도 안 하셔도 됩니다.”

거침없이 자신을 밀어내던 모습은 냉담했다.

과거의 기억에 아영이 발로 바닥만 툭툭 차다가 고개를 들어 수호를 보았다.

“이리 와.”

“왜요?”

“안아주게.”

아영이 뽀르르 걸음을 옮겨 그의 발치에 무릎을 꿇고 앉았다. 그리고 그의 허리를 끌어안은 채 아쉽다며 조잘거렸다.

“앞으로도 자주 만날 수 있는데, 왜 이런 마음이 드는지 모르겠어요.”

수호가 깊은 한숨을 쉬었다. 아영의 몸을 끌어안는 그의 팔에 힘이 들어간다.

입술을 내린 그가 아영의 정수리에 입을 맞췄다. 그리고 작은 몸을 일으켜 제 무릎 위에 내려놓는다.

이런 스킨십에 익숙해진 듯 허벅지로 그의 허리를 감싼 그녀가 몸을 밀착했다. 그의 가슴에 뺨을 비비던 아영이 ‘힝’ 하며 우는 소리를 내자 그가 등에 커다란 손을 가져다 댔다.

토닥, 토닥.

작은 등을 두드리는 손길이 다정하다.

이제 그는, 사랑하는 이를 위로하는 법을 알고 있다.

“사랑해.”

그리고 벅차오르는 감정을 표현하는 법도…….

그 후. 우리에게로 와요

딩동.

초인종 소리에 부엌으로 향하던 걸음이 다른 방향으로 향했다. 문을 벌컥 연 수호는 자신의 기대와는 달리 장미가 서 있자 시무룩한 표정을 지었다.

이를 바라보던 장미가 헛웃음을 뱉었다.

“뭐야, 이 작가? 그 실망한 표정은 뭐야?”

평소 장미는 비밀번호를 직접 누르고 들어왔기에 아영이 찾아온 거라 기대했던 것이다.

하지만 수호는 이내 표정을 갈무리하며 미소 짓는다. 그녀 역시 반가운 이였기 때문이었다.

“오랜만이에요, 어머니.”

“별로 반갑지 않은 표정인데?”

"설마요."

짧게 부정의 말을 내뱉은 그는 신발을 벗는 장미를 힘껏 끌어안았다.

"오랜만이에요. 치료는 잘 받으셨어요?"

"이참에 푹 쉬었지."

장미가 수호의 어깨를 끌어안으며 웃음기가 가득한 목소리로 말했다.

장미는 소파에 가방부터 내려놓았다. 그리고 깔끔하게 정리되어 있는 집 안을 훑어보더니 청소 상태부터 살핀다.

선반을 손가락으로 슥 문질러본 그녀는 자신의 기우와는 달리 먼지 하나 없는 것을 확인하고 나서야 수호를 힐끗 보았다. 그는 마치 똥 마려운 강아지처럼 그녀의 뒤를 졸졸 쫓고 있었다.

게슴츠레 뜬 눈으로 수호를 보던 장미가 무심히 물었다.

"아영인 언제 데려갈 생각이야?"

"네?"

고저 없이 날아든 질문에 수호의 몸이 뻣뻣하게 굳었다. 당황한 모습을 보자 장미는 더 놀려주고 싶은 마음에 연이어 질문을 던졌다.

"반지 낀 것 봤어. 근데 너무 빠른 거 아니야? 이제 겨우 만난 지 3개월짼데……."

말을 하다 보니 장난은 걱정으로 바뀌었다.

처음 아영의 네 번째 손가락에 끼워져 있는 값비싼 물건을 보았을 때 장미는 깜짝 놀랐다. 두 사람이 벌써 반지를 주고받을 정도로 깊은 관계가 되었다는 사실에 조금 당황하기도 했다. 하지만 이내 이 일은 두 사람을 축하해 주어야 할 문제라는 것을 깨닫고 지금처럼 딸아이를 놀렸다.

"예쁘지? 나 프러포즈 받았어!"

큰일에는 제법 강단이 있는 딸아이는 수호와는 달리 활짝 웃으며 자랑부터 했다.

당장 수호에게 전화해 이 일이 어떻게 된 것인지 묻고 싶었으나 장미는 애써 궁금증을 참았다. 두 사람만의 문제였고, 어련히 때가 되면 자신을 찾아오리란 것을 알고 있었기 때문이다.

반지를 신줏단지 모시듯 굴던 아영도, 눈앞에서 당황스러워 어쩔 줄 몰라 하는 수호도 그녀는 믿었다. 허튼 결정을 할 아이들이 아니란 것을.

"예쁜 사람이니까 빨리 안 데리고 가면 다른 놈이 채갈지도 모르잖아요."

부끄러운 듯 웃음을 삼킨 수호가 저도 모르게 장미의 손을 붙잡았다. 그의 손에도 반지가 끼워져 있었다.

힐끗 반지를 내려다본 장미는 혹여 자신이 안 좋은 소릴 하면 어떻게 하나, 걱정을 하면서도 물러서지 않는 그의 모습을 보았다.

"좋은 것일수록 빨리 차지해야 하는 겁니다, 어머니."

어허, 이 작가. 말하는 것 보게?

장미는 자신의 딸아이를 '귀한 사람'으로 말하는 그가 밉지 않았던 터라 손등을 툭툭 두드려 주었다.

"성급한 결정은 아니지?"

"그럴 성격인가요?"

"아니지, 물론."

작게 고개를 저은 장미가 다시 시선을 옮겨 집 안을 보았다. 수호의 집은 잠시 비운 사이에 꽤 많은 것들이 바뀌어 있었다.

그중 가장 눈에 띄는 액자 무리를 보던 장미가 걸음을 옮겼다. 경포대에서 찍은 사진을 보던 장미가 미간을 좁혔다.

두 사람은 너무나 착실하게도 함께 여행을 간다는 사실을 가족들에게 알렸다. 딸아이를 걱정한 동식은 처음 여행 소식을 들었을 땐 반대부터 했다. 하지만 아영의 집요한 설득에 넘어간 그도 종국엔 허락을 할 수밖에 없었고 두 사람은 가까운 곳에 당일치기 여행을 시작으로 먼 거리에 있는 곳까지 다녀왔다.

딸 가진 어미로서 장미도 걱정이 안 되는 것은 아니었지만 두 사람을 믿었다. 어른들을 실망시키는 일은 하지 않으리라 생각하며.

"아이고, 알차게도 놀았네."

똥 마려운 강아지처럼 장미의 뒤를 쫓던 수호의 몸이 경직되었다. 그가 자신의 눈치를 살피는 것을 눈치챈 장미가 속으로 웃음을 삼키며 다음 사진을 집어 들었다.

아영의 유년시절 사진에 장미의 눈이 커다래졌다.

"이 사진은……."

"제, 제 거예요."

혹시나 장미도 아영처럼 사진을 빼앗을까 싶어 수호가 재빨리 빼앗아 왔다. 사진을 품에 끌어안은 그의 모습에 장미는 기가 차다는 듯 헛웃음을 뱉었다.

"안 가져가. 안 가져가."

집에 가면 아주 많거든?

장미가 뒷말을 이으며 콧방귀를 꼈다.

부엌으로 향하는 그녀의 뒷모습에 액자를 다시 제자리에 내려놓은 그가 서재를 힐끗 보았다. 장미가 보기 전에 그녀가 제일 아낀다던 사진은 깊은 곳에 숨겨두는 게 좋겠다고 판단한 그는 부엌에서 들려오는 소리에 재빨리 걸음을 옮겼다.

"이 기집애, 무슨 냉동식품을 이렇게 많이 사다놨대?"

냉동실을 본 장미가 눈을 동그랗게 떴다. 만두부터 시작해 간단하게 끓일 수 있는 냉동 해물탕까지 종류도 다양했다.

장미가 당장 아영에게 전화해 혼이라도 낼 기세이자 그가 안절부절못하며 말했다.

"제, 제가 먹고 싶다고……."

"벌써부터 편들어주는 거야?"

기가 막히다는 듯 읊조린 장미가 고개를 절레절레 저었다.

"이래서 아들 키워봤자 소용없다는 말을 하는 거지, 나 원 참."

새삼 깨달은 사실에 장미가 허탈하다는 듯이 읊조리자 수호의 눈이 커다랗게 떠졌다. 그녀는 섭섭함을 드러내기 위해 한 말이었지만, 수호에겐 그보다 더 큰 것이 들렸다.

'아들'

거리낌 없이 자신을 아들이라 부르는 장미의 모습에 그의 눈시울이 붉어졌다.

다시 전쟁터로 돌아온 아영은 눈코 뜰 새 없이 바빴다. 자신의 길을 완벽하게 정하고 돌아온 학교는 그녀에겐 새로운 느낌으로 다가왔고, 본격적으로 공부를 한다는 생각에 기분이 좋으면서도 가끔은 힘에 겨울 때가 많았다.

다음 주면 또 시험이고, 이번 시험은 무조건 잘 쳐야 했다. 장학금을 받지 않으면 모아둔 돈과 장미가 준 저금을 합쳐도 학업을 마치긴 힘들었다. 중압감에 짓눌린 아영은 복학한 후로 캠퍼스에서 도통 웃질 못했다.

하지만 오늘은 달랐다. 가벼운 걸음을 옮기면서 책이 아닌 휴대전화에 시선을 둔 그녀가 활짝 웃고 있었다.

모바일 세상은 그의 신작으로 떠들썩했다. 신작 출간에 맞춰 원작 드라마가 함께 방영이 되었고, 드라마와 책 모두 큰 성공을 거뒀다.

그의 매니아는 물론이고 책에 관심이 없는 사람들까지 수호의 책을 구입한 덕에 판매부수는 하루가 멀다 하며 쌓여가고 있었고, 원색적인 가족사에 집중되어 있던 포커스는 어느새 신작에 맞춰졌다.

— 버튼, 상상 그 이상의 재미!

대중은 다양한 취향을 가지고 있었다. 그래서 아무리 좋고 재미있는 책이라 하더라도 소설은 평이 엇갈릴 수밖에 없다.

하지만 이번 책은 달랐다. 그의 작품을 싫어하던 독자들도 좋아했고 아픔을 가진 주인공이 변화해 가는 모습에 뜨거운 눈물을 흘렸다.

혹자는 그의 글 분위기가 바뀐 것을 두고 경제 잡지 뉴(new)에 실린 인터뷰를 말하기도 했다.

— 아무리 뻣뻣하고 마초라 하더라도 사랑을 하면 바뀜. 내 생각엔 세상이 온통 핑크빛으로 보이는 작가가 원래 죽어야 하는 인물을 살린 것 같음.

개중에선 꽤 날카로운 추측도 있었기에 수호는 제 생각을 들켰다며 웃기도 했었다.

이번에도 칭찬 일색인 기사를 보던 아영은 학과 사무실 입구에 세워진 하얀 차를 보았다.

그다.

수호가 차에 기대어 그녀를 기다리고 있었다.

손목시계를 확인한 그가 느슨한 표정으로 팔짱을 끼는 것을 보던 아영이 빠르게 걸음을 옮겼다. 빠른 걸음은 어느새 뜀박질이 되었고, 아영은 주위의 시선을 신경 쓰지도 않은 채 그의 품에 왈칵 안겼다.

"아!"

깜짝 놀란 그가 아영을 내려다보며 신음을 내뱉었다. 하지만 아영은 오랜만에 보는 그가 너무나 반가운 것인지 가슴에 뺨을 비볐다.

"와, 오빠다. 오빠다. 보고 싶었어요."

"잘 지냈어?"

반가운 인사에 아영은 고개를 저었다. 요즘 부쩍 일이 많아진 그와 학교생활에 숨 쉴 틈 없이 바쁜 그녀였던 터라 근 2주 만에 만난 것이었다.

"잘 지냈을 리가 없잖아요. 오빠는요?"

그의 말에 수호는 아무런 답도 하지 않은 채 입술을 닫았다. 그 역시 잘 지내지 못했다는 표정이었다.

다시 고개를 숙인 그녀가 넓은 가슴에 뺨을 비빌 때였다. 그녀의 머리를 쓰다듬어 주던 수호는 자신의 앞에 진 기다란 그림자에 고개를 들었다.

"이수호?"

"아, 교수님."

수호의 눈이 커다래졌다. 그건 아영 또한 마찬가지였다.

그에게 찰싹 붙어 있던 아영이 옆으로 한 걸음 물러나자 수호가 어색한 얼굴로 허리를 숙였다. 그의 은사인 세종이었다. 수호가 학비로 골머리를 썩일 때 아무런 대가 없이 그를 도와준 고마운 분. 법조인이 아닌 외교관을 선택했을 때 가장 안타까워한 것도 그였다.

"안녕하세요."

"신작 읽어봤어. 계속 법조계를 택하라고 잔소리 안 한 걸 다행으로 여겼다니까?"

바쁜 일상에 오랜만에 만나는 것이었기에 세종 역시 반가운 마음으로 수호의 어깨를 두드렸다. 뛰어난 재능이 있는 제자였고, 무엇이든 다 잘할 것만 같은 제자였다. 그때 자신의 판단이

틀리지 않았음에 안도의 한숨을 쉬게 만든 제자.

제자가 예전과는 달리 느긋한 표정으로 자신을 바라보는 것을 미소로 바라보던 세종이 고개를 돌려 아영을 보았다. 그도 다른 학생들처럼 둘의 애정행각을 목격한 모양이었다.

"그런데 여긴 어쩐 일이야? 여자친구?"

그의 물음에 아영의 얼굴이 새빨갛게 물들었다. 하지만 이런 그녀와는 달리 수호의 답엔 망설임이 없다.

"네."

"우리학교 학생인가?"

"네. 사회복지학과예요."

아영의 답에 세종이 고개를 끄덕였다.

의뭉스러운 표정으로 아영을 보던 세종이 히죽 웃었다. 놀려주고 싶은 작은 생명체를 보던 그는 직접 이를 실행에 옮긴다.

"결혼하면 주례는 내가 서게 해주게."

아, 역시.

고개를 푹 숙이는 아영과 얼굴을 붉히는 수호를 번갈아 보던 세종이 작게 웃음을 뱉었다.

한창 사랑을 키워나가는 연인을 놀리는 재미가 쏠쏠하다는 듯이.

그렇게 하겠노라 답한 두 사람이 차에 올랐다. 잠시 미뤄두고 있었던 사실을 다시 한 번 상기시킨 아영이 고개를 숙여 네 번째 손가락에 끼워진 반지를 보았다.

그의 프러포즈를 받아들였지만 결혼 시기는 딱히 정하지 않았던 두 사람이다. 그때 당시에 수호에겐 해결해야 할 일이 있었고,

그녀는 복학을 앞두고 있었다. 두 사람이 앞으로 헤쳐 나가야 할 미래는 그리 녹록하지 않았기에 미처 날짜까진 정하지 못했다.

졸업할 때까진 무린가? 아니, 대학원 가면 석박사 준비도 꽤 만만치 않은데…….

고민에 잠겨 있던 그녀는 차가 부드럽게 출발하자 고개를 옆으로 돌렸다. 그가 막 내일부터 부산에 내려간다는 이야기를 하고 있었다.

"와, 그럼 내일부터 계속 부산에 있는 거예요?"

"부산엔 이틀. 마산가서 강연한 다음에 대구 가서 사인회 하고, 다음 날에 올라올 거야."

그의 말에 아영이 시무룩한 표정으로 고개를 끄덕였다.

또 이별인가.

모든 것이 제자리를 찾는 순간부터 어렴풋 그럴 것이라고 예상은 했지만 서운한 마음은 어쩔 수가 없었다.

"그럼 한동안 보기 힘들겠다."

"왜?"

혼잣말처럼 읊조린 말에 수호가 눈을 동그랗게 뜨며 물었다. 그러자 아영이 깊은 한숨을 왈칵 내뱉었다.

"나 다다음주부터 시험기간이잖아요. 다음 주엔 계속 도서관에 있을 거예요."

그렇게 말한 아영이 그의 오른손을 가져와 손가락 장난을 쳤다. 깍지도 꼈다가 남자치곤 섬세한 손가락을 만지작거리던 그녀가 입술을 삐죽거렸다.

"우웅, 또 외롭겠다."

그 모습을 힐끗 바라보던 그가 미간을 좁혔다.

또다시 이별이라니.

특별한 계책을 세워야 한다는 것을 다시 한 번 깨닫는다.

부산을 다녀오고 이틀.

강단에 설 때면 많은 이들의 박수를 받았고, 출간 홍보 차 잡힌 인터뷰에서도 칭찬일색이었다. 어디 그뿐이던가. 오늘 대구에서 있었던 사인회에선 준비해 둔 번호표가 10분 만에 동이 나는 바람에 사람들의 항의를 받았다. 사인회를 하는 내내 구름처럼 몰려든 사람들 사이에서 어색하게 있기까지 해야 했다.

하지만 그는 웃을 수가 없었다. 아영을 벌써 일주일째 만나지 못하고 있으니까. 스트레스가 왈칵 치솟아 그가 똥 씹은 표정을 했다.

"혀, 형?"

"……아무 말도 하지 마. 피곤하니까."

힐끗 보조석을 본 경호가 무슨 일이냐는 듯 그를 불렀다. 하지만 날아든 반응은 살벌했고 성의 없었다.

눈을 질끈 감은 그가 정말 피곤하다는 듯 깊은 한숨을 내뱉자 경호가 재빨리 그 이유를 찾았다. 답은 너무나 간단하고 쉬운 것이다. 그를 이렇게 만들 수 있는 것은 단 하나뿐이었으니까.

"요즘 계속 아영 씨 못 보고 있지?"

"그걸 알면, 일정을 이렇게 잡으면 안 되지!"

수호가 왈칵 소리쳤다. 밤에라도 잠시 아영을 만날 수 있다면 좋았겠지만 일정은 서울에서 부산으로, 대전으로, 대구로, 경주로, 인천으로, 강원으로 이어졌다. 잠시 집에 들를 시간도 없어 수호가 날카롭게 쏘아보자 경호가 미간을 좁혔다.

"내일 올라가서 바로 만나면 되잖아요. 뭐가 문제야? 내일부터 쉬면……."

"시험 기간이야."

그가 왈칵 한숨처럼 말하자 경호의 눈이 가느스름해졌다.

"지금 형이 아영 씨 스케줄에 맞춰야 한다는 이야길 하는 건 아니겠죠?"

"왜 아니겠어? 맞아."

자신도 바빴으나 아영은 더 바빴다. 한번 마음먹은 일은 무슨 수를 써서든 끝내는 성격답게 시험 기간 또한 치열하게 보내고 있었다.

다음 주면 시험이 끝나겠지?

그때까지 기다리면…….

멍하니 생각하던 그가 고저 없이 빠르게 말을 내뱉었다.

"바빠. 보고 싶어. 한계야."

중구난방으로 제 생각을 말한 그가 이내 마음을 갈무리했다.

보고 싶다고 생각을 하면 할수록 그리움이 커져 가는 느낌이다. 보고 또 보아도 곁에 묶어두고 싶을 것이다. 그러니까…….

지금은 인내심을 키워야 할 때였다.

그리움에 사무친다는 말이 이러한 뜻이란 걸 오늘에서야 깨달은 그가 피곤한 눈꺼풀을 아래로 내렸다.

보고 싶다, 유아영.

억지로 새어나오는 감정을 주체하지 못한 채.

경제 잡지 뉴(new)에서 도착한 메일을 읽은 그가 답장 버튼을 눌렀다. 고 편집자에게서 온 메일이었다. 길차현의 일이 일단락 되었으니 다시 칼럼을 맡아서 써주면 안 되냐는 내용이었다.

이에 대한 그의 답은 너무나 간단했다.

— 지금은 일을 더 늘릴 계획이 없습니다.

좋은 제안이지만 사생활이 정리가 되면 그때 다시 한 번 생각해 보겠습니다.

간단하게 몇 줄로 자신의 생각을 적은 그가 보내기 버튼을 눌렀다.

외사촌인 한나에게선 아직도 간혹 문자가 오고 있었다. 이를 모두 무시하고 있었으나 상황은 여전히 정체되어 있었다.

〈오빠 너무한 거 아니야? 우리 가족이 뭘 그리 잘못했다고!〉

〈한 번 만나기라도 하자. 어? 만나서 풀자.〉

〈오빠, 고모가 불쌍하지도 않아? 어떻게 됐든 오빠 친엄마잖아! 왜 이렇게 가혹하게 굴어!〉

방금 도착한 문자를 보던 그가 휴대전화를 책상 위에 내려놓았다. 아무래도 전화번호를 바꿔야 할 것 같았다.

여전히 해결되지 않은 문제에 머리가 아팠지만, 그것보다 더욱 그를 괴롭히는 것은 아영을 만날 수 없다는 사실이었다.

"보고 싶다."

멍하니 되뇌던 그가 한숨을 쉬었다.

지금도 바빠서 아영을 만날 시간이 없는데 여기서 일을 더 늘리는 것은 무리였다. 신작 〈버튼〉의 반응이 너무 좋아 차기작 역시 계약이 된 상황이었고, 2차 판권 또한 벌써부터 물밑 작업 중이었다. 시놉시스도 나오지 않은 상황에서 급진전되는 일들에 정신을 차릴 수 없을 정도였다.

손가락으로 피곤한 눈가를 꾹꾹 누르던 그는 전화가 울리자 시선만 옮겨 보았다. 액정엔 다행인지 불행인지 차현의 일을 맡긴 재석의 이름이 떠 있었다.

[판결문 받았어? 어때? 이혼 변호사도 꽤 쓸 만하지?]

재석은 인사 대신 본론부터 꺼냈다. 수호의 시선이 이번엔 재석의 사무실 주소가 적혀 있는 봉투를 보았다. 봉투는 윗부분이 뜯겨 있었다.

"감사합니다. 이 은혜는 잊지 않겠습니다."

[은혜랄 것까지야……. 정 고마우면 사인 좀 해줘. 이수호 작가가 친한 후배라고 해도 아무도 안 믿거든. 정말 속 터져서. 나랑 작가는 매치가 안 된다나?]

투덜거리는 말에 수호가 작게 웃었다. 사인쯤이야, 얼마든지 할 수 있다. 그는 자신이 바라던 바를 모두 이뤄주었으니까.

차현이 좋은 변호사를 구했다면 이야기는 달라졌겠지만, 수호는 이를 거절했다. 외가 쪽에서도 늘 말썽만 부리는 차현을 도울 마음이 없었던 것인지 그녀는 결국 국선변호사를 선임할 수밖에 없었고, 판결은 당연하다는 듯 수호의 시나리오대로 흘러갔다.

법정에선 차현의 죄질을 나쁘게 보았다. 앞선 사기 건도 있었을 뿐만 아니라 검찰 측에 몰래 흘러들어간 사문서 위조건과 친아들이 어릴 적 학대 당하는 것을 알고서도 방임했던 점까지 고려가 되어 최고 10년형을 구형받았다. 우리나라 법정은 아직도 감정에 휘둘리는 경우가 많았다.

"네, 그럴게요."

[좋아. 그럼 조만간에 분위기 좋은 선술집에서 술 한잔하자고.]

가벼운 어투로 말한 재석은 이번에도 제 할 말이 끝나자 전화를 끊었다.

말없이 끊긴 휴대전화를 보던 그가 아영의 휴대전화 뒷자리를 눌렀다.

ㅡ 아영

저장되어 있는 이름을 보던 그가 통화 버튼을 누를까 말까 고민했다. 한창 시험 기간이었고 방해하고 싶지 않은 마음과 보고 싶으니 목소리라도 들어야겠다는 상반된 생각이 그의 머릿속에 가득 찼다.

그의 시선이 다시 봉투로 향했다. 모든 일이 해결되었다. 그녀에게 함께 살자고 말하지 못할 이유도 없다.

그래, 이번엔 모든 여자들이 환상으로 삼는 멋진 이벤트를 준비하자. 손발이 오글거리고, 나답지 않은 일이겠지만 아영이 기뻐한다면 기꺼이 할 수 있을 것 같았다.

이벤트 회사를 알아보는 것보단 손수 준비하는 것이 좋겠지.

그가 이리저리 생각하고 있을 때였다.

딩동—

초인종 소리에 그의 고개가 확 돌아갔다.

자리에서 벌떡 일어난 그는 방문자를 예감이라도 한 듯 인터폰을 확인하지 않은 채 곧장 현관으로 향했다. 문을 열자 그의 예상대로 작은 여자가 자신의 품 안으로 뛰어 들어왔다.

"보고 싶어서 왔어요."

자신의 허리를 꼭 끌어안는 몸을 그가 더욱 힘껏 안았다. 습관적으로 정수리에 입을 맞춘 그가 흔들리는 눈으로 아영을 내려다보며 말했다.

"시험이잖아."

"그래도 보고 싶은 걸 어떻게 해요? 제대로 이야기할 시간도, 눈을 맞출 시간도 없는데."

투덜투덜 말하던 그녀가 수호를 올려다보았다. 그리고 그렇게도 원하던 일을 한다. 시선을 맞추고 천천히 이야기를 한다. 우선, 자신이 이 시간에 이곳까지 달려온 이유부터.

"지금 이 시점에선 말도 안 되는 걸 알지만."

잠시 말을 끊은 그녀가 긴장한 눈을 연신 깜빡였다. 아무리 직설적인 그녀라 하더라도 긴장감이 몰려오는 모양이었다.

몇 번 입술을 달싹이던 아영이 느슨한 미소를 머금고 말했다.

"우리 같이 살래요?"

그녀의 물음에 수호가 깜짝 놀라 눈을 동그랗게 떴다.

그가 매일 그녀를 그리워하듯 그녀 역시 마찬가지였다. 설원에 눈덩이를 굴리듯 두 사람의 사랑도 하루가 멀다 하고 커져 가고 있었다.

아영의 어깨를 붙잡은 채 가만히 내려다보던 그가 헛웃음을 뱉더니 고개를 절레절레 저었다.

"그 말은 내가 먼저 하게 해주라."

"아, 진짜? 진짜요?"

그 말은 허락이나 마찬가지였다. 그래서 아영은 단순히 기뻐했고, 자리에서 방방 뛰기까지 했다.

순수하게 기뻐하는 그녀의 머리 위에 커다란 손을 올려놓은 그가 기운이 빠진 목소리로 읊조린다.

"멋진 이벤트도 할 계획이었는데……."

"어? 서프라이즈, 뭐 그런 거요?"

눈을 동그랗게 뜨며 아영이 묻자 그가 고개를 끄덕였다.

"그래. 눈물을 펑펑 쏟을 만한 거."

"와."

감탄사를 내뱉은 그녀가 그의 표정을 슬쩍 살피더니 손을 들었다.

"난 지금 눈물이 날 것 같은데요?"

아영이 장난스레 눈가를 닦는 척하며 말했다. 수호가 밉지 않게 그녀를 흘겨본 후 손을 잡아 안으로 이끌었다.

서재로 온 그는 의자를 당겨와 아영부터 앉혔다. 그리고 맞은

편에 앉은 후 책상에 있던 봉투를 아영에게 내밀었다.

"이게 뭐예요?"

물음과 동시에 그녀가 봉투를 열어 안을 살폈다. 법원에서 온 서류에 아영의 눈망울이 흔들렸다.

"처음엔…… 어머니를 만나서 너무 좋았어. 내 안에 있던 갈증 같은 것이 해결되는 기분이었지."

"오빠……?"

이미 한 번은 들은 적이 있는 이야기였다. 정말 장미를 어머니라고 생각하고 있던 찰나, 자신의 존재를 알고서 실망했다는 이야기.

"내가 원하던 것은 이것이구나. 모정이구나. 생각했어. 따뜻한 가정에서 쉬고 싶다, 라는 생각을 했어."

천천히 제 이야기를 내뱉던 그가 작게 고개를 저었다.

"그런데 널 만난 후 그게 아니란 걸 깨달았어."

이 이야기는 처음 듣는 것이었다. 순수한 호기심에 그녀가 어려운 법조 용어로 가득한 판결문을 무릎 위에 내려놓은 후 그의 이야기에 집중했다.

"남 탓만 했거든. 얼굴도 보지 못한 아버지, 날 버려두고 도망간 어머니, 날 학대하고 괴롭힌 외가의 가족들."

모두 다른 이들을 탓했던 나날.

그 속에서 그의 정신은 사각사각 갉혀 나갔다. 겉으론 아무렇지 않은 척 살았으나, 속으론 미움이 쌓였다.

"그런데 정작 문제는 내 안에 있다는 걸 알았어. 그들에게 바라기만 했다는 것도."

그것을 발견하게 된 것은 모두 아영 때문이었다.

처음으로…….

"너에겐 많은 것을 해주고 싶어. 네가 원하는 일이 있다면 할 것이고, 싫은 일이 있다면 맞춰 나갈 거야."

무언가를 해주고 싶은 상대를 만나게 되면서 깨달았다.

손을 뻗어 무릎 위에 가지런히 놓인 작은 손 위에 올린 그가 진심을 담아 말했다.

"난 너와 함께 행복한 가정을 만들고 싶어. 내가 바라던 근본적인 것이 그것이란 걸 깨달았어."

그가 꿈꾸는 미래를.

그의 이야기를 가만히 듣던 아영이 신중한 표정으로 고개를 끄덕였다.

행복한 가정.

그것은 누구나 꿈꾸는 것이다. 너무나 힘들고 어렵기에 '꿈'으로 불리는 일.

"나와 함께해 줄래?"

그의 물음에 아영이 허리를 숙여 그의 품을 파고들었다.

"와, 방금 말에 한 번 더 반했어."

이미 모든 건 답이 나와 있는 일들뿐이다. 이미 마음을 굳혔고, 결심을 했으니까.

함께 있고 싶다. 그와 함께 있어야 비로소 자신이 완성되는 기분이 들었다.

그러니까, 그녀의 답은…….

"좋아요."

그것뿐이다.

"가족이 되고 싶습니다."

긴장한 얼굴로 넙죽 고개를 숙인 수호의 말에 아영은 빠르게 세 사람의 눈치를 살폈다. 동식은 그날이 오고야 말았다는 듯 아쉬운 표정이었고, 장미는 쉽게 그 속을 알 수 없는 표정이었다. 셋 중에서 긍정적인 표정을 짓고 있는 것은 동생 태경뿐이었다.

"허락해 주세요."

수호의 말에 태경은 근질근질거리는 입을 참지 못하고 손을 번쩍 들었다. 그리고 마치 자신이 엄청난 의사결정권을 가진 사람처럼 말했다.

"난 찬성!"

"가만히 있어."

동식은 쉬이 허락해 줄 마음이 없는 것인지 아들을 노려보았다. 그의 눈초리에 아영과 수호는 마치 죄를 진 사람처럼 고개를 푹 숙였다.

하지만 두 사람과는 달리 정작 결혼을 허락 받으러 온 것이 자신인 양 태경이 제 주장을 펼쳤다.

"가만히 있으라고 해도 난 찬성!"

손을 휙휙 휘젓는 태경의 모습에 수호가 보드라운 미소를 지었다. 자신의 편이 있다는 사실에 안도한 모양이었다.

아까부터 꿇고 있던 무릎에 슬슬 감각이 사라질 무렵.

이제껏 아무런 말도 없이 아영과 수호를 보고 있던 장미가 고개를 돌려 동식을 보았다. 이 집안에서 절대적인 결정권을 가지고 있는 것은 동식이었다.

"당신은요?"

우선은 그의 의사가 중요하다는 듯 장미가 묻자 동식은 쉬이 답을 하지 못하고 미간을 좁힌다. 아직은 결정을 유보한다는 뜻이었다.

역시나 이럴 줄 알았다며 장미가 고개를 절레절레 저은 후 무릎을 꿇은 두 남녀를 보았다.

"아영이가 학교를 계속 다니고 싶어 해."

"압니다."

"이 작가 생각은?"

그것이 장미에겐 현재로선 가장 중요한 문제인 듯했다.

못난 부모를 만나 하고 싶은 것도 하지 못한 채 늘 발을 동동 굴려야 했던 아영이다. 그런 아영의 뜻을 드디어 존중해 줄 수 있는 상황이 되었는데 결혼이라니. 선뜻 사람만 보고 그렇게 하라고 말을 할 수가 없었다.

하지만 수호는 고민할 게 없는 일이라는 듯 고개를 끄덕이며 답한다.

"아영이의 뜻에 따를 겁니다."

그녀가 하고 싶을 때까지 원 없이 공부를 할 수 있도록 지원하겠다는 말이었다. 그에겐 그럴 수 있는 '부'가 있었다.

일단 안심이라는 듯 고개를 끄덕인 장미가 이번엔 다른 이야기를 꺼냈다.

"알겠지만 우리가 가진 게 너무 없어."

장미의 말에 수호가 입을 꾹 다물었다. 세간살이에 대한 말인 듯했다. 이미 아영의 결혼자금으로 모아둔 돈은 공부를 할 때 쓰라며 모두 건넸다. 이런 상황에서 그들이 해줄 수 있는 건 얼마 되지 않았다.

함께 덮고 잘 두껍고 좋은 이불. 그리고 함께 늘 오순도순 살라는 뜻의 원앙 조각 정도일 터다. 그건 너무 염치없는 일이란 것을 알고 있었다.

하지만 수호의 답은 의외였다.

"아시잖아요. 저도 가진 것이 없는 사람이라는걸. 그래서 죄송한 마음뿐입니다."

몸만 들어오라는 말 대신 그는 사과부터 했다. 장미는 '부'를 걱정했지만 수호는 자신의 '삶'을 걱정했다.

부모라고는 철창 신세를 진 차현뿐이었다. 가족이라고 부를 만한 사람이 없었다.

수호의 얼굴이 일그러지는 것을 가만히 보던 장미가 손을 뻗었다. 차갑게 식은 그의 손을 감싸준 그녀가 고개를 젓는다. 모두 이해하고 있다는 듯이.

이 모든 상황을 관망하고 있던 동식이 깊은 한숨을 내뱉었다. 장미까지 결혼을 허락하는 쪽으로 마음이 기울자 이 자리에서 '반대' 의사를 던지는 것은 그뿐이었다.

"너무 빨라."

이야기를 가만히 듣고 있던 동식이 툭하니 말을 내뱉었다. 사람들의 시선이 한꺼번에 그에게 향했으나 동식은 눈 하나 깜짝하지 않은 채 말을 이었다.

"서른 즈음 결혼할 줄 알았어. 내 욕심이었겠지만."

"아버님……."

"아빠……."

어쩜 이런 순간에도 찰떡궁합인지.

아영과 수호가 동시에 입을 떼자 동식이 허탈한 듯 웃었다.

이제껏 딸의 의사를 무시한 적은 단 한 번도 없었다. 자신의 삶이 있듯 딸아이의 삶이 있다 생각했고, 그 삶의 주체가 아영이라는 걸 몇 백 번이고 마음에 새기며 키워왔던 그다.

아쉽지만 품 안의 자식을 이젠 놓아주어야 할 때가 되었다는 사실을 깨달은 동식이 수호를 보며 잔잔한 미소를 머금었다.

"자주 찾아주게."

그래, 그것으로 족하다.

영영 이별을 하는 게 아니었으니까.

동식의 허락에 누구 하나 인상을 굳히지 않고서 모두 웃었다.

긴장한 기색이 역력했던 수호의 얼굴에 미소가 번지자 장미가 손을 앞으로 뻗었다. 그리고 건장한 사내의 몸을 가볍게 끌어안은 그녀가 어깨를 토닥여 주었다.

"환영해."

가족이 된 것을.

그녀가 진심으로 환영했다.

에필로그

“환자도 아니고…….”

아영은 침대까지 대령된 아침 식사에 미간을 좁혔다.

요즘은 감금 아닌 감금 상황이 이어지고 있었다. 이에 대해 수호에게 불만이라도 토로하면 늘 자신의 말을 들어주던 그가 화를 내니 최근엔 군말 없이 그의 보살핌을 받고 있었다.

하지만…….

평생 부지런하게 몸을 움직이며 살아온 아영은 좀이 쑤시는 것인지 연신 엉덩이를 들썩였다.

“어휴.”

자신의 취향대로 차려진 한식 밥상을 보던 그녀가 말없이 그릇을 비우기 시작했다.

쌀 한 톨이라도 남긴다면 그가 서운해할 것이 분명했다. 얼마

전엔 간식으로 갈아준 당근 주스를 마시지 않아 덩치 큰 남자가 삐치기까지 하지 않았던가.

아영은 최근 무시무시한 기세로 살이 오르고 있다는 것을 알면서도 그를 방패 삼아 모두 먹어 치웠다. 집에서 구운 갈치는 몇 그릇 더 뚝딱뚝딱 해치울 수 있을 만큼 맛있었다.

이젠 나보다 더 잘하는 것 같단 말이야.

다 비운 접시를 보던 그녀가 어쩜 음식으로 그에게 조련당하고 있을지도 모른다는 사실을 상기하며 자리에서 일어났다.

힘들게 몸을 일으킨 그녀가 볼록 나온 배를 자신도 모르게 받쳤다. 작고 깡마른 몸이었지만 산달이 되면서 배만 터질 듯이 볼록 튀어나와 있었다.

앞으로 고꾸라질 뻔한 아영이 서둘러 균형을 잡았다.

큰일 날 뻔했다.

식은땀을 닦은 그녀가 쟁반을 들고 조심조심 한 걸음 옮길 때였다.

문이 열리더니 앞치마를 한 수호가 불쑥 들어왔다. 그는 침대에서 일어나 있는 아영의 모습에 미간을 좁혔다. 아니, 정확하게 말하면 그녀의 손에 들려 있는 쟁반을 보며 그러한 표정을 지었다.

"내, 내가 할……."

"가만히 쉬라고 했지? 유아영, 오빠 정말 화낸다."

아영의 말이 끝나기도 전에 그는 더 들어볼 것도 없다는 듯 싹뚝 잘라냈다.

적당한 운동이 산모에게도 좋다는 것은 알고 있었다. 8개월이 될 때까진 여기저기 쫓아다니면서 산모에게 좋은 마사지와 운동을 배워 함께하기도 했었다.

주위에선 수호를 모두 알아보며 그녀를 부러워했다. 어쩜 이렇게 가정적이고 자상하냐며 감탄한 사람도 한둘이 아니었다. 이런 그가 다소 독선적으로 바뀐 것은 2주 전의 일 때문이었다.

괜히 빨래한다고 설치다가…….

속으로 끙 앓는 소리를 내뱉은 그녀가 그를 달래듯 살살거리며 말했다.

"그래도 혼자 다 하려면 힘들잖아요."

"너보단 안 힘들어."

수호는 단호했다. 고개를 저은 그가 아영의 배가 너무나 위태로워 보인다는 듯이 걱정스레 말을 이었다.

"그러니 제발 가만히 있어."

그는 아영이 잠시 움직이는 것도 불안해했다. 세탁실에서 그녀가 넘어진 것을 발견한 그날 병원으로 향하면서도 쉼 없이 걱정을 쏟아놓는 통에 오히려 그녀가 달래주어야 하지 않았던가.

의사에게 아이가 무사하다는 이야기를 들은 후에야 그는 안심한 듯 눈물을 쏟았다. 그리고 오히려 덤덤한 아영을 타박하기도 했다.

"오늘부터 절대 움직이지 마!"

그땐 홧김에 한 이야기인 줄 알았다. 현실을 경험하기 전엔 말이다.

아영은 조심스럽게 자신을 부축하는 그의 손길에 한숨을 푹 내뱉었다. 아마 아이를 출산하기 전까진 이 말도 안 되는 상황이 계속 벌어질 것 같았다.

"그럼 쉬고 있어."

계속 쉬고 있거든요?

아영이 입술을 삐죽 내밀었다. 그렇게 톡 쏘아붙여 주고 싶었지만 실제로 실행했다간 두 시간은 기본인 잔소리가 이어질 것이다.

결혼하기 전엔 이런 남자인 줄 몰랐지.

고개를 절레절레 젓던 그녀가 막 이불을 덮으려던 때였다.

"아!"

깜짝 놀란 아영이 눈을 동그랗게 뜨자 쟁반을 들고 나갔던 수호가 귀신처럼 나타났다.

"왜, 왜 그래?"

새하얗게 질린 얼굴로 아영을 보던 그가 더듬더듬 물었다. 예정일이 이틀 뒤였기에 지금 당장 양수가 터져도 이상하지 않았다.

그가 안절부절 못하자 배를 움켜쥐던 아영이 멍하니 답했다.

"심쿵이가 찼어요. '뻥' 하고."

아이의 존재를 알았던 날, 심장이 쿵 하고 내려앉을 뻔했다 하여 지은 아이의 태명이었다. 작명 센스가 영 별로라며 불만을 토로하던 그도 뱃속의 아이가 딸이라는 것을 슬쩍 들은 그날부터 '심쿵이,' '심쿵이' 노래를 불렀다. 자신 역시 비슷한 경험을 했다나 뭐라나.

"축구선수가 되려나."

배를 감싸 쥔 그녀가 장난스럽게 말했다.

헤헤, 웃는 아영을 빤히 보던 그가 허리를 숙여 아영의 뺨에 가볍게 입을 맞췄다.

"예쁜 딸인데?"

그것도 아영을 아주 많이 닮은 딸일 것 같은 예감에 그가 헤실헤실 웃었다. 이젠 웃음마저 닮아가고 있는 두 사람이었다.

가정의 일을 모두 맡게 되면서부터는 잠시도 쉴 틈이 없는 그였다. 하지만 그는 곧장 문을 열고 나가는 대신 그녀의 뒤에 자리를 잡는다. 아영을 자신의 다리 사이로 끌어당긴 그가 익숙하게 백허그를 했다. 그녀의 배가 불러오면서부터는 이 자세로 끌어안고 있는 일이 많아졌다.

그녀를 뒤에서 끌어안은 그가 아영의 귓가에 행복한 미래를 그린다.

"백설공주 옷이 잘 어울리는 아이였으면 좋겠어."

둘에서 셋이 되는 그러한 미래를.

—fin

작가 후기

안녕하세요, 정이연입니다.

책으로 독자님들께 인사를 드린 게 벌써 열 번째입니다. 한 번쯤 해봤으면 하는 사랑, 쓰고 싶은 이야기를 조금씩 풀어내다 보니 벌써 이렇게 되었네요.

열 번째라니! 열 번째라니!

〈안아줘〉는 저에게 특별한 의미가 담긴 책이 되었습니다.

처음 이 글을 연재했을 때 올렸던 코멘트가 '괴담 아닙니다'와 '마마보이 아닙니다'였습니다. 프롤로그에서 보여주고자 했던 수호의 심리상태를 쓰다 보니 그 두 생각이 딱 들더라고요.

수호는 각박한 사회 속에서 감정을 잃어가는 사회인의 모습과 어릴 때 사랑을 받지 못해 감정이 무뎌진 사람이 콘셉트였습니다. 그러다가 동아줄처럼 붙잡은 장미에게만 유독 약한 사람. 그것을 글로 전달하기가 힘들어 조금 격하게 표현을 하다 보니, 처음엔 참 걱정이 많았습니다.

그리고 그런 남자에게 나타난 가슴 따뜻하지만 강단 있는 '유아영'.

사랑을 받고 자란 아영은 티 없이 맑은 사람이지만 그녀 역시 작은 고민을 안고 가는 사람이었습니다. 하지만 따뜻한 품을 내어줄 수 있는 넉넉한 여자였죠.

두 사람의 이야기를 그렇게 써내려가며, 저도 조금은 치유 받는 기분이었습니다.

남자주인공이 남자 조연이 아닌 여자주인공에게 질투를 하는 이상한 글이자, 자극적인 작품을 주륵주륵 써오던 저에게 따뜻한 감성을 오랫동안 품게 해준 글. 어떠한 장면을 쓸 땐 저도 모르게 박장대소를 했던 글. 그래서 아주 오랫동안 기억에 남을 것 같습니다.

많은 분들께 감사의 인사를 전하고 싶습니다.
그녀의 서재 작가님, 독자님. 그리고 청어람 관계자님.
잘 다독여 주셔서 감사합니다.

그리고 마지막 이 글을 보고 계실 독자님들께도 마지막으로 감사의 인사를 전해 봅니다.

—정이연 올림

Secret Track

머리엔 커다란 리본이 달린 머리띠를 한 아가가 입술을 씰룩였다. 울기 일보 직전인 윤아는 아영과 수호의 소중한 보물이었다. 태어난 지 이제 200일을 갓 넘긴 윤아는 제 또래답지 않게 뚜렷한 이목구비로 인형처럼 예뻤고, 팔다리 또한 길쭉길쭉했다. 주위에 한 번이라도 윤아를 본 사람들이라면 모두 모델이나 연예인을 시켜야 한다고 말할 정도였다.

"으앙, 으아앙……."

혼자 있던 아이가 바쁘게 시선을 옮겼다. 그러더니 곧 입술을 씰룩거리더니 결국 울음을 터뜨렸다. 하지만 수호가 등장하자마자 거짓말처럼 울음을 뚝 그친다.

그의 손에는 작은 그릇이 하나 들려 있었다. 아이에게 다가온 수호가 익숙하게 숟가락을 흔들었다.

"쉬잇, 우리 윤아. 맘마 먹자, 맘마."

혹여 서재에서 공부하고 있는 아영이 들을까 싶어 윤아부터 달랜 그가 숟가락을 가져다 댔다. 그러자 아가가 방긋방긋 웃으며 이유식을 받아먹는다.

척하면 척, 정확하게 아이가 원하는 바를 찾아낸 그가 이유식을 다 먹인 후엔 조심스럽게 안아 들었다. 트림을 시키는 것까지 그는 막힘이 없었다. 아이는 산후조리를 해야 할 시기에도 공부에 여념이 없던 아영 대신 그가 키웠다고 해도 무방했다.

아빠의 품이 익숙하고 편한 윤아가 꺄아꺄아 웃음을 터뜨렸다. 양팔을 허우적거리며 연신 자신의 뺨을 쓰다듬자 수호가 아이를 바라보며 허탈한 듯 웃는다.

"어쩜 나랑 이렇게도 닮았냐."

어떻게 된 일인지 신체 조건부터 시작해서 이목구비까지 모두 제 판박이였다. 아영을 꼭 닮은 아이를 바랐던 그의 입장에서 보았을 땐 실망할 일이긴 하였으나, 어찌되었든 윤아는 두 사람의 소중한 사랑의 결실이었다.

아이를 볼 때면 그는 마음의 평화를 찾곤 한다. 물론 육아전쟁은 그의 진을 모두 빼놓지만.

자신을 보며 방긋방긋 웃는 윤아를 보던 그가 나른하게 웃었다.

"웃는 것도 닮았어."

참 신기한 일이다.

자신의 모습과 꼭 닮은 아이를 마주하는 일은.

그리고 그 아이가 자라나는 모습을 보는 일은.

하루하루가 경이로운 상황의 연속이다.

그 시각, 아영은 서재에 홀로 있었다. 수호가 쓰던 책상을 차지하고 앉은 그녀는 석사 논문을 준비하느라 여념이 없었다.

다음 주까지 논문을 완성해야 했던 터라 그녀의 시선이 바삐 책 위를 오고갔다. 공부의 결과를 내놓아야 하는 과정은 진이 빠질 정도로 지치는 일이다.

한참 다른 생각을 하지도 못한 채 마지막 논문 정리에 열을 올리던 아영은 뻣뻣하게 굳은 근육을 풀어내려는 듯 크게 기지개를 켰다.

우두둑.

여기저기서 뼈가 부러지는 소리가 났다.

한숨을 푹 내뱉은 아영은 습관적으로 휴대전화 액정을 터치했다.

"아!"

시간을 확인한 아영이 깜짝 놀라 자리에서 벌떡 일어났다. 윤아가 밥을 달라고 조를 시간이 조금 지나 있었다.

"어떻게 해."

당황한 기색이 역력한 얼굴로 서재를 나선 그녀는 곧장 침실 문을 열었다. 육아와의 전쟁에 나가떨어진 것인지 수호가 배 위에 윤아를 올려놓은 채 잠들어 있었다.

소리를 죽인 채 두 사람에게 다가간 아영은 낮은 매트리스에 엉덩이를 붙이고 앉았다.

아이가 태어난 후, 이 집엔 높은 침대가 사라졌다. 아이를 위해 그들은 기꺼이 많은 것을 바꿨고, 또 현재에도 바꿔 나가는 중이었다.

곤한 얼굴로 잠든 윤아의 모습을 보던 아영이 작게 웃음을 뱉었다. 어쩜, 수호와 자는 얼굴이 너무 똑같았다.

"어떻게 해……. 날 닮았어."

아직은 빨갛고 쪼글쪼글한 윤아를 처음으로 안던 날, 그가 울먹이며 말했다. 딸이란 것을 처음 알았을 때부터 아영을 닮은 딸이 태어나길 학수고대하던 그의 꿈이 산산조각이 난 날이기도 했다.

하지만 언제 그런 이야기를 했나 싶게 그는 아이의 육아를 위해 많은 것을 포기했다. 운동도 집에서 했고 밖으로 외출하는 일도 극히 드물었다. 아기띠를 푸는 것은 잠을 잘 때뿐이었고, 새벽에 아이가 잠에서 깨 보챌 때면 자신 몰래 다시 재우곤 했다.

"우리 윤아는 좋겠다. 좋은 아빠를 둬서."

아이의 엉덩이를 받친 채 잠든 수호를 바라보던 아영이 몸을 일으켰다. 그리고 자연스레 그의 품으로 파고들었다.

"……왔어?"

그녀의 움직임에 깬 것인지 수호가 잠결에 물었다. 지난밤에도 아이가 보채 얼마 자지 못했던 터라 목소리가 엉망이었다. 이에 아영이 고개를 끄덕였다.

"네, 졸려요."

"응, 이리 와."

그가 팔베개를 해주자 아영이 그 위에 머리를 내렸다. 그의 품에 폭 안긴 아영의 입가에 보드라운 미소가 걸린다.

열어둔 창으로 따뜻한 봄볕이 쏟아져 들어왔다.

특별할 것이 없는 평범한 어느 날의 일상.

세 사람은 곤한 잠에 빠진다.